나오미와 가나코

ナオミとカナコ

NAOMI TO KANAKO
by OKUDA Hideo
Copyright © 2014 OKUDA Hideo
All rights reserved.
Originally published in Japan by GENTOSHA, Tokyo.
Korean translation rights arranged with GENTOSHA, Japan
through THE SAKAI AGENCY and BC Agency.

이 책의 한국어판 저작권은 BC 에이전시를 통한
저작권자와의 독점 계약으로 위즈덤하우스에 있습니다.
저작권법에 의해 한국 내에서 보호를 받는 저작물이므로 무단 전재와 복제를 금합니다.

나오미와 가나코

오쿠다 히데오 장편소설

김해용 옮김

위즈덤하우스

차례

나오미
이야기
009——

가나코
이야기
257——

옮긴이의
말
489——

나오미
이야기

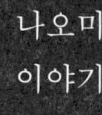

1 ——

열흘 만에 내리는 비는 어젯밤 늦게부터 빗발이 더욱 거세져 활짝 핀 벚꽃을 사정없이 때리고 있었다. 맨션의 창문 밑으로 내려다보이는 다마 강변의 벚나무들이 대부분 꽃잎을 떨어뜨려 아스팔트 위는 온통 분홍빛이었다. 개한테 비옷을 입히고 산책하는 노인도, 등교 중인 초등학생도 하나같이 발밑만 신경 쓴다. 사람들의 목소리는 들리지 않는다. 그저 단조로운 빗소리만이 동네 전체를 감싸고 있을 뿐이다.

오다 나오미는 요구르트와 과일만으로 아침식사를 대강 때우고 출근 준비를 시작했다. 백화점 외판부에서 근무하기 때문에 대충은 용납되지 않는다. 매일 완벽한 정장과 청초한 화장이 요구된다. 고객들은 대부분 중년 부인이어서 외양에 대한 참견이 심했다. 꼭 끼는 치마를 입기만 해도 반드시 누군가 '호스티스 같다'고 싫은 소리를 한다.

거울을 보니 입가에 오돌토돌 두드러기가 나 있다. 스트레스 때문이다. 지금 부서로 옮기고 나서부터 피부에 빈번히 문제가 생겼다. 나오미는 파운데이션을 꼼꼼히 바르며 겨우 눈가림을 했다.

가방에 일과 관련된 도구들을 집어넣고 발코니 창을 열어 한 손만 내밀었다. 빗줄기는 여전히 강했고 공기는 차가웠다. 잠시 생각하다가 옷장에서 얇은 레인코트를 꺼냈다. 몇 년 전에 유행한 디자인이어서 입는 게 썩 내키지는 않았지만 비에 젖을지도 모른다고 생각하면 사치스러운 소리를 할 때가 아니다.

문득 집 안의 관엽식물에 물을 준 지가 제법 오래됐다는 것을 떠올리고 급히 주전자에 물을 담아 화분에 부었다. 이곳으로 이사 왔을 때 친구가 선물해준 행운목이었다. 화분 하나뿐이라도 집 안에 식물이 있다는 것은 좋은 일이다. 이 집에서 사는 생물은 자신뿐만이 아닌 것이다.

월세 9만 엔짜리 임대 맨션을 나와 역으로 서둘러 갔다. 매일 아침에 타는 급행이 있는데 그것을 놓치면 낡은 데다가 모든 역마다 서는 전차가 두 대 연속으로 온다. 그래도 지각은 하지 않을 테지만 에어컨 성능이 좋지 않아서 되도록이면 피하고 싶다.

역까지 걸어서 십 분. 스마트폰에 이어폰을 끼우고 음악을 들으며 걸었다. 오늘 아침은 쇼팽의 피아노 콘체르토를 골랐다. 습관이 되어서 음악이 없으면 너무 지루하다.

역의 플랫폼에는 무표정한 남녀가 줄지어 서 있었다. 늘 보는 아침 풍경이다. 나오미는 플랫폼의 같은 장소에서 항상 똑같은 차량에 올라탄다. 특별한 이유 없는 단순한 습관이다. 안으로 밀려 들어가면 대체로 늘 보던 사람들이 타고 있다. 물론 친밀감은 전혀 들지 않고 울적해지기만 할 뿐이다. 전차는 비슷비슷한 2층짜리 가옥이

빽빽하게 늘어서 있는 주택가를 달렸다. 끝없는 지붕의 바다다. 미국에서 온 바이어를 데리고 꽃구경에 나섰을 때 "여기는 혹시 빈민가인가요? 위험하지는 않나요?" 하며 무서워했던 게 늘 생각난다.

대략 이십 분 정도, 만원 전차 안에서 버티며 신주쿠 역에 도착했다. 지하도를 걸어 직장으로 향한다. 역과 가까운 것이 백화점 근무의 장점이었다. 그래 봤자 고객 출입구밖에 이용할 수 없었으므로 지하도에서 곧장 백화점으로 갈 수 있는 것은 아니었지만.

나오미가 4년제 대학 문학부를 졸업하고 '아오이 백화점'에 취직한 지 칠 년이 지났다. 대학에서 서양미술사를 공부하여 큐레이터 자격을 취득한 후 미술 전시회와 관련된 일을 하고 싶어서 선택한 직장이었다. 아오이는 도쿄를 거점으로 하는 전통 있는 백화점이라 니혼바시 본점에는 훌륭한 미술관이 있었다.

신입사원은 모두 매장 근무를 경험해야 한다는 규칙이 있었기 때문에 나오미는 처음 본점의 보석 매장에 배치됐다. 조금만 참자고 생각하며 이 년을 근무하고 나니 하필 신주쿠 지점의 외판부 2과로 발령이 났다. 장기적인 불황 때문에 미술관과 행사부가 업무를 축소하여 빈자리가 나지 않았던 것이다. 보통 외판부는 베테랑들만 배치되기 때문에 이십 대에 발령 나는 것은 상당히 이례적인 일이었다. 게다가 직장에 동년배는 한 사람도 없었다. 나오미는 직장을 바꿔야 할 것 같았지만 희망을 품어도 될 만큼 마땅한 직장이 없었고, '조금만 더 참으라'는 인사부의 말에 그냥 단념해버렸다. 외판부 2과로 발령 난 것은 보석 매장에서 근무하면서 외판부 직원을 따라 고객의 집을 방문했을 때 '평판이 괜찮았기 때문'인 듯했다. 그런 말을 듣고 보니 썩 나쁜 기분은 아니었지만, 하고 싶은 일이 아니라는 사실에는 변함이 없었다. 참고로 1과는 법인 고객을 담당하고 2과는 개인 고객을 담당한다.

매년 부서 이동의 계절이 되면 올해야말로, 하고 기대해보지만 희망은 여전히 이루어지지 않고 있다. 그러는 동안 스물여덟 살이 되었다. 가을이면 스물아홉, 내년에는 서른 살. 손가락을 꼽아나가다 보면 우울해진다. 나오미는 독신에 오랫동안 연인도 없었다.

오전 9시 전, 출입구에서 경비원에게 신분증을 제시하고 백화점 안으로 들어갔다. 매장과는 전혀 달리 어슴푸레한 복도를 걸으며 직원 전용 엘리베이터에 올라탄다. 함께 탄 사람들과 아침 인사를 나누었지만 형식적일 뿐 그 이상의 대화를 나누는 사람은 아무도 없었다. 백화점은 매장 점원 대부분이 각 회사에서 파견을 나오기 때문에 너무 아는 체하지 않는 게 매너 가운데 하나였다.

5층에서 내려 외판부에 도착했다. 일반 사무실과 크게 다르지 않다. 책상이 있고, 회의 탁자가 있으며, 벽 쪽에는 로커와 선반이 놓여 있다. 과장인 나이토가 자기 책상에서 업계 신문을 펼쳐놓고 있었다.

"안녕하세요."

"어서 와. 오다 씨, 하라다 님 댁의 컴퓨터 건은 어떻게 됐지?"

나이토는 입을 열자마자 제일 먼저 어제 발주한 '고객 안건'에 대해 물어왔다.

"어제 퇴근하는 길에 들러 해결했습니다. 사모님이 스마트폰으로 바꿨는데 이메일이 컴퓨터에는 오지 않는 것 같아서 그 문제를 처리했어요."

"자네는 컴퓨터에 대해 잘 아나 보지?" 나이토가 의외라는 표정으로 바라봤다.

"아뇨. 인터넷 회사에 전화해서 해결 방법을 물어봤을 뿐입니다."

"아, 그렇군. 수고했어." 두 번 고개를 끄덕이고는 다시 신문으로 눈길을 돌렸다.

'고객 안건'이란 외판부에 개인 고객이 의논해 오는 것을 말한다. 관계가 오래되면 외판부는 거의 집사나 다름없다. 홈파티 준비를 도와줬으면 한다거나, 현관에 장식할 미술품을 구해달라거나, 묘지를 찾아달라거나 세무사를 소개해달라는 등 업무와 관계없는 것까지 부탁한다. 하지만 판매와 직접 연결되는 일이라서 외판부가 고객의 부탁을 거절하는 일은 기본적으로 없다.

나오미가 경험한 일 중에서 제일 놀라웠던 것은 시내에서 운전하다가 추돌 사고를 일으킨 사장 부인이 패닉 상태에 빠져 외판부에 도움을 요청한 일이었다. 이때는 담당자인 나이토가 경찰보다 먼저 현장으로 달려가 사고 처리를 하고 피해자와 담판을 벌였다. 감격한 사장 부인은 그 후 나이토로부터 1천만 엔 가까운 보석과 명품을 구입했다. 충성, 신뢰 관계, 그 고마움에 대한 보답. 이것이 백화점 외판부의 순환 구조였다.

그래서 외판부 직원은 모두 꼼꼼하고 정성을 다하는 유형이었으며, 누구보다 까다로운 사람을 잘 다루었다. 고객에 대해 조금이라도 빈정거리거나 험담하는 사람은 철저히 배척당한다. 아니, 그런 표정 한 번 짓는 것만으로도 손님은 떠나가는 것이다. 외판부의 인사이동이 적은 것은 한 번 잡은 고객을 놓치고 싶지 않기 때문이다.

나오미는 그리 헌신적인 성품이 아니었지만 일을 하는 동안 자연스럽게 자세가 낮아졌다. 타고난 성격이 그렇지 않은 만큼 자신을 억누르고 고객에게 사랑받기 위해 스스로를 타일렀다. 최근 들어서는 폭염이 기승을 부리는 한여름이면 고객의 건강이 진심으로 걱정됐고, 태풍이 상륙하면 고객의 집은 괜찮은지 신경 썼다. 나오미는 환경이 사람을 만든다는 말을 실감했다.

"오다 씨, 신규 쪽은 어떻게 되고 있어? 부장이 신경 쓰던데."

나이토가 작은 목소리로 물어왔다. 임원 명령으로 외판부에 신규 고객을 유치하도록 할당량이 내려온 것이다.

"히로오의 야마시타 님에게는 카드를 만들어드렸습니다. 메구로의 기타시마 님은 금방 만드실 것 같고요."

"자네가 한 명쯤 더, 어떻게 안 될까?"

"사이타마의 다나카 님은 언제든 오케이일 텐데."

"그 사장 말인가……?"

나이토가 신음했다. 연간 300만 엔 이상을 소비해주는 우수 고객이었지만 비밀리에 조사한 결과, 폭력단과 연계되어 있는 건설업자라는 게 판명됐다. 고객 카드 심사는 엄격해서 부자라고 무조건 소지할 수 있는 것은 아니다.

"지금은 심사 기준이 좀 느슨하긴 할 텐데. 가입시켜볼까?"

"과장님이 판단해주세요." 나오미는 차갑게 대답했다.

"또 냉정하게 말한다." 나이토가 코에 주름을 모으며 말했다.

"아니면 야마가타의 이노우에 원장님 지인 중에 예전부터 고객 카드를 갖고 싶어 하는 사장님이 있다고 하셨는데요."

"글쎄. 병원에 출입하는 업자들이 어떤 사람인지 나는 잘 몰라서."

"그분은 장례 회사 사장님이래요."

"그래? 그럼 다음번 특별 초대회에 부르면 실적 좀 올려주려나?"

"알겠습니다. 아마 많이 사실걸요."

나오미는 재빨리 초대객 명단에 이름을 적어 넣었다.

외판부가 다루는 개인 고객은 물 쓰듯 돈을 쓰는 사람들이다. 특히 일 년에 몇 차례 열리는 특별 초대회 손님은 일반 서민과는 세계가 완전히 달랐다. 일류 호텔의 연회장에 이름만 대면 누구나 알 수 있는 명품을 늘어놓고 전국에서 손님을 초대한다. 홋카이도도 있고 규슈도 있으며, 교통비와 숙박비는 백화점에서 부담한다. 그래도 손해 보는 장사는 아니다. VIP 대접에 기분이 좋아진 고객은 하루에 수백만 엔의 쇼핑을 하기 때문이다. 100엔 단위의 절약으로 절치부심하는 주부 입장에서 보자면 살기 싫어질 만한 광경일 것이다. 나오미도 처음에는 슈퍼마켓에서 달걀 사듯 보석을 구입하는 손님들에게 깜짝 놀랐지만 그것도 이젠 익숙해졌다. 그저 사는 세계가 다를 뿐이다.

업무 시작 시간이 되자 조례를 하고 부장에게 업무 지시를 받은 후 모두 일어나 사훈을 합창했다.

"우리는 늘 고객을 최우선으로 생각합니다. 우리는 늘 고객을 웃는 얼굴로 맞이합니다. 우리는 늘 고객이 원하는 바를 성심성의껏 들어줍니다……."

서비스업에 자아는 필요 없다. 봉사 정신은 일종의 군대식 규율에서 생겨난다. 이런 합창을 매일 계속함으로써 인간은 자기최면에 빠진다. 큐레이터를 목표로 들어온 백화점에서 나오미는 빈틈없는 톱니바퀴의 하나가 되어 기계적으로 작동하고 있었다.

조례가 끝나고 각자 고객들에게로 흩어진다. 영업부 이상으로 외판부는 사무실에 없다. 일은 각자의 재량에 맡겨 일일 보고를 제외하면 따로 보고할 의무는 없다. 시간이 비면 미술관 순례도 가능했다. 이 점만은 괜찮은 부서였다.

나오미는 가방에 태블릿 단말기를 넣고 자리에서 일어섰다.

"다녀오겠습니다."

"다녀올게요!"

술집처럼 여기저기에서 일제히 커다란 목소리가 들려온다. 이것은 아무리 시간이 지나도 익숙해지지 않았지만 규칙이었으므로 어쩔 수 없었다. 회사는 언제나 불합리한 집단이다.

이날은 롯폰기 힐스에 사는 사장 부인의 자택을 방문했다. 남편은 음식점 체인으로 성공한 실업가였다. 그런데 본사가 호쿠리쿠에 있어서 부인이 두 자녀를 데리고 홀로 도쿄로 이사했다. 이유는 아이들 교육 때문이었다.

'지방에는 변변한 학교가 없다'는 게 부인의 주장이었다. 두 아이를 유명 사립대학의 부속 초등학교에 보내기 위해 남편을 지방에 남겨두고 모자(母子)만 상경한 지 이 년이 되었다. 도쿄 생활 일 년째에 갑자기 300만 엔 이상을 쇼핑하여 아오이 백화점의 고객 카드 소유자가 되었다.

부인은 도쿄에 아는 사람이 없어서인지 수시로 나오미를 불러 이야기 상대로 삼았다. 때로는 '혼자 심심하다'며 미용실까지 데려갔다. 오늘도 바카라(Baccarat, 프랑스의 고급 크리스털 제품 제조회사-옮긴이)의 카탈로그를 보고 싶다는 용건이었지만 분명 점심때까지 놓아주지 않을 것이다.

제한된 사람밖에 들어갈 수 없는, 도쿄의 몇 안 되는 고급 맨션에서 나오미는 카탈로그를 펼치고 설명했다.

"사모님이 찾으시는 와인글라스는 이쪽입니다. 그 외에도 마티아스라는 세계적 디자이너가 디자인한 홈 컬렉션도 있습니다만……."

"역시 비싸네." 부인이 가격표를 들여다보며 눈을 동그랗게 뜨고 있다.

"네. 일반 고객께는 저희도 추천하지 않습니다."

"사면 또 남편한테 혼날지 모르는데."

"그건……. 평생 쓰실 테니까 후회하지는 않으실 거라고 생각합니다."

"지난번에 말이에요, 학부모 모임에 갔다가 시로카네에 있는 프렌치 레스토랑에서 차를 마시게 됐는데 그 사람들 대화에 끼지 못해서 내가 얼마나 창피했는지. 그래서 일단 글라스부터 시작해볼까 싶어서."

부인이 변명을 해댔다. 최근 들어 나오미는 푸념을 들어주는 역할이었다. 학교의 보호자들은 모두 도쿄에서 태어나 가정교육도 잘 받아서 지방 출신인 그녀는 왠지 주눅이 드는 듯했다.

"그건 현명한 판단이십니다. 글라스는 아는 사람이 보면 한눈에 고가품인지 알 수 있거든요. 그렇게 좋은 물건들을 조금씩 모으다 보면 안목도 생기실 테고 수집품도 꽤 늘어나리라 생각합니다."

"그럼 이 와인글라스 여섯 개와 텀블러(tumbler, 바닥이 넓은 큰 물컵-옮긴이) 여섯 개를 먼저 구입할까?"

"감사합니다."

나오미는 등을 똑바로 펴고 난 후 고개를 깊이 숙였다. 열두 점 합쳐 19만 4,400엔이었다.

"바카라에 어울리는 코스터(coaster, 컵 받침-옮긴이)는 어떠세요? 파리의 호텔에서도 사용하고 있는 코르크로 만든 괜찮은 물건이 있는데요."

"어머, 멋지다. 그럼 그것도 같이 살게요."

"아뇨. 이건 아오이에서 선물하는 것으로 할게요."

"그래요. 고맙네."

부인은 만족한 듯 고개를 끄덕였다. 고작 한 장당 200엔 정도 하는 것이다. 외판부의 활동비는 비교적 자유롭게 쓸 수 있었다.

"그런데 내 억양이 이상해요?"

부인이 갑자기 이상한 질문을 했다.

"아뇨. 이상하지 않은데요."

나오미는 즉시 고개를 저었다. 사실은 호쿠리쿠 사투리가 약간 섞여 있었지만 그렇다고 밝힐 수는 없다.

"정말? 학부모 모임에서 내가 뭔가 말하면 흘낏 쳐다보거나 키득거리며 웃는 사람이 있더라고요. 아이들은 금방 적응하니까 이젠 자연스럽게 도쿄 말을 쓰지만 나는 이따금 튀어나오나 봐요."

"너무 의식해서 그런 게 아닐까요."

"오다 씨는 전혀 못 느끼겠어요?"

"네."

"그럼 이상하다 싶을 때 말해줘요. 고쳐주는 사람이 없으니까."

"알겠습니다."

"오다 씨 앞이라 말하는 건데 나, 지난 이 년 동안 체중이 5킬로그램이나 줄었어요."

"어머, 부러워라." 싹싹하게 맞장구치며 미소 지었다.

"스트레스예요. 학교 모임이라는 거, 힘들거든요. 관습 같은 것도 잔뜩 있어서 엄마는 미니스커트 같은 옷도 못 입고."

"그런 게 있나요?"

"있더라고요. 지난번에는 버킨(Birkin, 프랑스의 에르메스에서 만든 명품 가방-옮긴이)을 들고 학교에 갔더니 주변에서 '뭐야, 이 사람' 하는 눈빛으로 봐서 바늘방석에 앉은 기분이었어요. 카르티에 손목시계도 탱크는 괜찮지만 주얼리는 안 된다거나. 정말 알 수가 없어요."

그때의 일이 생각났는지 부인의 표정이 일그러진다.

"따님이 다니는 학교는 옛날부터 명문이라 여러 가지 불문율이 있나 보죠."

"그런 게 있다면 차라리 다 적어서 달라고 말하고 싶어질 지경이에요."

"후후. 하지만 지금은 좀 참으세요. 아드님과 따님이 중학교에 들어가면 거기에서는 내부 진학이니까 자리 잡으실 수 있을 거예요."

"그럴까?"

"그렇죠. 그런데 오늘 자제분들은?"

"학원에서 봄방학 합숙 들어갔어요. 나는 편해서 좋지만."

"후후후, 부러운데요."

나오미의 위로에 부인은 다시 기분이 좋아져 기지개를 켜면서 이탈리아제 소파에 깊이 파묻힌다.

"그럼 조금 이르긴 하지만 점심 먹으러 갈래요? 내가 살게요."

"어머, 신난다. 고맙습니다."

나오미는 애교스럽게 소리치며 두 손을 맞잡았다. 애교 부리는 것도 일 가운데 하나였다.

"히로오 근방을 개척하고 싶은데 어디 괜찮은 가게 알아요?"

"제가 알 리가 없죠. 점심은 늘 회사 식당이거나 편의점에서 사 먹는 도시락인데요."

"그럼 인터넷으로 찾아봐줘요. 이탈리아 식당이 괜찮을 듯한데."

"알겠습니다."

나오미는 태블릿 단말기를 손에 들고 히로오 근처 레스토랑을 검색했다.

"맞다, 맞다. 주말에 남편이 오니까 넥타이 좀 선물할까 싶어요. 구치나 프라다로."

부인이 말했다.

"알겠습니다. 금요일에 서른 개 정도 샘플로 가져오겠습니다."

"그때 스키야키용 소고기도 좀 갖다줄래요? 800그램 정도면 될 것 같아요."

"알겠습니다. 와인은 어떻게 할까요?"

"같이 부탁해요. 뭐가 좋은지는 모르니까 알아서."

"알겠습니다."

나오미는 머릿속으로 와인 리스트를 떠올렸다. 이럴 때는 너무 비싸지 않은 적당한 것을 고르는 게 신뢰를 얻는 요령이다. 술도 잘 마시지 않는데 술 종류만은 훤히 알게 됐다.

"사모님, 아리스가와 공원 근처에 평판 좋은 이탈리안 레스토랑이 있는데요."

"그럼 거기로 하죠. 예약해줄래요?"

"알겠습니다."

이런 말을 하루에 몇 번이나 하는 직업을 갖게 될 줄은 생각지도 못했다.

나오미는 이번에는 휴대전화로 바꿔 들고 레스토랑에 예약했다.
"옷 갈아입고 나올 테니 기다려요."

부인이 일어나 안쪽 침실로 갔다. 창밖으로 눈길을 주자 도쿄의 마천루가 한눈에 다 들어왔다. 눈 아래 세계 전체가 계속 내리는 비에 흠뻑 젖어 있다. 여기 임대료는 대체 얼마일까. 월 100만 엔은 족히 들 것이다. 오로지 자식 교육만을 위해 도쿄로 이사하고 매일같이 물 쓰듯 돈을 쓴다. 나오미는 작게 한숨을 내쉬었다. 부럽다거나 질투 같은 감정은 일지 않는다. 고마운 손님, 그저 그뿐이다.

현재 하고 있는 일은 기분 전환이 필요하다. 그러지 않으면 일반 서민이 싫어지고 자신의 생활마저 추레하게 생각된다.

이날 저녁, 오랜 친구인 핫토리 가나코와 식사하기로 약속이 되어 있었다. 그런데 오후 3시가 지나 가나코로부터 취소 문자가 왔다. 감기에 걸려 열이 나기 때문에 다른 날 만났으면 한다는 것이다.

나오미가 걱정이 되어 전화하자 가나코는 쉰 목소리로 "미안, 미안" 하고 거듭 말했다. 문병 가겠다고 하니 "괜찮아, 괜찮아. 심한 것도 아니고 자칫 옮기라도 하면 안 되잖아"라며 완강히 거절했다.

이시카와 현 출신인 가나코는 대학 동창으로 나오미의 유일하다고 말할 수 있는 친구였다. 니가타 출신인 나오미와는 같은 호쿠리쿠에서 상경한 것도 있고, 서로에게 친근감을 느껴 처음 만난 그날 바로 친해졌다. 두 사람 모두 사투리를 좀처럼 고치지 못해 도쿄에 열등감을 품고 있었기 때문이기도 했다. 우울할 때는 서로 위로해주며 무슨 일이든 의논했다.

성격은 굳이 말하자면 정반대다. 가나코는 부드러운 데다가 조심스러운 편이고, 나오미는 당차고 딱 부러진 구석이 있다. 플러스와 마이너스라서 서로 보완해나가면 괜찮을지도 모른다.

다만 가치관은 일치했다. 둘 다 사치스러운 것을 좋아하지 않았고 연애에도 신중했다. 소설과 영화를 정말 좋아해서 몇 시간이고 이야기를 나누었다. 그런 점이 두 사람을 더욱 가깝게 만들었다.

사회인이 되고 나서는 일 년에 몇 차례밖에 만나지 못하지만 관계는 여전하다. 만나면 즉시 옛날로 돌아간다. 아마 평생 친구일 거라고 나오미는 생각했다.

가나코는 대학 졸업 후 대형 가전업체에서 일했는데 작년 가을 은행원과 결혼하면서 퇴직하고 전업주부가 되었다. 회사의 실적 악화로 사내에서 정리 해고의 광풍이 불어닥친 사정도 있었지만, 가나코는 '아기가 생기면 집에 있고 싶어 했으므로' 일에는 미련이 없는 듯했다. 나오미도 그런 게 그녀답다고 생각했다.

정시에 일을 마친 후 나오미는 가나코의 맨션에 들르기로 했다. 가나코의 남편은 늘 늦게 돌아오기 때문에 아마 혼자일 것이다. 열이 있다면 저녁을 준비하는 것도 힘들다. 비가 와서 뭔가를 사러 나가기도 귀찮다. 아오이 백화점의 식료품 매장에서 반찬을 사 가면 분명 기뻐할 것이다. 가나코의 맨션은 같은 지하철 코스에 있었다. 오지 않아도 된다고 했지만 시키면 시키는 대로 하는 조심스러운 사이도 아니었다.

나오미는 지하 1층으로 내려가 맛있기로 유명한 오니기리와 찌 갯거리, 과일을 산 후 전차를 타고 가다가 도중에 내려 가나코의 맨션으로 향했다. 역에서 가까운 고층 맨션으로 몇 번 놀러 간 적이 있다. 임대료는 20만 엔이라고 들었다. 남편이 다니는 은행의 복지가 잘되어 있어서 임대료를 절반쯤 보조해주는 모양이었다.

도착하여 올려다보니 거대한 콘크리트 덩어리가 비를 맞으며 밤하늘을 향해 우뚝 솟아 있었다. 불이 들어와 있는 집은 반 정도였다. 도시라서 다양한 생활을 하는 사람들이 살고 있다.

입구에서 인터폰을 눌렀다. 잠시 후 "네" 하는 가나코의 목소리가 스피커를 통해 들려왔다.

"아, 쉬고 있는데 미안. 나오미야. 저녁식사 사 왔는데 아직 안 먹었지?"

"어, 아, 설마."

가나코가 당황하여 소리쳤다.

"미안해. 문자 먼저 할걸. 그래도 집에 가는 길이라 그냥 왔어."

잠시 대답이 없다. 입구 유리문도 여전히 닫힌 채다. 당황스러운 걸까. 과거에 두 사람 사이에 서로를 내친 적은 한 번도 없었다. 줄곧 학생 때 기분으로 대해왔다.

"주기만 하고 갈게. 그러니까 문 열어."

아직도 대답이 없다. 누가 있는 걸까. 감기 걸렸다는 말은 거짓이었던 걸까.

맞은편에서 관리인이 수상한 듯 바라본다. 어떻게 해야 하나 당혹스러워하고 있는데 마침내 문이 열렸다. "들어와." 가나코의 가냘픈 목소리가 스피커에서 흘러나왔다.

나오미는 관리인에게 가볍게 인사를 하고 엘리베이터에 올라탔다. 9층에서 내려 카펫이 깔린 내부 복도를 걸었다. 집 앞까지 가서 초인종을 눌렀다. "네" 하고 문 저편에서 대답이 들려온다. 슬리퍼 소리가 다가오고, 걸쇠가 달칵하고 풀렸다. 문이 살짝 열린다. 앞머리를 늘어뜨리고 마스크를 쓴 가나코가 눈을 마주치지 않은 채 아래를 보고 서 있었다. 들어오라는 손짓이 없다. 여기까지 왔는데 그냥 돌아가라는 걸까.

"미안, 갑자기 찾아와서." 거기까지 말하다가 나오미는 깜짝 놀랐다. 가나코의 볼이 공처럼 부어 있다. 게다가 시커먼 멍이 마스크 밖으로 삐져나와 있다. 자신도 모르게 숨을 삼켰다.

"잠깐, 가나코, 왜 이래?"

"계단에서 굴렀어." 가나코가 고개를 숙인 채 짧게 대답했다.

거짓말이라고 생각했다. 그렇다면 처음부터 다쳤다고 말하면 됐을 테고, 숨길 이유도 없다.

"자세히 좀 보자. 많이 다친 거 아냐?"

"으응, 별거 아니야."

"거짓말하지 마. 어떻게 된 거야? 자세히 말해봐."

가나코는 어두운 표정으로 우두커니 서 있었다. "아무것도 아니야……." 말꼬리가 작게 사그라들었다.

나오미는 직감적으로 누군가에게 폭행당한 흔적이라고 생각했다. 이대로 돌아갈 수는 없다. 갑자기 심장이 마구 뛰기 시작했다.

"지금 혼자야? 남편 있어?"

"혼자 있는데."

"그럼 들어갈게. 자세히 설명해줘. 나한테도 말할 수 없는 일이야?"

나오미가 다그치자 가나코는 작게 한숨을 내쉬며 한 걸음 뒤로 물러났다.

나오미는 신발을 벗고 집으로 올라갔다. "아무것도 내올 필요 없어" 하고 말하며 뒤를 따랐다. 2LDK(방 2개, 거실에 부엌이 딸린 아파트나 맨션을 가리키는 일본식 약어-옮긴이)의 다섯 평 정도 되는 거실로 들어가 밝은 조명 아래서 다시 가나코를 보다가 더욱 큰 충격을 받았다. 얼굴이 누군지도 모를 만큼 변해 있었다. 분명 폭력의 흔적이었다. 하얀 피부에 예뻤던 가나코가……

"어떻게 된 거야? 누가 이랬어? 병원에는 갔어?"

퍼붓듯 질문을 던졌다. 가나코는 여전히 가만 서 있는 채였다. 나오미는 옆으로 가서 어깨를 끌어안으며 소파에 앉혔다.

"자, 대답해. 말할 수 없는 일이야?"

그렇게 말하는 동안 머릿속에서 한 가지 기억이 반짝하고 되살아났다. 지난달 함께 점심을 먹으러 갔을 때의 일이다. 가나코가 제대로 포크질을 하지 못해서 왜 그러냐고 묻자 가구에 옆구리를 부딪혀 갈비뼈가 아프다고 말했다. 그것도 누군가의 폭행 때문이 아니었을까.

제일 먼저 떠오른 것은 남편에 의한 가정 폭력이다. 물론 확증이나 근거는 없다. 다만 당사자로서의 경험이 나오미에게는 있었다. 어린 시절, 아버지에게 맞아 얼굴이 퉁퉁 부은 어머니를 몇 번이나 봐왔다.

가나코는 음울한 눈빛으로 그저 아래만 쳐다보고 있다.

"부탁이야. 가르쳐줘. 무슨 일이 있었던 거야?"

나오미가 어깨를 흔들자 그게 신호라도 된 듯 가나코는 오열했다. 굵은 눈물방울이 치마 위로 떨어진다.

친구의 심상치 않은 사태에 가슴이 마구 뛰었다. 두 사람은 제일 친한 사이다. 그렇게 열여덟 살 때부터 희로애락을 함께했다.

가나코가 어깨를 떨며 울고 있다. 나오미까지 몸이 떨려왔다.

2 ——

나오미는 아침부터 하품이 멈추지 않았다. 페트병의 물을 가방 안에 몰래 넣어두고 조금씩 마시며 목의 상태를 살폈다. 솔직히 회사를 쉬고 싶었지만 중요한 상담이 있어서 어쩔 수 없었다.

가슴속에서는 우울한 기분이 소용돌이치고 있었다. 조금만 방심하면 모든 생기가 깊은 어둠 속으로 빨려들고 말 것 같았다. 오늘은 구름 한 점 없이 화창한 날이어서 그렇지 못한 나오미를 더욱 암담하게 만들었다. 아침에 일어났을 때도 집 아래로 보이는 제방의 벚꽃이 아닐 정도로 눈부셨다.

어젯밤 가나코에게 들은 남편의 폭력 이야기에 나오미는 충격을 받았다. 동시에 봉인됐던 기억의 상자가 열려 이중의 타격을 받았다. 기억에도 생생한, 어머니가 아버지에게 얻어맞던 폭력의 광경. 가정 폭력은 주변 사람들마저 지옥에 빠트린다.

나오미는 설마 자신의 친구가 그런 신세가 되리라고는 생각지도 못했다. 가나코가 울며 이야기한 내용은 나오미의 상상을 뛰어넘는 것이었다. 흥분한 나머지 한 대 쳤다거나 물건을 집어던지는 수준이 아니라 생명의 위협을 느낄 정도로 위험한 것이었다.

가나코에 따르면 첫 폭력이 시작된 것은 올해 초, 결혼하고 3개월이 지난 무렵이었다. 늦은 밤, 술에 취해 돌아온 남편이 당연한 듯 섹스를 요구하는 게 싫어서 가나코가 거부하자 갑자기 흥분하여 주먹으로 얼굴을 가격했다. 어두워서 확실하지는 않았지만 완전히 다른 사람으로 변한 남편의 성난 목소리가 귀를 후벼팠다. 그녀가 다른 사람에게 폭행당한 것은 처음이었다. 부모에게도 맞은 적이 없다고 했다.

가나코는 너무 큰 충격에 울 수도, 항의할 수도 없어서 부은 얼굴을 젖은 수건으로 식히며 이불 속에 웅크린 채 잠들 수 없는 하룻밤을 보냈다.

다음 날 아침이 되자 남편은 창백한 표정으로 고개를 숙이고, 어젯밤에는 어떻게 된 것 같다, 두 번 다시 그러지 않겠다며 두 손을 싹싹 빌며 사과했다. 가나코는 용서하기로 했지만 일단 그 사람의 어두운 면을 보고 나자 선뜻 잊을 수 없었다. 폭행당한 공포도 가시지 않았다. 가나코의 가슴에 박힌 가시는 여전히 뽑히지 않은 채 개운치 않은 나날을 보내게 됐다.

가나코의 남편은 핫토리 다쓰로라는 서른한 살의 은행원이었다. 직장 동료의 권유로 참가한 미팅에서 만나서 사귀기 시작했다. 나오미가 그 사실을 알게 된 건 한참 뒤였으므로, 쑥스러워서 말하지 않았다고 가나코는 변명했지만 나름대로 신중하게 결정했을 것이다. 즉 일시적인 기분은 아니었다는 뜻이다.

교제한 지 일 년이 지나 프러포즈를 받고 가나코는 승낙했다. 도쿄에서 태어나 유명 사립대학 졸업, 외모도 나쁘지 않았고 가정환경도 중산층에 속했다. 처음 소개받았을 때 나오미는 여러모로 그럴듯한 조건에 그야말로 가나코가 선택할 만한 남자라고 생각했다. 가나코는 매사에 신중한 성격이라 은행원이라는 직업은 딱 어울렸다.

나오미는 친구가 좋아하게 된 상대인 만큼 호의적으로 봐줬지만 마음에 걸리는 부분이 없는 것은 아니었다. 셋이 함께 택시를 탔을 때 아버지뻘인 나이의 운전기사에게 말을 함부로 했다. '어디어디로 가주쇼', '거기서 우회전' 등등. 레스토랑에서도 웨이터에게 명령조의 말투를 썼다. 사소한 것이긴 했지만 나오미는 거만한 남자가 싫었다.

결혼식은 호텔에서 교회식으로 올렸다. 화려한 걸 싫어하는 가나코치고는 성대한 잔치라 할 만한 것이었다. 신랑 측 하객이 많아서 거기에 맞추려고 가나코가 애를 먹은 모양이었다. 그리 존경하지도 않던 세미나 교수를 부른 것도 그런 사정이 있었구나 하고 훗날 납득했다. 결혼식 날 나오미는 신랑의 부모가 너무 위압적으로 보여 앞으로 고생 좀 하겠다고 염려했던 것을 기억한다.

결혼하고 나서는 만나는 횟수가 크게 줄었다. 친구라 해도 기혼자가 되면 휴일에 함께 쇼핑할 수도 없다. 신혼집에 쳐들어가는 것도 꺼림칙했고 그쪽에서 초대하는 일도 없었다. 생각해보면 나오미는 다쓰로에게 별로 친밀함을 느끼지 않았던 건지도 모른다. 나오미가 좋아하는 사람은 첫째도 둘째도 부드러운 남자였다.

두 번 다시 없을 거라고 맹세했던 폭력은 고작 반달 후에 다시 찾아왔다. 두 번째는 맨정신일 때였다. 다쓰로의 본가에서 보내온 배를 깜박 잊고 냉장고에 넣지 않아 반쯤 상해버린 게 발단이었다. 음식물 쓰레기를 내다 버릴 때 그것을 보고 다쓰로의 안색이 서서히 변했다고 한다. "칠칠치 못하게 이게 뭐야!" 갑자기 고막을 찢을 듯 소리치며 머리칼을 움켜쥐더니 좌우로 힘껏 흔들었다. 가나코는 열심히 사과했지만 전혀 들으려고도 하지 않고 또다시 몇 대씩이나 때렸다.

이중인격이 아닐까 싶을 정도인 남편의 표변과 가차 없는 폭력에 가나코는 공포감에 휩싸였다. 이후 반달에 한 번꼴로 벼락같이 벌어지는 가정 폭력 앞에 고스란히 노출된 채 다음은 또 언제일까 부들부들 떨며 매일을 보냈다.

나오미가 어젯밤 들은 이야기는 여기까지였다. 부모님에게는 의논했는지, 왜 이혼하지 않는지. 묻고 싶은 것은 산더미 같았지만 밤 9시가 지나면 다쓰로가 돌아올 가능성이 높다고 하기에 마지못해 이야기를 중단했다. 그리고 가나코의 이야기를 들으며 다시 어머니를 떠올렸다. 나오미가 어머니에게서 아버지의 폭력에 대해 들은 적은 없다. 어린아이 앞에서는 늘 태연한 척했다. 그래서 그때 듣지 못한 것까지 포함하여 모두 듣고 싶은 기분이었다.

"부탁이니까 제발 아무한테도 말하지 말아줘." 가나코는 울며 애원했다. 나오미는 집으로 돌아가는 길에 뭔가 해야만 한다고, 똑같이 공포를 느끼고 있는 자신에게 말했다. 도저히 가나코를 그냥 방치할 수는 없다. 그녀가 믿을 만한 상대는 자신밖에 없다. 나오미는 심장이 터질 것만 같았다.

이날은 아침부터 도내 호텔로 나가 외판부 카드 회원을 위한 상담회 준비에 정신이 없었다. 접대할 상대는 도쿄에 사는 화교들이었다. 화교 모임이 이 호텔에서 개최되기 때문에 거기에 아오이 백화점이 편승하는 형태로 별도의 방을 빌려, 모임이 끝나고 바로 이동시킨 후 쇼핑할 수 있도록 한다는 계산이었다. 과장인 나이토가 화교 유력자의 마음에 들어 실현됐다. 그가 집을 비울 때마다 줄곧 개의 산책을 맡은 성과였다. 다수의 고객이 찾아올 터라 나오미 같은 젊은 직원이 모두 동원됐다.

"오다 씨, 무슨 일 있어? 피부가 까칠해 보이는데."

계장인 아오키 미쓰요가 다가와 말했다. 같은 여자라 상태를 확인하는 게 엄격했다. 나오미는 스트레스를 받으면 곧바로 피부에 나타난다. 화장도 잘 받지 않고 뾰루지도 난다. 아마 내일은 좀더 심해질 것이다.

생리 때문이라고 말하려다가 수첩에 메모해놓았을 것 같아서 그만뒀다.

"죄송합니다. 요즘 잠을 잘 못 자서."

"몸이 안 좋더라도 기운 좀 내. 오늘은 중요한 손님들이니까."

"알겠습니다."

최근 몇 년간 중국인은 백화점의 중요한 고객이 되어 있었다. 화교 사회는 네트워크가 강하고 거대해서 일본에 사는 부자 화교를 한 사람 잡으면 본국에서도 손님이 몰려든다.

새하얀 테이블보를 깐 탁자에 놓인 것은 유명 브랜드의 보석과 스위스제 손목시계, 각종 미술품이었다. 총액이 얼마쯤 되는지 나오미로서는 가늠도 할 수 없다. 연회장 한복판에는 이탈리아제 소파가 놓였고 마실 음료도 갖춰졌다. 입구와 벽 쪽에는 제복 차림의 경비원 세 명이 서 있다.

준비가 끝났을 때 화교 일행이 나타났다. 목소리가 커서 갑자기 주위가 소란해진다. 나이토가 튕기듯 입구까지 달려가 깊숙이 고개를 숙였다.

"어서 오십시오. 바쁘신 중에 정말 감사합니다."

"물건이 좋지 않으면 안 살 거야. 당신들, 뭐가 됐든 나한테는 강매하잖아."

풍채 좋은 한 신사가 웃으며 요란스럽게 말했다. 도내에서 부동산업을 하며 여러 채의 중화 레스토랑을 경영하는 진 회장이었다. 구입 액수가 커서 외판부원은 모두 얼굴을 알고 있었다.

"회장님, 무슨 말씀이세요! 저희는 회장님께 딱 어울리는 상품만 골라 소개해드리고 있습니다."

나이토가 평소보다 한 옥타브 높은 목소리로 말했다.

진 회장에 이어 화교들이 우르르 들어왔다. 그 수에 나오미 일행은 당황스러웠다. 거의 서른 명이나 되지 않는가. 사전에 들은 이야기로는 화교 모임의 간부가 부부 동반으로 여섯 쌍 정도 된다고 했다. 부부 한 쌍을 부원 한 명이 접대할 예정이었던 것이다.

나이토도 초조한 모습이었다.

"회장님, 이쪽 분들은……."

"아아, 이제부터 아오이 백화점의 비공식 전람회가 있다고 했더니 다들 보고 싶다며 따라왔어. 괜찮지? 구매할지도 모르는데."

진 회장이 태연하게 말했다. 일행 중에는 그다지 부유해 보이지 않는 남녀도 있었다. 아마 그들은 구경만 하고 사지는 않을 것이다.

"하지만 의자나 음료는 갑자기 준비할 수가 없는데……."

"괜찮아, 괜찮아. 모두 서 있을 거야. 배도 부르고."

나이토가 당황해하는 것도 아랑곳없이 진 회장은 부인과 함께 보석류 테이블 앞에 앉았다.

"자, 여보, 마음대로 골라봐. 여기는 가격표가 붙어 있지 않거든. 일부러 비싼 걸 고르려고 해봤자 소용없다고."

진 회장의 말에 화교들이 요란하게 웃는다. 뒤쪽에서는 중국어도 마구 섞여 들려왔다. 본국에서 온 손님도 끼여 있는 듯했다. 관계없는 인물들까지 들어올 수는 없었으므로 최소한의 조치로 방명록에 이름과 주소를 적도록 했다.

"오다 씨, 당장 사무실로 전화해서 지원을 요청해줄래? 법인과 사람들이라도 괜찮으니까."

화교들이 방명록 앞에 줄지어 서는 동안 아오키가 옆으로 다가와 귓속말을 했다.

"네, 하지만 모두 외출했을 것 같은데요……."

"괜찮으니까 전화해봐."

아오키가 굳은 표정으로 명령했다. 나오미는 연회장 한쪽 구석으로 달려가 휴대전화로 걸었다가 법인과 과장에게 "당연히 힘들지" 하고 혼났다. 돌아와서 그 내용을 전했다.

"어쩔 수 없네. 과장은 진 회장을 모셔야 하니까 계획을 바꿔 테이블마다 우리가 접대하도록 하자. 모두 잠깐 모여봐."

아오키의 신호에 모두가 모였다.

"사이토 씨는 손목시계가 있는 1번 테이블, 오다 씨는 2번 테이블을 부탁해. 다카다 군은 주얼리 1번, 아리모토 군은 2번……."

부원들이 지시를 받고 각자 맡은 자리로 흩어졌다. 나오미는 하얀 장갑을 끼고 탁자 앞에 섰다. "천천히 구경하세요." 웃으며 손님을 맞이한다. 입구 근처에 있던 화교들은 일제히 무리 지어 각자 상품을 손에 들고 이리저리 살펴보기 시작했다.

"저, 저기……."

나오미는 어이가 없었다. 마음대로 만지면 곤란하다. 떨어뜨리기라도 하면 큰일이었다. 어떻게 대응하면 좋을지 알 수 없어서 도움을 청하려고 나이토를 봤지만, 진 회장을 상대하느라 정신이 팔려 이쪽으로는 눈길도 주지 않았다.

"손님, 차례를 지켜주시길 부탁드립니다. 상품은 제가 안내해드릴 테니까 여러분, 일단 케이스에 다시 돌려놔주세요."

부드럽게 주의를 주는데도 그들은 귓등으로 듣는 듯 중국어로 열심히 떠들어대고 있다. 다른 테이블도 마찬가지였다. 축제 때 포장마차처럼 인파가 몰려들었다. 게다가 시끄럽다. 중국어는 평상시 대화인데도 마치 싸우는 것처럼 들려 나오미는 자신을 혼내는 듯한 기분이 들었다.

다만 대부분이 부자였던 만큼 상품 구입은 시원스러웠다. 나오미의 테이블에서는 200만 엔짜리 롤렉스 세트가 시작 오 분 만에 팔렸고, 다른 손님들도 왕성한 구매 의욕을 보였다. 역시 화교 사회는 경기가 좋다. 일본 경제가 활기를 잃은 후 백화점의 큰 고객은 중국인들로 채워졌다.

조금 전부터 어린아이가 기성을 지르며 연회장을 뛰어다니고 있었다. 고객의 자녀라서 경비원은 주의도 줄 수 없는 듯했다. 아오키가 서둘러 호텔 종업원에게 주스와 과자를 준비해달라고 부탁했다.

화려하게 화장한 부인이 테두리에 다이아몬드를 빽빽이 박은 손목시계를 아무렇게나 집어 들었다.

"이거 멋진데. 얼마죠?" 직접 채우려 한다. 본국에서 태어난 사람인지 중국식 억양이었다.

"손님, 제가 채워드리겠습니다."

나오미는 서둘러 돌려받은 후 신중하게 손목에 채워줬다.

"어떠신지요? 벨트가 악어가죽이라 다양한 코디네이션이 가능합니다."

"그러니까 얼마냐고요?"

"세금 포함해서 3,045,600엔입니다."

"설마. 그렇게나. 비싸다, 비싸."

부인은 항의하듯 얼굴을 찌푸렸다. 하지만 마음에 들었는지 좀처럼 풀려고 하지 않는다.

"손님, 이제 그만 풀어주시겠습니까……."

"여기, 우대 조건은 없나요?"

"카드 회원이시라면 가능합니다만."

"저기, 진 씨. 진 씨 카드로 좀 사줘요. 나중에 돈 드릴 테니까."

"상관은 없는데 그럼 영수증이 내 이름으로 될 거요. 그러면 나도 고맙지만."

약간 떨어진 곳에 있던 진 회장이 돌아보며 여유로운 웃음으로 대답한다.

"그럼 그만둬요. 안 살래. 진 씨, 여기 비싸요."

"아케미 씨, 상하이에 돌아가서 사면 되잖아. 뭐든 도쿄 백화점에서는 비싸거든."

"도쿄에서 사면 진짜거든요. 중국은 보증서까지 위조하잖아요."

나오미는 쓴웃음을 짓다가 서둘러 표정을 수습했다. 중국인은 굳이 일본에서 중국의 미술품까지 산다. 가짜를 살 걱정이 없기 때문이다.

겨우 손목시계를 푼다. 부인은 아직도 안타까운 듯했다.

그러는 동안에도 화교들의 쇼핑은 계속됐다. 그중에는 현금으로 지불하는 고객도 있어서 칸막이 안쪽에 설치한 계산대는 정신없이 바빴다. 흘낏 본 것만으로도 수백만 엔의 지폐가 쌓여 있었다.

진 회장은 동포들에게 체면을 세울 수 있었던 것에 기분이 좋아서 부인에게 300만 엔이나 하는 다이아몬드 목걸이를 선물했다. 이렇기 때문에 외판은 거액의 접대비를 들이더라도 남는 장사인 것이다.

상담회는 대략 두 시간 동안 계속되다가 성황리에 종료됐다. 매상은 대체 얼마나 될까. 나이토는 흥분한 표정으로 손님 한 명 한 명에게 몸을 90도로 꺾어 배웅 인사를 했다.

소란이 가시고 모두 안도의 한숨을 내쉬었다. 룸서비스로 커피를 받아 들고 소파에서 잠시 휴식을 취했다.

"대성공이네요. 목표액 2천만 엔은 달성했습니다. 역시 과장님이세요."

아오키가 활짝 웃으며 상사를 치켜세웠다.

"그래? 나는 몰래 3천만 엔 정도를 노렸는데." 나이토는 만족스럽지 않다는 표정으로 소파에 기대어 길지도 않은 다리를 과장되게 꼬았다. "하지만 뭐, 이렇게 고객과의 신뢰 관계를 통해 매출이 증대되는 건 외판으로서는 참으로 행복한 일이지. 고생한 보람이 있다는 거야. 내가 중국의 음력 설 동안 계속 진 회장의 개를 돌봐줬거든. 그것도 맨션에서."

"알고 있습니다. 골든 리트리버였죠."

"집이 온통 개털이었어. 파출부가 청소하기 힘들다고 엄청 투덜거렸지."

"하지만 그렇게 고생한 결과가 나왔잖아요."

"그래. 결국은 성의야. 우리는 고객의 집사이자 콩세르주(concierge, 호텔 등의 접객 책임자, 안내계, 서비스 담당, 도어맨의 뜻을 가지고 있다-옮긴이) 이기도 하다는 뜻이지."

나이토의 말에 부원들이 진지한 얼굴로 고개를 끄덕였고 나오미도 마찬가지였다. 외판부에 있으면 이런 연기도 익숙해진다.

십 분 정도 휴식을 취한 후 뒷정리에 들어갔다. 나이토는 현금, 아오키는 카드 이용 영수증을 확인하고 금고형 슈트케이스에 담았다. 나오미와 부원들은 담당 테이블의 상품을 다시 닦았다. 고가의 상품이기에 지문 하나라도 남겨서는 안 된다. 그것도 곧바로 닦는 게 철칙이었다.

하나하나 흠이 난 부분은 없는지 확인하며 케이스에 담아간다. 잠시 그 작업을 계속하다가 몇 개 남지 않은 시점에서 나오미의 안색이 창백해졌다. 케이스가 하나 남았던 것이다.

뭔가 실수하지 않았을까 싶어 주변을 둘러봤다. 테이블 아래도 들여다봤다. 거기에도 없었다. 손이 떨렸다. 손목시계가 하나 부족했다.

"오다 씨, 왜 그래?" 아오키가 물어왔다.

"그게, 손목시계 하나가 없어요."

"무슨 소리야?"

"없어요. 파텍 필립(Patek Philippe, 1851년 설립된 스위스의 시계 제조 회사-옮긴이)의 로즈골드가……."

이름을 대다가 생각이 났다. 그 부인이 가격을 물었던 상품이다. 틀림없이 아케미라고 불렸던 중년 여성이었다.

"뭐라고? 다시 한 번 찾아봐." 대화를 듣던 나이토가 안색이 변해서 달려왔다.

"찾아봤습니다. 그런데 없어요."

"착각한 건 아니야? 원래 목록 속에 없었다거나."

"아뇨. 실물을 봤어요. 손님에게 안내해준 것도 기억나는데요. 다이아몬드가 붙은 문자판에 갈색 가죽 벨트였어요."

"그럼 사라졌다는 거야?" 나이토의 목소리가 뒤집혔다. "이봐, 모두들, 다른 테이블에 섞여 있지 않나 찾아봐줘."

그 자리에 있던 모두가 허둥지둥 찾기 시작했다. 경비원의 도움도 받았다. 나이토는 소파 쿠션까지 뒤집어보며 어딘가에 들어간 게 아닌가 조사했다.

그런 작업을 십 분 정도 하다가 더 이상 찾을 곳이 없자 모두 우두커니 서 있었다. 나이토가 험상궂은 표정으로 입을 열었다.

"미안하지만 모두의 소지품을 조사하도록 해줘. 어쨌든 300만 엔이나 하는 물건이야. 의심하는 건 아니야. 실수로 섞여 들어갔는지도 모르고, 누군가 장난으로 숨겼을 가능성도 아주 없지는 않고."

부원들은 서둘러 자신의 가방을 들고 경쟁하듯 내용물을 테이블 위에 꺼내놓았다. 경비원도 리더가 솔선하여 검사를 받았고 부하들도 똑같이 했다. 조금이라도 자신이 혐의를 받는 게 싫었던 것이다.

물론 나오지 않았다. 그런 괘씸한 인간이 여기 있을 리 없었다.

"오다 씨, 짐작 가는 건?" 나이토가 침울한 목소리로 물었다. "땅속으로 꺼졌을 리는 없어. 어딘가에 있을 거야. 그게 어디일 것 같아?"

나오미는 할 말이 없었다. 증거는 아무것도 없지만 결국 손님이 훔쳐 갔다고 의심할 수밖에 없다. 어쩔 수 없이 그런 의미를 담아 말했다.

"고객이 실수로 가지고 돌아가신 게 아닐지……."

"생각하고 싶지는 않지만, 그래. 여기 온 건 화교 모임의 간부뿐만이 아니었어. 확실히 이곳과 어울리지 않는 사람도 섞여 있었고. 내가 생각해도……."

나이토가 입술을 깨물었다. 아까까지 밝던 표정은 어디론가 사라지고 창백한 얼굴이었다.

"이 연회장에 방범 카메라는 없을까?"

아오키가 한 말에 모두 천장을 둘러봤다.

"없을 거예요. 엘리베이터나 복도라면 몰라도 연회장이나 객실에 카메라가 있으면 큰 문제가 생길 테니까요." 누군가 대답했다.

"이거, 곤란하게 됐군. 오늘 이익의 대부분이 날아가게 생겼어.

부장한테 뭐라고 보고하면 좋을지……."

"과장님. 딱히 의심하는 건 아닙니다만 분실한 상품, 그걸 손에 쥐어본 분이 한 분 계셨어요. 상당히 마음에 들어 하는 것 같았는데 가격을 듣고 포기하셨죠." 나오미가 조심스럽게 말을 꺼냈다.

"그래서? 그 사람이 훔치는 걸 봤나?" 나이토가 차갑게 되물었다.

"아뇨. 그런 건 아닙니다만……."

"아무튼 누구야, 그 사람이?"

"진 회장이 아케미 씨라고 불렀어요."

"누가 방명록 좀 가져와."

남자 부원이 가지러 뛰어갔다. 테이블에 놓고 페이지를 편 후 모두 들여다봤다.

"있다, 있어. 리아케미, 도시마 구 이케부쿠로혼마치." 나이토가 얼굴을 들어 나오미를 보며 말했다. "솔직히 말한다면 어떤 인상의 사람이었지?"

"괜찮은 차림을 하고는 있었지만 우리 고객 카드를 발행해줄 만한 손님은 아니었던 것 같아요."

"그게 어떤 의미지?"

"그러니까…… 품위가 없는 분이었어요."

나오미는 생각하고 있던 대로 말했다. 시간이 지남에 따라 그 부인이 점점 의심스러웠기 때문이다.

"그렇단 말이지? 하지만 증거가 없다면……."

"일단 피해 신고를 하죠. 보험금이 나올지도 모르니까." 아오키가 옆에서 말했다.

"아니야. 도난당했다는 증거가 없으면 경찰은 접수받지 않아. 전에도 이런 일이 있었어. 고객에게 보낼 상품이 포장하는 단계에서 사라져 출입하던 배송업자가 의심스럽다는 이야기가 나왔지만 딱히 증거가 없어서 경찰도 상대해주지 않았고, 어쩔 수 없이 포기했지."

나이토가 팔짱을 끼며 한숨을 크게 내쉬었다.

"죄송합니다. 제 주의가 부족했습니다."

나오미는 고개를 숙였다. 아까부터 손의 떨림이 멎지 않았다. 피해액이 너무 커서 현기증이 날 것 같았다.

"아니야. 예상치 못한 사태를 초래하고 만 내 책임이야. 한 사람이 부부 한 쌍을 접대하도록 여러분에게 지시했는데, 보안을 철저히 할 수 없었던 상황에서 도둑질하는 것까지 어떻게 신경 썼겠나."

"제가 호텔에는 말해둘게요. 만에 하나, 어디선가 나올지도 모르니까요" 하고 말하는 아오키.

"그럼 부탁해. 오다 씨는 경찰에 가서 분실신고를 해주고. 회사 세무 처리에 필요하기도 하고, 혹시나 전당포로 흘러 들어갈지도 모르고……. 그거, 시리얼 넘버는 있었지?"

"있었습니다. 보기만 하면 확인할 수 있어요."

사라진 손목시계에는 하나하나 시리얼 넘버가 각인되어 있었다. 그래서 찾았을 때 다른 곳에서 샀다고 변명할 수는 없었다.

"진 회장에게는 어떻게 할까요? 일단 언질이라도 줘야 될까요?"

아오키가 물었다. 나이토는 잠시 생각하다가 "그만두도록 하지"

하고 말했다.

"자신들을 의심하는 거냐고 기분 나빠 하기만 할 거야. 진 회장을 화나게 하는 사태만은 피해야 해. 연평균 800만 엔이나 구매하는 사람이야. 화교 모임 전체로는 1억 엔에 가까운데 그걸 잃는 것이 더 두려워."

부원들이 고개를 숙인 채 분한 마음을 참고 있었다.

나오미는 큰 충격을 받은 상태에서 다시 아케미라는 여자의 얼굴을 떠올렸다. 만약 그 여자가 훔쳤다면 절대 용서할 수 없다. 나쁜 짓을 한 인간이 아무런 처벌도 받지 않고 태연히 살고 있다, 그게 제일 화가 난다.

우울한 기분이 더욱 심해졌다. 가나코가 당하고 있는 가정 폭력만으로도 가슴이 터질 것 같은데 자신까지 재난을 만나다니.

외판부 부원들은 호텔에서 일단 해산하고, 나오미는 직접 신주쿠 경찰서로 향했다. 경무과 창구에서 초로의 착해 보이는 경찰관에게 상담하자 피해액이 크니까 분실신고뿐만 아니라 형사과에도 가보라고 말했다. 경찰관이 친절해서 안심했지만 형사과에서는 무서운 아저씨가 나와 담당자가 외출했으니까 오후 6시 이후에 다시 오라고 거칠게 말했다. 오늘 밤에도 가나코의 맨션에 가서 뒷이야기를 계속 들을 생각이었는데 그럴 수 없게 됐다.

나오미는 가나코에게 문자를 보냈다.

'오늘 밤에는 야근이야. 미안, 못 가겠다. 내일 갈게. 무슨 일 있으면 몇 시가 됐든 전화해.'

답장은 삼십 분쯤 지나고 나서 왔다.

'어젯밤에는 정말 고마웠어. 걱정시켜서 미안. 나는 괜찮아. 얼굴의 부기도 많이 가라앉았어.'

그 짧은 내용에 나오미는 슬픔이 솟구쳤다. 이 간결한 문장을 쓰는 데 삼십 분이나 걸렸을 리 없다. 가나코는 어떻게 답장할까 고민하던 끝에 썼다가는 지우고, 지웠다가는 다시 쓰기를 반복하며 나오미에게 걱정 끼치지 않도록 이런 문자를 보내온 것이다.

나오미는 그날 저녁으로 편의점에서 산 주먹밥만 하나 먹었는데 가슴이 메어왔다. 마음이 무거워 식욕이 전혀 일지 않았다.

3 ──

다음 날 나오미는 오전 중에 고객 방문을 재빨리 끝내고 가나코에게 가서 함께 점심식사를 하기로 했다. 거래처에서 전화로 그런 뜻을 전하자 가나코는 의외로 밝은 목소리로 "응, 기다릴게" 하고 말했다. "파스타 만들어줄게"라고도 했다. 물론 걱정을 끼치지 않으려고 밝게 행동하는 것이리라. 나오미는 이틀 연속해 잠을 제대로 못 자 변비까지 걸려 있었다.

역 앞의 양과자점에서 선물로 쿠키를 사서 가나코의 맨션으로 갔다. 봄답게 꽃무늬 원피스를 입은 가나코는 화장까지 하고 웃으며 맞아줬다. 다만 부기는 가셨지만 멍 자국은 여기저기 남아 있어서 가슴 아픈 것은 변함이 없었다. 나오미는 새삼스레 남자의 폭력에 암담한 기분이 들었다.

나오미는 이혼을 권할 생각이었다. 가정 폭력이 당사자들로만 해결되지 않는다는 것은 부모님을 봐서 알고 있었다. 남자가 여자에게 휘두르는 폭력은 광기 이외에 아무것도 아니며, 당사자들에게만 맡겨놓는다는 것은 방치나 다름없는 일이다.

주방 식탁에서 가나코가 만든 아스파라거스와 베이컨 파스타를 먹었다. 조미료는 소금과 후추뿐이었는데 프로가 만든 것처럼 맛있었다.

"여전히 요리 잘하네." 나오미가 칭찬하자 가나코는 그 말에는 대답하지 않고, "일인분이었으면 귀찮았을 텐데 이인분은 만들 의욕이 나더라. 나오미가 와줘서 다행이야" 하고 말하며 엷게 웃었다.

"오래는 있을 수 없어서 갑자기 묻는데 가나코, 앞으로 어쩔 셈이야?"

나오미는 먹으면서 물었다.

"어쩔 셈이라니?" 가나코가 포크에 파스타를 말면서 되묻는다.

"이혼할 건지, 어쩔 건지."

"아아, 엊그제 일 말이구나. 놀라게 해서 미안. 나도 폭행을 당한 다음 날이라 잠시 내 정신이 아니었어. 어젯밤, 다쓰로 씨와 이야기했는데 앞으로는 더 이상 폭력을 휘두르는 일은 없을 거라고 약속해줘서 그냥 용서할까 싶어. 나오미한테 걱정을 끼치긴 했지만 그러기로 했어."

가나코가 눈을 내리뜬 채 말했다. 나오미는 그녀가 내릴 결론에 대해 대충 예상했다. 관계를 잘라낼 용기가 있었다면 일찌감치 헤어졌을 것이다. 남편과 이야기했다는 것도 아마 거짓말일 터였다.

"사과를 했어도 또 그럴걸? 지금까지 계속 그런 반복이었잖아?"

"하지만 앞으로는 절대 손을 대지 않겠다고 약속을 했으니까……."

"가나코, 그 말 믿어?"

나오미가 묻자 가나코는 순간 대답이 막혔다가 "응" 하고 자신에게 말하듯 고개를 끄덕였다.

"저기 말이야, 현실을 직시하자. 여자에게 폭력을 휘두르는 남자들은 모두 입으로는 그렇게 말해. 하지만 지금까지 약속을 헌신짝처럼 뒤집어왔던 남자가 갑자기 지킬 리 없잖아."

"그래도 앞으로 한 번만 더……."

"가나코, 그럴 용기가 있을지 모르겠지만 제대로 잘라내지 못하면 질질 끌려다니다가 더욱 이혼하기 힘들어져."

"이혼, 이혼, 그게 최선의 방법인 것처럼 말하지 마."

가나코가 약간 노기를 띠며 말했다.

"그럼 무슨 방법이 있는데? 타협 같은 건 안 된다고. 평생 가는 문제니까. 애당초 한 번이라도 폭력을 휘두른 남자와 앞으로 계속 살 수 있을까? 아이가 생기기 전에 확실히 결판을 내는 게 좋아. 너, 아이가 생기면 그것을 핑계 삼아 더욱 진흙탕 속으로 빠져들어."

가나코는 대답하지 못하고 아래만 보고 있었다.

"그런데 남편은 아이를 갖고 싶지 않대?"

"갖고는 싶어 하는데……."

"아이가 생기면 변할 거라는 기대는 하지 않는 편이 좋아. 폭력은 병이기 때문에 다른 치료가 필요해."

"응……."

"그러니까 생기기 전에 뭔가……."

"실은 몰래 피임약 먹고 있어." 가나코가 불쑥 말했다.

"그래?" 나오미는 놀라는 것과 동시에 약간 안도했다. 자신을 지키려는 의지는 있는 것이다. "그럼 너는 알고 있는 거네. 이런 상황에서 아이가 생기면 더욱 이혼하기 힘들어질 거라는 걸."

"그렇게 다그치지 마."

"다그치는 거 아니야. 나는 정말 가나코가 걱정돼. 오늘 밤에도 맞고 있지나 않을까 생각하면 밥도 제대로 안 넘어가고 푹 잠들 수도 없어."

"그건 미안하긴 한데……."

잠시 동안 묵묵히 파스타를 먹었다. 맨션의 남쪽은 공원이라 벚꽃이 활짝 피었다. 정말 신혼부부가 동경할 만한 집이다. 가나코가 이 신혼집으로 이사 왔을 때도 "바로 앞에 있는 공원이 결정적이었어" 하며 기쁜 듯 말했었다. 그때의 웃는 얼굴이 지금은 아득히 먼 일이 되고 말았다.

"저기 말이야……." 나오미가 입을 열었다. 지난번 밤부터 털어놓으려 했다. "가나코에게도 말하지 못했는데 우리 아버지도 폭력을 휘두르는 사람이었어."

"설마." 가나코는 놀라서 먹던 손길을 멈췄다.

"정말이야. 내가 어렸을 때 자주 어머니를 때렸어. 나와 언니는 그게 시작되면 너무나 무서워서 우리 방에서 떨며 서로 꼭 부둥켜안고 있었지."

나오미의 머릿속에 그때의 광경이 떠올랐다. 아무런 예고도 없이 갑자기 터져 나오는 아버지의 고함 소리. 그 형상은 점점 변해가서 반드시 뺨에 경련을 일으켰다. "히로미, 나오미, 2층으로 올라가 거라." 어머니가 핏기 가신 얼굴로 말하면 자매는 그 말에 따랐다. 그 후 아래층에서는 아버지의 성난 목소리와 물건 부서지는 소리가 들려왔다.

"나오미의 부모님도 이혼하지 않으셨지."

"응, 하지 않았어."

"폭력이, 멈췄던 거야?"

"멈췄을까? 적어도 내가 아는 한 중학교에 올라가고 나서 어머니가 맞은 흔적은 없었어."

"그럼 멈춘 거잖아."

"그때까지가 길었어. 나, 그 무렵의 기억이 트라우마가 됐거든."

"하지만 말이야, 이혼하지 않으셨다는 건 그 후 화해했다거나 관계가 회복됐다거나……."

가나코가 자신의 의견을 말했다. 자신에게 희망을 갖고 싶었을 것이다.

"으음. 우리 어머니의 경우, 이혼하지 않은 건 혼자 살아갈 자신이 없었기 때문이야. 줄곧 전업주부로 살아와서 아무런 기술도 없고, 세상 풍파에 휩쓸려 살아갈 용기도 없어서."

"너무해. 자기 어머니인데……."

"그게 사실인걸. 경제적인 문제를 해결할 수 있었으면 일찌감치 헤어졌을 거야."

"하지만 지금도 부부이시잖아?"

"형식적으로만. 자식이 둘 다 독립하여 부부만 남자 어쩔 수 없이 살고 있는 게 아닐까. 우리 아버지, 시청에 다니다가 작년에 정년퇴직해서 민간 기업에 재취직했지만 일할 수 있는 것도 앞으로 몇 년 남지 않았어. 그 후에는 하루 종일 함께 지내게 될 텐데, 그러면 황혼 이혼을 하실 수도 있어."

나오미는 부모님의 얼굴을 떠올렸다. 예순한 살의 아버지와 쉰여덟 살의 어머니. 이젠 완전히 늙었다. 아버지의 머리는 다 세었고, 어머니는 가슴도 엉덩이도 비썩 말랐다. 두 분 다 노안이라 작은 글자는 전혀 읽지 못한다.

삼 년 전, 언니가 결혼하여 집에서 나가자 어느새가 부부의 침실이 나뉘게 됐다. 그렇구나 하고 생각만 했을 뿐 아무것도 묻지 않았다. 명절이나 설날이면 자식 된 도리로 고향에 돌아갔지만 본가에서 지내는 시간은 어색하기 이를 데 없었다.

"가나코, 이혼하자고 말하는 게 두려운 거지?" 나오미가 물었다.

가나코는 대답하지 않았다.

"나는 이혼 말고는 방법이 없다고 생각해. 여자를 때리는 남자와 살면서 행복할 수 있을 리가 없어."

가나코는 줄곧 고개만 숙이고 있다.

"일단은 이시카와의 부모님과 의논하는 게 어떨까? 그래서 아버님께 시댁에 항의해달라고."

"안 돼. 절대 안 돼." 가나코가 고개를 들고 바로 대답했다.

"왜?"

"부모님에게는 걱정 끼칠 수 없어."

"무슨 소리야. 이렇게 중요한 일을."

"부모님에게만은 싫어. 우리 부모님, 한없이 착하기만 한 시골 사람이라 분명 걱정 때문에 잠도 못 주무실 거야."

"그런……." 나오미는 할 말을 잃었다. 착하기만 한 것은 가나코였다.

"아무튼 부모님에게만은 걱정 끼치고 싶지 않아."

"알았어. 그럼 경찰서에 가자. 병원에서 진단서를 받아 그걸로 피해 신고를 하자."

"그건 귀찮아."

"귀찮은 게 아니야. 지금 결단을 내리지 않으면 앞으로 더 심한 꼴을 당할 거고, 더욱 깊은 늪 속으로 들어가게 돼. 남편과 대화로 해결할 수 있을 것 같아?"

"그건 모르지."

"거짓말. 가나코도 잘 알고 있을 거야."

나오미는 설득하면서도 가나코의 심리 상태를 눈치채고 있었다. 전차에서 치한을 만나더라도 소리치지 않는 여자가 이 세상에는 태반이다. 가나코는 그런 부류에 속한다. 다툼이 무서워 자신이 참는 쪽을 선택해버리는 것이다. 실제로 가나코가 화내거나 소리치는 모습을 본 적이 없다.

문득 창 옆에 있는 찬장을 보자 가나코가 신혼여행 때 찍은 기념사진이 액자에 담겨 세워져 있었다. 웃는 얼굴로 찍힌 남편 다쓰로는 잘생긴 데다가 눈매가 시원스러워 정말 멋있어 보였다. 이런 남자가 표변하는 건가 싶자 나오미는 새삼 인간의 마음이 무서워졌다.

"아무튼 다음에 또 폭력을 휘두르면 경찰서에 가자. 내가 같이 따라갈게. 응, 그렇게 하자."

"응······." 가나코가 힘없이 고개를 끄덕였다.

"무슨 일이 생기면 꼭 연락해. 달려올게."

"고마워······."

여차하면 자신이 다쓰로를 상대해야겠다고 생각했다. 그게 친구의 의무다.

식사를 마치고 나오미는 다시 회사로 돌아가기로 했다. 현관으로 가려고 복도를 걸어가다가 화장실 문짝이 어긋나 있는 것을 눈치챘다. 이것도 다쓰로가 날뛸 때의 흔적일까. 가나코가 머리칼을 잡혀 문에 머리를 찧는다······. 상상만으로도 소름이 끼쳤다. 가나코에게 확인하는 것도 내키지 않아 물어보지 않았다. 이 문제가 해결될 때까지 자신은 늘 개운치 않을 것이다.

현관까지 배웅하러 온 가나코와 잠시 마주 봤다. 누가 먼저랄 것도 없이 몸을 앞으로 숙여 포옹했다.

발을 돌려 현관을 나섰다. 나오미는 맨션 복도를 걸으면서 이루 말할 수 없는 초조함이 몰려드는 것을 느꼈다.

그날 밤, 본가 근처에 사는 언니 히로미에게 전화를 했다. 언니는 지방인 니가타에서 회사원과 결혼하여 아이를 낳고 전업주부가 되었다. 지금은 둘째를 임신하여 평범하지만 행복한 가정을 꾸리고 있다.

평소에는 자주 연락하지 않지만 낮에 가나코에게 집안 이야기를 털어놓아서 부모님의 근황이 궁금해졌다. 언니의 눈에 지금의 아버지와 어머니가 어떻게 비치고 있는지, 한번 물어보자고 생각했던 것이다.

부친의 과거 폭력에 대해 언니와 대화를 나눈 적은 없다. 언급하고 싶지 않은 과거라 둘 다 피했던 것 같다.

일단 안부를 물어보며 대수롭지 않게 이야기를 나눈 후 자연스럽게 부모님 상황을 탐색하려 했지만, 언니가 "잘 지내고 계셔" 정도로만 말하는 바람에 작정하고 물어보기로 했다.

"그런데 쓸데없는 질문이긴 한데 아버지의 폭력, 이제 다 나으셨나?"

"뭐야, 갑자기. 그런 이야기를 다 하고."

언니가 순간 목소리를 낮췄다. 나오미는 신혼인 친구가 남편에게 폭행을 당하고 있어서 그 의논 상대가 되어주고 있다고 대략 간추려 이야기했다.

"가정 폭력이라는 게 정말 괜찮아질 수 있나 싶어서."

언니는 잠시 "음" 하고 신음하며, "실은 나오미 짱이 상경하고 나서 한 번 있긴 했는데" 하고 놀라운 사실을 말했다.

"내가 취직하고 얼마 안 됐을 무렵이었으니 네가 대학교 3학년 정도일 때였나, 퇴근해서 돌아가자 어머니 얼굴이 부어 있어서 아, 또 시작됐구나 싶었어."

나오미의 얼굴에서 서서히 핏기가 가셨다. 역시 폭력은 병인 것이다.

"그래서?"

"나도 이젠 어른이었고 해서 그냥 보아 넘길 수는 없었으니까, 용기를 내서 아버지를 비난하자 아버지가 눈을 부릅뜨며 어린아이는 조용히 있으라고······."

"너무해."

"그래. 그때는 딱 한 번뿐이었고, 어머니가 나오미 짱한테는 입 다물라고 해서 나도 그렇게 하기로 했지."

"그렇구나······. 그럼 지금은 없는 거네."

"그렇다고 생각하는데. 나, 아버지와 어머니에 대해서는 별로 생각하지 않으려고 해."

"왜?"

"너는 고향을 떠나 도쿄로 갔고 독신이니까 마음 편하겠지. 하지만 나는 바로 옆에 살잖아. 손자를 보여주러 가야만 하고, 친척 행사 같은 게 있으면 한 달에 한 번은 친정에 가야지. 그럴 때마다 어머니의 푸념도 들어줘야 해."

"푸념을 늘어놓으시는구나."

"늘 푸념하시지, 나한테는. 불공평해, 나만."

"미안해."

언니의 말투에는 비난이 섞여 있었지만 나오미는 그것을 어쩔 수 없는 것으로 받아들였다. 자신이 상경한 것은 도쿄에 대한 동경과 거의 비슷한 정도로 부모님에게서 도망치고 싶다는 마음이 강했기 때문이다.

"아버지가 재취직한 곳의 동료들이 멍청하다고 집에서 온갖 험담을 하신대. 어머니는 그 말을 매일 들으니까 그 스트레스를 나한테 다 푸는 거지."

"그래, 아버지라면 그렇게 말할 것 같아."

아버지는 옛날부터 자존심이 상당히 강해서 이웃 사람들의 험담만 했다.

"실은 나, 조마조마해. 어머니가 아버지와 이혼하겠다고 말하면 어떡하지 하고." 언니가 메마른 말투로 말했다. "앞으로 죽을 때까지 아버지 눈치만 보며 사는 건 정말 싫으실 테니, 그 심정은 알겠지만 이혼해서 나한테 기대신다고 하면 그때는 내가 곤란하거든."

역시 그렇구나 하고 나오미는 침울해졌다. 언니와 마찬가지로 자신도 마음 어딘가에서 그것을 걱정하고 있었다.

"그런 느낌이 드는 거야?"

"솔직히 모르겠어. 부모와 자식 사이인데도 나, 어머니가 무슨 생각을 하시는지 모르겠어. 자식으로서 어머니를 이런 식으로 말하는 건 싫지만."

"응, 나도 모르겠어."

"혼자 살아갈 자신이 없어서 참기만 하고 사는 게 아닌가 짐작은 하지만."

"응, 나도 똑같은 생각을 했어."

둘이 같이 한숨을 쉬었다. 그때 전화 너머에서 갓난아기 울음소리가 들렸다.

"아, 고헤이가 깼다. 미안. 자고 있을 때는 천사인데."

"으응, 나야말로 밤에 미안해."

"나오미 짱, 연휴 때 와라. 우리 고헤이랑 놀아줘. 아무것도 잡지 않고 혼자 일어서. 나중에 사진, 문자로 보내줄게."

언니가 말했다. 예전에는 치장과 여행밖에 흥미가 없던 언니를 가볍게 무시한 적이 있었는데, 이젠 어머니가 된 언니를 보면 씩씩하고 자신감이 넘쳐서 나오미는 부럽기 그지없었다.

"응. 하지만 백화점은 달력대로 쉬지 못하는데."

"그럼 쉬는 날 와. 우리는 평일이라도 괜찮으니까."

"알았어. 갈게."

전화를 끊자 나오미는 더욱 울적해졌다. 부모님은 역시 잘 살고 있지 못한 것이다. 아버지의 천성이 바뀌리라고는 도저히 생각할 수 없으니 당연하다면 당연한 일일 테지만. 그 때문에 지금의 부부 관계는 어머니가 참는 것만으로 성립되고 있었다.

부모의 사이가 좋지 않다는 것은 자식에게는 참으로 불운한 일이다. 행복한 가정이라는 것은 상상 속에만 존재한다.

잠시 후 언니가 아들 사진을 문자로 보내왔다. 머리카락이 조금씩 자라기 시작하여 한층 잘생겨 보였다. 미소가 저절로 지어진다. 그런 한편으로 불안도 몰려든다. 과연 자신은 어머니가 될 수 있을까. 나오미는 그런 이미지가 전혀 떠오르지 않았던 것이다.

4 ──

화교들 상담회 날로부터 정확히 일주일 후, 신주쿠 경찰서 형사에게서 아오이 백화점의 외판부로 전화가 걸려 왔다. 분실신고를 한 스위스제 고급 손목시계 건으로 추가 질문이 있으니 출두해달라는 것이었다. 신고한 사람이 나오미여서 다시 또 가게 됐다.

전화한 곳은 형사과 3계라는 부서였다. 지난번 형사과에 왔을 때는 이미 분실신고를 다른 과 상담 창구에서 했기 때문에 사정만 설명하고 돌아갔다.

이날은 '경부'라고 명함에 새겨진 마흔 전후로 보이는 형사가 나오미를 맞았다. "오다 나오미 씨군요. 오시느라 고생하셨습니다" 하고 웃으며 인사한다. 지난번에는 우락부락한 나이 든 형사를 상대하느라 위축됐는데, 이번에는 처음부터 부드러운 분위기였다. 응접실로 안내되어 차까지 대접받았다.

시간이 자못 아까운 듯 형사가 용건을 바로 꺼냈다.

"용건부터 말씀드리자면 확인하고 싶은 게 한 가지 있어서요. 오다 씨가 분실신고를 한 손목시계가 혹시 이건가요?"

형사는 인쇄한 상품 사진을 나오미에게 보여줬다. 제작사 홈페이지에서 다운로드한 것이다. 거기에 찍혀 있는 것은 테두리에 다이아몬드를 빼곡히 박아 넣은 로즈골드였다.

"네, 맞습니다."

"만일을 위해 상품명, 메이커 희망 소매가격을 말씀해주세요."

시키는 대로 암기하고 있던 그것을 말했다.

"저기 말이죠, 당신네 백화점이 잃어버린 파텍 필립 손목시계, 그것과 똑같은 물건이 전당포에 두 차례 들어왔어요."

형사의 말에 나오미는 자신도 모르게 소름이 돋았다.

"좀처럼 보기 힘든 고급품인 데다가 올해 나온 신형이라서 매수를 담당한 종업원도 기억하고 있는 모양이더군요. 첫 번째 집은 긴자의 할인점 내 명품 매입 센터. 거기에서 대충 견적을 뽑아봤고, 두 번째 집은 다카다노바바의 전당포예요. 보증서와 케이스가 없어서 두 집 모두 정상적인 가격은 제시할 수 없었고, 그래서 매매가 이루어지지 않았어요. 가지고 온 사람은 중국인 억양으로 말하는 중년 여성. 우리가 파악한 것은 여기까지입니다."

역시 그랬나. 이어서 얼굴이 뜨거워진다. 머릿속에 그때 그 여자의 얼굴이 떠올랐다. 이름은 리아케미. 사는 곳은 도시마 구 이케부쿠로혼마치.

"오다 씨, 지난번에 오셔서 호텔 상담회 때 없어졌다고 하셨는데요. 그때 어떤 고객들이 왔죠?"

"저기, 그게……." 나오미는 순간 말해도 괜찮을지 망설였지만 숨길 이유는 없다고 생각하여 대답했다. "화교 손님들이었습니다."

"호오, 그렇군요." 형사가 몸을 앞으로 내밀었다. 감정을 드러내지는 않았지만 눈이 날카롭게 빛나고 있었다. "죄송합니다만 또 하나, 그때 상황을 알려주실 수 없을까요. 생각나는 건 전부 다."

"아, 네."

나오미는 물어본 대로 그날 일을 이야기했다. 어차피 분실신고를 했을 때도 아래층 상담 창구에서 똑같은 이야기를 했던 것이다. 한 손님이 없어진 상품을 마음에 들어 하여 마음대로 손목에 찼던 것도 말했다.

"그 중년 부인의 이름, 아십니까?"

형사의 물음에 나오미는 다시 답변이 궁해졌다. 지난번에는 이름까지는 말하지 않았다. 과연 경찰에게 가르쳐줘도 될까. 그 여자뿐이라면 망설일 이유가 없었지만 외판부의 중요 고객, 진 회장이 데려온 사람이었다.

"저기, 죄송합니다. 그건 제 상사와 의논해봐야 할 것 같은데요."

나오미는 대답을 보류했다.

"왜요? 말씀하기 곤란한 문제라도 있나요?"

"고객의 사적인 정보와 관련된 문제라서 저 혼자 판단할 수가 없네요."

"그렇군요. 그럼 지금 바로 상사분에게 물어봐주십시오."

나오미는 자리에서 일어나 일단 복도로 나온 후 나이토의 휴대전화로 걸었다. 사내에 있는지 곧바로 받았다. 나오미가 현재 상황을 보고하자 나이토는 잠시 신음한 후 지금 당장 위쪽의 의견을 듣고 올 테니까 경찰서에서 기다리라고 지시했다.

"강압적으로 물어봐도 말하지 마. 만에 하나, 그 사람이 아니라면 우리는 큰일 나."

"알겠습니다."

나이토의 말이 옳았으므로 따르기로 했다. 경찰이 움직였다가 사람이 바뀌게 되면 혐의를 받은 그 여자는 불같이 화가 나서 진 회장에게 호소할 것이다. 그렇게 되면 이번에는 진 회장을 달래야 한다.

응접실로 돌아가 회사에서 현재 검토 중이라고 말하자 형사는 사교적으로 고개를 끄덕이며, "그럼 기다리도록 하죠. 오다 씨, 그동안 이것을 좀 봐주시겠습니까" 하며 노트북 컴퓨터를 들고 왔다.

"사실 매입 센터는 어디나 할 것 없이 방범 카메라가 설치되어 있어서 우리는 자주 봅니다. 도난품의 행방을 조사할 때 전당포를 찾는 것은 옛날부터 수사의 기본이었으니까요. 형사 드라마 같은 데서 본 적 없나요? 그래서 이번에도 사정을 이야기하고 그 파텍 필립이라는 손목시계를 가져온 여자와 대화할 때의 녹화 테이프를, 아, 지금은 테이프가 아니라 디스크죠, 그것을 제출받았습니다."

형사가 설명해주면서 컴퓨터를 조작했다. 그동안 또 한 명의 젊은 형사가 테이블로 와서 나오미를 보고 꾸벅 인사했다.

"아, 이 친구가 탐문한 겁니다." 형사가 턱으로 가리키며 말했다. "절도범 담당 형사는 정기적으로 전당포를 돌며 도난품이 나오지 않았는지 조사하거든요. 수사라는 건 99퍼센트가 헛걸음이지만, 그래도 계속하다 보면 우연히 얻어걸리기도 하죠."

형사가 테이블에서 컴퓨터를 반쯤 회전시켜 나오미에게로 향하게 했다. 동시에 두 사람이 나오미의 표정을 놓치지 않으려고 응시했다.

화면에 비친 것은 카운터에서 점원과 마주한 여자의 영상이었다. 위에서 비스듬히 고정 카메라로 촬영했다. 나오미는 한눈에 그 여자임을 알았다. 동시에 분노가 치밀었다. 300만 엔이나 하는 손목시계를 훔쳐 곧바로 돈으로 바꾸려 하다니, 터무니없는 인간이다. 그때의 날카롭던 목소리가 머릿속에서 되살아났다.

"클로즈업 해볼까요." 형사가 마우스를 조작하여 여자의 얼굴이 크게 비치도록 했다. "요즘 기계는 대단해요. 나 같은 사람은 기계에 약해서 뒤따라가는 것만으로도 힘들죠. 봐요, 이렇게 하면 깨진 입자들도 깨끗해져요."

그 말대로 몇 초 만에 정지 영상이 깨끗해졌다. 생생하게 기억난다. 화려한 화장을 한 품위 없는 여자였다. 고급 손목시계 같은 게 어울릴 리가 없다.

"어떻습니까? 본 적 있는 얼굴인가요?"

형사의 질문에 나오미는 목구멍 끝까지 그렇다는 말이 차올랐지만 간신히 포기했다.

"죄송합니다. 회사의 지시를 기다리는 중이라서요."

"왜요? 본 적이 있다 없다 정도는 대답할 수 있잖아요."

"죄송합니다."

나오미는 오로지 고개만 숙였다.

"당신, 이상하군요. 상품을 되찾고 싶지 않나요? 300만 엔이나 하는 물건이잖아요."

형사는 더욱 다그쳤다. 땀이 났다. 그때 휴대전화가 울렸다. 나이토한테서 온 것이었다. 전화를 받자 형사를 바꿔달라고 한다. 살았다 생각하며 휴대전화를 건네주자 처음에는 "네, 네" 하고 듣고만 있던 형사의 얼굴이 서서히 변해갔다.

"왜죠? 확인해달라고만 말하는 거잖아요. ······그쪽이 분실신고를 했잖아요? 우리는 찾아주려고 하는데 왜 협조하지 않는 겁니까?"

분위기가 싹 바뀌어 형사가 계속 몰아붙인다. 나오미는 긴장하며 지켜봤다.

"아니, 그러니까 말입니다. 분실신고가 아니라 피해 신고로 바꾸시면 우리도 움직이기 쉽다고요. 무슨 말인지 아시겠어요?"

뭔가 옥신각신하고 있는 모양이다.

"알겠습니다. 하루 말미를 드리죠. 내일은 과장님이나, 아니면 좀더 윗분, 아무튼 책임자가 와주십시오. 알겠죠?"

마지막 말은 명령조로 하고서 휴대전화를 나오미에게 돌려줬다.

"저는 어떻게 하면 되죠?" 귀에 대고 작은 목소리로 지시를 물었다. 나이토는 "회사로 돌아와. 쓸데없는 말은 하지 말고" 하며 조용히 주의를 주었다.

전화를 끊고 돌아가겠다는 말을 하자 형사가 "아가씨, 이 친구가 힘들게 돌아다니며 단서를 얻어 온 거니까 한 건 올리게 해줘요" 하고 젊은 부하의 어깨를 치며 큰소리로 말했다. 부하는 옆에서 쓴웃음을 짓고 있었다.

"상사분한테 말해요. 그쪽이 먼저 신고한 거니까 이제 와서 취소하겠다고 말하면 우리는 납득하지 못할 거예요."

"네……."

나오미는 얌전히 대답하고 도망치듯 방에서 나왔다. 어린 여자라서 봐준 느낌이다. 계단을 뛰어내려 경찰서 밖으로 나왔다. 돌아서서 건물을 올려다보자 옥상에서 히노마루(日の丸, 일본 국기-옮긴이)가 바람에 흔들리고 있었다. 아오이 백화점도 매일 정문 입구에 국기를 게양하지만 그것과는 인상이 다른 것 같았다. 여기에 있는 히노마루는 권력의 상징이다.

그나저나 그 여자였다. 자신의 감이 옳았다. 인종에 대한 편견은 없다고 생각했는데 중국인이라는 것만으로 괜히 더 미워졌다. 어떻게든 손목시계를 되찾고 싶다. 그리고 그 여자한테 사과를 받고 싶다.

회사로 돌아와 나이토에게 보고하니, 아무도 없는 접대용 살롱으로 장소를 옮겨 입을 열자마자 이 건에 대해서는 아무런 말도 하지 말라는 엄명을 내렸다.

"지금 부장과 임원들이 회의 중이야. 자세한 건 모르겠지만 일이 확대되지 않길 바라는 것만은 확실하니까 경찰과 타협하게 될 거야."

"그게 무슨 말씀이세요?" 나오미가 물었다.

"신주쿠 경찰서와 우리는 오래된 관계라서, 요컨대 서로 돕고 산다 이거야. 재취직 자리로 경찰 OB도 몇 명 받아줬으니 조금쯤은 우리 부탁도 들어주지 않겠어?"

"피해 신고는 하지 않는다는 말씀인가요?"

"그러니까 그 신고를 하면 상품이 전당포로 나온 순간 그 중국인은 체포될 거야. 본체에 시리얼 넘버가 새겨져 있으니까 그쪽은 빼도 박도 못해. 우리는 상품을 되찾고, 그 점은 좋을 수 있겠지만 진 회장과 아오이 백화점의 관계는 과연 어떻게 될지……."

나이토의 말은 어딘가 석연치 않았다.

"체포돼도 상관없지 않나요? 우리는 피해자예요."

"그렇긴 하지만 우리가 제일 걱정하는 건 화교 고객들과의 관계가 어색해지거나, 혹은 창피를 줬다고 원망을 품는 거야."

"그럼 그냥 놔두는 건가요?"

"아니, 그렇지는 않을 거야. 우리도 그렇게까지 만만해 보일 수는 없지. 비밀리에 사람을 보내서 돌려달라고 부탁하는 게 무난한 일 처리가 아닐까 싶은데."

"그런……."

나오미는 허탈해졌다. 풋내 나는 생각일지도 모르겠지만 정의가 통하는 직장이길 바랐다.

"오다 씨, 그런 표정 짓지 마. 경찰은 임원이 대응할 테지만 리아케미라는 화교를 비밀리에 찾아갈 사람은 아마 내가 될 거야. 마음이 무거운 건 나라고."

나이토가 소파에 푹 기대며 큰 한숨을 내쉰다. 나오미는 등받이 없는 소파에 걸터앉아 고개를 숙이고 있었다. 외판부가 관리하는 응접 살롱은 중요 고객 전용인 VIP룸이었다. 양탄자는 푹신했고 천장에는 특별 주문한 상들리에가 걸려 있다. 바 카운터에는 와인 셀러까지 설치되어 있었다. 부유층은 기분 좋으면 얼마든지 돈을 써 준다.

"아무튼 어떻게 될지 지켜보자고" 하고 말하는 나이토. 나오미도 한숨을 쉬었다.

살롱의 천장 스피커에서는 작은 음량으로 모차르트가 흐르고 있었다.

5 ——

리아케미에게는 다음 날 방문하기로 했다. 문제의 손목시계가 전당포로 흘러 들어간 시점에서 경찰이 절도 사건으로 보고 움직이기 시작했으므로 시간적인 여유가 없었던 것이다.

교섭인으로 지명된 것은 나이토였지만 나오미가 함께 따라가도록 부장으로부터 명령을 받았다. 클레임에 대한 대응은 반드시 둘 이상의 사원이 맡아야 한다는 사내 규정이 있어서 그것에 따르는 형태를 취했다.

나오미는 동행하는 데 이견은 없었지만 부장이 말한 한마디에는 크게 상처받아 슬픈 기분이 들었다.

"이 일은 오다 씨의 부주의로 시작된 것이기도 하니까."

그것도 다른 사원들 앞에서 말했다.

대체 자신이 무슨 잘못을 했다는 말인가. 우연히 담당한 테이블에 도둑이 있었을 뿐, 책임이라면 정체를 알 수 없는 중국인들까지 입장시킨 나이토에게 있을 것이다.

나오미는 나이토가 뭐라고 이야기해주기를 기다렸지만, 부장에게 "죄송합니다"라고만 거듭 말할 뿐 부하를 두둔하는 언동은 없었다. 어쩌면 자신이 없는 곳에서 다 자신 탓으로 돌리고 있지나 않을까 하는 의심마저 들었다.

리아케미가 낮에 있는 장소에 대해서는 진 회장에게 직접 물어본 게 아니라 여기저기 우회하여 이케부쿠로 사무실을 알아냈다. 아케미는 중국인을 대상으로 식료품 가게와 가라오케를 운영하고 있는 모양이었다. 그러고 보니 이케부쿠로 역 서쪽은 완전히 차이나타운으로 변했다고 어떤 기사에서 읽은 적이 있었다. 나오미는 이케부쿠로에는 갈 일이 없어서 이번에 가면 거의 오 년 만이었다.

"그쪽에 용건은 말했나요?"

나오미가 묻자 나이토는 고개를 저으며 "약속 없이 가는 거야. 외출 중이라면 돌아올 때까지 기다려야지" 하고 결심을 대변하듯 험상궂은 표정으로 말했다.

같은 날, 신주쿠 경찰서에는 담당 임원과 부장이 가기로 되어 있었다. 담당 형사를 건너뛰고 서장과 직접 만나 이야기할 모양이었다. 아마 경찰과 거래를 할 것이다. 피해 신고를 하지 않는 대신 경찰서 출신자의 재취직 편의를 봐준다거나, 간접적으로 상품권을 제공한다거나. 나오미 같은 평사원으로서는 감히 알 수 없는 세계였다.

이케부쿠로 역 북쪽 출구는 혼잡하기 그지없었다. 건물은 모두 낡았고 아스팔트까지 시커멓다. 화려한 느낌은 어디에도 없어서 왠지 전체적으로 쇼와 시대 같은 느낌이 남아 있었다. 적어도 젊은 여자가 일부러 찾아올 만한 곳으로는 보이지 않았다.

골목을 들여다보자 이 빠진 듯한 공터가 몇 군데 있고, 그곳들은 무인 주차장으로 이용되고 있었다. 언젠가는 재개발이라는 명목 아래 거대한 빌딩으로 변할 것이다.

도쿄 제일의 중국인 밀집 지역이었지만 언뜻 보면 어디에나 있을 법한 상점가로, 돼지고기 굽는 냄새도 나지 않았다. 다만 고개를 들어 올려다보면 건물의 간판과 유리창에 쓰인 문자는 거의 중국어로, 그들 나라에서 특히 좋아한다는 붉은색까지 과다하게 사용하여 마치 홍콩의 뒷골목에 들어온 게 아닐까 싶은 착각을 불러일으켰다.

중국 식료품 가게는 지저분한 주상 복합 건물의 4층에 있었다. 입구의 간판만 보면 건물 세입자는 모두 중국인인 듯했다. 중국인을 상대로 한 DVD 대여점에 미용실, 중국식 마사지 가게 등이 들어와 있다. 엘리베이터를 타고 목적한 층에 내리자 가게 입구의 형광등이 수명을 다한 듯 깜박깜박 점멸하고 있다. 일본인 같으면 즉시 새것으로 교환했을 것이다. 중국인은 이런 데 신경 쓰지 않나 싶어 나오미는 교섭에 어려움을 겪을 것 같은 예감이 들었다.

가게 안에는 선반이 놓여 있고 거기에 상품들이 빼곡하게 진열되어 있었다. 그런데도 조명은 천장을 타고 내려온 형광등뿐이라 마치 창고처럼 휑뎅그렁했다.

장사는 잘되는 것 같았다. 평일 한낮인데도 손님이 많다. 대부분 중국인이었는데, 어쩌면 도쿄에 있는 중화요리점들이 여기가 아니면 구할 수 없는 식재료를 사러 온 게 아닐까 생각됐다.

점원을 붙잡고 리아케미를 찾아왔다고 말하자 점원은 두 사람의 신분이나 용건도 묻지 않고 턱으로 계산대 옆의 문을 가리키며 "사장님은 저기 있어요" 하고 건성으로 가르쳐줬다. 거기가 사무실인 듯했다.

나이토 뒤를 따라 걸어가면서 나오미는 가늘게 몸을 떨었다. 과연 무사히 끝날 수 있을까.

문을 열고 안으로 들어갔다. 책상이 여덟 개 정도 놓여 있는 극히 평범한 사무실이었다. 제일 안쪽 창가 자리에 아케미가 있었다. 컴퓨터 화면에서 얼굴을 들고 안경을 벗으며 누구냐는 표정을 지었다. 그 밖에는 여사무원만 한 명 있을 뿐이다.

나이토가 저 여자가 맞느냐고 눈짓을 해와 나오미는 묵묵히 고개를 끄덕였다.

"안녕하세요. 실례합니다. 아오이 백화점 외판부의 나이토라고 합니다. 지난번 진 회장님과 함께 저희 백화점을 찾아주셔서 정말 고마웠습니다. 그래서 그때 일로 드릴 말씀이 있어서 실례지만 연락도 없이 갑자기 방문했습니다만 부디 양해해주십시오."

나이토가 날카로운 목소리로 이렇게 찾아온 뜻을 알렸다. 아케미의 얼굴색이 살짝 바뀌었다.

"리 사장님, 지난번에는 정말 고마웠습니다. 접객을 담당했던 오다입니다."

이어서 나오미가 자기소개를 하고 고개를 깊이 숙였다.

"리 사장님, 잠시 시간을 내주실 수 없을까요? 여기라도 상관없고 어딘가 카페 같은 곳으로 자리를 옮겨도 상관없습니다만."

나이토가 쉴 틈을 주지 않고 말했다. 아케미는 어색한 웃음을 지으며, "당신들이 무슨 일로 찾아왔는지 모르겠군요. 이렇게 갑자기 말이에요" 하고 과장된 몸짓을 섞어가며 말했다.

"파텍 필립에 대한 것입니다만. 부디 돌려주실 수 없을까요?"

나이토가 말하자 아케미는 답변이 궁한 듯 얼굴을 붉혔다. "무슨 말씀인지 모르겠군요"라는 말만 반복하며 버텼지만 동요의 기색을 숨길 수는 없었다.

아케미는 여사무원에게 중국어로 말해 사무실 밖으로 내보냈다. 접대용 소파에 앉으라고 해서 나이토와 나오미는 스프링이 움푹 꺼진 거기에 앉았다.

나이토가 몸을 앞으로 내밀며 이야기를 계속했다.

"리 사장님이 가지고 돌아가신 손목시계를 긴자와 다카다노바바의 전당포에 가져오신 것, 저희는 알고 있습니다. 방범 카메라 영상이 남아 있는데 거기에 사장님이 찍히셨더군요. 저희 백화점이 분실 신고를 해서 경찰이 도내의 전당포를 탐문하다가 발각됐습니다. 경찰은 절도사건으로 큰 관심을 갖고 있는 듯합니다. 이대로 가면 저희 백화점은 피해 신고로 바꾸지 않을 수 없고, 그렇게 되면 경찰이 수사에 나서 사장님까지 거슬러 올 게 확실하다고 생각합니다."

나이토는 거침없이 이야기를 늘어놓았다. 아케미는 입을 일자로 꾹 다문 채 듣고 있었다.

"오늘 사장님께서는 둘 중 한 가지 결단을 내려주셨으면 합니다. 첫 번째는 그냥 상품을 돌려준다. 두 번째는 상품을 구입한다. 단, 반환의 경우에는 사용하지 않은 원래 모습 그대로라는 게 조건입니다. 만약 사장님이 한 번이라도 사용하셨다면 구입해주시길 부탁드립니다."

나이토가 무릎 위에 손을 올리고 고개를 숙였다. 나오미도 그대로 따라 했다. 아마 중국인은 이해할 수 없는 행동일 것이다. 피해자가 고개를 조아리고 있는 것이다.

아케미는 곧바로는 말이 나오지 않는 듯했다. 계면쩍은 듯 고개를 돌리고 있다.

"이 사건이 진 회장님 귀에 들어가면 사장님께도 여러모로 불편한 일이 생기리라 여겨집니다. 그러니까 모쪼록……."

나오미는 나이토의 말솜씨에 감탄했다. 상대가 거짓말을 하면 이쪽은 반론하고 증거를 제시하며 추궁해 들어간다. 전부 미리 말해버리면 상대는 억지 변명을 할 수 없고, 결과적으로 적은 대미지만 입고 끝난다.

"당신들이 무슨 말을 하는지 알겠습니다." 아케미가 입을 열었다. 부끄러움을 숨기려는 것인지 엷은 웃음을 짓고 있다. 이어서 말했다.

"저는 공짜인 줄 알았어요. 거기에 진열해놓은 상품들 말이에요. 일본 백화점은 이제 중국인이 사주지 않으면 경영이 어려울 정도죠. 그래서 중국인들을 모아 서비스해주는 건가 싶었죠. 그래서 딱 하나만 가지고 돌아간 겁니다. 그러니까 가격표도 붙어 있지 않았잖아요. 보통 상품에는 가격표가 붙어 있는데 말이에요. 하지만 붙어 있지 않아서 파는 물건이 아니라고 생각했던 겁니다."

아케미의 억지 변명에 나오미는 어이가 없었다. 잘도 이런 말을 유들유들하게 하는구나 싶어서.

"그렇습니까. 그러면 어떻게 하시겠습니까. 돌려주시겠습니까? 아니면 구입해주시겠습니까?" 나이토가 물었다.

"돌려줄게요, 돌려줘. 사면 300만 엔이나 하는 거잖아요." 아케미가 곧바로 대답했다.

"미사용인가요?"

"미사용이 무슨 말이죠?"

"사용하셨나요?"

"으음. 사용하지 않았어요. 사용하지 않았어."

"지금 어디에 있죠?"

"집에 있어요."

"방명록에 의하면 주소가 이케부쿠로혼마치더군요. 가까우니까 지금 바로 가져다주시겠습니까?"

"어, 그게 말이죠. 집에는 없어요. 아는 사람한테 맡겨뒀어요. 그러니 내일 다시 가지러 오세요."

"방금 집에 있다고 말씀하셨는데요."

"착각했어요. 깜박하고."

"그럼 그 지인은 어떤 분이고 어디에 사시죠?"

"같은 상하이에서 온 친구예요. 요코하마에 살고 있고요."

아케미는 중국식 억양으로 침을 튀기며 거침없이 지껄였다. 마치 연극을 보는 듯했다.

"알겠습니다. 내일 몇 시에 받으러 오면 될까요?"

"어디 보자……, 오후 1시."

"그럼 내일 오후 1시에 다시 오겠습니다. 그때 돌려주지 않으시면 경찰에 피해 신고를 하겠습니다. 그리고 진 회장님 귀에도 들어가게 될 겁니다."

"그건 안 돼요. 진 씨는 관계없어요."

아케미가 과장된 몸짓으로 호소했다.

"저희는 진 회장님이 데려오신 손님으로 알고 있습니다."

나이토는 한 번도 풀어진 표정을 보이는 일 없이 밀어붙였다.

아케미가 의식적으로 미소를 지으며 어깨를 으쓱인다. 자세히 보니 서른 후반의 요염한 분위기를 풍기는 여자였다. 미인인 것과는 별개로 남자가 좋아할 얼굴이었다. 오뚝 솟은 코도 어딘지 모르게 애교가 있다. 대체 어떤 경위로 일본에 건너왔는지. 나오미는 화가 나면서도 한편으로는 그녀의 뻔뻔스러움에 압도당했다. 이만큼 낯가죽이 두껍다면 고민도 없을 것이다.

이야기는 고작 오 분밖에 걸리지 않았다. 여기에서 세상 돌아가는 이야기를 할 생각도 없었다. 교섭을 끝낸 나이토와 나오미는 자리에서 일어나 인사를 했다. 긴장이 풀리지 않은 채 출구로 향했다. 사무실 문에는 장사가 잘되기를 기원하는 것인지 붉은 바탕에 노란 글씨로 '복(福)'이라고 쓰인 팻말이 뒤집혀 붙어 있었다. 나오미는 그 표독스러운 색채에서 문화적인 차이를 통감했다. 옳다는 개념이 통하지 않는 사람에게는 어떻게 대처하면 좋을지 전혀 알 수 없었다.

사무실을 나오자 나이토가 한숨을 쉬며 낮은 목소리로 말했다.

"보통이 아니야."

"그러게요."

"내일 말인데, 나는 오사카로 1박 2일 출장이야. 오다 씨, 혼자 올 수 있겠어?"

"앗, 내일 저 혼자 여기 오라고요?"

나오미는 자신도 모르게 눈을 부릅떴다.

"아오키 여사도 다른 일로 출장이고. 어쩔 수 없이 부탁 좀 할게."

"알겠습니다."

그렇게 대답은 했지만 불안한 마음이 가슴속에 가득했다. 적의 요새에 혼자 돌격하라는 말처럼 들렸던 것이다.

"돋보기를 가져와서 흠집이 생겼는지 철저히 확인해. 벨트를 포함해서 약간이라도 흠집이 있으면 구매를 요구할 것. 저 여사장, 돈은 있어 보여. 가게도 잘되고, 사무실 선반에 중국 고미술품이 잔뜩 진열되어 있었거든."

"그랬나요? 긴장해서 보지 못했는데."

"나도 역시 화가 나더군. 사과도 한마디 안 하고 말이야. 하긴 저들에게 사과를 요구하는 것 자체가 무리인지도 모르지. 아무튼 타협은 하지 마. 우리한테는 경찰과 진 회장이라는 두 장의 카드가 있어. 가능하다면 사게 만들라고."

"알겠습니다. 노력해볼게요."

고개를 끄덕이면서도 나오미는 전혀 자신이 없었다. 상대가 젊은 여자 한 명이라면 아케미는 어떤 태도로 나올지.

가게에서 나와 엘리베이터 앞에 섰다. 하강 버튼을 누르고 기다리는데 땡 하는 소리와 함께 문이 열리고, 안에서 물건을 가득 실은 짐수레를 밀며 젊은 남자가 혼자 내렸다. 제복 비슷한 점퍼를 입은 걸로 보아 아마 이 가게의 점원일 것이다. 아무런 생각 없이 얼굴을 보다가 나오미는 자칫 소리칠 뻔했다. 가나코의 남편이었다.

놀라서 몸이 굳은 채 꼼짝할 수 없었다. 하지만 왜 여기에…….

빨려드는 것처럼 바라보고 있자니 남자가 이상하다는 듯 나오미를 흘깃거렸다. 특별한 반응은 없다. 그렇다면 꼭 닮은 다른 사람인가. 아무리 그래도 너무 닮았다. 체격도, 키도, 등이 약간 굽은 것까지도.

그때 남자가 가게 안을 향해 중국어로 말했다.

"우닝하오방방우파!"

물건을 가져왔으니까 도와달라는 것일까. 같은 점퍼를 입은 점원이 한 명 달려와 물건 들여놓는 일을 돕기 시작했다.

남자는 중국인이었다. 그렇다면 다른 사람이다.

"이봐, 왜 그래. 가자고."

나이토가 엘리베이터에 타서 나오미에게 말했다.

"아, 네." 정신을 차리며 서둘러 탔다. 아직도 심장이 두근두근 뛰고 있다.

그나저나 닮았다. 가나코의 남편 다쓰로와는 아무리 손을 꼽아봐도 다섯 번 정도밖에 만나지 않았다. 이렇게 닮은 사람이 세상에 있을 수 있는가. 그것도 일본과 중국이라는 다른 나라에서.

나오미는 리아케미라는 강렬한 인물과 대치했던 사실까지 포함하여 왠지 다른 차원의 공간에서 길을 잃은 것 같은 착각에 빠졌다.

그날 밤, 집으로 돌아와 가나코의 결혼 피로연에 참석했을 때 찍은 사진을 꺼내 다쓰로의 얼굴을 확인했다.

역시 꼭 닮았다. 그것도 닮은 남남의 수준을 뛰어넘었다. 혹시 쌍둥이 형제였는데 무슨 사정이 있어서 생이별한 게 아닐까 생각할 만큼 판박이였다. 이 세상에는 자신과 똑같이 생긴 사람이 세 명 있다고 들은 적이 있는데 그 말이 사실일지도 모르겠다. 이런 게 신의 짓궂은 장난이라는 것일까.

가나코에게 문자로 알려줄까 생각했지만 폭력 남편과 닮은 남자가 있다는 말을 들어봤자 곤혹스러워하기만 할 것 같아서 그만뒀다.

가나코로부터 연락은 없었다. 아무 일도 없었기 때문일 거라고 나오미는 믿고 싶었다.

6 ——

다음 날, 정확히 오후 1시에 아케미의 사무실로 찾아가자 그녀는 아직 출근 전이라 접대용 소파에서 여사무원이 끓여다 준 중국차를 마시며 기다리게 됐다. 본인이 직접 시간을 정했으면서 지키지 않는 게 이미 뭔가 있었다.

나오미는 불안한 기분을 떨쳐내듯 등을 똑바로 펴고 심호흡을 했다. 대충 봐도 이 건물 안에 있는 일본인은 자신뿐인 듯했다. 오늘 건물 입구에서 미리 세 들어 있는 가게를 확인해봤는데 완전히 중국 일색이었다.

사무실 안을 둘러보자 확실히 장식용 선반에 항아리와 접시 같은 미술품이 놓여 있었다. 그리고 벽에는 여러 사진이 걸려 있었다. 대부분은 친척과 찍은 기념사진처럼 보였으므로 중국인의 혈연관계가 얼마나 끈끈한지 상상하게 해줬다. 다른 사람을 믿을 수 없어서 더욱 일족끼리 결속하는 것이라고 어떤 책에서 본 적이 있다.

소리와 함께 문이 열렸다. 여사무원이 인사를 한다. 나오미가 돌아보자 새빨간 봄 코트를 입은 아케미가 뛰어들듯 들어왔다.

"미안해요. 많이 기다렸죠. 어머, 오다 씨 혼자? 과장님은 어떻게 되셨나요?"

갑자기 흥분하여 말을 건넨다.

"나이토 과장님은 출장 때문에 오지 못하셨습니다. 저 혼자 왔어요."

나오미는 일어나며 대답했다.

"앉아요, 앉아. 고생이 많네요. 미안해요, 일부러 오시게 해서. 아아, 맞다. 점심 드셨어요? 아직이면 같이 먹어요. 옆 건물에 맛있는 얌차(飮茶. 과자와 차가 있는 간단한 광둥식 식사-옮긴이) 식당이 있거든요."

"아뇨, 됐습니다."

"점심 드셨어요? 아직인가요?"

"아직이긴 하지만……."

"그럼 같이 가요. 배고프면 좋은 대화를 할 수 없잖아요."

아케미가 앉으라고 말했으면서 몸을 돌린다.

"저기, 상품 돌려주시기로 한 것은……. 돌려받으면 돌아가겠습니다."

나오미가 한두 걸음 뒤쫓아 가며 말했다.

"그러니까 점심 먹으면서 이야기하자고요."

이야기하자니, 무슨? 상품을 돌려주지 않는 것인가. 나오미는 등골이 오싹해졌다.

"그렇게 걱정스러운 표정 짓지 마세요. 괜찮아요. 꼭 돌려줄 거예요."

아케미가 재빨리 앞서갔으므로 뒤따라가지 않을 수 없었다. 아케미는 엘리베이터에 올라탄 후에도 말을 쉴 틈 없이 "일본의 봄은 벚꽃 때문에 정말 좋아요"라거나 "일본 여자는 모두 멋쟁이들이라 보기만 해도 즐거워요"같이 쓸데없는 이야기만 되풀이했다.

옆에 붙어 있는 건물 2층의 중화 레스토랑으로 가니 거기도 손님은 온통 중국인들이었다. 그래서 가게 안을 오가는 말도 중국어뿐이다.

아케미는 단골인 듯 점원에게 이것저것 명령하여 창가의 4인용 테이블을 준비시켰다. 주문도 메뉴판을 보지 않고 마음대로 결정했다.

"일본인은 샤오롱바오(小籠包, 만두식 중국 요리-옮긴이) 좋아하죠? 이 집은 본토 맛이라서 정말 맛있어요. 그리고 무떡도 맛있고. 채소는 공심채를 데친 것으로 했어요. 이것도 일본인들한테 상당히 인기가 있더라고요."

아케미가 웃으며 단숨에 지껄였다.

"죄송합니다. 리 씨, 식사는 무엇이든 상관없으니까 상품을 돌려주시길 바랍니다. 이 자리에서, 지금 당장."

나오미는 말을 가로막고 강한 어조로 말했다.

"미안한데요. 지금은 없어요."

아케미의 얼굴이 갑자기 일그러지며 미안한 듯 대답한다.

"무슨 말씀이시죠?"

나오미는 순간 맥박이 빨라지는 것을 느꼈다. 테이블 아래 무릎이 떨려왔다.

"맡겨둔 사람과 연락이 되지 않았어요. 내일이면 될 거예요."

"곤란합니다. 오늘 돌려주시지 않으면 경찰에 피해 신고를 할 거예요."

"그런 말 마세요. 부탁이에요. 내일은 꼭 돌려줄 테니까."

아케미가 간곡히 애원한다. 하지만 왠지 모르게 연기하는 것 같아서 절실함이 전해지지 않았다.

"그럼 맡겨둔 사람의 이름과 주소를 가르쳐주세요."

"그건 말할 수 없어요. 그 사람에게도 사생활이 있는데."

말도 안 된다 싶어서 나오미는 발끈했다.

"사실대로 말씀해주세요. 300만 엔짜리 물건입니다. 저희 백화점은 무슨 일이 있어도 되돌려주시거나, 아니면 구입해주셨으면 합니다. 대충 임기응변으로 넘어갈 수 있으리라 생각하지 말아주세요."

"그렇게 생각하지 않아요. 그래서 돌려주겠다고 하잖아요."

큰 목소리로 이야기를 주고받는데 주변 테이블에서는 전혀 관심을 보이지 않았다. 중국인은 소란스러움도 당연하게 받아들이는 걸까.

요리가 하나둘 나왔지만 나오미는 젓가락을 들지 않았다. 화가 나서 같이 식사를 할 생각도 나지 않는다.

"오다 씨, 드세요." 아케미가 권했다.

"괜찮습니다. 식욕이 사라졌습니다."

"드셔야만 해요. 중국에서는 음식을 앞에 두고 먹지 않는 건 예의가 아니에요."

도둑 주제에 예의를 따지다니. 나오미는 목소리가 거칠어질 뻔한 것을 겨우 참았다.

"내일은 꼭 돌려줄게요. 그러니까 오후 1시에 다시 오세요. 그때도 주지 못하면 변상할게요."

아케미가 찐만두를 입에 가득 집어넣은 채 말했다.

"잠깐 제 상사분과 전화로 의논해보겠습니다."

나오미는 자리에서 일어나 복도로 나온 후 나이토에게 전화를 걸었다. 오사카에 있는 나이토는 곧바로 받았다. 결과를 알고 싶어서 전화를 기다리고 있었던 모양이다.

"결론부터 말씀드리면 오늘은 돌려주실 수 없답니다."

겨우 감정을 억누르고 말하자 나이토는 어두운 목소리로 "어떻게 된 거야?" 하며 사정을 설명해달라고 했다. 나오미는 짧게 보고했다.

"본인과 이야기하시겠어요?"

"아니, 같은 변명만 되풀이할 거야. 내 생각에 그 여사장, 이미 시계를 어딘가에 팔아치운 것 같아. 그것도 중국인의 밀매 시장 같은 곳을 통해서. 그래서 우리가 닦달을 하니까 서둘러 다시 사려고 하는 게 아닐까 싶은데."

나이토가 냉정하게 추리했다. 나오미도 그럴듯하다고 생각했다.

"우리한테 다행인 것은 여사장이 반듯한 사무실을 차리고 있어서 도망칠 수 없다는 점이야. 설마 300만 엔 때문에 야반도주할 일은 없겠지. 좋아, 내일까지 기다리자. 그 대신 각서를 받아. 내일 반드시 파텍 필립의 로즈골드를 되돌려주겠다는……."

"리 씨가 일본어를 쓸 수 있을까요?"

"한자든 뭐든 상관없어." 나이토가 화를 억누른 목소리로 말했다. "그리고 마지막에 한 번 더 다짐을 둬. 내일 돌려주지 않으면 곧바로 신주쿠 경찰서로 가서 피해 신고를 할 거라고."

"저기, 내일도 저 혼자 가나요?"

"할 수 없잖아. 나는 내일도 오사카에 있을 거야. 시련이라고 생각하고 힘내."

나이토 역시 바쁜 와중인지 용건만 말하고 전화를 끊었다. 타국 땅에 혼자 남겨진 기분이었다.

나오미는 한 번 심호흡을 하고 나서 테이블로 돌아갔다. 아케미는 느긋하게 샤오롱바오를 먹고 있었다. 이 뻔뻔스러움은 대체 무엇일까.

"리 씨, 내일까지 기다리겠습니다."

"그래요. 고마워요."

아케미가 활짝 웃었다.

"대신 내일 반드시 돌려주겠다는 각서를 받겠습니다."

"응, 알았어요. 쓸게요. 그런데 오다 씨, 식기 전에 드세요. 식으면 맛없다고요."

볼일이 끝난 이상 같이 더 앉아 있고 싶지 않았지만 음식에 전혀 손대지 않는 것도 예의가 아닌지라 딤섬을 몇 개 집어 먹었다. 본의 아니게 맛있었다. 나오미는 홍콩에 한 번 가본 적이 있는데 그때 먹었던 요리를 떠올리게 만들었다. 이 일대의 가게들은 모두 일본인의 입맛에 맞추지 않는 모양이었다.

"오다 씨, 몇 살이에요?" 아케미가 물었다.

"스물여덟입니다." 나오미가 대답했다.

"결혼은 했어요?"

"하지 않았습니다."

"애인은 있고요?"

"아뇨, 없습니다."

왜 이런 질문에 꼬박꼬박 대답을 해야 하는가. 나오미의 내부에서 불쾌한 기분이 부풀어 올랐다.

"상하이에 가면 당신은 틀림없이 인기가 많을 거예요. 왜냐하면 상하이 여자들은 모두 강해서 남자들이 싫어하거든요. 일본 여자는 부드러워서 모두가 결혼하고 싶어 하죠."

"그런가요."

"상하이 여자는 직장도 다니지 않고 집안일도 하지 않아요."

"그럼 뭘 하죠?"

"육아만 하고, 나머지는 놀아요."

"좋은 곳이네요." 순순히 수긍했다.

"하지만 이혼도 많아요. 나는 이혼하고 일본에 왔어요. 일본 여자는 평생 열심히 일해서 좋아요. 모두 진지하죠. 상하이에서 온 중국인은 전부 놀라요."

아케미의 말을 들으면서 나오미는 문득 떠올렸다. 어제 본 가나코의 남편과 꼭 닮은 남자를 말이다.

"리 사장님 회사 종업원들은 모두 상하이에서 온 분들인가요?"

"그래요. 또는 장쑤성과 저장성에서도 와요. 이웃이나 마찬가지라서 생각하는 것도 비슷하고, 그래서 믿을 수 있거든요. 상하이 사람은 베이징이나 다롄 사람을 믿지 않아요. 그쪽도 상하이 사람을 믿지 않죠. 일본인은 중국인이면 모두 똑같다고 생각하겠지만 전혀 아니에요. 출신지가 다르면 외국이나 마찬가지예요."

"모두 어떤 이유로 일본에 오나요?"

"일을 찾아서 오는 거죠. 일본에서 삼 년 정도 일하면 중국 시골에 집을 지을 수 있어요."

그 남자, 나이는 몇 살쯤 됐을까. 결혼은 했을까. 나오미의 머릿속에 어제 본 광경이 떠오른다.

"중국에서는 이따금 반일 데모가 벌어지는데 그건 직장 없는 젊은이들이 울분을 터뜨리느라 그러는 거예요. 사실 모두 일본에 오고 싶어 해요."

아케미는 잘 말하고 잘 먹었다. 어떤 악의도 보이지 않는 태도에 화나 있던 기분을 다 흡수당하고 나오미는 그냥 체념하는 수밖에 없었다. 요컨대 인간은 솔직해봤자 아무런 이익도 기대할 수 없는 사회에서 자라면 이렇게 되는 것이다. 그리고 세상에는 아케미 같은 인간 쪽이 훨씬 많다.

식사를 마치고는 일단 사무실로 돌아와 아케미에게 각서를 쓰게 했다. 아케미는 고급스러워 보이는 만년필로 마치 인사말이라도 쓰듯 거침없이 펜을 놀렸다. 예상대로 한자뿐인 중국어였지만 한 글자 한 글자 자세히 들여다보니 자연스럽게 내용은 이해할 수 있었다.

"그럼 내일 오후 1시에 오겠습니다." 나오미가 인사를 하고 물러났다.

"네, 네, 알았어요." 아케미는 웃으며 고개를 끄덕였다. 가해자 주제에 이 당당한 태도는 뭐람.

돌아가는 길에 가게 안을 둘러보며 어제의 그 남자를 찾았다. 그러자 진열대 앞에서 상품을 채워 넣고 있는 모습을 금방 발견할 수 있었다. 장신이라 원하지 않아도 눈에 띄었다.

옆얼굴을 봤다. 역시 비슷했다. 가나코에게 보여주면 어떤 생각을 품게 될까. 남자가 시선을 눈치채고 나오미 쪽으로 몸을 돌렸다. 나오미는 순간 "찻잎은 어느 선반에 있나요?" 하고 물었다.

남자가 곤란한 표정으로 목을 빼며 다른 종업원을 찾았다.

"저기, 보이차는 어디 있죠?" 나오미가 다시 물었다.

"아아, 보이차. 그건 이쪽에 있습니다."

부드러운 목소리로 대답하며 선반 앞까지 안내했다. 어색한 발음으로 보아 일본어를 잘 못하는 듯했다.

"고맙습니다." 나오미가 인사하자 "죄송합니다" 하고 가볍게 사과했다.

"이럴 때는 '별말씀을요' 하고 말하는 거예요"라고 말하는 나오미.

"아아, 그렇군요. 별말씀을요."

남자가 부끄럽게 웃었다. 정말 순박해 보인다. 도시인 상하이가 아니라 주변 시골에서 왔음에 틀림없다.

안내받은 참에 보이차를 두 통 구입했다. 회사로 돌아가 가나코에게 하나 갖다주자고 생각했다. 이케부쿠로 차이나타운에서 발견한, 그녀 남편과 똑같이 생긴 남자에 대해 아무래도 가르쳐주고 싶었다.

정시에 퇴근하여 다시 백화점 지하에서 먹을거리와 와인을 산 후 가나코의 집으로 갔다. 전화로 가겠다고 했더니 환영해줬다. 하루 종일 혼자 있어서 이야기 상대가 필요할 것이라고 생각했다. 게다가 가나코는 얼굴에 멍 자국이 있어서 외출하는 것도 쉽지 않다. 식사하는 동안 잠깐의 수다만으로도 충분하다. 다쓰로가 집에 오기 전에 나오미는 돌아갈 생각이었다. 무엇보다 마주치고 싶지 않았다.

어느 정도 시간이 지난 터라 가나코의 얼굴은 제법 원래대로 돌아와 있었다. 부기가 가라앉아 볼의 윤곽도 자연스러워졌던 것이다. 다만 안쪽의 피가 뭉친 자국은 여전히 마음을 아프게 한다.

지금으로서는 폭력이 중단된 것만으로도 안심이 되었다. 내심 또 폭력을 당했으면 어쩌나 두려웠던 것이다.

"가나코, 집에서 뭐해?"

"아무것도. 청소와 빨래를 하고 나면 할 일이 없어서, 위성방송으로 옛날 영화를 보거나 인터넷으로 이런저런 게시판을 들여다보기도 하고, 그렇게 살아."

둘이서 이탈리아식 음식을 먹었다. 외식할 기회가 좀처럼 없는 가나코는 프로가 만든 요리를 의외로 좋아했다.

"다시 일하고 싶지 않아?"

"생각은 하는데 다쓰로 씨가 허락하지 않을 거야."

"허락받고 말고 할 것 없이 그건 가나코 자유잖아."

"응. 하지만 내 뜻대로 쉽게 진행될 것 같지 않아서 말할 용기가 나지 않아."

"그럼 어떡할 거야. 이대로 참고 살 거야?"

"그럴 생각은 없는데……."

"미적미적 결단을 자꾸 미루지 않는 편이 좋아. 이혼하는 수밖에 없으니까."

"왜 나오미가 결정하는 건데. 우리 문제잖아."

가나코가 발끈하여 반박했다. 와인을 마셔서 얼굴색이 좋아 보인다.

"아, 맞다. 오늘 온 건 말이지, 가나코한테 말하고 싶은 게 있어서였는데 깜박 잊고 있었네. 나, 실은 화교 여사장과 일 때문에 약간 문제가 생겨서 이케부쿠로의 중국인들 천지인 곳에 갔어……."

나오미는 그간의 경위를 가나코에게 설명하고, 가나코의 남편 다쓰로와 얼굴도 체격도 모두 꼭 닮은 중국인 남자가 있다고 이야기했다.

"흐음, 그렇게 닮은 사람도 있구나." 가나코는 쓴웃음을 지었다.

"너, 실제로 보면 웃을 수 없을걸. 깜짝 놀랄 거야. 저기, 다음에 같이 보러 가지 않을래?"

"상관은 없지만."

"확인 차원에서 물어보는데 다쓰로 씨, 실은 쌍둥이 형제가 있다거나 한 거 아니지?"

"아니야, 아니야. 누이동생뿐이야."

"그럼 볼 가치가 있어. 가자, 가. 그쪽 동네, 중화요리도 맛있어. 물건 받으러 갔다가 샤오롱바오 먹어보고 나도 모르게 그만 맛있다고 말할 뻔했어."

"그런데 중국인 여사장이라는 그 사람도 대단하다."

"그래, 맞아. 일본인 중에는 절대 없는 유형이야. 그러니까 300만 엔이나 하는 손목시계를 훔쳐놓고도 전혀 미안해하는 기색이 없잖아. 나는 절대 무역 회사의 상사맨은 못 될 거야. 중국인과 사업적인 협상 같은 건 죽어도 못 할 것 같아."

잠깐 리아케미에 대한 이야기로 열을 올렸다. 자신의 이야기에 가나코가 순순히 웃어줘서 나오미는 기뻤다. 오길 잘했다. 환한 얼굴의 가나코를 보는 것은 정말 오랜만인 듯했다.

그때 초인종이 울렸다. 가나코가 튕기듯 엉거주춤 엉덩이를 들었다. 벽에 걸린 시계를 봤다. 밤 8시였다.

"혹시 다쓰로 씨니?" 나오미가 물었다.

"모르겠어. 평일 이 시간에 돌아오는 일은 거의 없는데."

가나코가 일어나 슬리퍼 소리를 내며 인터폰이 있는 곳까지 달려갔다. 모니터 화면을 본다. "아, 다쓰로 씨다." 창백한 얼굴로 중얼거렸다.

나오미는 와인의 취기에서 단숨에 깨어났다. 다쓰로와는 얼굴을 마주치고 싶지 않았다. 하지만 숨을 곳도 없다.

"아래? 위?" 나오미가 허둥대며 물었다.

"위. 벌써 대문 앞까지 와 있어."

"그럼 나는 돌아갈게."

그 말에 가나코는 대답하지 않고 현관으로 달려갔다. 잠금장치를 풀고 문을 연다.

"어서 오세요. 일찍 오셨네요. 지금 오다가 와 있어요. 동창 모임이 있다고, 퇴근하고 돌아가는 길에 들렀어요."

가나코가 재빨리 둘러댔다. 나오미는 서둘러 식탁의 그릇과 유리잔을 정리하기 시작했다.

"잘 오셨습니다, 오다 씨. 오랜만이네요." 밝은 목소리로 인사한다. "어라, 뭐 하시는 거예요?"

"그냥 손이 심심해서 뒷정리나 할까 하고……."

"뭐예요, 천천히 놀다 가세요."

"아뇨, 아뇨, 다 먹었어요. 저녁 시간이기도 해서 백화점 지하에서 먹을거리를 사 갈 테니 같이 먹자고 했어요. 미안해요. 내가 좀 그래요."

"뭐 드셨어요? 아, 파이가 있네. 맛있었겠는데요."

"그럼 드세요. 놓고 갈게요. 너무 많이 사 왔거든요."

"신난다."

다쓰로는 쾌활했지만 어딘지 모르게 부자연스러운 구석이 있었다. 그도 그럴 것이다. 가나코의 얼굴에는 멍 자국이 남아 있다. 친구라면 그 이유를 캐묻지 않았을 리 없고, 가나코가 거짓말로 얼버무렸으리라 생각하기도 어렵다. 다쓰로의 입장에서는 자신의 폭력 행위가 아내의 친구에게 들통 나버린 셈이다.

"오다 씨, 아오이 백화점 외판부에 계시죠? 부유층 손님도 많이 아실 텐데 다음에 소개 좀 해주세요. 저희 은행원은 영업 할당량 때문에 아주 고생이 많거든요."

다쓰로가 일과 관련된 이야기를 늘어놓았다.

"아뇨, 아뇨, 저는 아직 한참 말단이라 고객들의 주문에 따르는 게 고작이에요. 누구한테 소개해줄 만한 처지가 못 돼요."

나오미도 침묵이 두려워 맞장구를 쳐주었다.

"백화점 외판부의 고객 명단이라면 비싼 값에 팔릴 텐데."

"그런 게 유출되면 엄청난 사건이라 경영진의 목이 다섯 개 정도는 가볍게 날아갈걸요."

대화를 나누면서 돌아갈 준비를 했다. 가나코는 어색하게 웃음을 지은 채 우두커니 서 있다.

"정말 가시게요?" 하고 묻는 다쓰로. 다쓰로의 표정도 어색했다. 전혀 감정을 느낄 수 없다. "네, 집에 가서 천천히 목욕이라도 해야겠어요."

겉옷을 걸쳤다. 가방을 들었다. 문득 생각이 나서 다시 한 번 다쓰로의 얼굴을 봤다. 그 중국인과 역시 꼭 닮았다. 머리 모양도 거의 같다.

"그럼 이만, 쉬는 날 와서 천천히 놀다 갈게요."

"네, 그렇게 하세요."

현관으로 걸어갔다. 부부가 함께 배웅하러 왔다.

"그럼 가나코, 또 보자. 다쓰로 씨, 갑자기 와서 죄송했습니다."

"맛있는 거 잔뜩 사다 줘서 고마워요. 또 오세요."

"그래, 조심해서 가."

인사를 나누고 문이 닫혔다. 복도를 지나 엘리베이터에 타자 심장이 마구 뛰었다. 지금은 숨 막히는 곳에서 도망쳤다는 안도감밖에 들지 않는다.

1층으로 내려와 현관 입구로 나가 맨션을 올려다봤다. 밤하늘을 향해 거대한 콘크리트 건물이 우뚝 솟아 있다. 이 빠진 듯 들어와 있는 창의 조명이 왠지 나오미를 불안하게 만들었다.

역을 향해 걸어가는데 서서히 다리가 떨려왔다. 지금 이 순간, 가나코가 다쓰로에게 맞고 있는 게 아닐까 하는 상상이 들었기 때문이다.

충분히 가능한 일이다. 너, 그 여자에게 주저리주저리 다 떠들어 댔지. 으응, 이야기하지 않았어요. 거짓말, 이야기했을 게 뻔해. 이런 대사들이 머릿속에서 맴돈다.

다시 되돌아가야 하는 게 아닐까. 아니, 괜한 걱정일지 모른다. 그렇게 매일 폭력을 휘두르는 것도 아니다. 하지만 맞지 않을 거라는 보장도 없다.

자문자답을 하면서도 나오미에게는 다시 돌아갈 용기가 없었다. 다쓰로와 얼굴을 마주하는 게 역시 무서웠다. 전력을 다한 남자의 힘에 공격당하면 여자로서는 저항할 방법이 없다.

역에 도착했다. 개찰구를 통과해 플랫폼에 섰다. 곧바로 하행 전차가 와서 거기에 올라탔다. 천장 손잡이를 잡고 창밖으로 흘러가는 밤의 주택가를 바라봤다.

나오미의 마음속에 이루 말할 수 없는 죄책감이 솟구쳤다. 역시 되돌아가야 했다. 틀림없이 지금쯤 가나코는 맞고 있을 것이다. 자신은 친구를 못 본 척했다.

나오미는 잠시 동안 무릎의 떨림이 멈추지 않았다.

7 ——

이케부쿠로에 가는 것은 사흘 연속이었다. 차이나타운의 독기를 쐬었기 때문인지, 나오미의 마음속에는 나름대로 대담한 기분이 자리 잡아 이젠 어지간한 일에는 놀라지 않을 각오도 되어 있었다. 리아케미는 어차피 도둑인 것이다. 이쪽이 먼저 마음 써줄 필요는 눈곱만큼도 없었고, 설령 청바지에 샌들 차림으로 방문한다 해도 뭐라 타박할 처지가 아니었다.

이날 만약 손목시계를 돌려주지 않는다면 거리낌 없이 경찰서로 달려갈 작정이었다. 오전에 부장한테도 그런 지시를 받았다. 과거 홍콩 지점에서 근무한 경험이 있는 부장에 따르면 '중국인은 늘 버티고 보지만 그게 무리라는 것을 알면 재빨리 물러선다'고 했다. '아마 더 이상 끌지는 않을 것'이라는 견해도 보였다.

나오미가 굳게 마음을 먹게 된 데는 어젯밤 가나코를 그대로 두고 돌아와버린 죄책감도 어느 정도 작용했다. 오늘 아침, 전화로 괜찮으냐고 확인해야 했지만 그것으로부터도 도망쳤다. 더 이상 약한 자신으로 남아 있어서는 안 된다, 이런 도둑을 상대로도 움츠러든다면 앞으로의 인생은 수동적으로 휩쓸려 살게 될 뿐이다, 이런 생각이 등을 떠밀었다.

덧붙여 리아케미에 대한, 역설적이긴 하지만 경외의 마음도 어딘가에 있었다. 그만큼 두꺼운 낯짝이라면 얼마나 편히 살아갈 수 있을까. 작은 일에 머리를 썩이는 자신이 바보처럼 생각된다.

사무실로 찾아가자 이미 리아케미가 기다리고 있다가 "미안해요, 매일같이" 하고 두 팔을 벌려 화장품 냄새를 흩뿌리며 얼굴 가득 웃음을 지은 채 달려왔다. 이것은 어떻게 판단하면 좋을까.

"드디어 요코하마의 그 친구를 잡았어요. 그래서 손목시계도 돌려받았죠."

잔뜩 긴장하고 있었던 나오미는 아케미의 말을 듣자 몸의 힘이 다 빠졌다. 이 성가셨던 문제가 마침내 끝난다.

손님용 소파에 마주 앉아 벨벳에 감싸인 파텍 필립을 받아 들었다.

"다행이에요. 이걸로 나도 어깨의 짐을 내려놓게 됐어요."

아케미가 밝게 말했다. 어디를 떠밀면 이런 대사가 나오는지, 나오미는 어이가 없었지만 지금은 상품을 되찾은 것만이 기뻤다.

"그럼 이 자리에서 검사를 해보겠습니다."

나오미는 그렇게 말하고 가방에서 확대경과 공구를 꺼내 테이블에 내려놓았다. 장갑을 끼고 상품을 체크해간다. 우선은 본체 케이스의 뒤 덮개를 벗기고 안쪽에 새겨진 시리얼 넘버를 확인했다.

틀림없었다. 도난당했던 해당 상품이다.

갑자기 그림자가 드리워졌다. 올려다보니, 리아케미가 몸을 앞으로 내밀고 흥미진진하게 들여다보고 있었다.

"흐음, 거기에 번호가 새겨져 있군요. 과연. 이러면 도둑도 둘러댈 수 없겠는데요" 하고 감탄하며 마치 다른 사람 일처럼 말했다.

나오미는 대꾸할 말도 찾지 못한 채 중화문화권 자체와 대치하고 있는 듯한 기분이 들었다.

이어서 확대경으로 흠집이 있는지 조사했다. 유리 표면, 금속 표면, 보석 모두 흠집 없이 말끔하게 반짝이고 있었다. 값비싼 물건인 만큼 중국인들 역시 조심스럽게 다루었던 모양이다.

마지막으로 악어가죽으로 된 벨트를 확인했다. 안쪽 구멍 옆에 살짝 긁힌 자국이 있었다. 아마 아케미 본인이 손목에 찰 때 구멍 위치가 잘 맞지 않아서 핀 끝부분에 긁힌 듯했다.

나오미는 어떻게 해야 할지 망설였다. 전용 왁스를 사용하여 닦으면 지워질 자국이다. 그러므로 그리 심각한 문제는 아니었다. 무엇보다 시계 본체가 아니라 가죽 벨트의 자국이었다.

"어때요, 깨끗한 그대로죠?"

아케미가 자신만만하게 말했다. 이제 더 이상 불만 없지? 하는 태도처럼 보였다.

"벨트에 이상이 있습니다. 리 사장님, 이걸 한 번이라도 사용하셨나요?"

그 태도가 신경에 거슬려서 나오미는 반사적으로 물었다.

"으음. 사용하지 않았어요, 사용하지 않았어."

아케미가 당황하여 고개를 저었다.

"여기를 보세요. 가죽에 긁힌 자국이 있습니다."

나오미는 두 손으로 들고 벨트를 들이댔다.

"어디? 어디에요?" 아케미가 자세히 들여다봤다. 긁힌 자국을 찾은 듯 가볍게 코웃음 쳤다.

"이런 건 흠도 아니죠. 아마 처음부터 있었을걸요."

"아뇨. 파텍 필립을 비롯한 유럽의 명품은 엄격한 검사를 거쳐 겨우 손님 손에 도달하는 물건입니다. 그동안에는 우리 백화점도 중개인 역할자로 세심한 주의를 기울입니다. 아무리 작은 흠이라도 못 보고 지나치는 일은 없습니다. 그러니까 이 자국은 리 사장님이거나, 아니면 요코하마의 친구분이 만든 겁니다."

나오미는 누군가에게 조종당하듯 거침없이 말했다. 다른 사람을 다그치는 일은 태어나서 처음이었다. 의외의 행동에 자신도 놀라고 있었다.

"하지만 이걸 흠이라고 말하는 건 좀 오버 아닌가요? 이 정도는 중국 사람이라면 누구도 신경 쓰지 않을 텐데."

리아케미가 희미하게 미소를 지으며 항변했다.

"여기는 중국이 아닙니다. 전 세계에서 고객의 눈이 가장 까다로운 일본입니다. 그런 곳에서 아오이 백화점은 장사를 해왔고 신뢰를 얻어왔습니다. 중국 분들이 굳이 일본의 백화점에서 쇼핑을 하시는 건 일본 사람이 파는 물건이라면 틀림없다고 믿기 때문이 아닌가요?"

"그건 그렇지만 이런 작은 흠집 정도로……."

"이게 3만 엔짜리 손목시계라면 고객분들도 별말씀 안 하실 겁니다. 하지만 이건 300만 엔짜리 손목시계입니다. 어떤 작은 흠집 하나도 허용하지 않아요."

"하지만 내가 흠집을 냈다는 증거가 있나요?"

리아케미가 반박했다.

"있습니다. 할인점 중고 명품 매입 센터의 기록에 남아 있어요. 그 시점에서 벨트에는 아무런 흠집도 없었어요."

나오미는 태연히 거짓말을 했지만 속으로는 몹시 떨고 있었다.

"그럼 어쩌라고요?"

마침내 리아케미가 백기를 들었다.

"리 사장님, 그냥 구입해주실 수는 없을까요?"

나오미는 냉정함을 가장한 채 작심하고 말해봤다. 반쯤은 협박이었지만 열쇠는 이쪽이 쥐고 있었다.

"농담하지 마세요. 300만 엔이나 하는 돈이 어디 있다고."

리아케미가 크게 소리쳤다. 종업원이 책상에 앉아 있다가 깜짝 놀란다.

"아뇨. 저희는 리 사장님을 부유한 고객님으로 인식하고 있습니다. 이 사무실에도 고미술품들이 잔뜩 있던데요."

나오미는 벽의 진열장을 보며 말했다.

"이건 당연히 가짜죠. 진품을 이런 곳에 놓는 바보가 어디 있다고. 금방이라도 중국인 도둑이 들어와 훔쳐 갈걸요. 아니면 종업원이 훔치거나. 그 정도는 중국 사람들한테는 상식이에요. 방심하면 훔쳐 간다, 중국에서는 잃어버린 사람 잘못이라고요."

리아케미는 종업원이 있는 것도 개의치 않고 단숨에 내뱉었다.

"리 사장님, 그런 변명은 중국에서나 해주세요. 몇 번이나 말씀드리지만 여기는 일본입니다. 구입해주시겠습니까?"

"그건 불가능해요. 돈이 없어요."

"본체에는 아무런 흠집도 없어요. 그러니까 벨트만 구입하시는 방법도 있습니다만 그 가격만 따로 계산해보니 대략 10만 엔도 채 안 될 것 같군요."

"당신, 무슨 소리를 하는 거예요. 벨트만 사서 어쩌라고?"

"가지고 계신 손목시계에 달면 되잖아요?"

나오미는 은근하게 미소 지으며 말했다. 어떻게 된 건지 자신의 내부에서 가학적인 감정이 솟구쳐 올라왔다. 경찰과 진 회장. 비장의 카드가 있다는 것은 참으로 마음 든든한 일이다.

"저기, 오다 씨. 좀 봐줘요."

리아케미가 갑자기 울상이 되어 태도를 확 바꿨다.

"그래요, 당신한테 수고비 줄게요. 몇 번씩이나 헛걸음하게 만들고 시간도 낭비하게 했으니까 그에 대한 수고비를 주죠. 2만 엔 줄게요. 그거 받고 없었던 일로 해주세요."

"아뇨. 그런 돈을 받을 수는 없습니다."

"왜요? 당신한테는 이득이잖아요."

"일본에서 그런 뇌물은 통하지 않습니다."

당신, 여기는 중국이 아니야. 나오미는 마음속으로 계속 몰아붙였다.

"그럼 어떻게 하면 될까요? 오다 씨, 가르쳐주세요."

리아케미가 무릎에 손을 올리며 고개를 숙였다.

"저희는 아직 사과의 말을 듣지 못했습니다."

나오미가 말했다. 잠시 침묵이 흘렀다. 굳이 사과를 받고 싶다는 생각은 없었지만 눈앞의 여사장을 한 번쯤 굴복시키고 싶었다.

리아케미는 고개를 들며 빠르게 말했다.

"전에도 말했지만 이 시계는 공짜라고 생각했어요. 그래서 가져갔던 거라고요. 즉 오해한 겁니다. 나는 훔치지 않았어요."

"어느 나라에 300만 엔이나 하는 손목시계를 공짜로 선물하는 백화점이 있다는 거죠?"

"중국과 일본의 관계는 특수해요. 과거의 전쟁에서 일본은 중국인을 수없이 죽였죠. 그래서 그 사죄로 온갖 것을 주는 거라고 중국인은 모두 생각하고 있습니다."

끝까지 억지 변명을 하는 리아케미를 보며 나오미는 일종의 감동을 느꼈다. 중국인이 절대 사과하지 않는다는 말은 사실이었던 것이다.

"그게 진심이시라면 경찰과 진 회장님 앞에서도 똑같은 말씀을 해주십시오."

"그건 안 돼요. 다른 방법을 생각해보죠."

리아케미가 팔짱을 끼며 소파에 등을 기대었다. 뻔뻔스러운 얼굴에 서서히 균열이 생기기 시작했다.

"리 사장님, 구입해주시죠. 이 손목시계, 갖고 싶지 않으셨나요?"

나오미는 적당히 어르며 말했다. 손목시계가 수중에 돌아왔으므로 마음에 여유가 생겼다.

"저기, 오다 씨. 정말 좀 봐줘요. 큰 흠집도 아니잖아요?"

"그렇긴 하죠……. 그럼 다른 상품을 구입해주시면 어떨까요?

이를테면 30만 엔가량 하는 까르띠에 손목시계 같은 걸로. 그 정도라면 가격도 10분의 1이니까 크게 부담스럽지 않을 것 같은데요."

"그게 무슨 말씀이죠?"

"저도 빈손으로 돌아갈 수는 없다는 뜻입니다."

나오미는 리 사장을 바라보며 말했다. 나오미의 마음속에는 이제 쾌감 비슷한 것까지 생겨났다. 자신이 중국인을 상대로 흥정 따위를 할 수 있으리라고는 상상도 하지 못했다. 나이토와 함께 왔다면 그냥 묵묵히 옆에만 있었을 것이다. 아무도 믿을 사람이 없어서 오히려 대담해졌다.

리아케미가 생각에 잠겼으므로 나오미는 기회를 놓치지 않고 가방에서 태블릿 단말기를 꺼내 까르띠에 카탈로그 페이지를 열었다.

"이건 어떠세요? 미스파샤라는 모델입니다. 금속제 쿼츠 시계(건전지로 작동하는 일반적인 시계. 태엽을 감아야 작동하는 기계식 시계와는 반대되는 개념이다―옮긴이)로 소비세를 포함하여 30만 6,720엔. 정통파에 속하는 디자인이라 여러 상황에 맞게 사용하실 수……."

"그건 상관없는데 조금만 더 싼 걸로 해줘요."

리아케미가 마침내 꺾였다. 나오미는 전투에서 승리한 듯 가슴이 두근거렸다.

"그럼 탱크 솔로는 어떠세요? 23만 5,440엔입니다."

리아케미가 카탈로그 사진을 서로 비교해본다. 잠시 생각에 잠긴 후 "하지만 어차피 살 거라면 이쪽이 더 좋으려나" 하고 값이 더 비싼 것을 가리켰다.

"리 사장님, 역시 안목이 있으신데요. 이건 지금 세계적으로 인기를 모으고 있는 거예요."

"그렇군요. 아무튼 정말 이걸로 마무리해주는 거죠?"

"약속할게요. 구입해주셔서 정말 감사합니다. 회사에 돌아가는 대로 재고가 있는지 확인하겠습니다."

나오미는 깊이 고개를 숙였다.

리아케미가 한숨을 한 번 내쉬고 나서 진지한 표정으로 입을 열었다.

"당신, 일본 사람 아닌 것 같아요. 중국인 같아. 만약 백화점을 그만둔다면 우리 가게로 오지 않을래요? 언젠가 무역업까지도 사업을 확장하려는데, 그때 오다 씨 같은 유능한 일본인을 고용하고 싶거든요."

"그러시군요. 그럼 그때가 되면 꼭 좀."

"정말이죠?"

"조건만 맞는다면요."

미소 지으며 대답했다. 허심탄회하게 이야기해서인지 친근감 같은 게 싹텄다. 나오미는 이 여사장이 싫지 않아졌다. 무엇보다 자신을 '유능하다'고 칭찬해줬다.

"그나저나 배고픈데. 뭐 좀 먹지 않을래요?" 하고 묻는 리아케미.

"먹을래요. 저도 배에서 꼬르륵 소리가 나네요." 나오미는 밝은 목소리로 대답했다.

리아케미가 쓴웃음을 지었다가 다시 환하게 웃었다.

"그럼 어제와는 다른 가게로 가죠. 매운 거 괜찮아요?"

"괜찮습니다."

둘이 함께 사무실을 나왔다. 가게 안의 종업원들이 고개를 숙인다. 그중에 다쓰로와 꼭 닮은 남자도 있다. 그가 '앗' 하는 표정으로 나오미를 보고 있었다. 어제 말 건넸던 것을 기억하는 듯했다. 나오미는 이케부쿠로 차이나타운과 뭔가 인연이 생길 것 같은 기분이 들었다.

8 ——

평일 이틀 연속으로 휴가를 받아서 나오미는 본가가 있는 니가타에 가기로 했다. 정월에도 갔기 때문에 그리 오랜만이라는 느낌은 들지 않았다. 지방에 사는 언니가 조카랑 좀 놀아달라는 말을 따르기로 한 것뿐이다.

나오미는 쉬는 날 정상적으로 쉬지 못하는 경우가 많았고, 특별한 일이 없는 이상 본가에 가는 일은 없었다. 특히 서른쯤 되면 동창과도 소원해져서 돌아가봤자 놀 상대가 없다. 게다가 부모님이 결혼을 서두르라는 말만 해서 고향 가는 일이 내키지 않는 행사가 되고 말았다.

다만 아주 안 갈 수는 없었으므로 이렇게 1박 2일 얼굴을 비치는 것이 욕먹지 않을 정도로는 딱 좋았다. 이것으로 오본(8월 15일을 전후

한 우리의 추석에 해당하는 일본의 명절-옮긴이) 때 건너뛸 이유가 생겼다.

최근에는 가나코와 만나지 않았다. 안부를 묻는 문자만 한 번 보냈을 뿐이다. '별일 없니?' 하고 묻자 '응, 별일 없어' 하는 답장만 왔다. 과연 이게 사실인지 확인하는 게 두려워 나오미는 직접 만나는 것을 미루고 있었다. 만약 새로운 폭력 피해를 입었다면 자신은 어떻게 가나코를 지켜줄 것인가. 그것을 생각하면 밤에도 잠이 오지 않았다.

점심시간이 지나 본가에 도착하자 언니인 히로미가 아들을 데리고 놀러 와 있었다. 보자마자 조카인 고헤이를 안아줬다.

"와, 무겁다. 지금 몇 킬로그램이야?" 나오미가 물었다.

"10킬로그램 정도 나가려나. 안고 산책이라도 나갔다 오면 밤에 팔근육이 막 당겨."

히로미는 힘들다는 듯 대답했지만 풍기는 분위기는 너무나 평온했다. 배도 슬슬 불러오기 시작했는데 8월 출산 예정인 둘째는 여자아이인 것 같다고 했다. 동생인 나오미가 봐도 언니는 행복한 인생을 살고 있었다.

"고헤이가 커서 도쿄의 대학에 다니겠다고 하면 나오미 짱네 집에서 하숙시킬 거야."

언니가 입가에 미소를 머금고 말했다.

"응, 좋아. 그때 어떤 집에서 살고 있을지는 모르겠지만."

"너, 언젠가는 출세할 것 같아."

"왜?"

"옛날부터 자립심이 강했고 용기도 있으니까."

"거짓말. 그런 말 처음 들어본다."

나오미는 언니가 그런 식으로 자신을 생각할 줄은 꿈에도 몰랐으므로 적잖이 놀랐다.

"초등학교 6학년 때 동네 어린이회 회장으로 뽑혀 공원 놀이 기구를 남자아이들만 타는 데 이의를 제기해서 순번제로 타게 만들었잖아. 그걸 옆에서 보면서 나오미 짱은 용기가 있구나 생각했어."

"겨우 그 정도로……."

"나 같은 애는 겁이 많아서 다른 아이들 하는 대로 조용히 따라 하는 성격이었거든. 고향을 뛰쳐나가 도쿄에서 혼자 살다니, 나는 상상도 못했어."

"후후……."

나오미는 애매하게 웃으며 대충 흘려들었다. 태어난 고향에서 거의 평생을 살고 있는 언니는 도쿄에 사는 여동생을 과대평가하는 구석이 있었다. 실제로는 자신이 원하던 큐레이터도 되지 못한 채 지금은 외판부 말단 직원일 뿐인데.

어머니가 사과를 깎아 거실로 나왔다. 모녀 셋이 이야기하는 것은 오랜만이었다. 그래 봤자 갓난아이가 있어서 한결같이 뜻 모를 소리만 내는 그 천사를 중심으로 웃으며 어르는 게 전부였다. 갓난아이란 얼마나 분위기를 흥겹게 만드는 존재인가.

"나오미 짱, 결혼은 아직이야?" 어머니가 차를 마시며 물었다.

"아직. 엄마, 그건 정월에도 물었잖아. 그 뒤로 겨우 3개월밖에 안 지났는데 무슨 일이 있었으려고."

"여기서 선이라도 볼래?"

"싫어."

나오미는 입을 삐죽이며 대답했다. 모녀간이라고는 하지만 어머니의 무신경한 말에는 매번 발끈하고 만다.

"그럼 너는 계속 도쿄에 있을래?"

"그럴 건데."

"좋겠구나. 걱정할 게 없어서."

어머니가 우울하게 말했다. 나오미는 대답하지 않았다.

"엄마, 다음에 도쿄 놀러 가도 돼?" 어머니가 이야기를 계속했다.

"상관은 없는데 왜 오시게?"

"도쿄 스카이트리(일본 도쿄의 스미다 구에 세워진 세계 최고 높이의 전파탑-옮긴이)에도 올라가고 싶고, 너희 백화점에서 쇼핑도 하고 싶어."

"아버지랑 같이?"

"아니, 혼자." 말도 안 된다는 표정으로 고개를 젓는다. "히로미 짱이 좋다면 같이 갈 수도 있지만."

"못 간다니까. 고헤이가 있는데. 집안일도 해야 하고." 언니가 곧바로 거절했다.

"아버지, 다시 취직한 곳에서는 잘하고 계셔?"

말이 나온 김에 나오미는 아버지에 대해 물어봤다.

"글쎄, 모르겠다. 직장 험담만 매일 해대는데 어떨지. 전무가 바보라느니, 경리가 날림이라 대화가 안 통한다느니 하고 말이야."

어머니가 목소리를 낮추며 말했다. 푸념할 때면 늘 나오는 버릇이다.

"공무원 하다가 낙하산으로 내려오면 안 그래도 사람들이 거북해하니까 얌전히 계시는 편이 좋을 텐데."

나오미가 말했다.

"안 돼, 안 돼. 아버지는 옛날부터 민간 기업을 우습게 봤잖니. 변변치 못한 학교밖에 나오지 않은 수준 낮은 무리들이라느니, 관공서가 지도해주지 않으면 예산 하나 제대로 짜지 못한다느니 그런 소리만 했거든."

"그건 나는 모르는데." 나오미는 어깨를 으쓱했다.

"너희 들도록 말하지는 않았어. 엄마한테만 말했지. 에이마치의 기무라 공업사 사장이었던가, 공공사업을 따내고 싶다고 우리 집에 자주 술을 들고 왔는데 너희 아버지, 그때는 좋은 얼굴로 상대해주다가도 사장이 돌아가면 또 바보가 찾아왔다느니, 저런 얼빠진 회사에 어떻게 일을 맡길 수 있겠냐느니, 실컷 험담만 해댔어……. 그 사장 부인은 엄마와 옛날부터 알고 지내던 사이였는데 나까지 기분이 나빠지더라."

어머니의 수다에 언니가 눈짓을 했다. 나는 늘 이런 말을 듣고 산단다. 얼굴에 그렇게 쓰여 있었다.

"아직까지 친하게 지내는 건 시청 다니던 시절의 사람들뿐일걸. 동네 노인회도 우습게 여기는 것 같고. 앞으로 더 나이를 먹으면 어쩔 셈인지."

어머니의 푸념은 한없이 계속됐다. 지난번 언니한테 전화로 들었기 때문에 더욱 특이하게 귓속으로 들어왔다. 딸들이 모두 독립하고 아버지가 정년퇴직하여, 어머니도 자신의 노후를 걱정하기 시작하자 그동안의 불만이 다 불거진 것일까. 적어도 소녀 시절에는 이런 어머니라고는 생각하지 못했다.

나오미는 암담한 기분으로 듣고 있었다. 어머니의 인생이란 어떤 것이었나.

언니는 상대해주지도 않은 채 흘려들었다. 고헤이를 무릎에 올리고 뺨을 지분거리며 놀고 있었다.

"골프도 돈이 들고 언제까지 할 수 있을지 모르는데. 빨리 게이트볼로 바꾸면 돈도 싸게 먹힐 텐데, 동네 멍청이들과는 대화가 안 통한다고 하니. 바보, 멍청이, 매일 그런 말만 하고 말이야."

"이제 그만해, 그런 이야기는." 나오미는 몸을 돌려 고헤이를 안아 들었다.

"월급은 반 토막이 났는데 아직도 여전히 수제 양장점에서 양복을 짓고……. 아니, 총무가 옷을 빼입고 갈 자리도 아닌데 굳이 맞춰 입을 필요가 어디 있다고."

어머니는 달리 이야기 상대가 없는지 딸 둘을 붙잡고 언제까지고 푸념을 늘어놓았다.

언니가 돌아간 후 오후 6시가 지나 아버지가 회사에서 돌아왔다. 나오미는 새삼 아버지가 정년퇴직하여 민간 기업에 재취직했음을 실감했다. 공무원 시절의 아버지였다면 매일 밤 야근하느라 평일 집에서 저녁식사를 하는 일은 좀처럼 없었다. 아마도 지금 직장에서는 별로 하는 일 없이 명목뿐인 임원으로 긴장감 없는 나날을 보내고 있을 것이다. 그리고 밤의 접대 자리도 거의 사라졌을 것이다.

아오이 백화점에도 재취직한 사내들이 있었으므로 쉽게 상상이 간다. 대부분 한직이라 주변 사람들의 눈치나 본다.

"어, 그래, 왔구나."

아버지는 딸이 온 것을 보고 활짝 웃었다. 나오미도 같이 웃어줬다. 그래도 어딘지 어색했다. 어렸을 적 아버지가 어머니에게 휘두르는 폭력에 겁을 먹고, 사춘기가 지나고는 그 반발로 계속 피해 다녔기 때문에 어른이 됐다고 갑자기 사이좋은 부녀간을 연기할 수는 없었던 것이다.

"나오미, 잘 지냈느냐?"

"응, 잘 지냈어요."

"경기는 좀 어때?"

"그럭저럭. 아주 안 좋았을 때만큼은 아니에요."

짧은 대화를 주고받고 나니 더 이상 할 말이 없었다.

저녁은 소고기 전골이었다. 고향에 돌아오면 대개 그랬다. 딸이라도 있지 않으면 먹을 수 없기 때문일 것이다. 부모님의 경우, 부부 단둘만 있을 때의 저녁식사는 어떤 느낌일까. 분명 화기애애한 분위기는 아닐 것 같다.

셋이 텔레비전을 보며 젓가락질을 한다.

"나오미, 결혼은 아직이냐?"

아버지가 어머니와 같은 질문을 했다.

"응, 아직."

나오미는 텔레비전에 눈길을 준 채 대답했다.

"시청에 다니는 독신들을 다음에 좀 데려올까? 서른이 넘었는데도 결혼하지 않은 놈들이 득실대는데."

"내가 여기 공무원이랑 결혼하면 어떻게 될 것 같으세요? 결혼하자마자 니가타와 도쿄에서 별거에 들어갈걸요."

"니가타에도 백화점은 있어."

"당연히 있겠죠."

"이제 도쿄에서는 충분히 살았다."

"그게 무슨 말씀이세요?"

"너도 이젠 서른이 다 됐으니 장래에 대해서도 생각해야 해."

"생각하고 있어요."

나오미가 귀찮다는 듯 대답하자 아버지는 더 이상 아무 말 하지 않았다. 어머니는 대화에 끼지 않고 묵묵한 채였다. 값비싼 차돌박이 와규(和牛, 일본 토종 육우의 통칭-옮긴이)였는데 어서 시간이 지나가기만 바랐다. 만약 자신이 이 집에서 살았다면……. 그런 상상은 하고 싶지도 않다.

식사를 마치고 아버지는 새롭게 단장한 서재에 틀어박혀 글을 쓰기 시작했다. "향토사 관련 책을 내고 싶으시단다." 어머니가 작은 목소리로 가르쳐줬다. "구청에 출입하는 인쇄 회사가 공짜로 출판해주겠다고 했대. 팔리지도 않을 책을 말이야" 하고 뒷이야기까지 덧붙였다. 공무원은 퇴임 후에도 여러모로 들어오는 게 많은 모양이었다.

어머니가 나오미와 둘만 있으니 다시 또 푸념을 늘어놓기 시작했으므로 옛날 어렸을 때 쓰던 2층 방 침대에 누워 도쿄에서 가져온 문고본을 펼쳤다.

아래층에서는 이야기 소리 한 번 들려오지 않는다. 아버지가 평균 수명까지 산다면 앞으로 이십 년 정도는 둘만의 생활이 계속된다. 두 분 모두 숨 막히지 않을까. 나오미로서는 도저히 이해되지 않았다.

도무지 독서에 집중할 수 없다. 어쩔 수 없이 스마트폰으로 전혀 흥미도 없는 게시판을 뒤적였다.

다음 날, 아버지는 나오미가 일어나기도 전에 출근했다. 차고에서 차 나가는 엔진 소리를 침대 안에서 들으며 이것으로 의무의 반 정도는 완수한 것 같아 긴장이 풀렸다.

아래층으로 내려가 혼자 아침을 먹었다. 어머니가 식탁 맞은편에 앉아 차를 끓여줬다.

"다음에는 오본 때 올 거니?"

"글쎄. 쉴지 안 쉴지 몰라서."

나오미는 그렇게 대답하면서 풀이 죽었다. 이번에 온 것으로 오본은 그냥 건너뛸 수 있으리라 생각했는데.

"연휴에는 쉬잖아?"

"손님 사정에 따라 달라. 내 담당 고객이 온다고 하면 일요일이든 공휴일이든 출근해야 해."

"흐음, 힘든 일이구나."

"엄마는 연휴 때 어떻게 할 건데?"

"아직 모르겠어. 와타나베 씨들하고 당일치기 버스 여행이라도 가볼까 하는 말은 있었는데."

"가끔은 부부끼리 온천에라도 다녀오시지?"

나오미는 어머니가 듣기 싫어하는 말을 굳이 했다.

"아니, 싫어. 여행 가서도 불평만 해대. 준비가 너무 늦다는 둥, 잔돈 정도는 미리 바꿔놓으라는 둥, 나는 구청의 부하 직원이 아니거든. 가봤자 피곤하기만 해."

어머니가 얼굴을 찡그리며 손을 좌우로 흔든다. 어제부터 하도 푸념만 해대서 이젠 어지간히 지겨웠다.

"그렇게 싫으면 아버지하고 이혼하지?"

내친김에 말하고 말았다. 어머니의 안색이 싹 바뀐다.

"그러니까 앞으로 함께 살 일이 걱정되잖아. 노후는 길어. 아버지도 앞으로 몇 년 있으면 지금 회사 역시 그만둬야 할 테고, 그렇게 되면 하루 종일 집에서 얼굴 맞대고 살아야 하는데. 내가 엄마 입장이라면 참을 수 없을 것 같아. 남은 인생, 계속 참고 살지, 내 마음대로 살지 그건 정말 중요한 문제라고 생각해……."

말하다 보니 나오미 본인이 괜히 초조하여, 하지 않아도 될 말까지 하고 말았다.

"이혼이라니, 네 아버지가 들어주지 않을걸."

어머니가 굳은 얼굴로 말했다.

"들어주든 말든 결혼이라는 건 두 사람의 의사로 성립하는 거니까 엄마가 싫다면 그냥 이 집에서 나가도 돼."

"집을 나가서 어디에서 살라고."

"아파트든 연립주택이든 어디든 찾아서 들어가면 되잖아."

"엄마, 돈 없어."

"변호사를 고용하면 반드시 재산의 반은 받을 수 있어. 나는 엄마 편이 돼줄게."

"그런……." 어머니가 할 말을 잃었다. 설마 딸한테 이런 말을 듣게 될 줄은 생각지도 못했던 듯 곤란한 모습이었다. "하지만 그렇게 되면 아버지가 또 폭력을 휘두를 것 같아서 엄마는 무서워."

"도망치면 되잖아. 그런 이유라면 내가 도쿄에서 숨겨줄게."

이야기가 점점 핵심으로 파고들었다. 지금까지 입 밖에 내본 적 없는, 모녀간에 피해왔던 아버지의 폭력에 대한 이야기다.

"그렇지만……."

"어차피 옛날 같지는 않을 거야. 아버지도 환갑이 지나서 힘도 없을 테고."

"으응, 하지만 나도 약해져서 다음에 맞으면 죽을지도 몰라."

"아버지가 손을 올리면 무조건 도망쳐. 그리고 경찰한테 달려가."

"엄마는 자신 없다."

어머니가 그렇게 말하며 고개를 숙였다. 어느새 얼굴이 창백해져 있었다.

"나는 앞으로 도쿄에서 평생 살 생각이고, 언니는 어차피 출가외인이라 앞으로는 부부 둘만 살아야 해. 결정할 거면 빨리 하는 편이 좋아."

"너, 부모한테 너무 심한 거 아니니?"

"나도 이런 말 하고 싶지는 않았는데 보고 있자니 힘들어서."

"언니는 뭐라고 하든?"

"아무 말도."

예전에 전화로 이야기했을 때는 부모님이 이혼할까 봐 무섭다고 투덜거렸지만 나오미는 말하지 않았다. 괜히 딸들한테 기대기라도 하면 곤란하다는 말은 도저히 할 수 없었다.

"엄마는 역시 자신 없어." 어머니가 다시 말했다.

"음, 그래? 어쨌든 엄마가 결정할 문제니까."

"이웃도 있고, 친구도 많아. 와타나베 씨나 곤도 씨 모두 서로 돕고 살자고 예전부터 이야기했어. 그래서 그럭저럭 만족하고 있단다."

"그래. 그럼 다행이지만."

공연히 어색해지기만 해서 나오미는 묵묵히 식사에 다시 열중했다. 어머니는 텔레비전을 켜고 멍하니 바라봤다.

"아버지, 빨리 돌아가시는 편이 좋은데."

속으로 생각하고 있던 것을 다 털어놓아서인지 나오미는 내뱉듯 그렇게 말했다.

어머니는 순간 안색이 변했지만 아무 말도 하지 않았고, 돌아보지도 않았다.

텔레비전에서는 와이드 쇼의 리포터가 탤런트 누구가 음주 운전으로 입건됐다고, 마치 테러리스트라도 잡은 것처럼 요란을 떨었다.

나오미는 아침식사를 마치는 대로 곧바로 도쿄로 돌아가자고 생각했다.

9 ——

나오미는 벌써 2주 이상 가나코와 연락하지 않았다. 일이 바쁘기도 했지만 이유의 태반은 가나코에게 생겼을지도 모를 사태를 아는 게 두려웠기 때문이다. 나오미의 마음속에는 늘 파도가 치고 있었다. 그것은 자신이 도망치고 있다는 꺼림칙함에서 기인한 것이었다.

그동안 이케부쿠로의 리아케미가 두 번 불러냈다. 두 번 모두 거래처에 줄 선물을 골라달라거나, 수입한 중화요리 식재료의 맛을 봐달라는 대수롭지 않은 용건이었다. 고객 카드 회원도 아니면서 전화 한 통으로 불러내다니, 정말 중국인답게 뻔뻔스러웠지만 그때마다 밥을 사줘서 특별히 불만은 없었다. 하지만 솔직히 말하자면 나오미 자신이 아케미의 이야기를 듣는 것만으로도 기분 전환이 되는 까닭에 불러내주기를 은근히 기대하는 구석도 있었다. 이 여사장은 한없이 긍정적이라 사소한 일에 연연하지 않았다. 그런 강함이 지금의 나오미에게는 부러워 견딜 수 없었다.

이날은 회사 근처 가게에서 차를 마시며 아케미가 자신의 신상을 이야기하기 시작했다. 상하이의 낡은 집에서 사 남매 가운데 막내로 태어나 현재 서른일곱 살. 이혼 경력이 있지만 자식은 없다. 아버지는 무역상, 어머니는 공산당 간부의 딸로 부족할 것 없는 소녀 시절을 보냈지만 할아버지가 당내에서 실각하자마자 이내 가세가 기울어, 지금은 가족 모두 캐나다와 오스트레일리아 등지로 뿔뿔이 흩어져 살고 있는 모양이었다.

"우리 부모님은 싱가포르에서 무역업을 계속하시지만 경기가 별로 좋지 않아요. 제일 큰오빠가 캐나다에서 부동산 중개업을 시작했는데 그게 순조로워서 부모님도 언젠가는 캐나다로 이주하실 것 같아요."

하는 말 곳곳에 화교다운 글로벌리즘이 엿보여 나오미는 전 세계에 차이나타운이 있는 민족의 기백을 통감할 수 있었다.

"나는 일본에서 성공하여 여기에서 오래 살고 싶어요."

"고향이 그립지는 않으세요?" 나오미가 물었다.

"그립긴 하지만 생활은 별개 문제예요. 중국인의 애국심을 일본인은 오해하고 있어요. 우리는 중국인이라는 사실에서 도망칠 수 없어요. 그래서 중국인의 지위를 높여야 해요. 그런 이유가 있답니다. 일본은 괜찮아요. 애국심을 주장하지 않아도 누구도 의심하지 않고 공격하지도 않죠."

아케미는 나오미를 상대로 많은 말을 했다. 이것도 부장이 자주

하는 말이었지만, 중국인은 일단 마음을 터놓으면 가족처럼 대한다. 아마도 자신은 그녀의 마음에 든 모양이다.

"그래서 일본인을 상대로 하는 비즈니스는 나도 마음이 편해요. 거짓말을 하지 않는다는 건 세계적으로 드문 경우예요."

"중국인은 어떤데요?" 나오미가 묻자 아케미는 잠시 대답을 주저하며 허둥대다가 "당신, 그건 말하지 않아도 알잖아요" 하며 쓴웃음을 지었다.

아케미는 나오미에 대해서도 시시콜콜 캐물었다. 자신도 이야기했으니까 당신도 이야기해달라는 걸까. 상대가 외국인이라 오히려 신경이 쓰이지 않는다는 생각에, 나오미는 성장 과정부터 가족에 대한 것까지 보기 드물게 솔직히 이야기했다. 부모님 사이가 좋지 않다는 것도 털어놓았으니 분명 누구한테든 말하고 싶었던 것일 게다.

"당신 부모님은 왜 이혼하지 않는 거죠?" 아케미가 이상하다는 듯 물었다.

"글쎄요……." 나오미는 고개를 갸웃거리며 "아마 어머니 혼자 살아갈 자신이 없기 때문인 것 같아요" 하고 대답했다.

"일본 여자들은 모두 착하게 사네요. 전에도 말했지만 상하이 여자들은 전부 기가 세요. 억지로 참으며 결혼 생활을 지속하는 일은 절대 없어요."

아케미가 확신에 차서 말하는지라 나오미는 문득 물어보고 싶어졌다.

"만약 남편이 아내에게 폭력을 휘두르는 사람이라면 상하이에서는 어떻게 되나요?"

"보복합니다. 어쨌든 무사하지는 않을 거예요."

아케미는 화난 듯 목소리에 힘을 담아 대답했다.

"아내가 보복하나요?"

"본인이 할 수 없다면 부모 형제가 대신 보복해요. 예를 들어 만약 내가 남편한테 폭행을 당했고, 내 힘으로는 대항할 수 없는 상태라면 큰오빠가 캐나다에서 달려와 처리해줄 거예요."

"굳이 캐나다에서 와서요?"

"당연하죠. 그럴 때 도와주지 않으면 어떻게 가족이라고 하겠어요? 가족이 없다면 가까운 친구가 도와주죠. 그게 우정입니다. 아닌가요?"

아케미는 진지한 표정으로 계속 말했다.

"일본 여자는 불만스러워도 그냥 체념하고 마는 사람이 많은데 어떻게 생각하세요?"

나오미의 머릿속에 가나코의 멍투성이 얼굴이 떠올랐다.

"잘못된 거예요. 일본인은 하고 싶은 말을 참아요. 그건 정말 좋지 않아요. 중국에서는 잠자코 있으면 계속 당하기만 해요. 왜 일본 여자는 그렇게 얌전히 있는 거죠? 나는 일본에 와서 무엇보다 그것에 제일 놀랐어요."

"무슨 일이든 여자보다 남자가 우선이라는 교육을 받았기 때문이 아닐까요……?"

"그건 좋지 않아요. 좀더 자기주장을 해야 해요."

"그럼 나도 묻겠는데 상하이 여자는 어떻게 그리 강한 거죠?"

"그건 몇 번이나 받은 질문이에요. 나도 이리저리 생각해봤어요. 하지만 대답할 수가 없어요. 본인의 핏속에 뭐가 흐르는지 어떻게 알겠어요?"

아케미의 거침없는 대답에 나오미는 그렇구나, 하고 납득했다. 정말 그랬다. 자신의 성격을 제일 잘 아는 건 주변 사람들이다.

많은 이야기를 나누는 동안 친한 친구가 남편으로부터 폭력 피해를 받아 고민하고 있다는 말을 했다.

이때는 아케미가 험상궂은 표정을 지으며 "죽여버리세요" 하고 내뱉었다.

"그런 남자는 살 가치가 없어요. 죽여도 아무 불만 없을 겁니다."

"그건 좀……." 역시 나오미는 할 말을 잃었다. "죽이면 감옥에 가잖아요. 나만 손해예요."

"그럼 잡히지 않아도 되는 방법을 생각해야죠. 나 같으면 상하이로 같이 여행 가서 거기에서 갱한테 의뢰해 죽일 거예요. 중국 갱의 소행이니까 일본 경찰은 손을 쓸 수 없겠죠. 중국 경찰은 일본인 여행자가 한 명 죽은 정도로는 쉽게 수사하지 않아요. 그걸로 끝이에요."

아케미가 아무렇지 않게 말했다. 나오미는 이 여사장이라면 그럴 수 있겠다고 생각했다. 분명 중국인에게 산다는 건 전쟁 같은 것이다. 그러므로 자신의 생활을 지키기 위한 거짓말이나 책략은 모두 정당방위가 된다.

"나도 그렇게 강해지고 싶네요."

나오미가 한숨을 섞어 말했다.

"당신은 충분히 강해요. 내가 만난 일본인 여자 중에서 제일 강한걸요."

아케미가 손을 들고 왜건을 끌고 가는 종업원을 불렀다. 거기에는 가지각색의 디저트가 놓여 있었다. "자, 단것 먹고 일이나 열심히 하죠." 하얀 이를 드러낸다.

나오미는 기운을 얻은 것 같았다. 얼마 전까지만 해도 밉살스러운 도둑이었는데 지금은 일종의 존경심마저 품게 됐다.

그날 정해진 시간에 일을 마칠 수 있어서 나오미는 마음먹고 가나코의 집에 가기로 했다. 계속 피하기만 하는 것은 비겁하다고 자신을 독려한 끝에 나온 행동이었다. 가나코는 자신이 먼저 도움을 요청하는 성격이 아니다. 가족이나 친구한테 폐를 끼칠까 봐 그냥 참는 것을 선택하는 편이었다. 그래서 더욱 사태를 악화시키고 계속 도망만 치게 된다. 가정 폭력이 갑자기 중단될 리가 없다. 폭행당했을 가능성이 더 높았던 것이다.

미리 문자를 보내자 잠시 후 '미안, 오늘은 외출할 계획이야. 나중에 보자' 하는 간단한 답장이 왔다. 외출한다는 것은 얼굴의 멍 자국이 사라졌다는 의미인데, 남편의 폭력은 없었던 걸까. 그렇다면 다행이지만 자신의 눈으로 확인해야만 될 것 같은 기분이 가라앉지 않았다.

나오미는 가나코가 사는 동네 역에서 내려 그녀의 맨션으로 향했다. 밖에서 보아 집에 불이 꺼져 있다면 정말 외출한 것이고, 켜져 있으면 거짓말을 한 셈이다.

조금쯤 역경에 익숙해진 것인지, 혹은 아케미의 말에 용기를 얻은 것인지 나오미의 마음속에는 어딘가 공격적인 기분이 있었다. 긴장은 됐지만 전혀 겁나지는 않았다.

가나코의 맨션 앞에 서서 아래부터 층을 세어가며 얼굴을 위로 향했다. 시선이 찾고 있는 것은 9층의 모서리 집이다.

불이 켜져 있었다. 다시 한 번 세어봤다. 틀림없었다. 거짓말을 했다. 즉 만나고 싶지 않은 이유가 있다는 뜻이다.

크게 한 번 호흡을 하고 현관 입구로 들어갔다. 인터폰을 눌렀다. 10초 이상 기다렸는데도 응답이 없었다. 다시 한 번 눌렀다. 변화는 없다. 가나코는 분명 모니터 화면에 비친 나오미를 보고 외출한 척 연기하기로 한 것이다.

그때 퇴근하여 돌아온 듯한 입주민이 나타나 전자 키로 잠금장치를 해제한 후 안으로 들어갔다. 나오미는 태연한 표정으로 뒤따라 들어갔다. 엘리베이터에도 함께 탔다. "안녕하세요" 하고 미소 지으며 인사도 했다.

9층에서 내려 복도를 걸어갔다. 가나코의 집 앞에 멈춰 서서 문에 귀를 갖다 댔다. 안에서 텔레비전 소리가 희미하게 들려왔다. 예의가 아닌 것은 알았지만 문의 우편함에 손가락을 집어넣고 살짝 들어올렸다. 집에 불은 켜져 있다. 역시 가나코는 집에 있는 것이다.

나오미는 이번에는 대문 옆 인터폰을 눌렀다. 현관 입구와는 소리가 다를 테니 가나코는 깜짝 놀랐을 게 틀림없다.

"가나코, 있는 거 다 알아. 문 열어."

나오미가 크게 소리쳤다. 대답은 없다.

"부탁이야. 들어가게 해줘. 하고 싶은 말이 있어."

집 안에서 숨죽이고 있을 가나코의 모습이 눈에 선했다.

"나, 안 갈 거야. 열어주지 않으면 계속 여기 있을 거야."

단숨에 말하고 귀를 기울였다. 몇 초 후 발걸음 소리가 들리고 가나코가 문 맞은편에 와 섰다. "부탁이야. 돌아가." 가냘픈 목소리로 말한다.

"안 돼. 대충 짐작은 가. 보여줄 만한 얼굴이 아니겠지. 또 남편한테 맞은 거야?"

가나코는 대답하지 못했다.

"나를 피해서 어쩌자고. 네 이야기를 들어줄 사람은 나밖에 없어. 맞지? 아니면 다른 누가 있어? 괜찮으니까 문 열어. 안 그러면 너는 더욱더 궁지에 몰리게 돼. 혼자 끙끙댈 참이야? 그러다가 미쳐."

나오미는 냉정하게 설득했다. 동갑이었지만 지금은 보호자가 된 기분이었다.

"잠깐만 기다려" 하고 말하는 가나코.

잠금장치를 푸는 소리가 들렸다. 나오미는 자신을 타일렀다. 가나코가 어떤 얼굴로 나오든 놀라지 말자고.

문이 50센티미터쯤 열렸다. 갑자기 시커멓게 변색된 얼굴이 눈에 날아들었다. 가나코가 머리를 뒤로 묶고 있어서 이마가 훤히 드러나 있는 바람에 충격이 더 컸다.

나오미는 안으로 들어가 문을 닫고 말없이 가나코를 끌어안았다. 이것은 대화로 해결될 문제가 아니라고 확신했다. 싸워야만 하는 것이다. 다쓰로라는 미친 남자와.

가나코도 아무 말 하지 않았다. 눈물도 보이지 않는다. 그냥 고개만 숙인 채 우두커니 서 있다.

일단 집 안으로 올라가 거실 소파에 나란히 앉았다.

"언제 당한 상처야? 어제? 엊그제? 아니면 더 전에?"

"사흘쯤 전인가……."

"이번에도 맨손이었어? 혹시 흉기 같은 걸 사용한 거 아니야?"

"으응, 맨손. 그 사람도 아팠나 봐. 얼음물로 찜질하더라고."

나오미는 눈을 돌리고 싶은 것을 참으며 가나코의 얼굴을 응시했다. 입술은 위아래 모두 터져 소시지처럼 부풀어 있었다. 오른쪽 눈두덩이 부어 눈을 거의 다 가리고 있다. 그리고 전체가 시커멓게 변해서 하얗던 피부는 어디에도 없었다.

"병원에는 갔어?" 나오미가 물었다.

"안 갔어."

"왜?"

"다쓰로 씨가 가지 말라고 해서. 약국에서 이것저것 약을 사다 주긴 했는데."

"장난치니?" 나오미는 현기증이 날 정도로 분노했다.

"저기, 가나코. 이젠 이혼할 수밖에 없어. 설마 이 지경이 돼서도 조금 더 상황을 지켜보겠다고는 못 하겠지."

나오미가 어깨에 손을 올리고 타이르듯 말했다. 가나코는 그 말에는 대답하지 않았다.

"말 꺼내기가 무섭다면 병원에서 진단서를 떼서 경찰에 피해 신고를 하자. 그리고 변호사를 찾아 이혼 소송을 하고 위자료를 받는 거야. 재판할 동안에는 내가 숨겨줄게. 그러면 되지?"

"……무리야. 나는 못 해." 가나코가 쉰 목소리로 중얼거렸다.

"왜? 병원도, 경찰도 내가 전부 옆에서 도와줄게. 너는 묻는 말에 대답만 하면 돼. 그건 가능하잖아?"

"아니. 그렇게 하면 더 힘들어질 거야. 농담이 아니라, 나오미까지 죽을지 몰라."

"네 남편이 우리를 죽인다고? 그쪽 방면의 전문가도 아닌데 대형 은행에서 일하는 행원이 그런 짓을 어떻게 한다고."

"그렇지 않아. 그 사람, 일단 머리꼭지까지 화가 나면 앞뒤를 가리지 않고 그냥 폭력 머신으로 변해. 그렇게 되면 나뿐만 아니라 부모 형제든 친구든 전부 다 희생될 거야."

"가나코, 좀 지나친 생각이 아닐까? 그런 짓을 하면 네 남편도 평생 옥살이만 하다가 끝날 테고, 여차하면 사형, 게다가 네 시부모도 떳떳이 얼굴을 들고 다니지 못하는 등 잃는 게 너무 많다는 걸 조금쯤은 알고 있을 거야."

"그러니까 그런 생각이 없어. 나한테 폭력을 휘두를 때는 발광하느라 정상이 아닌 상태가 돼. 뉴스에서도 자주 보도하잖니. 다시 합치기로 한 전남편이 전처 집에 쳐들어가 부모 형제를 모두 죽이고 자신도 자살하는 거. 나, 처음 안 것 같아. 그런 인간이 세상에 있어. 가족을 생각하면 온몸이 떨려서 아무것도 할 수가 없어."

"하지만 그건 어디까지나 우발적인 경우이고, 실제로 그렇게까지는 안 하잖아."

"다쓰로 씨의 경우는 그 우발적인 것에 해당돼. 나오미는 몰라서 그래. 그 사람이 일단 폭력을 휘두르기 시작하면 어떻게 변하는지……. 경찰에 피해 신고를 낸다고 치자. 그래서 폭행죄로 체포된다고 하자고. 그러면 다쓰로 씨, 은행에서는 해고될 거고, 사회적 신용이나 수입도 전부 잃겠지. 그게 전부 나 때문인 거야. 그래서 복수심에 불타 무슨 수를 쓰든 나를 찾아내 죽일 거야."

가나코는 호소하며 몸을 떨었다. 나오미의 눈앞에 있는 것은 정신적으로 지배당한 인간의 모습이었다. 지금의 그녀에게는 저항할 힘이 전혀 없었다. 무엇보다 이런 지경까지 왔는데 도망치지도 못하고 잠자코 있다.

"그럼 외국으로 도망쳐."

"안 돼. 말했잖아. 그러면 우리 부모님 집으로 쳐들어갈 거야."

마치 어린아이 같은 협박이었다. 공포에 사로잡히면 이렇게 되는 것인가 하고 나오미는 망연자실했다.

"좀 냉정해지자. 가나코의 남편도 어차피 프로레슬러도 아니고, 강한 건 여자한테뿐이잖아. 그러니까 친척 중에 힘 좀 쓸 법한 사촌한테라도 부탁해서 경고하면 뜻밖에 쉽게 정리되지 않을까. 내 생각인데 스토커도 반격당하면 의외로 온순해진다니까 말이야. 애당초 자기보다 약한 상대를 찾아 뒤쫓거나 공격하는 것뿐이잖아."

"하지만 반격당했을 때는 온순해졌다가도 시간이 지나면 다시 원래대로 돌아갈 거야. 그래서 경찰한테 달려간 피해자가 결국 살해되는 거지."

가나코가 괴로운 듯 호소한다. 듣고 보니 확실히 세상에는 그런 사건이 많다.

잠시 동안 서로 꼭 껴안고 있었다. 이젠 눈물도 말랐는지 가나코는 울지 않았다. 그냥 어두운 한숨만을 내쉴 뿐이다.

"차라리 둘이서 죽여버릴까? 네 남편."

나오미가 말했다. 물론 내친김에 한 말일 뿐이었지만 입 밖에 낸 순간 죽인다는 선택지가 불쑥 마음속에 출현했고, 그것이 또 너무나 자연스럽게 느껴져 스스로도 깜짝 놀랐다. 다쓰로가 살아 있는 한 가나코는 계속 위협을 받는다. 그렇다면 다쓰로를 죽이는 것은 중요한 선택지 가운데 하나가 된다. 중국인이었으면 그렇게 했을 거라고 아케미가 말했었다.

나오미의 머릿속이 빙글빙글 돌았다. 사람을 죽인다. 세계 어딘가에서 지금 현재도 벌어지고 있을, 인류의 기본적인 행동 중 하나.

"나, 어디서 봤는데 사체가 나오지 않으면 경찰은 움직이지 않는대. 이 나라의 실종자도 연간 수만 명에 달하는 모양이니까 그걸 다 수사할 수는 없겠지. 그러니까 죽여서 산속에 묻는 거야. 가나코는 경찰에 실종 신고를 하고. 남편의 부모 형제와 직장 사람들은 야단

법석을 피우겠지만 실종 동기까지 있으면 경찰은 자세히 수사하지 않을 것 같은데."

나오미가 하는 말을 가나코는 묵묵히 듣고 있었다. 나오미의 품 안에서 작은 동물처럼 웅크리고 있다.

"그러니까 말이지, 실종될 이유만 있으면 되는 거잖아. 고객의 예금을 몰래 썼다든가, 부정한 방법으로 융자를 받았다거나. 은행이라는 데는 스캔들을 제일 무서워하니까 가나코의 남편이 그런 일 때문에 실종됐다면 찾으려고 노력하기보다 은폐하는 쪽을 선택할 것 같아."

나오미는 즉흥적인 의견을 말로 옮기면서 정말 이게 실현될 수는 없을까, 하고 목이 바싹 타들어가는 기분으로 생각했다. 농담이 아니라 다쓰로는 죽는 편이 낫다. 아니, 죽어 마땅한 인간이다.

"가나코가 바라는 건 뭐야?"

나오미가 묻자 가나코는 잠시 생각에 잠겼다가 "평범하게 살고 싶어" 하고 말했다.

"밤이면 꼬박꼬박 잠을 자고 맛있는 물만 먹을 수 있으면 돼."

"뭐야, 맛있는 물이라는 게."

"써. 물이. 처음에는 입속이 갈라져 따끔따끔 아팠는데 그게 익숙해지자 이번에는 쓰게 느껴져."

"그래……. 틀림없이 정신적인 문제일 거야."

맛있는 물이라. 나오미는 마음속으로 중얼거렸다. 지금의 가나코는 평범한 일상조차 소중한 것이다. 그것을 잃은 그녀는 출구가 보이지 않는 미로에 들어와 있다. 그리고 거기에서 탈출할 기운도 빼앗겼다. 남편의 폭력에 의해.

더욱더 가나코가 가엾다고 생각했다. 여기에서 그녀를 외면하면 자신은 평생 자책감에 사로잡혀 살게 될 것이다.

나오미의 목 안에서 미칠 것 같은 초조함이 치밀어 도저히 억누를 수 없었다.

10 ──

다음 날부터 나오미의 머릿속은 어떻게 다쓰로를 사라지게 만들까 하는 공상이 지배하게 됐다. 설령 경찰이나 재판소 같은 공적인 압력을 이용하여 이혼한다 해도 다쓰로가 살아 있는 한 가나코는 계속 위협에 노출될 수밖에 없다. 그녀의 편안한 일상을 되찾아주기 위해서는 다쓰로를 제거하는 것이 가장 확실한 방법이다.

'죽인다'는 말을 피하고 싶어서 '제거'라는 말로 바꾸기로 했다. 표현의 문제는 중요하다. 특별히 다쓰로를 죽이고 싶은 것은 아니다. 가장 좋은 것은 본인이 병사하거나 자살이라도 해주는 것이다. 그게 불가능하니까 차선책으로 이쪽이 제거하는 것이다.

제일 손쉬운 방법으로 먼저 떠오른 것은 누군가에게 부탁하여 제거하는 것이다. 리아케미 사장에게 사정을 이야기하면 중국인 사회를 통해 킬러 한 명 정도는 소개받을 수 있을 것도 같다. 그리고 노상강도의 우발적인 범행으로 가장하여 중국 칼로 푹 찌른 후 범인은 즉시 중국으로 도망친다.

하지만 그다지 현실적인 것 같지는 않았다. 아케미 역시 그렇게까지 도와주지는 않을 것이다. 만약 들통 나면 공범이 되어 그녀 자신의 입장까지 난처해진다.

이어서 생각한 것은 맨션에서의 추락사였다. 술에 취한 다쓰로가 자신의 맨션 9층 베란다에서 몸을 내밀다가 실수로 추락한다. 실제로는 어떤 방법으로든 다쓰로를 인사불성으로 만들어 나오미와 가나코 둘이 들쳐 메고 베란다에서 떨어뜨린다.

이럴 경우는 자신들의 연기력이 모든 것을 좌우한다. 경찰은 무엇이든 다 의심할 테니 부부 사이부터 보험금 상황까지 샅샅이 조사할 것이다. 아내의 얼굴에 멍이 남아 있다면 가정 폭력의 가능성도 조사할 게 틀림없다. 그렇게 됐을 때 가나코가 잡아뗄 수 있을까. 나오미도 자신은 없다.

그 밖에 사고사를 가장한 목욕탕 익사, 약물 오용, 플랫폼 추락 등도 머릿속에 떠올랐지만 어느 것이든 사체가 있는 한 경찰은 부검을 하고 배후 관계를 조사할 가능성이 높기 때문에 가나코가 그것을 견딜 수 있느냐가 관건이 된다.

역시 실종으로 처리하는 편이 좋을 것 같았다. 사체가 나오지 않으면 경찰은 움직이려 하지 않는다. 다쓰로가 실종되기에 충분한 동기를 이쪽에서 잘 조작하기만 한다면 아무런 흥미도 보이지 않을 것이다. 그리고 실종 이유가 업무상 부정행위라면 근무처인 은행도 최대한 관여하지 않을 것이다.

다쓰로의 제거 방법은 무엇이든 상관없다. 용기만 있으면 된다. 피는 보고 싶지 않으니 깊이 잠들었을 때 둘이 밧줄 같은 것을 사용하여 목을 조르는 게 무난한 수법일 것이다. 그리고 후지 산 기슭의 깊은 원시림이나 단자와 산속 어디든 좋으니까 인적이 드문 장소에 파묻고 며칠 후 가나코가 실종 신고서를 경찰에 제출한다. 이걸로 끝이다.

생각하면 위안이 되었다.

그런 공상을 매일같이 하다 보니 아주 비현실적인 일도 아닐 것 같은 기분이 간헐천처럼 가슴속에서 솟아올랐다. 다쓰로는 죽어 마땅하다. 그것은 흔들림 없는 사실이다. 그렇다면 제거 방법이 문제일 뿐 결국 자신들이 처리하기로 했다. 이것은 합당한 도리인가, 무리인가. 그렇게 생각하자 그다지 무리도 아닐 것 같은 기분이 들었다.

처음에는 생각의 전부가 어딘지 모르게 도피적이었고, '이렇게 됐으면 좋겠다'는 어린아이 같은 공상에 젖어 있는 데 불과했지만 해야 할 일이라고 생각하자 서서히 윤곽을 갖추기 시작했다. 아무튼 다쓰로를 제거하지 않으면 가나코의 미래는 없다.

물론 그런 생각도 토대 없는 모래성 같아서 '사람을 죽이다니 그런 짓을 내가 어떻게 해' 하고 문득 정신을 차리는가 싶다가도, '아니, 해로운 짐승을 제거하는 일이라고 생각하면 아무렇지 않아' 하고 마음을 다지는 등 매일 갈피를 못 잡고 있었다.

과연 자신의 진심은 어디까지인가. 하늘을 올려다보며 스스로 물어봐도 대답은 전혀 나오지 않았다.

이날은 나이토 과장에게 고객을 인계받는 날이었다. 이 시기에 담당을 늘린다는 것은 곧 6월의 정기 인사도 기대할 수 없다는 의미라 나오미는 살짝 낙담했지만 현재의 마음 상태와 비교하면 사소한 감정에 불과했다.

"요요기의 사이토 씨, 알고 있지? 상담회 때 몇 번인가 참석했어. 일흔아홉 살에 맨션에서 혼자 사는 미망인. 이젠 이것저것 갖고 싶을 나이도 아니니 그냥 이야기 상대만 해주면 돼. 죽은 남편은 의사회의 이사 출신이라 옛날부터 고마운 손님이었으니까 중요한 고객임에는 변함없어. 자네가 딱 손자뻘이라 귀여워해줄 거야. 말은 해 놨어. 가면 반드시 선물을 줄 거야."

외판부에서 말하는 선물이란 상품 구입을 뜻한다.

"따로 사는 딸이 구입 품목을 체크하는 것 같으니까 보석 같은 것은 삼가고 접시라든가 세간 같은 것을 권유하면 돼."

나이토는 나오미가 아케미 건을 혼자 해결한 게 상당히 기분 좋았는지 갑자기 웃음을 많이 보이기 시작했다. 이 담당 교체도 성과를 더 올리게 해주려는 배려일 것이다. 다만 부장에게는 자신의 지휘 아래 화교 모임과의 관계를 유지하면서 무사히 상품을 되찾은 것으로 보고한 모양이었다. 계장인 아오키가 "정말 과장은 약았다니까" 하고 뒤에서 흉봤다는 말이 나오미의 귀에도 들어왔다.

이것 역시 아무래도 상관없는 일이었다. 적어도 나이토는 여자에게 폭력을 휘두르지는 않는다. 그것만으로도 착한 사람이라는 생각이 든다.

인사도 겸해서 사이토 씨 집으로 향했다. 요요기의 높은 지대에 옛날부터 있었던, 벽돌로 된 낡은 맨션 꼭대기 층이었다. 유명인도 몇 명인가 살아서 백화점 외판부원에게는 잘 알려진 빈티지 맨션이다. 들은 이야기로는 의사면서 병원 경영자였던 남편이 칠 년 전에 죽자 그 후 라이온스 클럽(Lions Club, 유력한 실업가를 회원으로 하는 국제적인 사회봉사 단체-옮긴이) 활동을 했지만 지금은 그마저 그만두고 아무 일정도 없는 매일을 보내고 있다고 했다.

"오다 나오미 씨죠? 어서 오세요."

사이토 부인이 고개를 갸웃거리듯 인사하고 생글거리며 맞아줬다. 등은 약간 굽었지만 그것 말고는 반듯했다. 하얀 블라우스에 얇은 회색 치마, 발에는 아라베스크 문양이 있는 실내화를 신었다. 젊어 보이려고 애쓴 흔적 없이 자연스럽게 나이를 먹은 것 같았다. 보란 듯 명품을 몸에 걸친 고객과는 상당히 달랐다. 품위가 있다는 말은 이런 부인을 가리키는 표현일 것이다. 지방 출신인 나오미에게는 눈부실 정도였다.

거실로 가자 이미 홍차를 준비해놓았다. 아오이 백화점에서는 취급하지 않는 북유럽의 값비싼 잔과 받침이었다.

"멋진 잔이네요. 구스타브스베리(Gustavsberg, 1825년 창업한 스웨덴의 식기 전문 회사-옮긴이)의 물건을 저희도 제공할 수 있으면 좋을 텐데." 나오미가 조심스럽게 칭찬했다.

"오, 역시 외판부에 계신 분이군요. 나이도 어려 보이는데 잘 아네요." 사이토 부인은 하얀 이를 드러내며 활짝 웃었다.

"이건 선물 받은 건데, 로열 코펜하겐(Royal Copenhagen, 덴마크의 도자기 전문업체-옮긴이)은 아오이에서 많이 들여놨어요."

"물론 잘 알고 있습니다. 늘 감사드립니다."

끓여준 홍차는 약간 맛이 변질됐고 향도 없었다. 당연히 표정에 드러내지는 않은 채 미소로 얼버무렸다. 사이토 부인은 아무렇지 않게 마시고 있었다.

"오다 씨는 고향이 어디신가요?"

"니가타 시예요. 시내와 멀리 떨어져 거의 아무것도 없는 곳이죠."

"시골은 아무것도 없는 게 좋아요. 최근에는 어디를 가든 쇼핑몰이 있어서 비슷비슷한 경치뿐이죠."

"저희 시골도 그렇습니다. 지역 상점가가 사라져서 차가 없으면 아무것도 살 수가 없어요."

"그래요. 큰일이죠."

잠시 뻔한 세상 돌아가는 이야기를 나누었다. 기후라거나 최신 뉴스 같은. 대학에서는 전공이 뭐였느냐는 질문에 서양미술사였다고 대답하자 크게 감탄하며 실은 자신도 미술관 순례가 취미라고 했다. 이야기를 듣다 보니 제법 많은 지식을 갖추고 있음을 알았다. 역시 고급 맨션의 돈 많고 시간 많은 부인이었다. 나오미는 공통 화제를 발견하고는 안도했다.

"그래서 오다 씨, 오늘은 뭘 추천해주실 건가요?"

이야기가 대충 일단락되자 사이토 부인이 먼저 말을 꺼내줬다.

"네. 오늘은 비젠야키(備前燒, 일본 비젠 시에서 생산되는 장작 가마로 구운 도자기-옮긴이)의 도자기 몇 점을 가져왔는데……."

나오미가 트렁크를 자기 앞으로 끌어당겼다.

"테이블을 좀 정리할게요. 여기는 좁아서."

사이토 부인이 일어섰다.

"앗, 사모님. 제가 하겠습니다."

"괜찮아요, 괜찮아. 내가 할게요."

나오미를 제지하며 직접 잔을 치웠다.

넓어진 테이블에 비젠야키의 접시와 공기를 늘어놓았다.

"이건 아키야마 스토쿠의 작품인 흑찻잔인데 아실지 모르겠습니다만 오카야마의 무형문화재 보유자 선생의 작품입니다. 그리고 이쪽은 후지와라 간테쓰 작품인 흑술잔이며……."

나오미는 어젯밤에 외운 내용을 줄줄이 읊었다. 사이토 부인에게는 카탈로그를 건네주고 관심 있는 물건은 신속히 가져오겠다고 말했다.

"그럼 어느 게 좋을까. 여기 있는 것 중에서 오다 씨가 두세 가지 골라주세요."

사이토 부인이 온화하게 말한다.

"그러시다면……."

나오미는 미리 점찍어둔 추천 상품을 두 가지 제안했다. 합쳐서

8만 엔. 처음이라 약간 조심스러웠다.

"그럼 그걸 갖다줘요. 늘 그랬듯 청구서 보내주고요. 아, 맞다. 그리고 오다 씨한테 부탁이 있어요. 지난번에 보내온 핸드백 청구서 말인데 아직 송금하지 못했어요. 그래서 통장하고 인감을 맡길 테니까 돌아가는 길에 가모메 은행 요요기 지점에 가서 송금 좀 해 주지 않을래요?"

"앗, 제가요?"

나오미는 자신의 귀를 의심했다. 고객의 통장을 맡다니 말도 안 되는 일이고, 무엇보다 그것을 맡기는 사람도 좀 이상했다.

"아오이 백화점 분이라면 믿을 수 있거든요."

사이토 부인은 아무런 스스럼 없이 말했다.

"아뇨, 그건 좀……." 나오미는 눈썹을 팔자(八字)로 만들며 사양했다. "송금은 언제든 상관없으니까 가족분 계실 때……,"

"그게 말이죠, 딸인 에미코가 해외 근무하는 남편을 따라 싱가포르에 가서 지금은 없어요. 아들은 병원이 바빠서 제 엄마 신경 쓸 틈도 없고. 그러니 오다 씨, 부탁해요."

"죄송합니다. 이 문제는 제 상사와 의논해보겠습니다. 지불이 늦어지는 게 신경 쓰이신다면 그건 정말 걱정 마세요. 사모님 정도 되시면 저희 백화점은 얼마든지 기다릴 수 있습니다."

나오미는 연신 고개를 숙였다. 자신의 생각만으로 결정할 일이 아니었다.

"그래요, 안 되는군요. 나는 은행 가는 게 싫은데. 가서 기다리는 것도 싫고, 지점장이 바뀌어서 가봤자 본체만체하거든요."

"사모님, 인터넷뱅킹을 하시는 건 어떠세요? 그러면 집에서 송금할 수 있는데."

"나는 기계에 대해서는 전혀 몰라요. 그럼 그것도 오다 씨가 해주세요."

사이토 부인이 곤란한 표정으로 호소한다. 나오미는 반쯤 어이없어 하며 생각했다. 이 노부인은 좋은 집안에서 태어나 성장한 후 병원을 경영하는 가문으로 시집가서 무엇 하나 부족함 없이 지금까지 살아왔을 것이다. 그래서 사람을 의심하는 법을 모른다.

동시에 다른 상상도 가능했다. 만약 이 집을 출입하는 못된 사람이 있다면 속이는 건 일도 아닐 것이다.

"어머, 내 정신 좀 봐. 내가 이렇다니까. 수다 떠느라 정신이 팔려 오다 씨한테 차도 안 내왔네."

갑자기 사이토 부인이 두 손으로 뺨을 감싸며 느닷없이 소리쳤다. 나오미는 깜짝 놀라 뒤로 물러나 앉았다. 무슨 말을 하는 걸까.

"미안해요. 금방 준비해 올게요. 오다 씨는 홍차 괜찮으세요? 아니면 커피? 일본차도 있어요."

차라면 아까 홍차를 내와서 이미 다 마셨지 않은가. 그리고 테이블을 사용하기 위해 본인이 정리했다.

나오미가 의아해하는데 "그럼 홍차로 하죠" 하고 미소 지으며 말한 후 주방으로 사라졌다.

어떻게 된 일일까? 어리다고 놀리는 걸까. 아니면 설마 홍차를 내왔다는 사실을 이미 잊어버리기라도 했다는 말일까.

잠시 불편한 마음으로 시간을 보내고 있는데 사이토 부인이 아까와 같은 그릇을 쟁반에 올리고 환하게 웃으며 나타났다.

"저기, 저기, 이 잔 멋지죠? 선물 받은 건데."

어떻게 대답하면 좋을지 몰라서 나오미는 숨을 삼켰다. 사이토 부인은 치매를 앓고 있는 게 아닐까. 그렇게밖에는 생각할 수 없었다. 그런 이야기는 인계받을 때 듣지 못했으니 아마 나이토 과장도 몰랐을 것이다.

시험 삼아 말해봤다.

"이거 구스타브스베리 잔이군요."

"어머, 잘 아시네요. 역시 아오이의 외판부원이군요."

사이토 부인이 천진난만하게 웃었다.

고령에 돈 많은 미망인이 혼자 살고 있다. 이건 위험할 정도로 무방비하다고 걱정하면서도 나오미의 마음속에서 번뜩 떠오른 생각이 하나 있었다. 물론 사이토 부인에게 값비싼 물건을 구입하게 만드는 것은 아니다. 다쓰로를 함정에 빠트리는 데 이용할 수 없을까 하는 것이었다. 지난번에 만났을 때 다쓰로는 외판부의 고객을 소개해달라고 했다.

"저기, 오다 씨는 대학에서 전공이 뭐였어요?"

"서양미술사였습니다."

"어머, 그랬구나. 실은 나, 취미가 미술관 순례인데."

사이토 부인이 눈을 빛내며 한 시간 전과 똑같은 이야기를 한다.

나오미는 감정이 드러나지 않도록 표정을 관리하며 맞장구쳤다. 그러는 것 말고는 달리 방법이 없었기 때문이다.

잔을 입에 댔다. 내온 홍차는 아까보다 더 맛이 엷었다.

11 ——

하룻밤 생각한 끝에 나오미는 외판부의 고객인 사이토 부인을 다쓰로에게 소개하기로 했다. 이게 어떤 전개로 연결될지, 이렇다 할 계획이 있었던 것은 아니지만 일단 한 발을 내딛기로 결심했다.

다쓰로는 고토부키 은행의 신주쿠 지점 파이낸셜 영업부라고 했으니까 지역도 딱 맞다. 소개하는 이유로는, 현재 거래하는 은행의 소홀한 대접에 불만을 품고 좀더 친절한 은행이 있다면 그곳으로 예금을 옮기고 싶어 하는 고객이 있다, 요요기에 사니까 괜찮다면 상담해줄 수 없겠는가, 하는 것이다.

나오미는 머릿속으로 몇 번이나 되풀이하여 말해봤다. 부자연스러운 구석은 없으니 다쓰로가 의심하는 일은 없을 것이다.

오전 중에 아무도 없는 외판부의 VIP용 응접 살롱에서 가나코에게 전화를 걸었다. 고객을 소개하고 싶다는 말을 전해달라고 부탁하자 "나오미, 뭘 꾸미고 있는 거니?" 하고 곧바로 반문했다. 나오미가 다쓰로를 살갑게 생각할 리가 없었으므로 의심하는 것은 당연했다.

"어떻게 될지 모르겠지만 네 남편을 함정에 빠트려볼까 싶어서."

나오미는 다쓰로에게 소개할 고객이 치매 가능성이 상당히 높은 독거노인임을 밝혔다. 아오이 백화점의 외판부에 많은 걸 의지하고 있기 때문에 적당히 이용할 수 있을 것 같다는 말도 했다.

"잠깐만, 진심이야?" 가나코는 반신반의하는 듯했다.

"나도 모르겠지만 너를 이대로 놔둘 수는 없어. 그러니까 다쓰로 씨는 이 세상에서 사라져주는 게 제일 좋을 것 같아."

나오미가 솔직하게 말하자 가나코는 할 말을 잃은 채 전화 너머에서 침만 삼켰다.

"나도 굳은 의지가 있는 건 아니야. 하지만 뭔가 행동에 나서지 않으면 힘들어서, 힘들어서 가만있을 수가 없어."

"왜? 내 문제잖아."

"맞아. 그래서 나도 설명할 수는 없어. 하지만 주된 이유는 네가 아무런 저항도 하지 않기 때문이야."

"나 때문이라고?"

"그래. 가나코 때문이야. 네가 경찰에 달려가거나 변호사를 고용해 이혼 조정 신청을 했다면 나도 조금은 편했을 거야."

"그러니까 그런 짓을 하면 내가 죽는다고."

"그렇지? 그래서 네 남편이 사라져주는 수밖에 없는 거야."

나오미가 계속 우기자 가나코는 또다시 침묵했다. 잠시 서로의 숨소리만 새어 나온다.

"그러니까 나오미가 하고 싶은 말은 우리 둘이 다쓰로 씨를 죽이

자는 거야?"

가나코가 불쑥 말했다. 우리. 나오미는 가나코가 그런 말을 한 게 의외였다. 자신도 계산에 넣고 있다. 바보 같은 소리 하지 말라고 했으면서, 앞뒤가 맞지 않는다고 생각했다.

"죽인다는 표현은 하지 마. 제거하는 것뿐이니까."

나오미가 말을 이었다.

"왜?"

"표현의 문제는 중요하잖아. 파리나 모기는 죽인다고 말하지 않고, 퇴치라거나 구제라는 말을 쓰지. 그것처럼 내게는 제거한다는 의식이 강해."

"응, 그렇구나……."

"나도 어디까지가 진심인지 모르겠어. 하지만 이대로 흘러가게 둬서는 안 돼. 너, 평생 폭력에 시달리며 감옥 같은 생활을 하게 돼. 그래도 좋아?"

"좋지는 않지만……. 하지만 왜 나오미가 그렇게까지 걱정하는지 역시 모르겠어."

가나코가 아까 하던 말로 돌아왔다.

"그렇다면 친구라서 그런 걸로 치자. 그걸로 됐어?"

실제로 나오미도 자신의 감정을 설명할 수 없었다. 평범한 여자가 사람을 죽이는 문제에 대해 생각하고 있다. 그것도 반쯤은 의무감 같은 것에 의해서다.

"솔직히 말하면 나도 나 자신을 잘 모르겠어. 무슨 꿈을 꾸고 있는 것 같기도 하고, 제거만 하면 실수 없이 은폐할 자신이 있다는 생각도 들고. 정말 불안정해. 가나코랑 똑같아."

"……나 실은, 전에 부엌에서 식칼을 갈다가, 다쓰로 씨가 덤벼들었을 때 이걸로 심장을 푹 찌르면 해방되지 않을까 상상하며 식칼을 휘둘러 연습한 적이 있어."

가나코의 말을 듣고 나오미는 순간 등골이 오싹했다. 가나코의 마음속에는 사실 살의가 있었던 게 아닐까.

"어머, 그랬구나. 좋네, 그거."

나오미는 일부러 가볍게 대답했다.

"하지만 실제 다쓰로 씨가 돌아오자 몸이 움츠러들어 내 의지대로 되지 않았어."

"그래도 그거, 머릿속으로 상상했다는 것만으로도 많이 발전한 거네."

"그렇게 생각해?"

"응."

"실은 나도 그렇게 생각했어. 여차하면 죽일 수, 아니 제거할 수 있을지도 모른다고. 그런 선택지가 작은 가능성일지라도 나한테 있다는 건 뭐랄까, 어둠 속에서 촛불 하나가 켜진 듯한 기분이랄까."

가나코가 기쁜 듯 말했다.

그렇다, 역시 선택지인 것이다. 나오미는 결심을 굳혔다. 제거한다는 선택지가 있다는 게 자신에 대한 격려가 된 셈이다.

"됐네. 그럼 최종적으로 어떻게 할지는 나중에 생각하기로 하고,

계획을 추진해보자. 그러니까 네 남편한테 요요기 고객에 대한 거, 말해둬. 함정에 걸려들면 또 다음 단계를 생각해볼게. 어쨌든 우리한테 카드가 한 장 들어온 거니까."

"응, 그래."

"견딜 수 있지?" 나오미가 물었다.

"응. 조마조마한 일상에는 변함이 없겠지만." 가나코가 대답했다.

"다음에 폭력을 휘두르면 더 이상 숨기지 마. 그렇게 되면 우리는 제거하는 걸 진지하게 생각할 거야. 왠지 이건 운명 같아."

"그래, 운명."

둘이 서로를 타이르듯 확인했다.

전화를 마치고 나오미는 소파에 깊이 몸을 파묻었다. 천장을 올려다본다. 샹들리에의 크리스털 장식이 조명을 받아 환하게 빛나고 있다. 잠시 그것을 바라봤다. 자신의 마음속에도 촛불이 하나 켜진 것 같았다. 지금 그것은 작은 불꽃에 지나지 않지만 적어도 칠흑 같은 암흑에서는 빠져나왔다. 가나코는 매일 떨며 살고 있지만 그게 전부는 아니었다. 탈출할 의지가 있는 것이다.

뭔가 발 디딜 곳이 하나 생긴 느낌이었다. 물론 그것은 둘이 하려는 일을 단단히 받쳐주기에는 한참 위태로운 것이긴 했지만.

가나코에게 말을 전해달라고 한 그날, 다쓰로에게서 휴대전화로 연락이 왔다. 몹시 성과를 올리고 싶었는지, 아니면 할당량이 너무 가혹했는지 낚싯줄을 드리우자마자 곧바로 걸려들었다 싶었다.

"신나는데요. 그 사람, 병원을 경영하던 원장의 미망인이라던데. 우리한테 예금을 옮겨줄까요?"

지난번 맨션에서 나오미와 마주쳤을 때의 어색함은 온데간데없이 다쓰로는 한결같이 쾌활했다.

"전액을 다 옮기지는 않겠지만 계좌를 개설하면 지불해야 할 송금 같은 것도 있고 하니, 어느 정도는 옮기지 않을까 싶은데요. 제가 미리 확인은 해보겠지만요."

"고마워요. 그럼 나는 전화 오기만 기다리면 되나요?"

"네, 제가 연락드릴게요."

"그런데 그 사람, 나이는 어느 정도이신가요?"

"일흔아홉이라고 들었습니다만."

"와아, 럭키. 여든이 넘으면 투자신탁을 할 때 가족의 동의서가 필요하거든요. 일흔아홉이라니 아슬아슬했네요. 만약 신탁을 맡겨주신다면 번거로운 수속이 하나 생략되겠어요."

"그렇군요."

잘은 모르겠지만 그것은 이쪽에도 좋은 일인 듯하다.

나오미는 일단 전화를 끊고 심호흡을 했다. 이제부터 사이토 부인에게 계좌 개설을 부탁해야 한다. 이쪽을 완전히 신뢰하고 있어서 괜찮으리라 생각은 하지만 가슴이 마구 뛰었다.

사이토 부인의 집에 전화를 하자 부인은 "오다 씨, 마침 잘됐네요" 하고 별안간 소리치더니 지금 바로 와줄 수 없느냐고 말했다.

"텔레비전이 안 나와요. 리모컨 스위치를 눌렀는데도 아무 소리도 안 들리고."

나오미는 당장 찾아가겠다고 말했다. 아마도 리모컨의 건전지 수명이 다 됐거나 조작 실수 같은 상황을 상상할 수 있었지만 사이토 부인에게 기계는 모두 블랙박스 같은 것이니까 어쩔 수 없다.

과연 달려가보니 텔레비전 본체의 전원 스위치가 꺼져 있어서 리모컨이 작동하지 않은 것뿐이었다. 청소라도 할 때 스위치를 눌러버렸을 것이다.

"미안해요."

사이토 부인이 연신 사과했다. 나오미로서는 오히려 부탁하기가 쉬워졌다.

"사모님, 지난번에 거래 은행에 가기가 꺼려진다는 말씀을 하신 것 같은데, 혹시 괜찮으시다면 다른 은행의 계좌를 개설하여 인터넷으로 저희 백화점에 송금하면 어떨까요? 그렇게 하면 은행 창구까지 가실 필요가 전혀 없으니까요."

"나는 인터넷이라는 말만 들어도 무서워지는데."

부인이 두 손으로 볼을 감싸며 불안한 눈빛으로 봤다.

"괜찮습니다. 고토부키 은행 신주쿠 지점 담당자 중에 아는 사람이 있으니까 제가 다 알아서 해드릴게요. 송금할 때는 제가 컴퓨터로 하면 되고 그 밖의 일도, 예를 들면 쌀을 인터넷으로 산다거나 하는 일도 도와드릴 수 있어요. 지난번에 왔을 때 사모님께서 동네 쌀집이 편의점으로 바뀌어 더 이상 배달해주지 않는다고 말씀하셨잖아요."

"맞다, 쌀. 나, 그게 제일 곤란해요."

"그럼 인터넷을 시작하시죠. 컴퓨터는 싸요."

"컴퓨터는 있어요. 딸이 새것으로 바꾸면서 쓰던 걸 줬어요. 엄마도 컴퓨터를 쓰라면서. 그 컴퓨터가 벽장에 들어 있을 거예요."

"그럼 간단하겠네요. 제가 초기화하고 인터넷 공급 계약이나 설정도 다 해드릴게요."

나오미는 조급했다. 특별히 컴퓨터를 잘 다루는 것은 아니었지만 그 정도는 자신도 할 수 있다.

"그럼 부탁해볼까요? 은행보다 나는 쌀이 먼저예요."

사이토 부인이 솔깃해서 당장 컴퓨터를 벽장에서 꺼내 오도록 한 후 전원을 켰다. 인터넷뱅킹을 시작하려면 한시라도 빨리 사용할 수 있는 상태로 만들어둘 필요가 있었다.

"그럼 나는 차를 끓여 올게요."

사이토 부인은 전부 나오미에게 맡긴 채 어떻게 조작하는지 봐두려고도 하지 않았다. 자판을 보지도 않고 입력하는 나오미를 약간 떨어진 곳에서 바라보기만 할 뿐이다.

나오미의 휴대전화로 회사와 거래처에서 몇 통의 전화가 왔지만 받지 않고 작업에 몰두했다. 자신은 조금씩 뭔가에 홀리고 있었다.

다음 날은 맨션 앞에서 다쓰로와 만나기로 했다. 가나코에게 폭력을 휘두른 남자라서 만나는 게 고통이었고 더욱 긴장도 되었다. 나오미는 밝게 행동하면서도 되도록 눈을 보지 않으며 이야기했다.

"사이토 씨는 최근 몇 년간 무릎이 안 좋아 그다지 외출하고 싶어 하지 않는 분입니다. 그래서 저희 외판부에서 쇼핑이나 관공서 일 처리 등을 대부분 보살펴드리지만, 은행 업무는 아무래도 통장이나 인감까지 맡길 수는 없기 때문에 다쓰로 씨가 어떻게 해주실 수 없을까 해서요. 현재는 가모메 은행의 요요기 지점에 계좌를 가지고 계신데 남편분이 돌아가신 뒤로는 점점 대우가 소홀해지는 것 같아서 불만이셨나 봅니다."

"그런데 금융자산은 어느 정도나 가지고 계신 것 같나요?" 다쓰로가 작은 목소리로 물었다.

"글쎄요, 거기까지는 잘……. 하지만 아오이 백화점에서 연간 500만 엔 이상 늘 쇼핑을 하시니까……. 그것도 카드 결제가 아니라 은행 송금으로요."

"설마. 왜 카드를 안 쓰시는 거죠?"

"옛날 분이라 현금 위주죠. 저희 입장에서는 카드 회사의 수수료가 발생하지 않으니 고맙긴 하지만요……. 그리고 남편에게 전적으로 의지하는 생활을 해왔기 때문에 세상 물정에 어두운 면도 좀 있으신 것 같아요."

"흐음, 고령자 중에 그런 사람이 있긴 하죠. 보통예금에 1억 엔 이상을 아무렇지 않게 넣어두는 사람도요."

다쓰로는 연신 고개를 끄덕였다.

둘이서 사이토 부인의 집으로 방문하자 젊은 이야기 상대가 또 와줬다고 천진난만하게 기뻐하며 평소처럼 홍차를 내왔다. 그것은 예전보다 더 맛이 엷었지만 다쓰로는 놀라지도 않고 태연히 마셨다. 어떻게 생각했을지 나오미가 더 신경 쓰였다.

"사모님, 어제도 말씀드렸다시피 고토부키 은행에 계좌를 만들고 인터넷뱅킹을 하시면 송금 같은 것은 전부 집에서 처리하실 수 있습니다."

나오미가 어제 한 이야기를 다시 확인하자 사이토 부인은 전혀 경계하는 기색도 없이 "응, 알았어요. 그러니까 앞으로는 오다 씨가 다 알아서 해줘요" 하며 예금통장을 내밀었다.

"아뇨, 이건 제가 보면 안 되는데……." 나오미는 놀라며 말렸다.

"보통예금에 5천만 엔 정도 들어 있지 않을까 싶은데요. 자동 인출되는 것도 몇 개 있으니까 전부 옮길 수는 없겠지만 2천만 엔 정도면 괜찮아요."

사이토 부인이 선선히 승낙했다. 부인의 설명에 따르면 남편이 타계했을 때 금융자산의 2분의 1을 상속받았지만 은행이 자신들 계열의 증권사 직원을 데려와서 2억 엔어치의 펀드 상품을 샀고, 그 직후에 리먼 쇼크가 일어나 큰 손해를 보게 된 모양이었다.

"그래서 우리 아이들이 지점장을 호출하여 금융에 문외한이나 다름없는 사람에게 무엇을 판 거냐고 항의하자, 그 이후부터 그쪽 사람들은 우리 가족을 두려워해서 별로 찾아오지 않았어요."

홍차를 마시며 불만스러운 듯 말한다. 다쓰로가 몸을 앞으로 내밀며 이야기에 끼어들었다.

"사이토 님, 그건 재난이었겠군요. 그때는 수많은 투자자가 손해를 보고 힘든 처지에 몰렸는데, 리스크 분산을 권하지 않은 은행 담당자에게 큰 책임이 있다고 생각합니다. 간단히 말하자면 방심한 겁니다. 그전까지 안정된 주가에 자만하여 고객에게 충분한 사전 설명을 하지 않았던 거죠. 그건 모든 은행원이 반성해야 마땅합니다. 그래서 고객에게 큰 손해를 끼친 걸 계기로 기업 컴플라이언스(compliance, 법령 준수 기본 규정-옮긴이)를 다시 손보게 됐습니다."

"죄송합니다. 어려운 말씀은 하지 말아주세요. 저는 모르는 말이라서요. 가모메 은행 직원도 어려운 이야기만 잔뜩 하고, 그래서 정신을 차려보니 계약서에 도장을 찍었다가 큰 손해를 봤어요. 더 이상 아들과 딸한테 혼나면……."

사이토 부인은 미소를 지으면서도 의연하게 대꾸했다. 은행에 대해서는 지금도 불신감을 가지고 있는 듯했다.

"저는 아오이 백화점 외판부를 믿으니까 오다 씨한테 맡긴 거예요. 그러니까 나한테 설명하는 것보다는 오다 씨한테 설명하는 편이 좋을 거예요."

다쓰로는 머리를 조아리며 황송해했다. 나오미로서는 뜻하지 않은 과대평가였지만 고맙기 짝이 없는 전개였다.

"그럼 고토부키 은행 신주쿠 지점에 개설하는 보통예금 계좌에 어느 정도 옮겨주실 수 있을까요?"

"오다 씨, 어떻게 할까요? 얼마면 좋겠어요?"

사이토 부인은 그런 것까지 나오미에게 물었다.

"일단 3천만 엔 정도면 어떨까요? 저희 백화점에 대한 지불은 그

걸로 충분하고, 나중에 부족하면 가모메의 정기적금을 해약하여 다시 고토부키로 옮기시는 게…….'

나오미는 자산가의 집사라도 된 기분으로 제안했다.

"그럼 그렇게 해줘요. 수속은 전부 오다 씨에게 부탁할게요."

"알겠습니다. 다만 예금을 옮길 때만큼은 은행 창구까지 동행해주셨으면 합니다. 귀찮으시겠지만 저희 차를 보내드릴 테니까……."

"네, 네. 알았어요."

사이토 부인은 내키지 않는 듯 대답했다. 이 부인에게 돈은 아무래도 상관없는 것일지 모른다.

이야기가 다 정리되자 그 자리에서 계좌 개설에 대한 수속을 시작했다. 다쓰로가 가방에서 필요한 서류를 꺼냈고, 사이토 부인이 거기에 내용을 적었다. "그런데 여기가 몇 번지였더라?" 주소 쓰는 칸에서 펜을 멈추고 물었다.

"잠깐만 기다려주세요."

나오미는 재빨리 주소록을 꺼내 사이토 부인이 사는 맨션의 번지를 읽어줬다.

"맞다, 맞다, 그랬지."

부끄러워하는 기색도 없이 담담하게 써나간다.

다쓰로는 특별한 반응을 보이지 않았지만 나오미는 치매인 걸 들키지 않을까 간담이 서늘했다. 다쓰로와 만나게 하는 것은 앞으로 되도록 피하는 게 좋을 듯하다. 앞으로는 자신이 옆에 붙어 모든 것을 처리해야겠다. 인터넷뱅킹 개설은 모두 컴퓨터로 할 수 있었다.

용건을 마치고 사이토 부인의 집에서 나오자 다쓰로가 다시 한 번 고맙다는 인사를 했다.

"오다 씨, 고마워요. 덕분에 예금 유치 할당량을 몇 달치 달성했네요. 다음에 식사라도 대접하겠습니다."

"아뇨, 아뇨. 괜찮습니다. 저야말로 고맙습니다. 고객에게 은행을 소개할 수 있어서 저도 체면이 섰거든요."

나오미는 즉시 고개를 저었다. 함께 식사하다니 죽어도 싫었다.

"오늘 안으로 개설 수속은 끝낼 수 있으니까 내일이면 인터넷뱅킹을 신청할 수 있어요. 그러고 나서 일주일 정도 있으면 인증 카드가 서류로 우송될 테니까 그 후에는 인터넷으로 송금도 가능합니다."

"네, 알겠습니다."

"가능하다면 3천만 엔 가운데 1천만 엔이라도 좋으니까 투자신탁이나 채권을 구매해주실 수 없을까요? 현재의 주식과 환율 시세라면 어쨌든 손해 보지는 않을 겁니다. 사이토 씨는 오다 씨 말이라면 다 들어주실 것 같은데 일단 말이라도 해줄 수 없을까요?"

"그럼 기회를 봐서……."

일단 말을 흐려놓았다. 나오미의 목적은 사이토 부인의 예금을 다쓰로가 착복한 것처럼 보이게 만드는 것이었지만 전 단계로 약간 정도는 밑밥을 뿌려두는 편이 좋을지도 모르겠다.

애당초 그것은 다쓰로를 제거하기 위한 전제하에 이루어지는 행동이다. 그렇게 생각하자 머리의 절반이 마비되는 것 같았다.

아직 아무런 죄도 범하지 않았다. 하지만 다음에 떼는 한 걸음은 틀림없이 범죄가 될 것이다.

다쓰로와는 역에서 헤어졌다. 가나코의 이름은 한 번도 입 밖으로 나오지 않았다. 아내의 친구인 만큼 그것은 너무나도 부자연스러웠지만 나오미에게 그럴 여유는 없었다.

정신을 차려보니 겨드랑이가 땀에 흥건히 젖어 있었다.

12 ——

이제 나오미의 머릿속에는 어떻게 하면 다쓰로를 이 세상에서 제거하고 그것을 은폐할 것인가 하는 생각으로 가득했다. 마치 추리작가처럼 매일 그 생각에 푹 빠져 온갖 방법을 모색했고 게임처럼 시뮬레이션을 반복했다. 왠지 연애와 비슷하다. 좋아하게 된 사람에 대한 것이 한시도 머리에서 떠나지 않는다. 그것과 똑같았던 것이다.

정말 실행에 옮길 생각이 있는지 스스로도 잘 알 수 없었다. 하지만 혼자 있을 때면 늘 그 계획이 머릿속에 떠올랐고 그걸 실행하는 것에 정신이 팔려 있었다.

기본 계획은 이랬다. 다쓰로를 교살하고 산속에 매장한다. 사이토 부인의 은행 계좌에서 얼마 정도를 다쓰로의 계좌로 이체하고 아내인 가나코가 인출한다. 그리고 가나코가 경찰에 실종 신고를 한다. 나오미가 사이토 부인의 예금이 누군가의 부정행위에 의해 사라졌다고 고토부키 은행 신주쿠 지점에 문의한다. 그래서 은행은 다쓰로가 고객의 돈을 착복한 사실을 알게 된다. 은행원이 절대 해서는 안 되는 범죄다.

여기에서 금액이 문제가 된다. 피해액이 3천만 엔이라면 은행은 경찰에 신고할 가능성이 높다. 그러므로 전부는 위험하다. 하지만 1천만 엔 정도라면 은행은 피해액을 자체적으로 충당하고 사건을 무마하려 하지 않을까.

그 점에 대해서는 도박일 수밖에 없었지만 사이토 부인의 피해를 최대한 줄이고 싶었으므로 1천만 엔으로 하는 편이 좋을 것 같다고 생각했다. 물론 사이토 부인에게 1천만 엔은 푼돈에 불과할 테지만.

그리고 그 돈을 자신들이 가질 생각은 없었다. 돈이 욕심나서 저지르는 일이 아니다. 자선단체에 조금씩 기부하거나 동일본 대지진 피해 지역에 보내는 식으로 사용할 생각이었다. 그렇게 하지 않으면 그 행위를 마음속에서 정당화할 수 없다.

신기하게도 그렇게 생각하는 시간이 거듭될수록 계획 자체가 기정사실이 된 것 같았고, 그와 비례하듯 나오미의 마음은 차분해졌다. 자신에게는 의외로 차가운 피가 흐르는 게 아닐까 하는 생각도 들기 시작했다.

그날은 또 리아케미의 호출이 있었다. 그것도 상품 구입 때문이 아니라 의논할 일이 있다고 했다. 요즘 들어 나오미는 아케미의 뻔뻔스러움에 화가 나기보다 오히려 고맙게 여기도록 만들어 물건을 더 많이 사게 해야겠다고 생각하고 있었다. 게다가 아케미의 이야기 상대가 되어주는 일은 즐거웠다.

"내가 부탁하고 싶은 건 아파트를 빌리는 데 보증인이 되어줄 수 없을까 하는 건데요."

평소처럼 점심을 먹으면서 아케미가 아무렇지 않게 말했다. 아무래도 그 부탁은 망설여졌다. 알게 된 지 얼마 되지 않은 사람이 잘도 그런 부탁을 하는구나 싶었다.

아케미의 설명에 따르면 지금까지 종업원들의 숙소로 빌렸던 아파트가 너무 낡아 철거하게 됐으므로 이사를 해야 한단다. 그래서 새 아파트를 이케부쿠로에서 발견했는데 부동산 회사가 계약할 때 연대보증인을 두 명 세우고 그중 한 사람을 일본인으로 했으면 한다고 요구했다는 것이다.

"다른 보증인 한 명은 진 회장이에요. 하지만 다른 한 명, 일본인 보증인이 필요한데 내가 아는 일본 사람은 오다 씨밖에 없어서요. 임대료는 고작 8만 엔이에요. 이 정도의 금액을 우리 회사가 체납할 리는 없어요. 그러니까 절대 신경 쓰게 만들 일은 없어요. 오다 씨, 꼭 좀 부탁할게요."

아케미는 다른 사람에게 뭔가를 부탁할 때도 당당했다. 움츠러든 기색이 전혀 없는 것은 중국인에게는 이것 역시 일종의 협상이기 때문일 것이다.

나오미는 어떻게 할까 생각했다. 감정적으로는 부탁을 들어줘도 상관없을 것 같았다. 그리고 만약의 사태가 벌어져도 아케미가 말한 것처럼 아파트의 임대료 정도로 곤란한 지경에 처하는 일은 없을 것이다.

"일본에서는 연대보증인이 되면 계약인과 똑같은 책임을 지게 되어 있어요."

나오미는 일단 이 일의 중대함에 대해 말해봤다.

"알고 있어요. 연대보증인은 일본만의 독특한 제도예요. 중국에는 없어요. 왜냐하면 제삼자가 누군가 지불해야 할 돈을 보증한다는 발상 자체가 없기 때문이죠. 가령 중국에 그런 제도가 있다 해도 연대보증인으로 나서줄 사람이 없을 거예요. 누가 믿겠어요, 그런 걸."

아케미가 솔직히 말해서 나오미는 쓴웃음을 짓고 말았다.

"일본에서 중국인이 아파트를 찾는 건 힘들어요. 일본인이라면 연대보증인이 두 명씩이나 필요 없을 텐데. 중국인이라 차별받는 거예요."

"저한테 그런 말을 해봤자……."

"부탁이에요. 들어주면 은혜에 꼭 보답할게요."

그렇게 말하면서도 고개 한 번 숙이지 않는 게 그녀다웠다.

나오미는 부탁을 들어주기로 했다. 물론 대가도 요구했다.

"사장님, 그럼 제 부탁도 들어주세요. 다음 달, 아오이 백화점에서 골동품 전시회가 열리는데 외판부에도 할당된 매상액이 있어요. 그때 협조해주시면 고맙겠습니다."

은근하게 미소 지으며 말하자 아케미는 잠시 나오미를 바라본 후 "어쩔 수 없죠" 하고 한숨 섞인 대답을 했다.

"대신 20만 엔까지만. 그리고 중국에서 되팔기 쉬운 일본의 고미술품일 것. 괜찮죠?"

"고맙습니다. 저도 보증인 건은 받아들일게요."

협상이 성립되자 식사를 마치고 사무실에서 아파트 임대차 계약서에 사인했다. 인감은 싸구려 목도장을 아케미가 사서 날인하기로 했다. 이견은 없었다.

용무가 끝나서 돌아가려는데 다쓰로와 꼭 닮은 중국인 종업원이 사무실로 들어왔다. 식재료가 든 종이 상자를 짐수레로 운반해 들어온다.

오랜만이라서 시선이 그쪽으로 향했다.

"저 남자 이름이 뭔가요?" 나오미가 아케미에게 작은 목소리로 물었다.

"린류키라고 해요. 왜요?"

"아뇨, 그냥……."

"잘생기긴 했지만 중국에 처자식이 있어요."

"그런 거 아니에요." 나오미는 즉시 고개를 저었다. "그냥 좀 닮은 사람을 알고 있어서……."

"중국인인가요?"

"아뇨, 일본인이에요."

"그래요? 같은 동아시아 사람이니까 닮은 사람이 있다 해도 이상할 건 없죠. 서양인이 보면 중국인과 일본인을 구분할 수 없을걸요."

무심코 쳐다보고 있는데 린류키라는 남자가 돌아봐서 서로 눈이 마주쳤다. 나오미를 기억하는 듯 꾸벅 인사했다.

"린 씨, 이리 와봐요." 아케미가 불렀다. "당신들이 살게 될 아파트의 보증인, 이분에게 부탁했어요. 아오이 백화점의 오다 씨예요. 당신도 고맙다고 인사하세요."

그녀의 소개에 린류키는 황송한 듯 눈을 내리뜨고 "고맙습니다" 하고 인사했다. 같은 중국인이라도 아케미와는 달리 순박해 보였다. 역시 시골 출신인 모양이었다.

나오미는 린류키의 얼굴을 바라보면서 뭔가 쓸모가 있지 않을까 생각했다. 물론 다쓰로를 제거하는 계획에 말이다. 가족도 멀리서 보면 다쓰로 본인이라고 생각할 것이다. 알리바이나 다른 뭔가에 이용할 수 있다면······. 급하게는 떠오르지 않았지만 머리를 쥐어짤 만한 가치가 있다.

"린 씨는 착실한 일꾼이에요. 올해 서른 살인데 우리 가게에서는 일 년 반 전부터 일하고 있죠. 일본어는 아직 서툴지만 잘하게 되면 영업 일도 맡겨볼까 생각 중이에요······."

나오미는 아케미의 말을 건성으로 들었다.

다음 날 이케부쿠로의 부동산 회사에서 나오미의 휴대전화로 연락이 왔다. 아케미가 연대보증인에게 확인 전화가 걸려 올지 모른다고 했으므로 그런가 보다 생각하며 받았는데, 짐작과 달리 곤란한 듯한 목소리로 이것저것 물어왔다. 그중 하나는 어떤 사람이 살지 알고 있느냐는 것이었다.

"아뇨. 저는 리 사장님을 담당하는 아오이 백화점 사원이라 그 아파트에 사는 중국인들까지는 모르는데요."

나오미가 그렇게 대답하자 부동산 회사는 다음과 같은 말을 했다.

거주하는 종업원의 여권 사본을 제출해달라고 했는데 애매한 대답만 계속하고 전혀 보여주려 하지 않는다. 그런 태도가 계속되면 자신들도 집주인에게 설명할 길이 없으므로 연대보증인인 당신한테 어떻게 된 사정인지 물어보려고 연락한 것이다.

나오미는 벌써 문제가 터진 건가 싶어 어이가 없었다. 중국인을 상대하면서 일이 원만하게 진행된 적이 없다. 정말이지 리 사장은……. 이젠 충분히 익숙해진 탓인지 마음 한구석에서 비웃을 여유가 있었다.

어쩔 수 없이 아케미에게 전화하자 아케미도 곤란한 듯 "실은 여권 없는 사람이 한 명 있었어요" 하고 성가시게 된 내막을 털어놓았다.

"어제 오다 씨한테 소개한 린 씨예요. 유학 비자로 입국했다고 들어서 아르바이트로 고용했거든요. 그런데 어제 여권을 보여달라고 하자 잃어버렸다는 둥, 다른 사람에게 빌려줬다는 둥 애매한 변명만 해서 다그쳤더니 실은 밀입국한 거였지 뭐예요. 그는 대만을 거쳐 오키나와에 상륙한 밀항자였어요. 내가 속았어요."

"밀항이 가능한가요?"

나오미가 물었다. 일반인 입장에서 선뜻 믿기 힘든 이야기였다.

"그건 사방이 바다로 둘러싸여 있으니 간단해요. 중국에는 밀항을 알선하는 업자가 있어요. 일본에도 업자가 있어서 먼 바다에서 어선으로 옮겨 태우는 거죠. 일본으로 건너오기만 하면 일할 곳은 많고, 그렇게 돈을 벌어 중국 가족에게 송금하다가 슬슬 됐다 싶을 때 시나가와에 있는 입국관리국에 출두하면 강제로 송환하니까 공짜로 귀국할 수 있어요."

"사장님은 고용할 때 신원을 확인하지 않나요?"

나오미가 묻자 아케미는 순간 할 말을 잃었다가 "물어보긴 하지만 여권까지 제시하라고는 안 해요" 하고 변명했다. 밀입국자라는 걸 알면 고용할 수 없기 때문에 애매한 상태 그대로 놓아두는 것인지도 모른다.

"그래서 아파트 계약은 어떻게 되나요?"

"둘이 같이 살게 할 계획이었는데, 아깝긴 하지만 당분간 린 씨 빼고 혼자 살게 해야죠. 그러면 부동산 회사도 불만 없을 거예요."

"그럼 린 씨는요?"

"불쌍하지만 해고해야죠. 밀입국자인 걸 알고도 계속 고용하면 나중에 조사가 들어왔을 때 오히려 내가 처벌받아요."

그건 당연한 일이었다. 나오미는 린류키의 얼굴을 떠올렸다.

"린 씨는 어떻게 될까요?"

"아직 중국으로는 돌아갈 수 없을걸요. 삼 년 정도 일하지 않으면 집을 지을 수 없을 테니까. 그는 신분을 숨기고 다른 가게에서 일할 거예요. 중국식 마사지 가게나, 중국음식점에서 접시 닦기 같은 걸 하면서. 어쨌든 여권이 없으니까 남들 눈에 잘 띄지 않는 곳에서 숨어 살게 될 거예요."

"삼 년 정도 일하면 집을 지을 수 있군요."

"상하이에서는 무리이지만 시골이라면 큰 집을 지을 수 있어요."

그때 나오미의 머릿속에서 아이디어가 반짝 떠올랐다. 그는 여권을 가지고 있지 않다······.

"사장님, 린 씨와는 해고한 후에도 연락할 수 있겠죠?"

"그럼요. 중국인 사회는 어떻게든 연결되어 있으니까 연락할 수 있을 거예요. 무엇보다 그는 자기 휴대전화를 가지고 있어요. 신분증이 없어도 뒷거래로 구입할 수 있거든요."

"그럼 린 씨 전화번호 좀 가르쳐주세요."

"그건 상관없는데······ 왜요?"

전화 저편에서 아케미가 의아해했다.

"그냥요. 사정이 좀 있어요."

"전에도 말했지만 그는 중국에 처자식이 있어요."

"그런 게 아니라······. 아니, 그렇게 생각하시는 편이 더 좋겠네요."

나오미는 흥분하여 단숨에 말했다. 다쓰로와 꼭 닮은 중국인이 밀입국자로 도쿄에 있다. 즉 린류키는 애당초 도쿄에 있을 수 없는 사람이었던 것이다.

아케미가 가르쳐주는 번호를 메모했다. 오늘 밤에라도 가나코에게 알려야겠다고 생각했다. 방금 떠오른 완전범죄 시나리오를.

나오미는 흥분하면서 발이 5센티미터 정도 공중에 떠오른 느낌이 들었다. 누군가 자신을 데려가려 하고 있다. 그 누군가는 또 다른 자신일지도 모르지만.

다시 머릿속 절반이 마비됐다.

13 ——

린류키의 새 직장은 같은 이케부쿠로의 중국음식점 주방이었다. 리 사장의 식품점과는 엎어지면 코 닿을 곳이다. 그들은 차이나타운이라는 작은 세계 안에서 살아갈 수밖에 없을 것이다.

요리사 자격증이 있을 것 같지는 않으니 아마 접시 닦는 일을 할 것이다. 임금이 낮으리라는 것도 쉽게 상상할 수 있었다. 풀타임으로 일해도 한 달 수입은 10만 엔 정도이지 않을까. 예전에 텔레비전 뉴스 프로그램을 통해 연수생 명목으로 일본에 온 중국인 노동자의 월급을 알고서 깜짝 놀란 적이 있다. 사회주의 국가의 국민이 자본주의 사회에서 밑바닥 생활을 하고 있다니 참으로 얄궂은 현실이다.

나오미는 조심스럽게 전화를 걸어 린류키가 머무는 곳을 물었다. 처음에는 경계하며 이야기 나누는 것조차 내켜 하지 않았지만 "만나주면 5천 엔 드리죠" 하고 말했더니 당황해하면서도 긴장을 풀고 현재 일하는 곳을 가르쳐줬다. 그리고 만나는 것도 수락했다. 어쩌면 묘한 오해를 받고 있는지도 몰랐지만.

약속 장소는 이케부쿠로 서쪽 공원. 시간은 린류키가 오후 3시로 정했다. 분명 가게에서 쉬는 시간일 것이다. 이날의 첫 번째 목적은 다쓰로와 꼭 닮은 중국인이 있다는 사실을 가나코에게 믿게 해주는 것이었다.

나오미는 며칠 전에 가나코와 만나 자신이 세운 계획을 들려줬다. 일이 일인 만큼 표현을 골라가면서 신중하게 이야기했다. 종이와 펜을 준비하고 시간대별로 무엇을 해야 할지 마치 가정교사처럼 설명했다.

추리소설로도 쓸 수 있을 법한 대담한 트릭에 분명 놀랄 것이라고 생각했는데, 가나코는 그와는 상관없이 다쓰로와 꼭 닮은 사람이 이케부쿠로 차이나타운에 있다고 나오미가 전에 말한 걸 그다지 믿지 못하겠는지 좀처럼 앞으로 나아가지 않았다.

"꼭 닮았다고 해봤자 사실은 그냥 비슷한 정도 아닐까?"

"으음, 완전히 쌍둥이야. 다쓰로 씨를 아는 사람이라면 누구든 보고 어리둥절할걸."

"그래도 가까이에서 보면 역시 좀 다르지 않겠어?"

"가까이에서 봐도 마찬가지라니까. 머리 모양도 거의 똑같아."

나오미가 강하게 주장하는데도 의심의 태도를 허물려 하지 않아서 일단 가나코를 린류키와 만나게 하기로 했다. 실물을 보면 가나코도 이 계획을 하늘의 계시라고 생각할 것이다. 신이 준 기회라면 도망치는 것이야말로 죄를 짓는 것이라는 게 나오미의 생각이었다.

조금 이른 시간에 공원에 도착하여 도쿄예술극장 바로 정면에 놓인 조각품 앞에서 기다렸다. 여기라면 린류키를 멀리서나마 먼저 발견하고 전체적인 모습부터 얼굴까지 차례로 확인할 수 있다.

만일을 위해 가나코에게는 다쓰로의 여권 사본을 가져오게 했다. 나오미는 그냥 이대로 협상해도 좋을 만큼 마음의 준비가 되어 있었다.

남자를 기다리면서 가나코는 긴장한 모습으로 몸을 흔들었다. 얼굴도 창백하다. 나오미도 덩달아 불안했다. 이제부터 하려는 일이야말로 범죄의 첫걸음이었다. 사이토 부인에게 권한 은행 계좌 개설 같은 것은 이 일에 비하면 아직 준비 단계에 불과하다.

가방에 넣어둔 페트병의 물을 꺼내 목을 적셨다. 가나코가 "나도" 하고 말해서 건네주자 두 모금, 세 모금 연거푸 마셨다.

린류키를 설득하려고 마음먹었으면서 막상 받아들였을 때의 두려움도 나오미의 마음속에는 있었다. 자신에게 어느 만큼의 각오가 되어 있는지 아직도 잘 알 수 없었다. 그가 제안을 거부하면 차라리 마음 편할지도 모른다.

도쿄의 햇살은 이미 여름의 그것이었다. 콘크리트 지면에 반사된 빛이 정강이를 서서히 달구고 바람도 없어서 그 열기가 공원 전체에 머물러 있었다. 땀이 얼굴에서 번지며 호흡도 가빠졌다.

오후 3시가 되어 어디랄 것도 없이 시간을 알리는 소리가 들려왔다. "안 올지도 몰라." 가나코가 그래 주길 바라는 듯한 말투로 중얼거렸다.

"올 거야." 나오미는 오길 바랐다. 겨우 용기를 쥐어짜 전화를 했던 것이다.

오가는 사람을 보고 있는데 북쪽 방향에서 하얀 주방복을 입은 남자가 다가왔다. 그다. 갑자기 나오미의 맥박이 빨라졌다.

"저기, 저기. 저 사람. 잘 봐." 나오미는 가나코의 팔을 잡고 턱으로 가리켰다.

가나코가 시선을 보낸다. "앗, 앗, 설마……." 옆에서 할 말을 잃는다.

"꼭 닮았지?"

"응……. 어떻게 된 거지?"

일단 가나코는 말을 잃었지만 곧바로 의문스러워했다.

"꼭 닮았을 거야."

"확실히 멀리서 봐도 닮긴 했는데……."

"쌍둥이 같지? 자세히 봐."

나오미는 항의하듯 말했다. 처음 봤을 때 이쪽은 심장이 덜컥 내려앉는 줄 알았는데.

"응, 그래. 확실히 닮은 것 같다."

가나코는 고개를 끄덕였지만 반응이 탐탁지 않았다. 역시 매일 얼굴을 맞대고 사는 부부라면 그리 쉽게 닮았다고는 생각하지 못하는 것일까.

린류키가 다가왔다. 곤혹스러운 표정을 짓고 있었다. 이쪽이 두 사람이라서 더욱 용건을 알 수 없게 됐을 것이다. 2미터 정도 앞에 멈춰 서서 나오미와 가나코를 번갈아 봤다.

"안녕하세요. 갑자기 미안해요. 시간은 괜찮으세요?" 나오미가 물었다.

"한 시간 정도라면 괜찮습니다."

린류키의 목소리는 날카로웠다. 목소리가 딱딱했고 긴장한 기색이 역력했다. 분명 이 중국인 청년에게는 사적인 자리에서 일본인과 이야기를 나눌 기회 따위가 없었을 테고, 더 나아가 젊은 여자쯤 되면 거의 첫 경험일지도 모른다.

"그럼 바로 저쪽 카페에서 이야기 좀 하죠. 아, 그 전에 이쪽은 내 친구인 시라이 가나코 씨예요."

나오미가 옛날 성으로 소개하며 가나코를 보자, 가나코는 아직도 뚫어지게 린류키를 바라보고 있는 참이었다.

"저기, 가나코. 이쪽은 린 씨야."

"아, 죄송합니다. 처, 처음 뵙겠습니다."

"저야말로 처음 뵙겠습니다."

린류키가 정중하게 인사했다. 그 동작도 어색해서 정말 순박해 보였다. 리아케미와는 정반대였다.

셋이 공원 근처의 오래된 카페로 이동하여 제일 안쪽 자리에 앉았다. 좋은 커피 냄새가 났지만 노부부가 경영해서인지 변두리 분위기가 풍긴다. 다른 사람이 들어서 좋을 게 없었으므로 미리 찾아놓은 한적한 가게였다.

"뭘 마실래요? 물론 여기는 내가 계산할게요." 나오미가 물었다.

"그럼 아이스커피, 부탁합니다." 린류키는 조심스럽게 대답했다.

세 명 모두 같은 것을 주문했다.

그동안에도 가나코의 눈길은 린류키에게 못 박혀 있었다. 그 노골적인 시선에 린류키는 당황스러워하고 있었다.

"저기, 그렇게 보면 실례잖아."

나오미가 팔꿈치로 쿡쿡 찌르자 가나코는 그 말에는 대답하지 않고 "눈썹은 뽑는 편이 낫겠어" 하고 조용히 말했다.

"눈썹만 정리하면 오케이. 처음 보면 다쓰로 씨라고 생각하겠어."

"어느 쪽이야? 솔직히 말해. 이 사람으로 대신할 수 있겠다는 거야, 안 될 것 같다는 거야?"

"대신할 수 있어." 가나코가 나오미 쪽으로 몸을 돌렸다. "미안. 나오미가 말한 대로 다쓰로 씨를 닮았네. 나는 구석구석까지 자세히 아니까 먼저 그쪽으로 눈길이 가고 말았는데, 조금 물러나 전체적으로 보니 쌍둥이라고 해도 되겠다 싶어서 나도 점점 놀랐어. 나오미가 깜짝 놀란 것도 무리가 아니었겠어."

"다행이다."

나오미는 안심했다. 닮았느냐, 안 닮았느냐가 계획의 핵심이었다.

"그럼 이야기를 진행해도 되겠어?"

"응."

가나코가 힘차게 고개를 끄덕였으므로 나오미는 이야기를 시작하기로 했다. 어젯밤에 생각해둔 말이었다. 린류키는 일본어가 서투르니 최대한 알기 쉽게 설명해야 한다.

"우리는 당신에게 일을 맡기고 싶어요. 그건 당신이 어느 일본인의 여권을 가지고 중국으로 돌아가기만 하면 되는 일이에요. 단, 중국으로 돌아가면 그 여권을 불태우고 두 번 다시 사용하지 말아주세요. 보수는……, 보수라는 말 알아요?"

"미안합니다. 모릅니다."

린류키가 미안한 듯 고개를 갸웃거렸다.

"보수란 당신에게 주는 돈을 말해요."

"월급을 말하는 건가요?"

"그래요, 맞아. 월급."

나오미는 자신도 모르게 집게손가락을 흔들었다.

"우리 부탁을 들어주면 월급을 줄게요. 금액은 200만 엔입니다."

나오미가 독단적으로 정한 금액을 말했다. 사이토 부인의 계좌에서 1천만 엔을 빼내어 그것으로 지불할 생각이었다.

"그건 일본 돈입니까?" 린류키가 물었다.

"물론이에요. 위안이 아니라 엔. 1만 엔짜리 지폐가 200장."

나오미는 손가락을 두 개 들어 내밀었다. 린류키는 여우에 홀린 듯한 표정이었다.

"200만 엔. 알겠어요?"

"알겠는데 왜 그런 큰돈을 나한테 주는 겁니까?"

"그건 묻지 말아줬으면 해요. 솔직히 말하는데 큰돈을 지불한다는 의미는 법률에 위반되는 일을 부탁하기 때문이에요. 당신은 생판 모르는 사람이 되어 그 사람의 여권으로 일본에서 출국하는 겁니다."

"여권은 위조인가요?"

"아뇨, 진짜예요. 저기, 실은 린 씨와 꼭 닮은 일본인이 있는데 그 여권을 사용하면 의심받지 않고 귀국할 수 있어요."

린류키는 알 수 없다는 듯 고개를 갸웃거렸다. 아직 일본어를 배우는 중인지라 자신의 이해력을 의심하는 것도 무리는 아니다.

"그럼 이걸 봐주세요."

나오미는 여권 사본을 꺼내도록 가나코에게 말했다. 가나코가 가방에서 그것을 꺼냈다. 테이블에 내려놓고 밀어주자 린류키는 슬쩍 한 번 흘깃거렸다가 깜짝 놀란 표정이 되어 몸을 앞으로 숙인 채 들여다봤다.

"린 씨와 꼭 닮은 사람이 있는데 그 사람 여권이에요. 이걸 사용하면 출국이든 입국이든 의심받지 않을 거예요. 그러니까 린 씨는 이 여권을 이용해 중국으로 돌아가주면 되는 겁니다."

"하지만……무엇 때문입니까?"

"그러니까 그건 말할 수 없다니까요. 말할 수 없는 일이라 큰돈을 주는 겁니다. 200만 엔이 있으면 중국 고향에 집을 지을 수 있죠? 리 사장한테 들었어요. 린 씨는 집 지을 돈을 벌려고 일본에 왔다고. 게다가 린 씨는 밀입국해서 여권도 없어요. 그러니까 이 제안은 린 씨한테도 정말 좋은 거래일 거라고 생각해요. 안 그런가요?"

밀입국이라는 나오미의 말에 반응하여 린류키의 얼굴 표정이 굳었다.

"언제 잡힐지 몰라 조마조마하게 일본에서 일하는 것보다 200만 엔을 받고 그냥 중국으로 돌아가 가족과 사는 편이 더 좋지 않나요? 이것도 리 사장한테 들었어요. 린 씨한테는 처자식이 있나 보더군요. 멀리 떨어져 사는 건 너무 외롭잖아요. 앞으로 일 년 반 이상을 못 만날 텐데."

"나, 좀 믿을 수 없습니다. 왜 다른 사람의 여권을 이용하여 중국으로 돌아가는 것뿐인데 200만 엔이나 받습니까?"

"그렇게 할 수 있는 사람이 당신밖에 없기 때문이에요. 보세요, 이 여권의 일본인과 린 씨는 얼굴이 똑같죠?"

나오미는 복사한 여권의 사진을 손가락으로 두드렸다.

"이 사람은 누굽니까?"

"그건 말할 수 없어요. 그런 비밀도 포함해서 200만 엔입니다."

나오미가 대답을 거부하자 린류키는 또 알 수 없다는 표정으로 팔짱을 낀 채 침묵했다.

"부탁해요. 제안을 받아주세요. 200만 엔을 벌려면 이삼 년 걸리잖아요. 게다가 가족과 생이별한 채로. 그러는 것보다 200만 엔을 받아서 지금 당장 돌아가는 편이 좋잖아요. 자식을 만나고 싶지 않나요? 아직 어리죠?"

"네 살 여자아이와 두 살 남자아이입니다."

린류키가 고개를 끄덕이며 말했다.

"한창 재롱부릴 나이군요. 그런데 삼 년이나 떨어져 살다니 손해 보는 인생이라고 생각하는데요."

"중국은 한 자녀 정책입니다만 농촌은 허용됩니다. 그래서 둘을 만들었습니다."

"그래요. 남매인 편이 좋죠."

"아이가 둘이면 돈 많이 듭니다."

"그렇겠죠. 그러니까 제안을 받아들이면 되잖아요. 전부 다 해결돼요."

"나, 시골 출신입니다. 그래서 도시 사람 무섭습니다. 왠지 속일 것 같아서 늘 무섭습니다."

"음, 그 마음 알아요. 갑자기 이런 이야기를 하면서 믿으라고 말하는 게 무리이긴 하죠. 하지만 믿어주세요. 우리는 린 씨를 속일 생각이 없어요. 확실히 다른 사람의 여권을 사용하는 일은 범죄입니다만 도둑질이라거나 폭력 같은 것에 비하면 그리 큰 것도 아니고……. 그리고 린 씨는 원래 불법으로 입국하여 일본에 있는 거니까 그렇게 생각한다면 전혀 무서워할 필요 없잖아요."

"만약 제안을 받아들인다면 그 돈은 언제 줍니까?"

"나리타 공항에서 줄게요."

"그러면 나는 돌아갈 수 없습니다. 왜냐하면 중국인 브로커에게 빚이 있습니다."

"무슨 브로커요?"

"일본으로 건너올 때 소개받은 브로커입니다."

"아아, 밀입국을 도와준 사람 말이군요. 그래서 빚이 얼마인데요?"

"우리가 일단 대만으로 갔다가 거기에서 배를 타고 일본에 입국하려면 50만 엔이 듭니다. 그 돈은 일본에서 일하며 갚도록 되어 있습니다."

"아직 못 갚았겠군요."

"앞으로 30만 엔 남았습니다. 그래서 그걸 지불하지 않고 귀국하면 브로커가 쫓아옵니다. 중국 가족도 위험합니다."

"흐음, 그런 조직이 있었군요."

나오미는 세계 어디에나 존재할 암흑사회를 상상하며 한숨을 내쉬었다. 평화로운 일본에서 살아온 자신들은 어항 속 금붕어처럼 편히 지내고 있다.

"그 30만 엔도 대신 갚아주겠다면요?"

"잠깐 생각 좀 해보겠습니다." 린류키는 나오미를 보며 말하고 나서 잠시 사이를 두었다가 "그런데 비행기 값은 내가 지불하는 겁니까?" 하고 말을 이었다.

"그럼 그것도 내줄게요. 항공권은 우리가 구해놓겠습니다. 200만 엔은 순수한 보수. 하지만 여기까지. 더 이상은 줄 수 없어요. 그러니까 린 씨는 할지 말지 사흘 이내에 결정해주세요."

"알겠습니다."

이야기가 일단락되자 침묵이 흘렀다. 세 사람 모두 아이스커피에 손도 대지 않았다는 사실을 깨닫고 저마다 컵을 손에 들었다.

가나코는 처음부터 끝까지 입을 다물고 있었다. 자신이 뭘 해야 할지 몰라서 마른침만 삼키며 지켜보고 있는 듯했다. 함부로 끼어드는 것보다 그러는 편이 차라리 나았다. 이 남자에게 자신들의 정체를 알 수 있을 만한 힌트는 주고 싶지 않았다.

"이 여권의 사람은 살아 있습니까?"

린류키가 얼굴을 들고 심장이 덜컥 내려앉는 말을 했다.

"살아 있어요."

나오미는 즉시 대답했지만 동요하여 순간 얼굴이 뜨거워졌다. 자칫 '아직 살아 있어요' 하고 말할 뻔했던 것이다.

"온통 알 수 없는 것들뿐입니다." 린류키가 처음으로 미소를 지으며 어깨를 으쓱였다.

"미안해요. 하지만 무사히 출국만 해주면 성가실 일은 없어요."

"오케이. 그럼 생각해보겠습니다."

"고마워요. 하지만 주변 사람들과 의논하지는 말고 린 씨 혼자 생각해주세요."

"알겠습니다……."

린류키는 손목시계로 눈길을 주며 "이제 휴식 시간이 끝났습니다" 하고 일어섰다.

카페에서 나간다. 나오미는 온몸의 힘이 빠져 의자 위에 축 늘어졌다. 가나코는 린류키의 등 뒤를 하염없이 눈으로 좇고 있었다.

"저기, 어때?" 나오미가 물었다.

"어떠냐니……?"

"얼굴 때문에 문제는 안 생기겠지?"

"응. 조금씩 그런 생각이 들었어."

"이 계획, 완벽한 것 같지 않니?"

"응, 완벽한 것 같아. 하지만 잘될까 싶기도 해."

가나코가 말했다. 그 말투는 할 마음이 생긴 것처럼 들리기도 했다.

"그건 우리가 하기 나름이야. 쉽지 않다는 것만은 확실하지만."

나오미는 자신을 타이르듯 말했다. 실제로 그랬다. 남자를 한 사람 죽이는 일이 쉬울 리 없다. 다만 이 대역 트릭에는 견딜 수 없는 매력이 있다. 그것은 사람의 일반적인 감각을 온통 마비시켜버릴 정도였다.

"뭐라고 말은 잘 못하겠지만 뭔가에 끌려가는 느낌도 들어."

"그래. 우리를 누가 인도해주고 있어."

목의 갈증이 좀처럼 가시지 않아서 컵의 물을 단숨에 비웠다. 겨드랑이 아래는 땀으로 흠뻑 젖어 있었다.

자, 앞으로 어떻게 될까. 망망대해에서 여자 두 명이 작은 보트를 타고 조난당했다. 가슴속에서 온갖 감정이 소용돌이쳤다.

14 ──

린류키와 만난 다음 날부터 나오미는 미열이 계속됐다. 감기에 걸린 것 같지는 않았으니 분명 스트레스에 의한 증상일 것이다. 하루만이라도 쉬고 싶었지만 미룰 수 없는 일정이 계속 있어서 해열제를 먹고 일을 했다.

"오다 씨, 잘나가는데! 리 사장한테 또 미술품을 팔았다며? 행사부에서도 싱글벙글이야. 이럴 거면 아예 리 사장에게 고객 카드를 만들어줘버릴까?"

나오미의 몸 상태가 안 좋은 것도 모르고 상사인 나이토가 농담을 던진다. 나이토는 손목시계 도난 문제가 해결된 이후 줄곧 기분이 좋았다. 담당 임원에게서 직접 칭찬을 들은 모양이었다. 그날은 부하들을 모아놓고 '외판부 직원의 역량은 어떻게 고객의 체면을 세워주면서 일을 수습할 것인가에 있다'고 임원의 말을 인용하며 훈시까지 했다.

다쓰로를 제거할 계획에 몰두하고부터는 회사 일이 전부 하찮게 여겨졌다. 고객의 클레임이나 납기 문제, 사내의 알력 등으로 고민하는 것도 바보스럽게 느껴졌다. 자신의 생존이 걸려 있으니 일상의 고민 따위는 별것 아니게 된다는 걸 나오미는 새삼 통감했다. 중국인의 강함도 분명 그런 데서 나오는 것이리라. 리아케미를 비롯한 화교들은 매일 생존경쟁을 벌인다. 그래서 거짓말도 하고 다른 사람 물건도 훔친다. 그러고도 태연하다.

나오미는 만약 일이 잘되면 리아케미 밑에서 일하는 것도 괜찮지 않을까 생각하기 시작했다. 벤처 사업으로 새로운 인생을 시작할 수도 있고, 뭐든 마음대로 할 수 있을 것 같았다.

그날은 아침부터 요요기에 사는 사이토 부인의 시중을 드느라 정신없었다. 은행에서 인터넷뱅킹 인증 카드가 우송됐기 때문에 사용 방법을 가르쳐주기 위해서였다. 물론 사이토 부인은 컴퓨터를 다룰 생각이 전혀 없어서 나오미가 직접 웹사이트를 브라우저에 등록해야 했지만 말이다.

개설한 계좌로 일단 3천만 엔을 예전 은행에서 옮겨 왔다. 그 수속도 나오미가 했다. 사이토 부인을 데리고 기존에 거래하던 은행 지점으로 가서 송금을 의뢰하자 지점장이 인사하러 나왔지만 그저 두 손을 비비며 인사만 할 뿐 아무것도 묻지 않았다. 금융 상품을 팔았다가 손해를 끼친 부채 의식 때문일 것이다.

그리고 쇼핑도 해주었다. 프라다의 키홀더였다. 손자에게 주면 기뻐할 거라고 부추기자 선뜻 사줬다. 그 자리에서 인터넷뱅킹으로 결제를 완료했다.

사이토 부인은 쾌활했다. 젊은 나오미를 상대로 이야기하는 게 즐거운 듯 볼일을 다 봤는데도 놔주려 하지 않았다. 평소처럼 엷은 홍차를 내오며 자신의 이야기를 했다.

"나는 말이에요, 남편이 죽고 처음으로 혼자 산다는 걸 경험했어요. 결혼하기 전까지는 친정에서 살았고, 결혼하고 나서는 줄곧 남편과 함께였죠······. 그래서 남편이 마침내 죽으려 할 때 내가 아이들한테 뭐라고 했는지 아세요?"

"글쎄요······, 뭐라고 말씀하셨는데요?"

"나, 너희 아버지가 죽으면 혼자 여행 다니고 싶다고, 그렇게 말했어요." 사이토 부인은 손으로 입을 가리며 쿡쿡 웃었다. "나중에 아이들이 많이 놀렸어요. 엄마가 그런 소리를 했다고 말이죠······. 오다 씨, 나도 참 매정하죠."

"아뇨. 분명 제 어머니도 똑같은 말씀을 하셨을 거예요."

나오미는 자신의 부모님을 떠올리며 대답했다. 자신의 어머니는 안도감을 고스란히 드러낼지도 모른다.

"그렇군요. 아무튼 마지막 이 년 정도는 간병하느라 힘들었어요.

이대로 가다가는 같이 쓰러지겠다 싶었을 때 겨우 가줘서 한숨 돌렸죠. 오래 함께해온 부부일수록 마지막은 냉정해지는 법이에요. 결국 장례식 때도 눈물 한 방울 나오지 않더라고요."

"그런가요……."

"그래요, 남편한테 감사하는 부분은 많이 있지만 우리 나이의 세대는 시집가면 집안일과 육아, 남편 뒷바라지, 그리고 늙은 부모님을 보살피는 게 당연하다고 생각했으니까 그런 것으로부터 전부 해방되는 게 남편이 죽을 때인 거죠. 그래서 나도 모르게 혼자 여행 가고 싶다고 한 거예요."

"후후후."

"이런 이야기, 아직 독신인 오다 씨한테는 유익한 이야기가 아닌데. 꿈을 깨뜨리는 거니까요."

"아뇨, 그렇지 않습니다. 저희는……." 나오미는 가족 이야기를 해도 되나 생각했지만 대화 분위기상 말하기로 했다. "부모님 사이가 안 좋아서 아마 노후 생활은 힘드실 거라고 생각해요."

"어머, 그렇구나. 자식 입장에서는 걱정되겠네요."

"아버지는 옛날부터 어머니에게 폭력을 휘둘러왔어요. 그래서 그냥 이혼하는 게 좋겠다고 생각하는데 어머니는 참고 살겠다고……."

"폭력을 휘둘러요? 그럼 안 되죠."

사이토 부인의 표정이 점점 어두워졌다.

"죄송합니다. 이런 이야기를 해서."

"으음, 괜찮아요." 사이토 부인은 부드럽게 고개를 저으며 위로해줬다. "실은 나도 남편이 죽었으면 좋겠다고 생각한 적이 몇 번이나 돼요."

"그러세요?"

"그래요. 젊었을 때부터 늘 애인이 있었고, 돈 관리도 너무 허술했어요. 살날이 얼마 안 남아 입원과 퇴원을 반복할 때도 얌전히 병원에 있어주면 좋을 텐데 조금만 괜찮아지면 집에 가겠다고 어찌나 졸라대는지. 자기가 의사면서도 당최 말을 들으려고 하지 않았어요. 그래서 집에 데려오면 내가 간호해야 하잖아요. 아무리 남편이라도 기저귀 갈아주는 건 정말 싫었어요. 오다 씨니까 이야기하는데 약을 잘못 먹고 덜컥 가주지 않을까, 몇 번이나 상상했죠."

사이토 부인은 그때 일을 떠올렸는지 얼굴을 찌푸린 채 단숨에 내뱉었다.

"내 생각인데 남자는 마음 어딘가에 마누라를 심부름꾼처럼 여기는 구석이 있어요. 자신의 기저귀를 갈게 하다니 사랑하는 사람에게 부탁할 일은 아니잖아요. 다른 사람 기분은 전혀 생각하지 않는 거예요. 아니, 그 이전에 일하고 있을 때라면 몰라도 정년퇴직한 후에도 집안일을 전부 마누라한테 맡기면 어쩌자는 거예요. 너무한 거 아닌가요?"

"저희 부모님도 아버지가 퇴직하시고 나면 틀림없이 그런 관계가 될 것 같아요."

"그럼 이혼하는 것도 선택지 가운데 하나예요. 아니, 내가 할 소리는 아니네요. 후후후. 미안해요."

사이토 부인은 어깨를 으쓱이며 웃었다.

"오다 씨, 결혼할 생각은 있어요?"

"아뇨. 이젠 별로 하고 싶지도 않고……." 나오미는 고개를 저었다.

"안 돼요. 결혼은 해야 해요."

"그런가요……?"

이미 결혼 적령기에 들어섰는데 나오미에게는 결혼하고 싶은 생각이 거의 없었다. 어쩌면 어려서부터 사이가 좋지 않은 부모님을 봐왔기 때문일 것이다. 같은 또래의 여자들이 나이가 차면 한결같이 꿈꾸는 미래가 자신에게는 전혀 다른 세상일이었다.

그때 휴대전화가 울렸다. 누굴까 생각하며 보니 린류키에게서 온 전화였다. 순간 등골이 오싹했다.

"죄송합니다. 회사에서 온 전화네요."

재빨리 거짓말을 하고 소파에서 일어나 복도로 나갔다.

"네, 오다입니다."

"저기, 저는 이케부쿠로의 린입니다."

"알고 있어요."

"지난번 그거 말인데요, 받아들이기로 했습니다."

기다리고 있던 대답이었는데 머릿속이 새하얘졌다.

"여보세요, 듣고 있습니까?"

"네, 듣고 있어요."

"저, 받아들이겠습니다. 앞으로 어떻게 하면 됩니까?"

린류키의 목소리는 고분고분했다. 그도 결심이 필요했을 것이다.

"그럼 다시 이쪽에서 연락할게요. 전화 기다려주세요."

대답하는 나오미의 목소리가 갈라졌다.

"알겠습니다. 전화 기다리겠습니다."

전화를 끊자 온몸에 소름이 돋아 있었다. 이걸로 포석은 다 깔렸다. 마침내 계획대로 움직이기 시작한 것이다. 심장이 마구 뛰었다.

어떻게 하지. 다쓰로를 정말 제거할 수 있을까. 자신과 가나코에게 그런 각오가 정말 있을까.

아니, 해야만 한다. 하지 않으면 가나코가 맛있는 물을 마실 날은 돌아오지 않는다. 하지 않으면 자신도 용서받지 못한다. 그리고 그 남자를 제거하는 데 양심의 가책은 없다.

또다시 머리가 빙글빙글 돌았다. 최근에 이러는 게 몇 번째일까.

가늘게 무릎을 떨면서 거실로 돌아가 그만 돌아가야겠다고 사이토 부인에게 말했다.

"어머, 그래요. 미안해요. 너무 오래 붙잡았네. 그럼 오늘은 뭘 추천해주실 건가요?"

사이토 부인이 미소 지으며 말했다.

아니, 그건 아까 프라다의 키홀더를…….

"반나절이나 붙잡아두고 아무것도 사지 않는 거, 나는 그런 거 못해요."

나오미의 혼란과 상관없이 사이토 부인은 계속 말했다. 그 새된 목소리가 나오미의 귀를 건성으로 지나간다.

15 ——

 나오미는 머리를 정리하기 위해 대체 휴가를 하루 받았다. 유급 휴가를 다 소화하라고 총무부에서 줄곧 말해온 터라 눈치 볼 일 없이 쉴 수 있었다.
 전날 밤, 사내 친목회가 있어서 부담스럽지 않은 동기들과 오랜만에 알코올을 입에 댔더니, 자연스럽게 그동안의 긴장이 풀려 과하게 마시고 말았다. 입사한 지 칠 년째. 저마다 일하면서 느껴온 울분과 체념을 가지고 있어서 그걸 듣는 것만으로도 마음이 풀렸다. 이 세상에는 이렇게 될 줄 몰랐다고 생각하는 사람 쪽이 더 많은 것이다. 나오미도 그중 한 사람이었다. 이제 와서는 희망하던 일을 시켜주지 않는 것보다 훨씬 이전의 성장 과정이나 청춘 시절까지 거슬러 올라가, 이렇게 될 줄은 몰랐다고 마음속으로 투덜거렸다.
 눈을 뜨자 오전 10시가 지나고 있었다. 푹 잠자고 난 충족감이 온몸을 감싼다. 꿈도 꾸지 않은 게 대체 얼마 만일까. 여운을 더 느끼고 싶어서 잠시 이불을 뒤집어쓰고 있었다.
 햇볕을 차단하는 커튼 사이로 새어 들어온 빛은 그리 밝지 않았다. 귀를 기울이니 희미하게 빗소리가 들린다. 일기예보에서는 아침부터 하루 종일 비가 온다고 했다. 맑은 날보다 그쪽이 더 낫다. 태양이 비치면 평일 낮, 혼자 방에 있는 자신을 혼내고 있는 듯한 기분이 들기 때문이다.
 나오미는 이불 속에서 이리저리 뒤척이다가 기지개 켜는 동작을 반복했다. 그렇게 하면 축적된 피로가 전부 몸 밖으로 배출되어 스무 살 무렵의 젊음을 되찾는 듯했다.

내년이면 서른이 된다. 한참 후의 일이라고 생각했는데 확실히 시간은 흐르고 있었다. 어느덧 '젊은 여자'라는 마법의 카드는 쓸 수 없게 됐다. 아직 아무것도 손에 쥐지 못했는데.

이십 분 정도 꾸물대며 시간을 보내다가 침대에서 내려왔다. 창으로 가서 커튼을 젖히자 풍경 전체가 회색이었다. 다만 강 옆의 제방에는 우산을 쓰고 개를 산책시키는 노인 한 명뿐, 그리고는 완벽히 아무도 없었다.

창을 열고 환기를 했다. 싸늘한 공기가 기분 좋았다. 생각할 게 많은 날에 딱 어울리는 날씨였다.

세수를 하고 커피를 끓여 요구르트뿐인 아침식사를 했다. 스마트폰을 전용 스피커에 연결해 클래식을 들었다. 쇼팽의 피아노 소나타가 방 안에 흐른다. 어제까지의 긴장감이 거짓말이었던 듯 나오미의 신경 한 올 한 올은 잘 삶은 파스타처럼 차분했다.

아침식사를 마친 후 식탁을 정리하고 팩스 용지와 볼펜을 준비했다. 노트에는 쓰고 싶지 않았다. 증거가 남게 되고 그 느낌도 싫었다.

나오미는 심호흡을 한 번 하고 잠시 생각하다가 'Clearance Plan'이라고 썼다. 사전에서 '제거'를 찾았더니 여러 영단어가 나왔지만 그중에서 '클리어런스'라는 말이 제일 괜찮아서 계획 이름에 쓰기로 했다. 클리어런스라고 하면 세일을 연상하게 된다. 그러므로 재고 처분하듯 다 쓰로를 제거해버리는 것이다.

'제거한다. 옳은가, 옳지 않은가.'

이어서 그렇게 썼다가 볼펜으로 난폭하게 사선을 그었다. 갑자기 출발점으로 되돌아가서 어쩌려는 거냐. 나오미는 자신을 질책했다. 이미 린류키의 승낙을 얻어놓았다. 사이토 부인의 계좌도 개설했다. 시나리오는 완벽하다. 신이 내려준 듯한 이 완벽한 계획이 자신을 유혹한다. 하라고 말하고 있는 것이다.

'제거한다, 제거한다, 제거한다.'

종이에 난폭하게 썼다. 힘을 너무 주어 종이가 찢겼다. 펜을 놓고 종이를 구겨 쓰레기통에 던져버렸다. 갑자기 온몸이 사시나무처럼 떨려와 눈을 감고 몇 번이나 심호흡을 했다.

마음을 가라앉히고 남은 커피를 다 마셨다.

이것은 제거다. 사람을 죽인다고 생각하지 말 것. 그리고 이젠 공상 게임이 아니다. 액자에 넣어 장식하고 싶을 만큼 완벽한 계획을 실행에 옮기지 않을 수는 없다. 자신은 이 계획과 사랑에 빠졌다.

다시 쓰기 위해 새로운 종이를 준비했다.

우선은 무작위로 당장 처리할 일들을 써내려갔다. 어떻게 살해할 것인가. 교살인가, 독살인가, 술 취하게 만들어 욕조에 담가버릴 것인가, 아니면 식칼로 푹 찌를 것인가.

방법은 처음 상상했던 것처럼 교살로 가는 게 좋을 듯하다. 손쉽기도 하고 피를 보지 않아도 된다. 밧줄은 튼튼한 게 좋겠지만 넥타이나 전깃줄로도 목을 조를 수 있으니까 크게 문제되지는 않을 것이다.

교살할 장소는 가나코의 집이다. 잠이 들면 가나코의 연락을 받고 나오미가 집으로 들어가 실행에 옮긴다. 그때까지는 근처에서 대기한다. 근처라면 어디쯤일까. 혼자 바나 술집에 들어가 있을 용기는 없다. 간선도로 옆에 있는 패밀리 레스토랑도 싫다. 애당초 밤늦은 시간에 여자 혼자 있으면 너무 눈에 띈다. 그렇다면 차가 좋으려나. 어차피 살해해서 밖으로 운반해야 한다. 목욕탕에서 토막을 낸다거나 하는 무시무시한 선택지는 없다. 반드시 차가 필요하다.

다쓰로는 분명 차를 가지고 있을 것이다. 쉬는 날에는 본인이 직접 운전하여 자주 골프를 치러 간다고 가나코에게서 들은 적이 있다. 그렇다면 맨션 주차장에 있지 않을까.

확실한 정보를 얻기 위해 가나코에게 전화해보기로 했다. 그리고 목소리도 듣고 싶었다. 휴대전화로 걸자 곧바로 받았다.

"묻고 싶은 게 있는데 네 남편, 차 가지고 있지? 어디에 세워둬?"

"지하 주차장에."

가나코는 영문을 모르겠다는 듯한 목소리로 대답했다.

"어떤 차야?"

"BMW. 중고이긴 하지만."

"대단한데."

"중고라니까. 300만 엔 정도 했던 것 같아."

"가나코도 운전해?"

"아니. 만약 내가 운전하다가 전봇대라도 받으면 나를 죽이려 들걸? 다쓰로 씨는 나한테는 아예 손도 못 대게 해."

"그럼 마지막으로 운전한 게 언제야?"

"언제였더라. 오 년쯤 전인가. 친정에 갔을 때 아버지가 친척 집에서 술을 드셨는데, 면허증 가진 사람이 나밖에 없어서 조심스럽게 운전해서 돌아온 적이 있어."

"아, 그래? 그럼 장롱면허네."

"응. 그런데 차는 왜?"

"오늘 대체 휴가를 받아서 쉬는 김에 계획을 좀더 다듬고 있는 중이야. 네 남편을 제거한 후 어디로 운반해야 하잖아. 그때 차가 필요하거든."

나오미가 대수롭지 않다는 듯 술술 말하자 가나코는 잠시 사이를 두었다가 "그렇구나. 하게 되면 차가 있어야겠지" 하고 동조했다.

"또 하나, 참고삼아 묻는 건데 가나코는 남편을 묻는다면 어디가 좋겠어?"

"그건 당연히 인적이 드문 곳이어야 할 것 같은데……."

가나코가 상당히 적극적으로 말했다. 뭔가 분위기가 달라진 것 같았다. 조금쯤은 무서워할 거라고 생각했는데.

"가나코, 무슨 일 있었어?"

"응?" 건성으로 반응할 뿐 대답하려 하지 않는다.

"말해줘."

"……오늘 아침, 다쓰로 씨가 된장국을 끼얹었어."

"왜……?" 나오미의 얼굴에서 핏기가 가셨다.

"맛이 없다고 갑자기 화를 내면서."

"그래서 너는 괜찮아? 화상 입지 않았어?"

"입었어. 허벅지가 빨개져서 연고 발랐어."

"폭력은? 맞지는 않았어?"

"목욕탕으로 도망쳐서 괜찮았어. 다쓰로 씨, 지각할 것 같으니까 그냥 바로 회사에 갔어. 그래서 살았지."

나오미는 그 광경을 상상하자 분노가 치밀어 올랐다.

"병원에 가지 않아도 괜찮겠어? 내가 거기로 갈까?"

"괜찮아. 전에도 이런 적 있었어. 그래서 화상용 연고를 사뒀어. 걱정하지 마. 늘 있는 일이니까."

나오미는 더 이상 말이 나오지 않았다. 가나코는 이런 심각한 일상에 익숙한 것이다. 화내는 것도 잊고 있다.

"역시 제거해야돼."

나오미가 말하자 가나코는 "응" 하고 그냥 대답하는 건지, 아니면 긍정인 건지 둘 중 어느 것이라고도 할 수 있는 대답을 했다.

"또 전화할게."

"알았어……."

나오미는 전화를 끊고 다시 심호흡을 했다. 몸 안에서 세포가 꿈틀거리는 느낌이 들면서, 그중 몇 퍼센트는 제어할 방법을 잃었다. 생각해보면 최근 며칠은 늘 그랬다. 사소한 일로도 정신적인 균형감을 잃었다.

새 커피를 끓이고 다시 계획 짜는 일로 돌아갔다. 어디까지 했더라. 그래, 차였지.

차는 있다. 열쇠 놓는 장소 정도는 가나코도 알고 있을 테니까 거기에서 대기하다가 사체를 운반할 때도 이용하면 된다. 하지만 문제는 운전을 할 수 있을 것인가 하는 점이다. 가나코는 장롱면허라고 했고 자신도 마찬가지였다. 학생 시절에 운전면허를 취득했지만 실제로 운전한 경험은 고향인 니가타에 갔을 때밖에 없다. 그것도 단거리다.

사체를 매장한다면 최소한 근처는 안 된다. 후지산 기슭의 원시림이나 단자와 산속같이 좀처럼 사람이 발을 들여놓지 않는 장소여야 한다. 그런 곳으로 가려면 고속도로를 이용해야 한다.

누군가에게 운전을 맡길 수는 없을까. 트렁크 안의 내용물을 모르게 하고 별장 지대까지 운전하도록 하면 그리 수상하게 여길 것 같지는 않은데.

아니, 매장할 장소까지 차로 운반해야만 한다. 바퀴가 달린 대형 가방에 사체를 넣는다 해도 여자 힘으로는 완만한 언덕길조차 끌고 올라갈 수 없을 것이다. 자신이 직접 차를 운전할 수밖에 없다. 그건 자신이 해야 한다. 가나코의 운동신경은 나오미가 아는 한 칭찬할 만한 것은 아니었다.

나오미는 페트병의 물을 마시며 한숨을 쉬었다. 서둘러 운전 감각을 되찾을 필요가 있었다. 아니, 되찾는다기보다 처음부터 연습을 하자. 그 차도 어딘가에서 조달해야 한다. 렌터카를 빌리면 여기저기 긁어 사고를 칠 것 같다.

어딘가에서 차를 조달할 수 없을까. 제일 먼저 머릿속에 떠오른 것은 리아케미였다. 이번에는 아케미에게 전화를 걸었다.

"아오이 백화점의 오다입니다. 일하시는 중인데 죄송해요. 지금 통화 괜찮으세요?"

"응, 괜찮아요. 대신 오늘은 아무것도 사지 않을 거예요. 나, 지난번에 미술품 항아리 샀어요."

리아케미는 여전히 직설적이었다. 이 뻔뻔스러움에 나오미는 힘을 얻었다.

"어, 아니에요. 일 때문이 아닙니다. 개인적인 건데요, 리 사장님, 차 가지고 계시죠?"

"차요? 나는 차가 없지만 회사 차는 있는데요."

"그거, 고급 차인가요?"

"으음, 상품을 운반하기 위한 차니까 고급 차는 아니에요. 차종은 모르겠지만 일본에서 만든 밴이에요."

"그거, 수동인가요?"

"수동이라는 게 뭐죠?"

"차를 운전할 때 기어를 바꾸잖아요. 그게 수동인지, 자동인지……."

"아아, 알았어요. 오토예요."

다행이다. 수동이었다면 도저히 방법이 없다. 나오미는 리 사장한테 차를 빌릴 수 없겠느냐고 부탁했다.

"뻔뻔스러운 부탁이라 죄송합니다만 그 차를 저한테 잠시 빌려주실 수 없을까요?"

"응, 좋아요. 우리가 쓸 일 없는 날이라면 상관없어요."

리아케미가 선뜻 승낙했다. 나오미는 이 얼마나 착한 사람인가 하고, 지난 일은 다 잊은 채 감격했다.

"고맙습니다. 만약 부딪히면 꼭 수리해서 돌려드릴게요."

"괜찮아요. 어차피 낡은 건데요. 이미 여기저기 다 찌그러졌어요. 일본 사람들은 차에 너무 신경 써요. 모두 다 반짝반짝 닦던데 중국에서는 생각할 수도 없는 일이죠."

그 말을 듣고 더욱 기뻤다.

"그럼 빌릴 때 다시 전화할게요."

"알았어요. 아차, 기름은 본인이 직접 넣으세요."

"물론이죠."

전화를 끊었다. 리아케미의 친절에 기분이 다시 회복됐다.

그래, 차를 빌려 연습하는 김에 매장할 장소를 찾아보자. 일을 치른 밤, 트렁크에 사체를 싣고 매장할 곳을 찾아 허둥지둥 돌아다닐 수는 없다.

나오미는 태블릿을 켜고 구글 항공사진을 열었다. 일단 후보지로 가나가와 현의 단자와 호수 주변을 찾았다. 단자와가 머리에 떠오른 것은 학생 시절에 동아리 합숙 때 간 적이 있었기 때문이다. 그때 가나코도 함께 갔다. 호반의 방갈로에서 숙박했는데, 주위가 온통 원시림인 것에 놀랐고 일본의 풍요로운 자연을 새삼 알게 됐다. 그 산에 묻으면 어쨌든 발견될 일은 없다. 사체가 나오지 않으면 발각되지는 않을 것이다.

분명 결행 당일은 예상치 못한 일들이 여기저기에서 튀어나올 것이다. 그에 대비하기 위해서라도 꼼꼼한 조사가 필요하다. 매장할 장소를 대충 예상하고 있는 정도로는 안 된다.

미리 파놓자. 그러는 게 좋겠어. 나오미는 혼잣말을 했다. 여자 둘이서 남자 하나를 묻을 구멍을 파는 데 얼마나 시간이 걸릴지 가늠도 되지 않는다. 현장에 사체를 운반하고 나서 파는 것은 너무 무모하다.

요컨대 예행연습이 필요한 것이다. 갖출 것은 다 갖추고 시간 계산까지 다 마친 후 그대로 해보는 것이다. 문제가 발견되면 궤도를 수정해야 한다.

나오미는 벽에 걸린 달력을 봤다. 다음에 쉬는 날은 내일모레다. 휴대전화를 들고 다시 가나코에게 걸었다.

"내일모레 약속 있니?"

"없는데."

"차 타고 단자와에 가지 않을래?"

"상관없는데 왜?"

"묻을 장소 찾으러."

나오미는 예행연습이 필요하다고 설명했다. 가나코는 응응, 하고 수긍하며 들었다.

"구멍도 미리 파둘 거니까 미안하지만 목장갑하고 삽 두 개씩 준비해줘."

"알았어……. 그래, 구멍은 나도 미리 파는 편이 좋을 거라고 생각해. 당일에 찾아 헤매는 건 불안하고, 비라도 오면 큰일이지."

가나코가 동의했다. 자기만 뒤로 빼는 것 같지는 않았다.

"작업할 수 있는 복장으로 와."

"응, 알았어. 목장갑과 삽. 우리 집 근처에 홈센터가 있으니까 거기서 두 개씩 사둘게."

"고마워. 그럼 차를 쓸 수 있는지 리 사장한테 물어보고 나서 다시 연락할게."

이어서 다시 한 번 리아케미에게 전화를 걸었다. "내일모레는 비어 있어요. 마음껏 쓰세요" 하고 간단히 오케이 대답을 해줬다. 이젠 언니라고 부르고 싶어질 만큼 의지가 되었다.

나오미의 내부에서 나아가야 할 길이 서서히 정비되고 있었다.

16 ——

단자와로 사전 답사를 가는 날은 아침부터 긴장하여 배탈이 났다. 요구르트조차 먹고 싶지 않아서 아침식사는 토마토 주스만 마셨다. 간헐적으로 트림이 나왔다.

간밤에 안 좋은 꿈을 잔뜩 꾸었다. 고속도로를 달리는데 브레이크가 말을 듣지 않아 앞차와 점점 가까워지는 바람에 패닉 상태에 빠지기도 하고, 좁은 산길을 가는데 막다른 길이 나온다거나 후진으로 돌아 나가려다가 바퀴가 빠져 차가 전복될 뻔하기도 하는 등 모두 운전과 관련된 것들뿐이었다.

여자에게 차도는 약육강식의 세계처럼 보였다. 차를 운전하고 싶지 않은 여자가 많은 것은 그곳이 남성 사회라 배려가 전혀 없기 때문이다. 조금만 멈칫거려도 곧바로 클랙슨을 울려댄다. 여자가 운전하는 것을 보면 노골적으로 인상을 찌푸린다. 분명 쇠로 된 커다란 상자를 조작하면서 남자들은 마치 전지전능한 신이라도 된 기분일 것이다. 돌이켜 생각해보면 자신의 아버지도 핸들을 잡고 있을 때는 다른 차들을 보며 '운전도 못하는 것들이!' 하며 늘 욕설을 퍼부었다. 이제부터 그런 세계에 뛰어든다고 생각하니 나오미는 진심으로 우울해졌다.

하지만 도망칠 수는 없다. 하지 않으면 계획은 완성되지 않는다.

나오미는 지저분해져도 괜찮은 유니클로 청바지를 입고 땀 흘렸을 때를 대비하여 속옷 여벌과 티셔츠를 가방에 넣었다. 발에는 몇 년 만에 신발 상자에서 꺼낸 컨버스(Converse, 1908년 설립된 미국의 스포츠웨어 브랜드-옮긴이) 농구화를 신었다.

자신에게 기합을 넣으며 일단 이케부쿠로의 리아케미 가게까지 갔다. 사장이 부재중이라 사무실 직원에게 열쇠만 받았다. 차는 뒤쪽 주차장에 있다고 한다.

"사장님이 기름 가득 채워서 갖다 놓으라고 했습니다."

스무 살 정도밖에 안 되어 보이는 중국인 아가씨가 훌륭한 일본어로 말했다. 그런 전언이 너무나 리아케미다워서 나오미는 오히려 마음이 놓였다.

뒤편 주차장으로 가서 차를 보니, 약간 지저분한 코롤라(일본 토요타 자동차의 브랜드-옮긴이) 밴으로 앞뒤 범퍼에 여기저기 찌그러진 상처가 있었다. 상당히 안심했다. 이 정도라면 살짝 긁히더라도 마음 아프지 않다. 본체 옆구리에는 '중화요리 식재료 뉴 이케부쿠로'라고 큰 글씨가 적혀 있었다.

재빨리 올라타 좌석을 앞으로 당겼다. 계기판을 둘러봤다. 특별히 이상한 차는 아닌 것 같았다. 대시보드에는 갖다 붙인 듯한 카 내비게이션이 장착되어 있었다. 상당히 고마운 것이었지만 사용 방법을 모른다.

시동을 걸고 기어 시프트를 드라이브에 놓고 조심스럽게 출발했다. 슬금슬금 길로 나갔다. 갑자기 자전거가 골목에서 튀어나와 나오미는 당황해하며 브레이크를 밟았다. 차가 급정거하는 바람에 차체가 앞으로 쏠린다. 주방 옷을 입은 중국인인 듯한 젊은 남자가 아무 일도 없었다는 표정으로 앞으로 가로질러 갔다. 뭐야, 당신, 위험했잖아. 아버지처럼 자신도 욕설을 내뱉고 있었다.

가는 길은 어젯밤에 지도를 보고 대충 머릿속에 넣었다. 야마테 거리를 남하하여 하쓰다이에서 고슈 가도로 들어선 후 다카이도에서 좌회전, 그리고 간조8호선을 달린다. 가나코의 맨션은 치토세후나바시에 있었다. 아마 좀더 효율적인 길이 있을 테지만 좁은 길은 되도록 가고 싶지 않았다.

신중하게 차를 몰았다. 차간거리를 유지하며 다른 차들과 보조를 맞추는 데만 신경 썼다. 그렇게 하면 누구한테도 욕먹지 않을 것 같았다. 지방이라면 당연히 있을 여성 운전자가 도쿄에는 거의 없다. 나오미는 더욱더 불안해졌다.

얼마 지나지 않아 손바닥이 땀에 젖어 몇 번이나 청바지 위로 땀을 닦았다. 에어컨을 틀고 싶었지만 그것을 볼 여유가 없었다. 신호 대기로 정지했을 때 겨우 스위치를 눌렀다. 낡은 차라서 별로 시원하지는 않다. 라디오에서는 엔카(演歌, 일본적인 애수를 띤 가요-옮긴이)가 흘러나오고 있었다. 채널을 바꾸고 싶었지만 어떤 게 전환 스위치인지 알 수가 없다. 바로 옆을 대형 트럭이 굉음과 함께 지나가 자신도 모르게 목을 움츠렸다. 나오미는 대초원에 덩그러니 남겨진 토끼 같은 심정이었다.

가나코는 자신의 맨션 앞에서 기다렸다. 천천히 다가가 가볍게 클랙슨을 울리자 가나코가 알아채고 미간에 주름을 모으며 차 안을 바라봤다. 그리고 운전석에 있는 사람이 나오미임을 깨닫고 하얀 이를 드러냈다가 이어서 차에 쓰인 글자를 보고 눈이 휘둥그레졌다.

길가에 차를 댔다. 어쨌든 가나코의 집에는 도착했다. 가야 할 길의 10퍼센트도 안 되는 거리였지만 일단 긴장이 풀렸다. 차에서 내리고 나니 긴장 때문에 굳었던 모양인지 등에 경련이 일 것 같았다.

"평범한 차일 거라고 생각했는데 깜짝 놀랐다."

가나코가 의외라는 듯 말했다.

"이것도 과분해. 마땅히 빌릴 만한 곳이 없었거든."

나오미가 대꾸했다.

"그래도 뭐, 만약 단자와에서 경찰의 불심검문에 걸리면 나물 캐러 가는 중이라고 변명할 수 있어."

"응. 최근에는 중국요리에도 많이 사용한다고 버티면 되겠지."

두 사람 모두 억지로 밝은 척했다. 오늘의 목적을 생각하고 싶지 않아서 감정을 에둘러 표현하고 있는 것이다.

가나코의 발밑에는 기다란 종이 상자가 놓여 있었다.

"그게 삽이야?" 나오미가 물었다.

"그래. 하나에 1,200엔. 만일을 위해 장화도 샀어. 나오미 것도 같이."

"그랬구나. 고마워."

밴의 뒷문을 열고 짐을 실었다.

"그럼 가볼까?"

"나오미, 운전 괜찮아?"

"괜찮아, 괜찮아. 여기도 왔으니까 단자와도 갈 수 있어."

나오미는 가슴을 두드렸다. 이런 허세라도 부리지 않으면 곧바로 의기소침해지고 만다.

가나코가 조수석에 올라타며 "어, 안은 깨끗하네. 내비게이션도 있어" 하고 중얼거렸다.

"너, 혹시 내비게이션 사용법 알아?"

"대충은. 다쓰로 씨가 운전할 때 내가 늘 조수석에서 조작했거든."

"그럼 해줘. 가는 곳은 단자와 호수의 레이크 사이드 캠핑장."

나오미가 부탁하자 가나코는 화면을 터치하여 삼 분도 채 걸리지 않고 설정을 마쳤다. '안내를 시작합니다'라는 기계음이 나온다.

"와, 가나코, 기계 좀 다룰 줄 아네! 학생 때는 텔레비전 배선도 못해서 남자들한테 부탁하곤 했는데."

"그건 1학년 때 이야기이지. 그게 벌써 몇 년 전이야."

"응, 그렇긴 하다……."

확실히 그렇다 싶어 나오미는 자신의 잘못된 생각을 반성했다. 자신이 알고 있는 가나코는 모든 게 달라진 여자였다. 아직까지 그때 생각만 가지고 대했던 것 같다.

차를 출발시켰다. 내비게이션의 지시에 따라 간조8호선으로 돌아갔다. 요가에서 도메이 고속도로를 타면 쭉 일직선이다. 다만 그 고속도로가 나오미에게는 초행길이었다. 100킬로미터나 되는 속도를 과연 자신이 낼 수 있을까.

왼쪽 차선으로 달리다 보니 이따금 주차해 있는 차선의 방해를 받아 그냥 계속 중앙선 옆 차선을 달렸다. 자신이 다른 사람에게 피해를 주고 있지나 않을까, 그게 두려워 두리번두리번 주변 눈치만 봤다.

머지않아 도메이 고속도로 입구 표지판이 나왔다. 초록색의 커다란 그것을 올려다보고는 침을 꿀꺽 삼켰다. 잘 합류할 수 있을까. 그럴 자신은 전혀 없다.

기누타 공원을 오른편으로 보면서 널찍한 교차로를 크게 우회전하자 바로 앞에 고속도로 입구로 유도하는 차로가 보였다. 많은 차들이 완만한 비탈을 이루는 차로 안으로 빨려 들어갔고 나오미도 뒤를 따랐다.

오르막길에서 붕 하고 액셀을 밟았다. 시야가 서서히 넓어지고 앞 유리창으로 하늘이 보인다. 고가도로와 비슷한 높이가 된다. 바로 오른쪽 옆을 차가 쌩쌩 달려간다. 나오미는 깜박이를 넣었다. 바로 앞에서 달리는 것은 트럭이다. 그것이 합류하는 걸 보며 한 대 보내고 나서 핸들을 꺾었다. 겨우 합류할 수 있었다.

"됐다. 들어섰어!" 나오미는 자신도 모르게 소리쳤다.

"나까지 힘줬어." 조수석에서 가나코가 다리를 쭉 뻗었다.

"고속도로는 일단 들어서기만 하면 편해. 신호도 없고 보행자도 없으니까."

"그래, 맞아. 그냥 똑바로 달리기만 하면 돼."

그런 대화를 나누는데 곧바로 요금소가 나타났다. 위쪽에 '일반'과 'ETC(Electronic Toll Collection, 유료도로의 전자 요금 징수를 뜻한다-옮긴이)'라는 두 종류의 표시가 있다. 어느 쪽 게이트로 들어가면 좋을지 알 수가 없다.

"가나코, 가나코. 어디로 가면 돼?" 초조하게 물었다.

"모르겠어."

"너, 남편하고 드라이브했잖아."

"그냥 옆에만 타고 있었을 뿐인데."

점점 가까워졌다.

"어디야, 어디?"

"양쪽 표시가 다 되어 있는 게이트도 있으니까 거기로 들어가면 어떨까?"

"그래? 그럼 그렇게 하자."

액셀을 느슨하게 밟자 뒤에서 클랙슨을 울려댔다. 진로를 바꿔 옆에 나란히 있는 게이트로 들어갔다. 앞차는 천천히 가기만 했는데도 철도 건널목에 있는 것과 비슷한 차단기가 자동으로 열려 통과했다. 나오미도 뒤를 따르려 했다. 하지만 열리지 않았다. 왜 나만. 뭐가 잘못된 것일까. 반쯤 패닉 상태에 빠져 급정거했다. 뒤차에서 가차 없이 클랙슨 세례를 퍼부었다. 트럭에서 내는 더 큰 소리라 잔뜩 겁을 먹었다.

"ETC가 뭔지 알아." 가나코가 말했다. "적외선으로 감지하고 나중에 신용카드로 청구하는 거야. 이 차, 낡아서 그런 장치는 없는 거야. 그러니까 통행권을 뽑지 않으면 열리지 않아."

"통행권?"

"이미 지나쳤다. 내가 뽑아 올게."

가나코가 차에서 내려 발권기에서 통행권을 뽑았다. 차단기가 열렸다. "죄송합니다" 하고 트럭 운전사에게 싹싹하게 사과했다.

대략 십 초 만에 돌아왔다. "자, 가자." 가나코가 재촉했다.

액셀을 밟았다. 땀이 삐질삐질 나왔다. 이런 관문이 앞으로 몇 개나 더 있을까. 나오미는 입안이 깔깔하게 말라 침도 나오지 않았다.

단자와 호수에 도착한 것은 거의 두 시간 후였다. 운전을 잘하는 사람이었다면 분명 한 시간 반 만에 여유 있게 도착했을 것이다. 나오미는 차선을 변경하기 무서워서 오로지 왼쪽 차선으로만 달렸다. 화물을 가득 실은 대형 트럭은 역시나 둔중하여 뒤따라 달리는 것이 답답했지만 추월할 용기가 없어서 그냥 갈 수밖에 없었다.

오오이마쓰다에서 고속도로를 나오고부터는 내비게이션이 참으로 정중하게 안내했다. '500미터 앞, 좌회전입니다' 하고 부드러운 여자 목소리로 가르쳐줬다. 내비게이션이 있어서 다행이라고 진심으로 생각했다.

게다가 시골이라서 거의 교통량이 없었던 게 나오미를 편하게 했다. 뒤에서 재촉하거나 좁은 길에서 다른 차와 아슬아슬하게 스쳐 지나는 스트레스가 없었던 것이다. 이 시간쯤 되니 비로소 여유가 생겨 라디오에서 흘러나오는 노래도 귀에 들어오게 됐다. 가나코도 콧노래를 흥얼거리고 있었다. 고속도로를 달릴 때는 조수석에서 잔뜩 굳어 있는 게 손에 잡힐 듯 느껴졌었다. 그녀 역시 차에 타고 있는 것만으로도 힘들었을 것이다.

호수 옆 매점에서 스포츠 드링크를 사서 마셨다. 평일이어서 인적은 거의 없었다. 차도 달리지 않았다.

"배고프지 않니? 주먹밥 있는데." 가나코가 말했다.

"만든 거야?"

"응. 나오미만 일하니까 나도 조금쯤 도움이 돼야겠다 싶어서."

"먹을래, 먹을래."

나오미는 가나코의 마음 씀씀이가 기뻤다.

가나코가 가방에서 꾸러미를 꺼냈다. 바로 앞에 잔디밭이 있어서 거기에 앉기로 했다. 햇볕이 내리쬐어 호수 표면이 반짝반짝 빛난다. 산에서는 새가 울고 있었다.

보자기를 풀었다. 주먹밥뿐만 아니라 튀김과 감자 샐러드도 있었다. 연어 주먹밥을 입안 가득 넣었다.

"맛있다."

"공기가 참 맑다. 소풍 온 것 같아."

"여기에서 캠핑했을 때 가나코, 기억나?"

"응. 한창 오리엔티어링(orienteering, 지도와 나침반에만 의지하여 지시 지점을 통과, 목적지에 빨리 도착하는 것을 겨루는 시합-옮긴이)을 하는데 비가 왔고, 후배 남녀 두 명이 행방불명되어 다들 찾아 나섰는데 옆 캠핑장의 방갈로 안에서 노닥거리고 있는 걸 발견하고, 나오미가 무지 화나서 모두 있는 앞에서 혼내줬지."

"그 말을 들으니까 기억난다." 나오미는 쓴웃음을 지었다.

"나오미는 약간 결벽증 같은 게 있었어."

"그런 걸 결벽증이라고 해?"

"아닌가? 아무튼 행실이 좋지 않은 사람을 용서하지 못했어."

"그때는 순진했어. 하지만 이젠 달라."

그때 일은 나오미 내부에 작은 트라우마로 남아 있었다. 후배 두 사람을 향해 '너희는 불결해' 하고 비난했던 것이다. 쇼와(昭和, 1926년부터 1989년까지의 일본 연호-옮긴이) 시대였다면 몰라도, 헤이세이(平成, 1989년부터 현재까지의 일본 연호-옮긴이)가 되어서도 '불결'이라는 말을 쓰다니 훗날 자기혐오에 빠졌다.

나오미의 그런 성격은 지금도 있다. 친구가 당한 가정 폭력에 당사자 이상으로 분개하는 게 그 증거였다. 천벌을 내리고 싶다고 생각했다.

"자, 그럼 산 쪽으로 가볼까?"

나오미는 일어나며 엉덩이의 풀을 털었다.

"괜찮은 곳을 찾으면 좋겠다."

가나코가 뚝딱 뒷정리를 했다.

도시락을 먹는 동안 다른 사람은 한 명도 보이지 않았다.

차로 호수를 따라 달렸다. 산으로 들어가는 좁은 길이 여기저기 있었지만 포장도 안 되어 있었고 경사도 심해서 좀처럼 들어갈 용기를 내지 못했다. 이대로 계속 달려봤자 아무런 결말도 나지 않을 것이기에 마음을 굳게 먹고 옆으로 계속 나타나는 오솔길 중 하나로 들어가기로 했다.

"저기, 괜찮을까? 후진으로 나와야 하는데." 가나코가 걱정스러운 듯 말했다.

"맞다, 그건 생각지도 못했네."

갑자기 무서워져서 10미터 정도만 들어가고 차를 세웠다. 내려서 조금 걸어보기로 했다. 한쪽은 산의 경사면이었고, 다른 한쪽은 절벽이었다. 땅을 팔 수 있을 만한 곳은 아니었다.

"평평한 곳이 없으면 힘들어."

"맞아. 다른 곳도 더 찾아보자."

차로 돌아가 가나코의 유도를 받으며 후진했다.

"좋아, 좋아."

그 목소리에 의지하여 신중하게 액셀을 밟았다.

"스톱! 스톱! 좀더 오른쪽으로 꺾어!"

당황하여 브레이크를 밟았다.

절벽에서 떨어지는 것보다는 산 쪽 나무에 긁히는 편이 나았으므로 무심코 한쪽으로 치우치고 말았다.

몸을 비틀며 운전해서 목이 아파왔다. 펭귄 걸음 같은 속도로 슬금슬금 후진했다. 땀이 얼굴에서 비 오듯 했다.

겨우 원래 길로 돌아와 크게 한숨을 쉬었다. 다시 돌아가고 싶지 않았다. 하지만 여기서 물러설 수는 없었다.

가나코를 태우고 이번에는 캠핑장을 향해 달렸다. 평탄한 장소가 아니면 차가 들어갈 수도 없고 땅을 팔 수도 없다는 것을 이해했기 때문이다.

다만 캠핑장에 도착하자 이번에는 주변에 창고 같은 것들과 함께 여기저기 사람의 흔적이 보인다는 문제점이 있었다. 산간 지역에서는 평지가 소중하기에 어떻게든 이용하고 있는 것이다.

"쉽지 않네. 내가 너무 쉽게 생각했는지도 모르겠다."

"현실은 원래 혹독한 법이야."

점점 말수도 줄어들었다. 머리 한구석에서 계획 변경이라는 글자가 스친다. 도쿄로 돌아가 계획을 다시 검토하는 편이 좋을지도 모르겠다.

"단자와는 안 되겠어. 장소를 바꾸자." 나오미가 말했다.

"그래. 후지 산의 원시림 쪽이 더 좋을지도. 일단 거기는 평탄하잖아" 하고 말하는 가나코.

"지금 가볼래?"

"나는 괜찮지만 나오미한테만 운전을 시켜서 미안한데."

"그건 괜찮아. 기왕 여기까지 왔는데 가보자."

가나코가 내비게이션을 설정하고 후지 산의 원시림으로 향했다. 구불구불한 언덕길을 중고 카롤라 밴이 돌진해 간다. 이젠 운전에도 익숙해졌다. 차로의 폭에 대한 감각도 대충 익혔다. 맞은편에서 오는 차가 없었으므로 급커브에서는 차선을 넘어 달렸다. 창문을 열자 나무 향과 함께 기분 좋은 바람이 불어왔다. 단순한 드라이브였다면 얼마나 멋졌을까.

나오미는 모두 정리가 되고 나면 차를 사자고 생각했다. 새처럼 혼자 어디든 가고 싶은 곳을 갈 수 있다. 이건 돈으로 살 수 있는 자유다.

언덕길 꼭대기에 접어들자 차를 세울 만한 공간이 있었다. 잠시 쉬고 싶어서 그곳으로 차를 집어넣었다. 내려서 기지개를 켰다. 심호흡도 했다.

"저기, 저기, 나오미. 이 안은 어때? 느낌이 괜찮지 않아?"

가나코가 바로 옆의 숲을 바라보며 말했다. 나오미도 다가가 들여다봤다.

"응, 비교적 평탄하네."

"잠깐 들어가볼까?"

일단 살펴보자는 생각에 둘이서 숲으로 들어갔다. 처음에는 대나무가 무성했지만 약간 더 들어가자 땅바닥이 보였다. 그 일대는 낙엽이 뒤덮고 있고 나무가 빽빽하지 않아서 땅을 팔 수 있는 공간도 풍부했다.

"땅이 물러." 가나코가 발로 눌러보며 말했다. 확실히 흑토(黑土, 다량의 부식질을 함유한 기름진 토양-옮긴이)라서 탄력이 있었다.

"좋아. 그럼 파보자."

차로 돌아가 짐칸에서 삽을 꺼냈다. 장화로 갈아 신고 목장갑을 끼었다.

다시 숲으로 들어갔다. 길에서 20미터 정도 들어간 장소에 삽을 꽂았다.

"아, 잘 파인다."

"정말."

가느다란 나무뿌리가 잔뜩 있지만 삽을 세우면 어렵지 않게 잘라낼 수 있다.

"됐어. 여기로 하자."

"응, 두 시간 정도면 팔 수 있을 것 같아."

갑자기 목소리에 생기가 돌았다. 이런 게 운명이라는 걸까. 우연히 쉬기 위해 정차한 고갯길 꼭대기 옆에 이렇게 적합한 숲이 있을 줄이야.

여자 힘으로도 삽은 별 무리 없이 흙을 가르며 들어갔다. 완전히 신이 나서 두 사람은 작업에 몰두했다.

두 시간도 되지 않아 세로 1미터 50센티미터, 가로와 깊이가 70센티미터 정도 되는 구멍을 팠다.

"팠다, 팠어. 이거 대단하지 않니?"

나오미는 삽을 내동댕이치며 땅바닥에 엉덩이를 붙였다. 숨이 가빴지만 상쾌함이 더 먼저였다.

"대단해, 대단해. 무엇보다 이 장소를 우연히 발견한 게 대단해."

가나코가 상기된 표정으로 말했다.

"가나코 덕분이야."

"으응, 나오미 덕분이지. 여기까지 데리고 와줬잖아."

서로의 얼굴을 보며 미소를 교환했다. 둘 다 땀범벅이 된 몰골이었다.

"혹시 야마나카코까지 가면 당일치기 온천 같은 거 없을까?"

"있지 않을까? 스마트폰으로 검색해볼게."

"좋아, 그럼 철수하자."

준비해 온 비닐 시트로 구멍을 덮고 다시 그 위에 낙엽을 깔았다. 파낸 흙은 도저히 숨길 방법이 없었지만 여기까지 사람이 들어올 가능성은 거의 제로에 가까워 보였다.

뒷정리를 끝낸 후 차 내비게이션으로 장소를 확인하고서 미쿠니 고개 제일 꼭대기 지점인 걸 알았다. 가정 폭력남을 매장하기에는 더할 나위 없이 좋은 장소였다.

차로 고개를 내려갔다. 어느덧 기울기 시작한 해가 산 전체를 붉게 물들이고 있었다. 고개를 하나 더 넘으니 갑자기 시야가 환하게 트이고 눈앞에 후지 산이 나타났다. 석양을 등지고 유유히 솟아 있다.

"우와!" 둘 다 소리쳤다.

"뭐야, 이거! 이런 거 처음 봐."

"나도. 이렇게 가까이에서 전체를 보는 건 처음이야."

나오미는 후지 산의 위용에 흥분했다. 이 아름다움은 대체 뭘까. 마치 신이 깃들어 있는 것 같다.

"우리를, 뭔가가 이끌어주고 있어." 가나코가 말했다.

"응, 그럴지도 몰라."

나오미도 동감했다. 단자와 호수에서 좌절할 뻔했지만, 그래도 포기하지 않고 다음을 목표로 하자 미쿠니 고개에 이르렀다. 이건 신이 인도한 것이다. 깊이 숨을 들이마시며 결심했다. 이젠 주저하지 않는다. 다쓰로를 제거한다.

차를 몰면서 질린 기색 하나 없이 후지 산을 계속 바라봤다.

17 ——

다쓰로를 매장할 장소가 결정됐으므로 나오미와 가나코는 사체를 운반하기 위한 수트케이스를 찾으러 다녔다. 다쓰로는 신장 177센티미터에 몸무게는 70킬로그램 정도였다.

"우리 남편, 결혼하고 나서 5킬로그램쯤 쪘을 거야." 가나코가 말했다.

"너도 쪘어?" 나오미가 묻자 가나코는 순간 표정이 어두워지며 쓴웃음을 짓더니 "나는 3킬로그램 빠졌어" 하고 대답했다.

처음에는 인터넷을 뒤졌지만 용량 몇 리터라거나 깊이 30센티미터 같은 수치가 적혀 있어도 도무지 가늠되지 않아서 아오이 백화점의 가방 매장을 찾아갔다. 고객을 데리고 자주 가는 매장이라서 담당 여주임과도 안면이 있었다.

"고객분 요청으로 장기 여행용 수트케이스를 찾고 있는데 제일 큰 게 어느 건가요?"

나오미가 묻자 몇 가지 상품을 보여줬지만 언뜻 보기에도 남자 한 사람 넣기에는 용량이 충분치 않다는 것을 알았다. 들어갈 수 있는 것은 어린아이거나 기껏 해봐야 작은 몸집의 여자 정도였다.

"더 큰 건 없나요?"

"매장에서 취급하는 건 잘해야 120리터 정도까지야. 그보다 더 큰 건 직접 주문할 수밖에 없는데."

주임은 각 회사의 카탈로그를 보여줬다. 차례대로 살펴봤지만 수트케이스에 어른 사체를 넣는 것은 크기 면에서 무리일 것 같았다.

"루이비통 팸플릿 같은 데 보면 좀 더 큰 트렁크가 나오기도 하던데 그런 건 취급하지 않아요?"

나오미는 계속해서 물었다.

"아아, 오다 씨가 말하는 건 호화 유람선을 타고 여행할 때 드레스를 몇 벌 정도 넣을 수 있는 트렁크인가?"

"맞아요, 맞아. 그런 거요."

"그건 트렁크라기보다 컨테이너라고 해야 하는데 대부분 주문 생산이야. 원하면 제조업체에 물어볼 수는 있는데."

주임의 대답에 나오미는 낙담했다. 지금부터 만들어도 될 만큼 시간적인 여유는 없다.

"바로 필요한데."

"그럼 우리는 무리야. 가방 말고 쓰즈라를 찾아보든가."

"쓰즈라라는 게 뭔데요?"

"오다 씨, 옷고리짝 몰라? 대나무나 노송나무의 얇은 판으로 짠, 뚜껑 있는 상자인데 옷가지를 넣어두는……. 시골에 가면 아직도 사용하잖아."

"아, 네, 알아요."

주임에게 설명을 듣고 나오미는 이해했다. 씨름꾼이나 유랑 극단의 순회공연 같은 때도 이용되는 커다란 상자다.

"우리 백화점에도 있나요?"

"글쎄, 나는 들어본 적이 없는데. 하지만 있다 해도 누가 가져갈 건데? 일반 여행객은 사용 못해."

"그렇군요. 바퀴 같은 것도 달려 있지 않을 테고."

"그 손님, 뭘 운반한대?"

주임의 질문에 순간 다쓰로의 얼굴이 머릿속을 스쳤지만 나오미는 아무렇지 않은 표정으로 "글쎄요, 거기까지는 듣지 못했는데" 하고 얼버무렸다.

"짐이 많으면 수트케이스를 두 개 쓰면 되는데. 하나로 운반하겠다는 걸 보면 큰 물건을 넣고 싶은 건가 보네?"

"그렇겠죠……. 큰 인형 같은 거……. 그 고객은 고미술품을 좋아하는 분이니까 여행지에서 큰 인형 같은 걸 사 가지고 돌아오고 싶은 건지도 모르고요."

무심코 인형이라는 말을 해서 나오미는 아차 싶었다. 주임이 고개를 갸웃거린다.

"별나죠? 외판부 고객 중에는 좀 이상한 분이 많아요."

"알아, 알아. 나도 높이 1.5미터쯤 되는 불상을 운반하기에 적당한 것 좀 찾아달라는 부탁을 받은 적이 있었어. 그런데 외판부 고객이라면 더욱 거절할 수도 없을 테니."

주임이 자기 멋대로 오해하며 동정했다.

"그때는 어떻게 했어요?"

"큰 스포츠 백을 찾아서 보내줬는데."

"스포츠 백이요?"

"그래. 스포츠 백이라면 있어. 큰 게. 자전거나 서핑 보드를 운반하는 가방 같은 것도 있고."

과연 서핑 보드를 운반할 만한 가방이라면 사람도 들어갈 수 있을 것 같다.

"우리도 취급하나요?"

"주문이 들어오면 찾아보긴 하는데 간다 외곽의 스포츠 전문점으로 가는 편이 더 빠르고 쌀 거야."

"알았어요. 고마워요."

실마리를 찾았다고 생각하니 나오미는 마음이 급했다. 일정 수첩을 보니 밖에서 약속이 잡혀 있었지만 고객에게 전화를 걸어 다른 날로 미루고 간다까지 직접 가보기로 했다. 이제 나오미의 머릿속은 다쓰로의 클리어런스 플랜 이외에 다른 것은 받아들이지 못하게 되어 있었다. 이 플랜은 자신의 작품 같은 기분이 들었다. 빨리 완성하고 싶다. 그런 기분이 목구멍 바로 아래까지 치밀어 올라 가만히 있을 수 없었던 것이다.

신주쿠에서 지하철을 타고 오가와마치 역에서 내려 야스쿠니 대로 옆 스포츠 용품 대형 매장으로 뛰어 들어갔다. 약간 까만 얼굴에 너무나도 운동선수처럼 보이는 점원을 붙잡고 서핑 보드용 캐리어 백을 보여달라고 했다. 처음 보는 그것은 확실히 충분한 크기여서 남자 한 명쯤 어렵지 않게 들어갈 수 있어 보였다. 다만 손잡이는 있었지만 들어서 운반하는 건 힘들 것 같았다. 게다가 사체를 넣으면 부자연스럽게 부풀어 누가 목격하기라도 하면 그냥 못 본 체하기는 힘들 듯했다.

"다른 것 좀더 볼게요……" 하고 점원에게 고맙다고 말한 후 나오미는 자전거 코너로 가봤다. 여기는 여자 점원이었는데 체격이 좋아 체육대학의 아르바이트 여대생 같은 분위기였다. 한눈에도 건강해 보이는 육체를 가진 엘리트 점원들 때문에 나오미는 살짝 기가 질렸다. 비밀스러운 흉계를 가슴에 품고 있었기 때문에 더욱 자기 자신이 범죄자 같았다.

경주용 자전거 캐리어백을 보여달라고 했다. 이것도 크기는 충분했고 사각형이라 이용하기도 쉬워 보였다. 다만 운반하려면 역시 짐차가 필요했다. 가장 이상적인 형태는 수트케이스 같은 바퀴가 있는 것이었다.

"바퀴가 달린 건 없나요?"

나오미가 묻자 점원은 의아한 표정을 지으며 "몇 킬로미터 로드 레이서이신가요?" 하고 거꾸로 질문했다.

"죄송합니다. 사실은 자전거를 운반하려는 게 아니에요."

나오미는 사정을 설명했다. 그래 봤자 지어낸 이야기다. 자신은 고물상 보조로 일하고 있는데 벼룩시장 같은 곳에서 골동품을 구입할 때 운반할 커다란 가방이 필요해 찾고 있다는 내용이었다.

"바퀴 달린 가방이라고요……?" 성격이 좋아 보이는 점원은 팔짱을 낀 채 생각에 잠겼다. "원정 갈 때 쓰는 가방이 있긴 한데……."

"뭔가요, 그건?"

"정식 명칭은 모르겠지만 우리 사이에서는 원정백이라고 불러요. 배구부나 농구부가 시합이나 합숙으로 원정 갈 때 공을 가져가기 위한 커다란 바퀴 가방이죠."

나오미가 보여달라고 부탁하자 점원은 어디론가 전화를 걸어 물어보더니, "잠깐만 기다려주세요" 하고 가게 창고로 사라졌다가 오 분 정도 지나 커다란 상자 모양의 캐리어백을 끌고 나타났다.

"이겁니다만. 150리터짜리인데 카탈로그에서는 이게 제일 큰 것입니다."

점원이 말했다. 나오미는 한눈에 보자마자 "이거, 이거예요. 이거면 돼요" 하고 소리쳤다. 그것은 검은 섬유 소재의 바퀴 달린 가방으로 형태는 직사각형, 바닥 부분과 옆면이 알루미늄 골조로 되어 있어서 충분히 튼튼했다. 옷고리짝을 세로로 만든 형태로 어린아이 두 명도 들어갈 수 있을 것 같았다.

잡고 들었다가 끌어보기도 했다. 큰 것치고는 놀라울 정도로 가벼웠다. 역시 업무용으로 나온 제품은 성능이 뛰어나다.

"배구공은 열여섯 개 정도 들어간다고 카탈로그에는 적혀 있습니다" 하고 말하는 점원.

"그 정도만 들어가도 충분해요."

딱 적당한 가방을 찾아서 기뻐하며 나오미는 웃는 얼굴로 대답했다.

"생각났는데요, 방송국 사람이 촬영 기자재 운반용으로 사 간 적이 있었어요."

"그렇군요. 나도 비슷한데. 배구공하고는 인연이 없거든요."

"어떻게 하시겠습니까?"

"살게요."

나오미가 기운차게 말하자 점원은 비로소 하얀 이를 보였다. 가격은 6,980엔이었다. 이 얼마나 싼가. 고액 상품만 있고 할인도 안 해주는 백화점 장사가 터무니없이 오만하게 느껴졌다.

계산대에서 결제하고 있는데 가나코에게서 휴대전화로 전화가 걸려 왔다.

"저기 말이야, 나 지금 홈센터에 있는데 수트케이스는 제일 큰 거라도 그게 들어가기는 힘들 것 같아. 그래서 플라스틱 용기라면 어떨까 싶은데…… 160리터짜리도 있더라고. 거기에 넣어 짐차로 운반하는 게 현실적이지 않을까 하고……."

가나코가 목소리를 낮추지도 않고 태연히 의논하는 듯한 말투로 이야기했다. 그 목소리 저편으로 요란한 장내 방송이 흐르고 있었다.

"그거라면 이제 됐어. 방금 내가 좋은 걸 손에 넣었어." 나오미가 말했다.

"그렇구나. 어떤 건데?"

"원정백."

"뭐야, 원정백이라는 게?"

"보면 좋아할걸. 오늘 정시에 퇴근하니까 7시까지는 갈 수 있어."

가나코도 열심히 찾고 있었다는 걸 알고 나오미는 기뻤다. 가나코는 나날이 적극성을 띠었다. 지금까지는 나오미가 앞에서 끌고 있는 입장이었지만 지금은 완전히 대등한 파트너였다.

원정백이 너무 커서 포장이 불가능한 까닭에 "택배로 보내드릴 수도 있습니다만" 하고 말하는 가게의 제안을 거절하고 그냥 끌고서 돌아가기로 했다.

주소도, 이름도 알려주고 싶지 않았다. 발각되지 않는다는 것을 전제로 계획은 진행했지만, 그래도 가능하다면 증거가 될 만한 것은 남기고 싶지 않았다.

이런 것을 끌고 거리를 걸어가면 역시 눈에 띈다. 잠시 생각하다가 택시를 잡았다. 이런 것을 끌고 역 개찰구를 통과하면 역무원도 무의식적으로 기억하게 된다. 지금은 그림자처럼 다른 사람들의 눈에 띄고 싶지 않았던 것이다. 회사에 도착하면 보관할 곳은 얼마든지 있으니 이동하는 것만 신경 쓰고 싶었다.

택시 트렁크에는 겨우 들어갔다. 예상치 못한 예행연습이 되어 의지는 더욱 단단해졌다. 미쿠니 고개도 그렇고, 모든 게 생각대로 잘 돌아가는 듯한 기분이 들었다.

오후 7시 전에 가나코의 맨션에 도착하여, 구입한 가방을 보여주자 가나코는 눈을 휘둥그레 뜨며 "이런 게 있었구나" 하고 세상에 대해 감탄했다.

"얼마 들었어? 내가 낼게."

준비해두었는지 지갑을 들고 말했다.

"마지막에 가서 정산하자. 택시비라든가 이것저것 있거든. 둘 다 자기 돈으로 일단 쓰고, 요요기의 사이토 씨 계좌에서 1천만 엔을 받으면 그걸로 해결해."

"그럼 그렇게 하자. 사이토 씨한테는 미안하지만."

"으응. 아마 은행이 피해액을 보전해주고 무마할 테니까 아무도 피해를 보지는 않을 거야."

"그렇구나. 완벽하네."

"그래. 완벽해."

둘이 같이 고개를 끄덕였다.

곧바로 원정백의 용량을 시험하기로 했다. 두 사람 모두 신장 160센티미터에 비슷한 체격이라 가나코가 들어가기로 했다.

거실의 비어 있는 공간에 가방을 놓고 뚜껑 부분의 지퍼를 열었다. 가나코가 바닥에 발을 딛고 몸을 둥글게 말아 누웠다.

"여유 있네. 지퍼 닫는다."

나오미가 가방 전체를 한 바퀴 도는 지퍼를 닫자 가나코는 완전히 보이지 않았다.

"느낌이 어때?"

"별로 갑갑하지 않은데."

"네 남편, 들어갈 것 같아?"

"몸을 꺾으면 누구든 들어갈 수 있겠어."

"그럼 세워볼게."

나오미는 몸을 숙여 가방 손잡이 부분을 들어 올렸다. 역시 무겁긴 했지만 바퀴가 지렛대 역할을 해줘서 여자 힘으로도 힘들지는 않았다.

끌어당겨 조금 움직여보기로 했다.

"뭐하는 거야?" 하고 가방 안에서 묻는 가나코.

"움직일 수 있을지 테스트."

알루미늄 골조는 워낙 튼튼해서 뒤틀리지도 않았다. 역시 업무용 제품이다. 해외 명품들은 신봉자가 많으면 많을수록 튼튼하지 않다는 것을 나오미는 잘 알고 있었으므로 한마디쯤 빈정거려주고 싶었다.

사람을 넣고 운반해도 괜찮다는 것을 알고 가나코를 나오도록 했다.

"그럼 다음으로 넘어가서, 70킬로그램 정도 되는 물건을 넣고 차 트렁크에 실어보자."

나오미가 말하자 가나코는 "이런 걸 준비했는데" 하고 주방 한구석을 가리켰다. 거기에는 생수 상자가 여섯 개 쌓여 있었다.

"물은 1리터에 1킬로그램이잖아. 비중이 1이니까" 하고 말하는 가나코.

"응. 요리 시간에 배운 기억이 난다." 나오미는 응응, 하며 고개를 끄덕였다.

"상자에는 2리터짜리 생수병이 여섯 개 들어 있으니까 한 상자에 12킬로그램, 여섯 상자면 총 72킬로그램. 실제로는 생수병과 상자 무게도 있으니까 그 이상이야. 충분해. 할인 마트에 전화해서 배달시켰어. 어차피 늘 쓰는 거니까."

"똑똑하다, 가나코. 나는 너희 집에 있는 책이라도 넣고 시험해 보려고 했는데."

나오미는 드디어 죽이 맞기 시작해서 기분이 격앙됐다. 계획은 완벽하니까 순서대로 하나하나 실행해 나가는 게 중요했던 것이다.

둘이서 가방에 생수 상자를 담았다. 한 상자 12킬로그램이 생각한 이상으로 무거워서 나오미는 불안해졌다. 전부 합쳐 70킬로그램 이상이 됐을 때 여자 둘이서 들어 올릴 수 있을까.

다 넣고 나서 지퍼를 닫고 둘이서 가방을 세웠다. 바퀴를 굴려 현관으로 운반했다.

"그럼 지하 주차장에 가볼까? 안내해줘."

"응. 알았어."

현관을 나와 복도를 나아갔다. 엘리베이터로 지하 1층까지 내려갔다.

맨션의 지하 주차장은 백 대 가까운 차를 세워둘 수 있는 넓은 공간이라 처음 들어온 사람에게는 약간 미로 같았다. 푸르스름한 형광등이 콘크리트를 비추고 있어 전체적으로 추워 보인다. 벽 맞은편에서 차의 엔진 소리가 들렸다. 차의 출입은 제법 잦은 듯했다.

가나코가 앞장서서 다쓰로의 BMW 앞까지 갔다. 차에 대해서는 전혀 몰랐지만 지난번 카롤라 밴과 달리 상당히 고급스러워 보였다.

트렁크에 넣으려면 뒤로 돌아가야 했지만 옆 차와의 간격이 좁아서 가방을 끌고 갈 수 없었다.

"일단 차를 꺼내야겠어."

나오미가 말하자 가나코가 "바로 앞에 손님용 주차 공간이 있으니까 거기로 이동시켜놓을까?" 하고 제안했다.

가나코에게서 키를 건네받았다. 그것은 처음 보는 타원형의 자갈 크기만 한 것이었다.

"뭐야, 이게?"

"차 키야. 버튼을 누르면 잠금장치가 해제돼."

말한 대로 하니 정말 열렸다.

운전석에 올라탔다. 이번에는 시동 거는 법을 알 수 없었다.

"저기, 가나코. 어디에 키를 꽂는 거야?"

"계기판 아래. 그리고 빨간 스타트 버튼을 눌러."

나오미는 당혹스러워하면서 겨우 엔진에 시동을 걸었다. 이것도 예상치 못하게 소중한 예행연습이 되었다. 당일 갑자기 BMW에 올라탔다면 조작 방법을 몰라 패닉 상태에 빠질 뻔했다.

몸을 앞으로 내밀고 조심스레 발진시켜 손님용 주차 공간으로 이동했다. 그곳은 제일 안쪽에 있었다. 눈에 띄지 않는 곳이라 좋았다.

트렁크를 열고 가방을 그 앞에서 뉘었다. 다리를 벌리고 자세를 낮춘 후 가방을 양쪽 끝부터 둘이 함께 들어 올렸다.

안 되었다. 10센티미터 정도는 떴지만 더 위, 트렁크 높이까지는 도저히 들어 올릴 수 없을 것 같았다.

있는 힘껏 힘을 모아 다시 해보고는 포기했다. 둘이서 거친 숨을 토했다.

"방식을 바꾸자. 세워서 한쪽을 트렁크 끝에 올리고, 다른 한쪽을 둘이 들어 올린 후 밀어 넣는 거야."

"그래. 그러는 게 좋겠다."

가방의 머리 부분을 트렁크 입구 쪽에 눕히고 다른 한쪽 끝을 둘이서 잡았다.

"간다. 하나 둘 셋."

소리 맞춰 혼신의 힘을 다해 들어 올렸다. 이를 악물고 손가락의 아픔을 참았다. 무릎 위치까지 들어 올리자 갑자기 편해졌다.

"할 수 있어, 할 수 있어." 나오미가 말했다. 반쯤은 자신을 향한 격려였다.

무릎을 펴고 트렁크 안으로 밀어 넣었다.

"뒷좌석을 눕힐 테니까 잠깐만 기다려. 전에도 그렇게 해서 스키를 넣은 적이 있거든."

가나코가 일단 가방에서 손을 떼고 뒷문을 통해 안으로 들어가 좌석 등받이 부분을 앞으로 뉘었다. 짐칸이 갑자기 넓어져 안쪽까지 밀어 넣기가 용이해졌다. 다시 둘이 온 힘을 실어서 보기 좋게 집어넣었다.

"됐다, 됐어."

"응, 해냈어."

두 사람 모두 숨을 헐떡이며 무릎에 손을 짚고 잠시 꼼짝도 하지 않았다. 팔의 근육이 팽팽하게 긴장되어 있다.

"그럼 꺼내볼까?"

"꺼내는 건 더 쉽지 않을까? 들어 올리지 않아도 되니까 말이야."

"그렇다면 좋겠는데."

바라던 대로는 되지 않았다. 트렁크 입구의 고작 5센티미터 정도 되는 턱을 넘는 데 또다시 모든 힘을 쥐어짤 필요가 있었다.

호흡을 고르며 손가락이 마비될 정도로 힘을 모아 겨우 들어 올린 후 끌어냈다.

너무 피곤하여 잠시 말이 나오지 않았다. 땀투성이가 되어 서로의 얼굴을 쳐다봤다. 무슨 생각을 하는지 한눈에 알 수 있었다. 당일, 과연 이 짓을 할 수 있을까 하는 불안이었다.

"아무리 바퀴가 달려 있다고는 해도 이걸 끌고 산속을 걸어가는 건 힘들지도 모르겠다." 나오미가 말했다.

"나, 내일 도큐핸즈에 가서 도르래랑 밧줄을 사 올게. 나뭇가지에 도르래를 걸어 밧줄로 끌어당기면 힘은 지금의 절반 정도밖에 들지 않을 거야." 가나코가 말했다.

"그거 좋은 생각인데. 가나코, 혹시 이과 쪽 적성 아니야?"

"이 정도는 초등학생도 생각할 수 있는 거야."

푸르스름한 형광등 아래, 눈에 들어오는 것은 콘크리트밖에 없는 무기질적인 지하 주차장에서 잠시 체력이 회복되기를 기다렸다. 그동안 차가 몇 대 드나들었지만 두 사람의 행동에 관심을 보이는 사람은 없었다.

"그럼 정리하자. 차부터 제자리에 돌려놓고. 가방과 물은 어떻게 하지?"

"같은 층에 개별 창고가 있으니까 거기에 넣어두면 돼. 어차피 다쓰로 씨는 거의 들여다보지 않으니까."

손목시계를 보니 오후 8시가 지나고 있었다. 다시 BMW에 올라타고 원래 주차되어 있던 공간으로 돌아갔다. 이것도 힘들었다. 후진에 익숙하지 않아서 만약 긁히기라도 하면 다쓰로가 가나코를 범인으로 몰아 폭력을 휘두를 게 뻔하니 더욱 조심스러웠던 것이다.

무사히 주차를 마치고 집으로 돌아가 가방에서 물을 꺼낸 후 창고에 넣었을 때는 온몸에서 힘이 빠져 서 있는 것도 힘들었다.

"주먹밥 만들어줄 테니까 먹고 가" 하고 말하는 가나코.

"고마워. 살았다."

"내 문제인걸."

서로의 얼굴을 또 쳐다본다. 말은 하지 않아도 서로의 의지를 확인할 수 있었다.

준비는 착착 진행되고 있었다. 이젠 결행을 향해 돌진하기만 하면 된다.

18 ——

다쓰로를 제거하는 날은 삼 일 후 금요일 밤으로 정했다. 토요일과 일요일을 끼고 있어서 행방불명된 사실이 근무처인 은행에 알려지는 데 이틀이라는 시간상 유예가 생긴다. 그러는 편이 여러모로 좋다. 가나코에 의하면 금요일에는 대개 술 취해 늦은 시간에 귀가하는 듯했다.

"지점장이 주도하는 술자리라 거절할 수 없는 것 같아. 홀로 부임해서 집에 가봤자 할 일도 없고, 그래서 부하 직원들을 끌고 술 마시러 다니는 거야. 은행이라는 데는 남자 사회이기도 하고 운동부 체질 같아."

그 지적에는 어느 정도 동감했다. 돌이켜봐도 대학 시절, 수많은 운동부 남자들이 졸업생들의 권유로 은행 취직을 결정했다. 당연히 상하 관계가 엄격할 것이다. 그들이 할당량을 열심히 달성하려는 모습은 순종적인 병사 그 자체였다.

　제일 중요한 핵심 인물, 린류키의 휴대전화로 연락해 토요일에 출국할 수 있느냐고 묻자 처음에는 "그렇게 갑자기……" 하고 당혹스러워했지만, 나오미가 "200만 엔, 필요 없어요?" 하고 강하게 나가자 "알겠습니다" 하고 순순히 수락했다. 다만 그 전에 브로커에게 빚을 갚아야 한다고 말했다.

　"지난번에도 말했지만 30만 엔입니다."

　"기억하고 있어요. 그 브로커는 도쿄에 있나요?"

　"도쿄에도 있습니다. 후쿠오카에도, 오사카에도 있습니다."

　"그래요? 큰 조직이군요. 마피아 같은 건가 보죠?"

　나오미는 어느새 뒷골목 사회까지 자신 근처에 존재한다는 사실에 생각이 미쳐서 신비한 느낌에 사로잡혔다. 고작 반달 전까지 자신은 평범한 회사원이었다. 그러던 사람이 불법으로 입국한 중국인과 거래하고 있다. 세계는 의외로 좁을지 모른다.

　"그럼 내일 이케부쿠로로 갈게요. 30만 엔을 줄 테니까 그걸로 빚 갚으세요."

　"내가 할 일, 뭐가 또 있습니까?"

　"있어요. 돈을 찾아줘야 해요. 그건 다시 또 연락하죠."

　"알겠습니다."

　린류키가 변심하지 않았다는 것에 안심했다. 그를 빼고서는 계획은 성립되지 않는다.

　상하이로 가는 항공권은 가나코에게 부탁했다. 다쓰로의 신용카드를 사용하여 인터넷으로 구입하면 안성맞춤이라서 그런 뜻으로 말했다.

그리고 나서는 사이토 부인의 계좌에서 다른 계좌로 돈을 송금해야 한다. 이때의 다른 계좌는 가나코의 것을 사용하기로 했다. 다쓰로의 계좌가 더 좋다는 건 알았지만 자칫 본인이 확인이라도 하면 끝장이다. 처의 명의로 된 계좌에 송금했다가 나중에 인출하는 시나리오로 진행할 생각이었다.

사이토 부인한테는 내일 가기로 했다. 다쓰로와 함께였다. 다쓰로가 사이토 부인이 1천만 엔의 투자신탁을 구입해줄 수 없겠느냐고 어제 전화로 부탁한지라, 마침 잘됐다 싶어 승낙했다. 금융 상품을 판매하면서 사이토 부인이 치매라는 사실을 알고 고객의 예금을 부정한 방법으로 인출하기에 이른다, 이런 시나리오도 있는 편이 좋다.

물론 전체적으로는 무리한 설정이라는 것도 부인할 수는 없었다. 대형 은행의 젊은 직원이 빚에 시달리고 있었다거나 누군가에게 금품을 요구당하고 있었다는, 그런 이유도 없이 고객의 돈에 손을 대고 해외로 도망쳤다. 그것도 고작 1천만 엔이다. 근무처나 본가 모두 곤혹스러워할 것이다. 이와 관련해서는 서툰 각색으로 의심을 사기보다 수수께끼인 채 놔두기로 했다.

주변에서 아무리 다그쳐 물어도 가나코는 '모른다', '짚이는 게 전혀 없다'는 말만 되풀이한다. 그렇게 해서 주변 사람들로 하여금 '다쓰로에게 대체 어떤 마음의 어둠이 있었던 걸까' 하고 멋대로들 추측하게 만든다.

어차피 크게 의심받지는 않을 것이다. 한 은행원 남자가 실종됐다. 조사해보니 고객의 돈을 훔쳤다. 여권도 사라졌다. 분명 은행은 뒤쪽으로 손을 써서 일본에서 출국했는지 조사한다. 그 결과 상하이로 갔다는 게 판명된다. 이쯤 되면 다쓰로가 살해당했을지도 모른다고 누가 상상이나 할 수 있을까.

나오미는 이날 거래처를 돌다가 홈센터에 들러 캠핑용 밧줄을 샀다. 그것은 부드럽고 튼튼해서 힘껏 잡아당겨도 손이 아플 것 같지 않은 밧줄이었다. 형광 초록색도 대중적이라 마음에 들었다. 되도록 어두운 색은 피하고 싶었다.

다음 날, 역에서 다쓰로와 만나 사이토 부인의 집으로 향했다. 미리 약속을 잡으며 투자신탁에 대해 이야기하자 사이토 부인은 그것에는 전혀 관심이 없는 듯 "오다 씨한테 맡길게요" 하고만 말했다.

"그보다 우유와 달걀이 떨어졌어요. 아, 그리고 미안하지만 오다 씨네 집 근처 빵집에서 크루아상 두 개만 사다 줘요. 미안해요, 막 부려먹어서."

"아뇨, 그게 제 일인걸요."

나오미는 흔쾌히 수락했다. 부탁받는 편이 이쪽으로서도 고마운 일이었다.

다쓰로는 늘 그렇듯 쾌활했다. 청결한 흰색 와이셔츠에 잘 다림질된 감색 양복을 걸쳤고 구두도 깨끗이 닦여 있었다. 짧은 머리도 보기 좋게 드라이하여 누가 보더라도 잘생긴 청년이라고 생각할 것이다.

하지만 나오미는 알고 있었다. 아침에 바지가 다림질되어 있지 않으면 가나코는 맞았던 것이다. 심할 때는 머리칼을 움켜잡힌 채 온 방 안을 질질 끌려 다녔던 것이다.

"사이토 님께 리트(REIT, 부동산 투자신탁-옮긴이)를 권해드릴까 싶은데 오다 씨는 어떻게 생각하세요?"

가는 도중에 다쓰로가 물어왔다.

"글쎄요, 저는 투자신탁의 종류에 대해서는 잘 몰라서……. 그저 외판부의 주요 고객이시니 담당 입장에서는 되도록 안전한 게 좋을 것 같은데……."

나오미는 고개를 갸웃거리며 대답했지만 실제로는 어떤 것이든 상관없었다. 어차피 주말에 다쓰로는 사라질 테고, 손실이 발생한다 해도 은행이 은밀하게 보전해줄 것이다.

"이참에 채권도 1천만 엔 정도 사주시면 나로서는 기쁘겠는데."

다쓰로는 빠른 걸음으로 거침없이 길을 걸어갔다.

"글쎄요……. 혹시 할당량이 있나요?"

따라가는 나오미는 거의 달리다시피 했다.

"증권사가 아니라 구체적인 할당량은 없지만 무언의 압력이 있죠. 지점장이 실적 안 좋은 부하 직원은 노골적으로 무시하거든요."

"그렇군요."

"술 마시러 갈 때도 부르지 않아요. 그렇게 되면 다음번 인사이동에서 한 단계 떨어지는 지점으로 가게 되죠."

"다쓰로 씨는 매주 술자리에 참석하니까 괜찮지 않나요?"

"앗, 어떻게 그걸 아세요?"

다쓰로가 걸어가며 돌아봤다.

"아, 그게, 가나코한테 다쓰로 씨가 주말이면 늘 직장 회식 때문에 늦는다는 말을 들었거든요."

나오미는 초조해하면서도 태연한 표정으로 대답했다.

"맞아요. 금요일 밤에는 꼭 마시죠. 정기 모임이거든요."

쓴웃음을 머금고 말하는 다쓰로를 보며 나오미는 더욱 뜻을 굳혔다. 역시 내일모레는 확실히 취해서 귀가할 것이다. 금요일 늦은 밤, 결행한다.

사이토 부인의 집에서 다쓰로는 투자신탁에 대해 열심히 설명했다.

"최근의 주가와 환율 시장을 보면 큰 하락은 거의 없는 것 같습니다. 그러니까 지금 계약을 해두시면 8월에는 수수료만큼 불어나고, 연말에 가면 제법 수익이 생기지 않을까 전망됩니다."

"아, 그래요? 얼마 정도 벌 수 있는데요?"

사이토 부인은 팸플릿을 보고는 있었지만 다른 한편으로는 손톱을 손질하고 있었다.

"이를테면 닛케이 평균 주가가 1만 6,000엔 정도 한다면 200만 엔쯤 이익이 생기지 않을까 하는데요……."

"어머, 상당한데요. 1천만 엔으로 200만 엔이나."

"물론 손실이 생기는 경우도 있긴 하지만……."

"알고 있어요. 어차피 도박 같은 거잖아요."

"아뇨, 도박과 비교하는 건 좀……. 많은 분들이 하시는 자산 운용이니까요."

다스로는 웃음을 허물지 않은 채 영업용 대화를 이어갔다.

"오다 씨는 어때요? 오다 씨가 좋다고 하면 사겠는데."

"제가요?" 갑작스러운 그 말에 나오미는 당황했다. 자, 뭐라고 대답해야 할까.

"저는 경제나 금융 모두 아마추어입니다만 경기가 좋아지고 있다는 건 실감할 수 있어요. 그 증거로 아오이 백화점에서는 매상이 6개월 연속으로 전년 대비 상승했고, 아마도 이 흐름은 계속되리라고 저희는 생각하고 있습니다. 그러니까 금융 상품은 요즘 같은 시기에 사는 게 현명할 것 같은데……."

"알았어요. 오다 씨가 그렇게 말한다면 사도 괜찮겠네요."

사이토 부인은 고개를 끄덕이며 팸플릿을 덮었다. 마지막까지 흥미 없어 보였다. 가령 200만 엔을 번다 해도 이 부인에게는 대수롭지 않은 금액일 테니 어쩔 수 없다. 구입한 것은 단순한 사교 행위일 것이다.

그것을 알고 있는지 다스로는 연신 황송해하며, 말은 하지 않았지만 나오미의 지원사격에 감사하는 모습이 분위기를 통해 전해져 왔다.

다스로가 계약에 필요한 서류를 테이블 위에 놓았다. 사이토 부인이 "오다 씨가 써줘요" 하고 말해서 그건 무리라고 둘 다 설득하여 겨우 자필로 사인을 받았다.

"정말 고맙습니다."

다쓰로가 고개를 깊이 숙였다. 이런 때의 다쓰로는 한없이 몸을 낮춘 영업맨 그 자체였다.

"투자신탁의 운용 상황은 매일 인터넷뱅킹으로 확인하실 수 있습니다만 제가 한 달에 한 번은 보고를 드리러 찾아뵙겠습니다."

"어머, 그래요. 잘됐네요. 인터넷 같은 거, 나는 사용할 줄 모르니까."

"말씀만 하시면 제가 보여드릴게요." 나오미가 말했다.

"그래요. 잘 부탁해요."

계약을 마치고 다쓰로만 먼저 돌아갔다. 나오미가 외판부의 용건이 있다고 말해서 먼저 돌려보냈다.

"오늘 투자신탁 건, 내일이라도 계좌에서 인출할 수 있으니까 만일에 대비해 인터넷뱅킹의 잔고를 확인해드릴까요?"

나오미는 미리 생각해둔 거짓말로 컴퓨터를 준비하도록 만들었다. 사이토 부인은 아무 의심도 없이 옆방에서 노트북을 가져왔다.

"사모님, 제가 포숑의 쿠키를 좀 가져왔는데 같이 드실래요? 홍차도 준비해 왔는데요."

나오미가 가방에서 꾸러미를 꺼내며 제안했다.

"어머, 쿠키라니 좋아요. 홍차는 내가 끓일게요. 잠깐 기다려요."

사이토 부인이 부랴부랴 일어섰다. 이렇게 나올 줄 알고 세운 작전이었다.

컴퓨터 전원을 켜고 화면을 작동시켰다. 인터넷뱅킹 홈페이지를 불러내서 지난번에 적어두었던 메모지를 한 손에 들고 계약자 번호와 암호를 입력했다. 사이토 부인의 계좌가 나왔다.

'송금·이체'를 클릭하고, 송금할 가나코의 계좌 번호를 입력했다. 금액은 인터넷으로 송금할 수 있는 최고액인 1천만 엔. 마지막 관문인 인증 번호도 입력했다.

갑자기 심장이 마구 뛰었다. 지금 자신이 하고 있는 일은 완전한 범죄였다. '실행'을 클릭한 단계에서 더 이상 물러날 곳은 없었다.

얼굴이 달아올랐다. 땀도 난다. 오른손 집게손가락으로 클릭했다. 아, 해치워버렸다. 그런 느낌이었다. 더 이상 아무 생각도 하지 않기로 했다.

화면이 바뀌며 '송금이 완료됐습니다'라는 문자가 크게 나타났다.

나오미는 전원을 끄고 천천히 컴퓨터를 덮었다.

밤이 되어 나오미는 린류키와 만났다. 30만 엔을 건네주기 위해서였지만 다시 한 번 얼굴을 보고서 다짐을 받고 싶었기 때문이다. 쓸데없는 이야기는 하고 싶지 않아서 카페가 아닌 니시구치 공원에 있는 조각상 앞에서 만나기로 했다.

"토요일 저녁에는 일본을 떠나줘야 해요. 준비는 다 됐죠?"

"괜찮습니다. 준비는 다 됐습니다."

린류키는 이미 일을 그만두고 짐도 정리하거나 처분한 모양이었다. 그 말을 듣고 나오미는 안심했다. 계획대로 진행되지 않는 게 제일 두려웠던 것이다.

"그럼 토요일에는 시내에 있어주세요."

"알겠습니다. 갈 곳도 없으니까 이케부쿠로에 있겠습니다."

"믿을게요. 배신하지 마세요."

나오미는 무심코 그런 말을 하고 말았다. 자신의 목소리가 높아져 있었다.

린류키가 잠시 사이를 두었다가 대답했다.

"중국인이 거짓말을 많이 하는 건 압니다. 하지만 나는 거짓말하지 않습니다."

"고마워요."

30만 엔이 든 봉투를 건네고 근처 벤치로 이동했다. 린류키의 눈썹을 정리하기 위해서였다.

나오미가 눈썹을 뽑는 핀셋을 꺼내며 지금부터 눈썹을 뽑겠다는 뜻을 전하자 린류키는 처음에는 어리둥절해했지만 순순히 따랐다.

"일본 남자는 이상합니다. 중국에서 눈썹을 뽑는 건 여자들뿐입니다."

"나도 이상하다고 생각해요. 외국에서 그러면 호모라고 생각할 걸요."

공원 벤치에서 눈썹을 뽑았다. 오가는 사람들은 누구도 관심을 보이지 않았다.

"응, 비슷해요, 비슷해."

나오미는 눈썹을 다 정리한 얼굴을 보고 미소 지으며 말했다. 린류키가 부끄러워했다.

"그럼 또 연락할게요."

나오미는 일어나 두세 걸음 뒷걸음질하고 나서 발길을 돌렸다. 재빨리 그 자리에서 벗어났다. 습기를 머금은 밤공기가 피부에 찰싹 달라붙는다. 일기예보에 따르면 이제부터 주말까지 점차 흐려질 것이라고 했다.

취객들로 흔들리는 거리를 결국 뛰어서 역까지 갔다.

19 ——

결행 당일, 나오미는 아침부터 일에 쫓기고 있었다. 담당 고객의 긴급 호출이 이어져 시내를 온통 돌아다녀야 할 처지였다. 조카 결혼 선물로 손목시계를 주고 싶으니까 몇 개 골라 가져왔으면 좋겠다. 그리고 영양제가 떨어졌으니 그것도 부탁한다. 요가를 시작하고 싶은데 아오이 백화점의 문화센터에 그런 것이 있는지, 있다면 팸플릿을 보고 싶다. 나오미는 고객의 손발이 되어 여러 곳에 전화로 문의하거나 실제로 나가서 영업을 뛰었다. 숨 쉴 겨를도 없었지만 잡념을 떨쳐버릴 수 있어서 오히려 좋았다. 아무 일도 없었다면 오늘 밤의 일로 머리가 꽉 차서 안절부절못하는 시간을 보냈을 것이다. 한여름 같은 더위 속에서 서쪽으로는 구니타치부터 동쪽으로는 고이와까지 이동 거리가 엄청난 하루였다. 덕분에 속옷과 블라우스도 땀으로 흠뻑 젖었다. 빨리 돌아가 샤워하고 싶었다. 땀을 씻어내고 잠시 쉬다가 밤을 위해 짧게 잠을 자두고 싶었다.

한편 가나코는 중요한 임무를 처리해줬다. 린류키와 만나 사이토 부인의 계좌에서 착복한 돈을 인출하는 작업이었다.

이와 관련해서는 어젯밤 가나코가 조사한 바에 따르면 ATM에서 인출할 수 있는 금액이 백만 엔까지라는 사실을 알고 전화 연락을 하면서 둘이 안절부절못한 과정이 있었다. 그렇다고 창구에서 찾을 수도 없다. 금액이 커서 본인 확인을 할 게 뻔했다. 나오미는 준비가 철저하지 못했다는 사실에 허둥대고 말았지만, 반대로 가나코가 냉정하게 대처해줬다.

"어쩔 수 없지. 금요일과 토요일에 백만 엔씩 찾자. 그리고 린 씨한테 수고비를 주는 거야. 나머지는 돌려받고. ATM에서 돈을 찾는 건 린 씨 혼자여야 해. 안 그러면 방범 카메라에 기록될 테니까 나는 위험해. 그걸 이제야 깨달았어."

오늘 가나코는 혼자 이케부쿠로까지 가서 린류키를 불러낸 후 자신의 현금카드와 암호를 가르쳐주고 역 지하에 있는 ATM 출장소에서 백만 엔을 인출하도록 했다. 린류키는 순순히 협조했다고 한다. 별문제 없이 끝났다는 문자 보고를 받았을 때는 친구의 고마움을 절실히 느꼈다. 혼자였다면 일찌감치 좌절하고 말았을 것이다.

일찍 돌아가고 싶었는데 퇴근 시간이 다 되었을 때 과장인 나이토가 불렀다.

"오다 씨, 미안하지만 다음번 상담회 안내장 문구 좀 급히 만들어줄 수 없을까? 부장이 내일 오후에 출장 간대. 그래서 내용 확인을 받을 수 있는 게 점심때까지거든."

나이토 역시 하루 종일 밖에서 돌아다녔기 때문인지 이마가 기름으로 번질거렸다. 피곤하여 기분이 안 좋은 것처럼 보이기도 했다.

"지금요?"

"그래. 자네는 내일 쉬는 날이지? 휴일에 출근해서 하겠다면 그렇게 해도 상관없지만."

"아뇨. 내일은 약속이 있어서……."

"그럼 부탁할게."

나이토가 인정머리 없이 말하고 사내 어딘가로 사라졌다.

나오미는 한숨을 쉬며 컴퓨터를 다시 켰다. 출품할 상품 리스트를 불러와 안내 메일의 문구를 다듬었다.

'삼가 고객 여러분의 건승하심을 기원합니다. 늘 후의를 베풀어주셔서 심심한 감사를 드립니다…….'

판에 박힌 인사말을 키보드로 입력하고 나자 벌써 다음에 할 말이 막힌다. 평소 같으면 한 시간도 되지 않아 끝날 일이었는데 머리가 잘 회전되지 않았다. 생각하면 생각할수록 미로에 빠진 듯한 초조감이 덮쳐온다. 자신도 모르는 사이에 이마에서 땀이 배어 나왔다.

"오다 씨, 왜 그래? 안색이 안 좋은데."

계장인 아오키가 말을 걸어왔다.

"기분이 좀 안 좋아서요……. 하지만 괜찮습니다."

아마도 자신의 얼굴빛이 좋지 못한 듯했다. 그런 지적을 받자 피로감이 더욱 강해졌다.

"그럼 미안하지만 새 유카타(浴衣, 목욕을 한 뒤 또는 여름철에 입는 무명 홑옷-옮긴이) 발주 모임 안내장까지 부탁해도 될까? 오다 씨는 글솜씨가 좋거든."

아오키가 부자연스러운 미소를 지으며 말했다.

"그건 늘 외주 업체에 의뢰했던 거 아닌가요?"

"그게 올해부터 바뀌었어. 행사부가 경비 삭감 때문에 외주를 줄이기로 해서 인쇄물도 전부 사내에서 만들게 됐다고."

"급한 건가요?"

"그래. 들었을 텐데? 부장이 내일 낮부터 출장 간다는 거."

나오미는 목구멍 안쪽에서 시큼한 뭔가가 치밀어 올랐다. 계장님이 직접 하세요, 하고 말하고 싶었지만 물론 그럴 용기는 없었다.

"알겠습니다. 자료를 갖다주세요."

"미안. 다음에 케이크 사줄게."

아오키가 두 손을 모으며 교태를 지어 보였다. 곤란하게 됐다. 쪽잠이라도 자두려 했던 건 어려울 것 같다.

컴퓨터 화면을 쳐다보고 있어도 아무것도 떠오르지 않을 것 같아서 나오미는 노트와 펜을 작은 토트백에 넣고 자리에서 일어섰다. 옥상으로 가서 바람이라도 맞으며 기분을 전환하고 싶었다. 여름철에는 한쪽 모퉁이를 비어 가든으로 활용해서 약간 소란스럽긴 했지만 혼자가 될 수는 있다.

직원용 엘리베이터를 타고 옥상까지 간 후 자판기에서 페트병 녹차를 사서 비어 가든과는 반대편에 있는 정원의 벤치에 앉았다. 해는 아직 기울지 않았지만 눈부신 조명 아래서는 회사 일을 마친 샐러리맨과 직장 여성들이 요란하게 먹고 마시고 있었다. 문득 자신이 아무것도 먹지 않았다는 것을 깨달았다. 시간이 없어서 점심은 역에서 서서 먹는 메밀국수만 먹었을 뿐인데. 뭔가로 배를 채우는 편이 좋지 않을까 생각했지만 들어가지 않을 것 같아서 그만뒀다. 몸이 원하지 않는다.

문구를 다듬어볼 생각으로 왔는데 비어 가든 쪽만 쳐다보고 있었다. 왜 자신은 저 무리 속에 없는 걸까. 저들 가운데에서 동료나 여자친구들과 수다를 떠는 게 당연할 나이였다. 그런데 혼자만 떨어져 나와 급하게 시킨 일을 하고 있다. 아니, 일 같은 건 아무래도 상관없다. 오늘 밤 사람 하나를 죽이려 하는 젊은 여자가 여기 있다. 완벽한 계획을 세우고 확신범으로 일을 처리하려는 자신이 있다. 이상하게도 왠지 한 줌의 가책이나 망설임도 없다.

적당한 감정이 떠오르지 않았다. 공허함과는 또 다르게 시키면 마음이 가슴 밑바닥에 가라앉은 채 꿈쩍도 하지 않았다. 대체 언제부터 자신은 이렇게 됐는지 그것조차 아득히 먼 옛날처럼 생각되어 어쩌면 태어날 때부터 오늘이라는 날을 맞이하게 될 운명이었던 게 아닐까 하고, 마치 궤도를 벗어난 것처럼 사고는 점점 더 확산되어 갔다.

일단 나오미는 가나코에게 문자를 보냈다. 최소한 계획이 변경

되지 않았다는 것만은 확인하고 싶었다.

'미안, 잔업이 들어왔어. 그쪽으로 가는 게 늦어질 것 같아.'

가나코에게서는 곧바로 답장이 왔다.

'알았어. 예상대로 다쓰로 씨는 회식. 돌아오는 건 전철이 끊어지고 나서 새벽 1시쯤일 거야. 천천히 와도 돼.'

단순한 문자였을 뿐인데 격려를 받은 기분이었다. 이 하늘 아래 두 사람은 분명히 연결되어 있다.

나오미는 다시 마음을 가다듬고 노트를 펼쳤다. 목을 좌우로 꺾어 근육을 푼 뒤 일을 시작했다. 잠시 지나자 옥상의 소란스러움이 의식에서 사라졌다.

일을 마치고 회사를 나온 시간은 오후 10시가 지나서였다. 서둘러 집으로 가서 샤워를 하고 뭔가 먹으려 했지만 여전히 식욕은 어딘가로 사라진 상태여서 주스만 마셨다.

쪽잠은 포기하고 딱 한 시간만 소파에 누워 조금이라도 체력을 회복하기로 했다. 공연히 움직이면 기분까지 갉아먹을 것 같았다. 텔레비전을 틀어 소리를 없앤 후 뉴스 프로그램의 영상만을 바라봤다.

오후 11시 반쯤 소파에서 일어나 청바지와 티셔츠로 갈아입었다. 더러워져도 괜찮은, 버릴 생각이었던 옷으로 골랐다.

밧줄, 목장갑, 손전등, 여벌 셔츠를 토트백에 넣었다. 지난번처럼 땀범벅이 될 게 뻔하다.

나오미는 지금 집에서 나선다고 가나코에게 문자로 알리고 방에서 나왔다. 밤길을 역까지 걸어 플랫폼에서 도심으로 향하는 전차를 기다렸다가 정시에 들어온 마지막 전차 직전의 것에 올라탔다. 신주쿠로 향하는 상행이었으므로 이 시간에는 승객이 드물어 객차 안은 한산했다.

비스듬히 앞자리에서는 어디로 가는지 짐작도 할 수 없는 초로의 여자가 등을 구부리고 꾸벅꾸벅 졸고 있다. 문 옆에는 힙합 스타일의 패션을 한 젊고 마른 남자가 이어폰으로 음악을 들으며 몸을 흔든다. 아무도 나오미에게는 관심을 보이지 않았다. 이제부터 사람을 죽이러 가는 여자가 같은 차량에 타고 있다는 것도 모른 채.

가나코가 사는 역에서 내려 다시 밤길을 걸었다. 간선도로 방향에서 폭주족의 엔진 폭음이 들려왔다. 경찰차의 사이렌 소리도. 금요일 밤이니 젊은이들은 모두 밤을 꼬박 새울 것이다.

가나코의 맨션 앞까지 와서 고층 건물을 올려다봤다. 절반 이상의 집에 불이 켜져 있었다. 그 하나하나에 삶이 있다고 생각하자 왠지 불가사의한 기분이 들었다.

가나코에게 문자를 보내자 곧바로 전화가 걸려 왔다.

"입구 홀에서 기다려. 금방 내려갈게."

그녀의 목소리는 차분했다. 자동 잠금장치가 해제되고 유리문이 좌우로 열린다. 안으로 들어가서 기다리는데 얼마 안 있어 가나코가 엘리베이터로 1층까지 내려왔다. 문을 열어둔 채 "어서, 어서" 하고 손짓하여 나오미는 엘리베이터 안에 올라탔다. B1 버튼을 누르고 지하 주차장으로 내려갔다.

"자, 이게 BMW 키. 또 하나는 주차장에서 맨션으로 들어갈 때 쓰는 공용 키. 조금 아까 다쓰로 씨한테서 마지막 전차를 탔다는 문자가 왔으니까 십 분쯤 후면 도착할 거야."

키를 건네받았다.

"얼마 만에 잠들 것 같아?" 나오미가 물었다.

"술을 마셨으니까 금방 잠들 것 같긴 한데." 가나코가 대답한다.

"알았어. 그럼 잠들면 문자 보내."

"스포츠 백 안에 도르래 같은 필요한 물건을 넣어뒀어."

"고마워. 밧줄은 내가 가지고 있어."

"그럼 부족한 건 없겠지?"

"응, 없을 거야."

둘이 똑같이 고개를 끄덕였다. 가나코는 이내 엘리베이터로 집이 있는 층으로 돌아갔고, 나오미는 주차장에 정차해 있는 다쓰로의 BMW에 올라탔다. 이젠 날짜가 바뀌어서 아무래도 차의 출입은 없었다. 조용한 콘크리트 공간에 이따금 배수관에서 물 흐르는 소리가 울려 퍼졌다.

누군가 지나가다 보기라도 하면 곤란하겠기에 뒷좌석으로 옮겨가서 누웠다. 스마트폰을 꽉 쥐고 눈을 감자 갑자기 잠이 몰려왔다.

안 된다. 여기에서 자면 안 된다. 아니, 조금쯤은 자두는 편이 좋지 않을까. 삼십 분, 가만히 있는 것보다 당연히 체력적으로 도움이 된다. 그런 생각을 하는데 어둠 속으로 끌려 들어가듯 의식이 흐려졌다.

나오미는 꿈을 꾸었다. 꿈인 걸 아는 꿈이었다. 초등학생 때 아버지가 집에 있으면 늘 긴장을 강요당했다. 끊임없이 눈치를 보며 아무 일 없이 지나가길 바랐다. 하지만 아버지의 분노는 예고도 없이 폭발했다. 꿈속에서도 엄마가 끓인 차가 뜨겁다는, 단지 그 이유만으로 얼굴빛이 싹 바뀌더니 "나한테 화상이라도 입힐 셈이야" 하고 거칠게 말했다. 그리고 큰소리를 내느라 흥분해서 붉어진 얼굴로 손에 든 찻잔을 벽으로 내던졌다. "뭐하는 거예요?" 엄마가 그렇게만 말했을 뿐인데 마구 때렸다. 아아, 또 시작됐다. 나오미는 절망의 늪으로 내몰렸다.

실제로 나오미가 제일 보고 싶지 않았던 것은 아버지의 폭력보다 엄마의 작은 동물 같은 눈이었다. 저항도 못하고 울지도, 소리 내지도 못한 채 계속 맞았다. 지배당하는 인간의 표정을 나오미는 어려서부터 알고 있었다.

언니인 히로미와 손을 잡고 2층으로 도망친다. 어린아이에게는 그 자리에서 도망치는 것 말고 달리 선택할 게 없었다. 도울 수 없다는 걸 알게 된 후로는 귀를 막는 것밖에는 할 수 있는 게 없었다. 몸의 떨림이 멈추지 않았다.

어머니, 왜 이혼하지 않았어? 꿈속에서 어른이 된 나오미가 소리친다. 어머니는 불만스러운 표정으로, 너희 때문이잖니, 어린아이들을 둘씩이나 데리고 집을 나가 어떻게 먹고살라고, 하고 대꾸한다. 그건 변명이야, 엄마한테는 용기가 없었던 거야, 하고 나오미의 목소리가 거칠어진다. 너, 엄마한테 무슨 말버릇이야. 그러니까 생활보

호대상자가 될 수도 있었고, 살아갈 방법은 얼마든지 있었잖아.

그때 손에 감전된 듯한 충격을 느끼고 나오미는 벌떡 일어났다. 멜로디가 귀로 날아든다. 차이코프스키의 '호두까기 인형'이다. 스마트폰이 손안에서 울고 있다. 아아, 그렇다. 가나코의 연락을 기다리고 있었다.

나오미는 현기증을 참으며 전화를 받았다.

"나야. 다쓰로 씨, 잠들었어." 가나코의 낮은 목소리가 들렸다.

"알았어. 지금 갈게."

나오미는 두 번, 세 번 심호흡을 하고 나서 가방을 들고 차에서 내렸다. 서두를 필요가 없기에 천천히 걸어갔다. 키로 문을 열고 맨션 엘리베이터에 올라탔다. '9' 버튼을 누르고 움직이는 층 표시 램프를 올려다봤다.

'땡' 하고 가벼운 소리가 나고 문이 열렸다. 내려서 복도를 걷는다. 집 옆까지 가자 문이 10센티미터 정도 열려 있고, 안에서 가나코가 밖을 살피고 있었다. 나오미를 발견하고는 문을 활짝 열고 맞아들였다.

나오미는 가까이 가다가 어리둥절했다. 먼저 눈에 들어온 것은 가나코의 코를 틀어막고 있는 하얀 티슈였다. 코피라도 난 건가? 퍼뜩 얼굴을 보니 눈가에 빨갛게 피멍 든 흔적이 있었다. 순간 소름이 돋았다.

"어떻게 된 거야?" 낮은 목소리로 물었다.

"다쓰로 씨한테 맞았어." 가나코가 슬픈 눈으로 대답했다.

"무슨 일 있었어?"

"으응, 아무것도 아니야. 늘 있는 일."

"아무리 그래도 이유는 있었을 거 아냐."

나오미가 묻자 가나코는 잠시 우물대다가 "술 취해 섹스하려고 해서 싫다는 시늉을 좀 했더니 갑자기 화를 내며……" 하고 말했다.

나오미는 자신도 모르게 가나코의 온몸으로 시선을 주었다. '그래서 당했어?' 하고는 묻지 않았다.

"심하지?"

"정말로."

이젠 화가 난다기보다 슬픈 감정 쪽이 더 컸다. 왜 이런 남자가 세상에 존재하는 것을 신은 허용했을까.

나오미는 신발을 벗고 집으로 올라갔다. 소리가 안 나도록 발끝으로 살금살금 복도를 걸어 침실 앞에 섰다. 안에서 작게 코 고는 소리가 들렸다.

"깊이 잠든 거지?"

"그럴 거야. 술 마셨으니까."

나오미는 가방에서 밧줄을 꺼냈다. 묶여 있는 매듭을 풀고 한쪽 끝을 가나코에게 들도록 했다. 여기까지 온 이상 단숨에 돌진하는 편이 좋을 것 같았다. 망설임은 최대의 적이다. 어차피 이젠 돌이킬 수도 없다. 앞으로 몇 시간, 감정을 최대한 억누르자. 억누르자. 주문처럼 마음속으로 되뇌었다.

"그럼, 간다." 나오미가 속삭였다.

"저기, 삼 분 정도 조르는 편이 좋을 것 같아. 시간이 너무 짧으면 의외로 쉽게 다시 살아나는 모양이더라."

가나코가 낮은 목소리로 말했다. 나오미가 무심코 그녀의 옆얼굴을 바라보자 "나도 인터넷으로 이것저것 조사해봤어" 하고 설명했다.

문을 살짝 열고 침실 안으로 들어갔다. 전등은 꺼져 있지만 어둡지는 않다. 눈앞에 똑바로 누운 자세로 잠들어 있는 다쓰로가 확실히 보였다. 나오미는 침대 창문 쪽으로 돌아가 자세를 낮췄다. 가나코는 입구 쪽에 서서 밧줄을 손에 쥐고 다쓰로를 내려다보며, 어떻게 목에 감을 것인지 궁리하고 있었다.

오 초 정도 시간을 두고 가나코가 움직였다. 슬쩍 다쓰로의 머리를 들고 베개와 매트 사이로 밧줄을 집어넣었다. 다시 머리를 내리고 밧줄을 조용히 잡아당겨 목 아래로 지나가도록 만들었다. 다쓰로는 완전히 잠에 빠져 아무런 반응도 보이지 않았다.

나오미는 밧줄의 한쪽 끝을 잡았다. 이때 온몸이 사시나무처럼 떨려왔다. 전기가 흐르듯 온몸이 크게 떨렸다. 숨을 깊이 들이마시고 마른침을 삼켰다. 땀이 등줄기를 타고 흘렀다. 마침내 이 순간이 찾아왔다.

"나는 할 수 있어. 괜찮아." 나오미는 속삭이듯 말했다. 무의식적으로 나온 말이었다.

가나코가 동작을 멈추고 오 초 정도 침묵한 후 "그거, 내가 물어보려고 했는데" 하고 눈을 가늘게 뜨며 말했다.

잠시 서로를 마주 보다가 말없이 고개를 끄덕였다. 나오미도 일어나 밧줄의 양쪽 끝을 서로에게 보내어 다쓰로의 목 위에서 한 바퀴 돌린 후 그 끝을 교환했다. 그리고 천천히 잡아당기며 다쓰로의 가슴 위로 내렸다.

이걸로 준비는 다 됐다. 남은 것은 둘이 있는 힘껏 밧줄을 잡아당기기만 하면 된다.

미끄러지지 않도록 나오미가 손에 밧줄을 감고 있는데 가나코가 목을 쭉 내밀며 "됐어?" 하고 속삭였다. 나오미는 고개를 끄덕였다. 가나코가 왼손을 펴서 들고 5부터 카운트다운을 했다.

5, 4, 3……. 가나코의 마음이 확고부동한 것에 나오미는 놀랐다.

2, 1. 나오미는 몸을 낮추고 발을 침대 옆에 둔 채 체중을 전부 실었다.

"케엑" 하고 두꺼비 우는 듯한 소리를 내며 침대 위에서 다쓰로가 펄쩍 뛰어올랐다. 나오미는 정신없이 밧줄을 잡아당겼다. 어느 한쪽으로 쏠리지 않고 균형을 이루는 것은 맞은편에서도 가나코가 똑같은 힘으로 힘껏 잡아당기고 있다는 뜻이다. 다쓰로가 다리를 퍼덕대며 움직인다. 등이 활처럼 휜다. 침대가 격렬히 흔들렸다. 나오미는 이를 악물고 잡아당겼다.

삼십 초 정도 지나자 침대의 흔들림이 잦아들었다. 다쓰로가 저항을 멈추고 축 처졌다. 그래도 무서워서 잠시도 힘을 풀지 않았다.

"저기, 아직이야?" 나오미가 말했다.

"아직 삼 분 지나지 않았어." 가나코가 대답했다.

삼 분이 마치 영원 같았다. 더 이상 저항하지 않아서 더욱 무서웠다. 목이 잘려버리는 게 아닐까 하는 상상까지 했다. 시간아, 지나가라. 빨리 지나가라. 마음속으로 부르짖었다.

"이제 됐겠지?" 가나코가 숨을 헐떡이며 말했다.

"응, 그래."

나오미는 잡아당기는 것을 멈추고 무릎 꿇은 자세로 호흡을 가다듬었다. 침대 위의 다쓰로는 꼼짝도 하지 않는 것 같았다. 똑바로 쳐다보고 싶지 않아서 제대로 확인한 것은 아니었지만.

먼저 가나코가 일어나 다쓰로를 들여다봤다. 침을 한 번 삼키고 나서 "죽은 것 같은데" 하고 말했다.

"그럼 가방에 넣어볼까. 원정백, 창고에 있으니까 내가 가져올게."

가나코가 침실에서 나갔다. "나도 갈래." 자신도 모르게 그렇게 말하며 나오미는 뒤를 따랐다. 여기에서 사체와 함께 있고 싶지 않았다.

현관을 나와 복도를 둘이서 걸어갔다. 나오미의 심장은 아직도 마구 뛰고 있었다. 심장의 격렬한 고동 소리가 목 바로 안쪽에서 들린다.

가나코는 크게 동요한 모습을 보이지 않았지만, 그래도 걸음이 빠른 것은 차분할 수 없었기 때문일 것이다.

복도의 조명 밑에서 다시 가나코의 얼굴을 보니 아까와는 달리 시커멓게 부어올랐다. 가나코는 어금니를 앙다물고 똑바로 앞을 보고 있었다.

창고에서 가방을 꺼내 다시 집으로 돌아왔다. 침대 밑에 놓고 지퍼를 열었다.

"이 사람, 오줌 쌌어." 가나코가 말했다. 그러고 보니 대변 냄새도 났다. 나오미는 목을 매면 실금한다는 말을 예전 언젠가 들었던 게 생각났다.

"시트와 매트리스 모두 갈아야겠어."

"그래."

둘이서 침대 위로 올라갔다. 가나코가 겨드랑이에 손을 넣고 나오미가 발을 잡았다.

"간다. 영차."

들어 올렸다. 발밑이 매트리스라서 제대로 힘을 받지 못한다. 생각보다 무거웠다. 침대 끝으로 옮기다가 균형을 잃고 둘 다 사체와 함께 바닥으로 굴러떨어졌다.

"괜찮니?"

"응, 괜찮아."

나오미는 거친 숨을 토하며 오른쪽 팔꿈치를 꾹 눌렀다. 타박상 정도는 입은 것 같다.

사체는 가방 바로 옆에 누워 있었다.

"이대로 굴려보자."

가나코가 말했다. 둘이 나란히 사체의 한쪽 옆, 잠옷을 잡고 뒤집자 쉽게 가방의 골조 위로 올라갔다. 단, 이대로는 집어넣을 수가 없다.

"다리를 구부려야겠어. 서두르지 않으면 사후경직이 시작될 거야" 하고 말하는 가나코. 나오미가 고개를 끄덕이자 "이것도 인터넷으로 조사한 거야" 하고 덧붙였다.

사체의 다리를 들어 올려 구부리니 대변 냄새가 코를 찔렀다.

"잠깐 그대로 누르고 있어. 천으로 된 테이프를 가져올게. 그걸로 둘둘 감자."

가나코가 침실에서 나간다. 이젠 가나코가 주도하는 입장이 되었다.

나오미는 마치 스트레칭 트레이너 같은 자세로 사체의 정강이를 누르고 있었다. 대신 시선은 다른 곳으로 돌렸다. 사체가 입에 거품을 물고 있었다.

가나코가 천 테이프를 가지고 돌아왔다. "그대로 있어." 나오미에게 지시하고, 구부러진 사체의 다리를 테이프로 둘둘 감았다.

가방의 뚜껑을 씌웠다. 사체를 안으로 밀어 넣고 지퍼를 닫았다. 겨우 다 넣었다. 계획한 대로 되자 아직 다 끝난 것도 아닌데 마치 다 이룬 것 같았다.

"됐다." 가나코가 크게 숨을 쉬며 말했다.

"그래, 됐어." 나오미는 몇 번이고 고개를 끄덕였다.

"그럼 차로 옮기자. 그리고 밤이 새길 기다리자."

"그래."

시계를 보니 새벽 2시가 지나고 있었다. 긴 하루가 될 것 같았다. 앞으로도 해야 할 일이 산더미였다.

나오미는 두 손으로 자신의 뺨을 때렸다. 그리고 가나코와 힘을 합쳐 사체가 든 가방을 일으켜 세웠다.

20 ———

새벽 4시가 되어 다시 행동을 개시했다. 그때까지 나오미는 거실 소파에 누웠지만 잠이 오지 않아 그냥 몸을 웅크린 채 가만히 있었다. 가나코는 식탁에 엎드려 있었다. 그동안 두 사람은 한마디도 하지 않았다.

"나오미, 샌드위치 있는데 먹을래?"

가나코가 냉장고에서 우유와 주스 등을 꺼내 식탁에 놓으며 말했다.

"됐어. 식욕이 없다." 나오미가 대답했다.

"어제 저녁은 먹었어?"

"아니. 실은 어제 낮에 메밀국수 먹고 끝이야."

"그럼 억지로라도 먹어둬. 이제 중노동이 기다리고 있으니까."

가나코의 말에 일리가 있어서 나오미는 꺼내놓은 달걀 샌드위치를 한입 크게 베어 물었다. 직접 만든 것인 듯했다. 마요네즈가 듬뿍 들어가 맛있었다.

식탁에 앉아 일단 먹기 시작하니 자연스럽게 식욕이 당겨 햄샌드위치도 먹었다. 이걸로 충분하다.

"가나코. 여권하고 항공권, 그리고 돈 챙겼지?"

"물론이지. 어제부터 전부 준비해뒀어."

가나코는 새로운 제안도 했다. 다쓰로의 스마트폰을 린류키에게 주고, 상하이에서 처분해달라고 말하자는 것이었다. 그렇게 하면 조사에 들어갔을 경우 GPS 기능에 의해 해외로 나간 게 입증된다.

"나, 가나코를 약간 오해했는지도 모르겠어."

나오미는 팔꿈치를 괸 채 말했다.

"어떻게?"

"이렇게 강한 줄 몰랐거든."

"강하지 않아. 남편한테 얻어맞으면서도 저항 한 번 못 했는걸."

"하지만 오늘 보니 가나코가 더 차분한 것 같아."

"그런가?"

"그래."

"나 말이야, 마음속에 대피 장소를 만들게 됐어."

"대피 장소?"

"그래. 남편의 폭력과 마주할 때 지금의 나는 가짜 인생을 살고 있다, 진짜 내 인생은 다른 곳에 있다, 그렇게 생각하기로. 그렇게 하면 신기하게도 참을 만했어. 뭐, 도피이긴 하지만."

"흐음……."

"나, 오늘 밤 다쓰로 씨를 제거했지만 트라우마가 되지 않을 자신 있어. 대피 장소와 현실을 마음속에서 서로 맞교환하면 될 뿐이니까."

가나코가 담담하게 말했다. 나오미는 뭐라 대꾸할 말이 없었지만 그건 그것대로 괜찮을 것 같다고 생각했다. 가나코가 아무 일 없었다는 듯 있어주는 편이 자신도 쉽게 잊을 수 있다.

식사를 마치고 출발하기로 했다. 밖은 어느덧 환히 밝아 있었다. 일기예보에 따르면 하루 종일 흐리다고 했다. 덥지 않은 것만으로도 다행이었다. 산 위라면 시원하게 느껴질 정도일 것이다.

지하 주차장으로 내려가 BMW를 출발시켰다. 동네에 사람 모습은 거의 없었다. 신문 배달부와 개를 산책시키는 노인을 본 게 다였다. 길이 텅 비어 있어서 나오미는 액셀을 강하게 밟았다.

크게 회전할 때 짐칸의 가방이 요란하게 미끄러졌다. 아아, 그렇다, 사체를 싣고 있었다. 거기에 생각이 미치자 역시 기분이 나빴다.

이른 아침의 고속도로는 더욱 텅 비어 있었다. 예행연습 때는 다른 차들이 쌩쌩 달리는 가운데 무척이나 긴장했던 터라 오히려 맥이 빠질 지경이었다.

"이런 상태라면 더 빨리 도착하겠는데." 나오미가 말했다.

"좋잖아. 빨리 갈수록." 가나코가 조수석에서 대답했다.

"그렇긴 한데 고개에서 다른 사람의 눈에 더 쉽게 띌 수도 있으니까. 이렇게 이른 아침이라서 말이야."

"아무도 신경 쓰지 않을걸. 만약 뭐하냐고 물어오면 나물 캔다고 하지. 그렇게 얼버무릴 수 있어."

"그래."

가는 도중, 그 외에 대화를 더 나누지는 않았다. 가나코는 스마트폰으로 웹사이트를 보고 있었다. 나오미는 라디오에서 흘러나오는 음악을 들으며 차를 몰았다. 동쪽 하늘은 온통 회색 구름이었다. 파란 하늘이 아니어서 다행이라고 생각했다. 하느님에게는 별로 보여주고 싶지 않았다.

미쿠니 고개 꼭대기에 도착한 것은 오전 8시였다. 지난번과 같은 장소에 차를 세우고 일단 파낸 구멍이 그대로 남아 있는지 확인하기 위해 잡목림 안으로 들어갔다. 나오미는 살짝 두근거렸다. 누군가 발견하고 메워버렸다든가 하는 좋지 않은 상상도 했던 것이다.

구멍은 아무도 손댄 흔적 없이 남아 있었다. 비닐 시트는 그대로 덮여 있었고, 그것을 숨기기 위한 낙엽도 흐트러진 흔적은 없었다. 어쨌든 안심했다.

덮어놓은 비닐 시트를 벗기고 구멍 안에 삽이 두 자루 있는 것도 확인했다. 그리고 차로 돌아갔다. 트렁크를 열고 가방을 끌어냈다. 예행연습의 성과가 나타나서 그리 고생하지 않고 땅바닥에 내려놓았다. 이제부터가 난관이었다. 부드러운 흙 위를 과연 끌고 갈 수 있을까.

자갈길에서 숲으로 들어선 순간, 원정백의 바퀴는 무용지물이 되었다. 직경이 작은 바퀴여서 금방 흙 속에 묻혀버렸다.

"이러면 바로 도르래를 써야지."

가나코가 허리에 손을 짚으며 말하고는 가방에서 도르래와 밧줄을 꺼냈다. 5미터 정도 앞에 있는 나뭇가지에 도르래를 걸고 밧줄을 집어넣은 후 한쪽을 가방 손잡이에 묶었다.

둘이서 그물이라도 걷어 올리듯 잡아당겼다. 도르래의 위력은 극적인 데가 있어서 가방은 수월하게 흙 위로 끌려왔다. 나오미는 도르래를 발명한 인류의 지혜에 감사하고 싶어졌다.

5미터를 이동한 지점에서 이번에는 더 앞의 나뭇가지에 도르래를 걸고 똑같이 잡아당겼다. 그런 작업을 네 번 정도 반복하고서야 겨우 가방을 구멍 옆까지 이동시킬 수 있었다.

대나무 위에 앉아 잠시 쉬었다. 죽음의 냄새를 감지했는지, 이른 아침이었는데도 까마귀가 아닌 어떤 커다란 새들이 몇 마리 하늘을 선회하고 있었다.

"가방까지 같이 묻을까?" 나오미가 물었다. 사체를 보고 싶지 않았기 때문이다.

"안돼. 그러면 늦게 부식될 거야." 가나코가 조용히 고개를 저었다.

나오미는 이제 감탄할 수밖에 없었다. 지난 며칠, 가나코가 둘이었던 게 아닐까 싶을 만큼 변했다.

여기까지 온 이상 자신도 긍정적으로 생각하자고 스스로 용기를 북돋우며 나오미는 일어섰다. 가방의 지퍼를 열고 사체와 다시 대면했다. 얼굴은 완전히 보라색이었다. 다쓰로는 입을 벌린 채 흰자위를 드러내고 있었다. 역시 똑바로 쳐다볼 수는 없었지만, 그래도 도망치지 않고 보긴 했다는 자신감도 들었다.

둘이서 가방의 한쪽 골조를 들어 올려 사체를 구멍에 떨어뜨렸다. 싱겁게 굴러떨어졌다. 잠옷은 그냥 입힌 채였다. 경직이 찾아와서 벗기는 게 무리라고 판단했다. 삽을 이용하여 그냥 살덩어리로 변한 다쓰로를 흙으로 덮었다. 이제야 나오미는 실감이 났다. 자신은 마침내 한 인간을 이 세상에서 제거했다. 이젠 돌이킬 수 없다. 그러니까 무슨 일이 있어도 후회해서는 안 된다. 온몸에 소름이 돋았지만 가나코에게는 들키고 싶지 않았다. 표정을 감추고 묵묵히 작업에 임했다.

다 메우고 나서 흙을 밟아 다진 후 낙엽과 나뭇가지를 덮어 알 수 없도록 했다. 지난번에 파내고 남은 흙이 더 있어서 수상하게 여기지 않도록 부근에 흩뿌려놓았다.

"이젠 되지 않았을까? 이곳에 전망대 공원이 생긴다거나 리조트가 개발된다거나, 그런 일만 없으면 발견될 가능성은 제로일 거야."

가나코가 손등으로 이마의 땀을 훔치며 말했다.

"그래. 삽은 어떡할까? 가지고 돌아가고 싶지는 않은데, 그냥 버릴까?"

"응. 원정백도, 도르래도, 밧줄도 다 가져가고 싶지 않아. 하지만 여기에 버리는 건 위험하니까 장소를 바꿔 하나하나 따로 버리고 가자."

가나코는 마지막 순간까지 치밀했다.

차로 가서 돌아갈 준비를 하는데 덤프트럭이 두 대 연속하여 달려왔다. 이런 곳에 젊은 여자가 있다는 게 신기했는지 스스럼없이 시선을 보낸다. 물론 금방 잊을 것이다. 설마 사체를 묻었으리라고는 아무도 생각하지 못할 것이다.

멀어지는 덤프트럭을 바라보고 나서 땀으로 흠뻑 젖은 티셔츠를 갈아입었다. 페트병의 물을 마셨다. 하늘 위에서 춤추던 새는 어느새 사라지고 없었다.

도쿄로 돌아왔을 때는 정오가 지나 있었다. 사고가 나서 한 차선을 막는 바람에 고속도로가 정체됐기 때문이다. 차 안에서는 거의 대화를 나누지 않았다. "좀처럼 못 가네." "늦지는 않겠지." "저녁 비행기라 다행이다." 그런 대화만 있었을 뿐이다.

일단 가나코의 맨션에 차를 두고 이번에는 도쿄 역으로 향했다. 린류키와는 오후 2시에 만나기로 했다. 나리타 익스프레스로 함께 나리타 공항까지 가서 무사히 출국하는 걸 배웅하면 모든 게 끝난다.

린류키는 약속 장소로 삼은 마루노우치 지하 북쪽 출구에 있는 동륜(動輪) 광장에서 불안해 보이는 표정으로 우두커니 서 있었다. 꾀죄죄한 티셔츠를 입고 있는 걸로 보아 변변한 여행복 한 벌 없는 모양이었다. 그의 모습을 발견했을 때 나오미는 진심으로 안도했다. 이걸로 클리어런스 플랜은 완결된다.

다만 동시에 등골이 오싹했다. 반나절 전에 막 죽은 다쓰로와 꼭 닮은 사람이 눈앞에 있었던 것이다.

"린 씨, 약속 지켜줘서 고마워요." 나오미는 다가가 다른 사람인 것을 확인하듯 남자의 팔을 잡았다.

"안녕하세요." 린류키는 부끄러운 듯 미소를 지으며 고개를 숙였다.

"짐은 이것뿐이에요?"

나오미가 물었다. 그의 발치에는 싸구려처럼 보이는 스포츠 백 만 하나 있을 뿐이었다.

"갈아입을 옷뿐인데요. 다른 건 전부 친구한테 줬습니다."

"그래요. 브로커에게 돈은 줬죠?"

"줬습니다. 내일 중국으로 돌아간다고 했더니 깜짝 놀랐습니다."

"설마 우리에 대해 이야기한 건 아니겠죠?"

"이야기하지 않았어요. 리 사장한테 돈을 빌렸다고 설명했습니다."

"그럼 됐어요."

"두 사람 다 괜찮습니까? 피곤해 보입니다."

린류키가 두 사람의 얼굴을 번갈아 보며 말했다.

"아무렇지 않아요. 신경 쓰지 마세요." 가나코가 대답했다. "그보다 다시 한 번 부탁해요. 역 앞에 은행 지점이 있는데, 거기에서 백만 엔만 찾아주세요. 어제 것까지 합쳐서 200만 엔, 그게 린 씨의 보수가 될 테니까요."

"알겠습니다."

셋이서 일단 역사를 나가 거리를 사이에 두고 바로 앞에 있는 고토부키 은행 지점으로 들어갔다. 가나코가 현금카드를 건네고, 린류키가 혼자 ATM에서 백만 엔을 인출했다. 그 돈은 가나코가 맡아두었다.

"돈을 건네는 건 마지막에 가서예요. 미안해요. 우리는 무서워요. 여기에서 린 씨가 도망치면 끝장이니까."

"알겠습니다. 나는 도망가지 않습니다."

린류키는 평온한 표정을 허물지 않았다.

역으로 다시 돌아가 티켓을 구입한 후 셋이서 지하 깊이 플랫폼까지 내려가 나리타 익스프레스에 승차했다. 거의 한 시간 동안을 객차 안에서 아무 할 일 없이 있어야 하기에 잠깐 자려고 했지만, 잠은 주변을 배회하기만 할 뿐 다가오지 않아서 자는 듯 마는 듯 불안정한 상태와 씨름했다. 가나코도 눈을 감고는 있었지만 자는 것 같지는 않았다.

나리타 공항에 도착해 항공사 카운터로 가서 린류키를 옆에 세우고 나오미는 탑승 수속을 했다. 여권과 예약 확인서를 보여주자 어렵지 않게 탑승권과 바꿔줬다. 그리고 공항 안에 있는 카페에 들어가 마지막 확인을 했다.

"린 씨, 괜찮죠? 이게 당신 여권이에요. 당신은 이제부터 상하이 공항에서 중국으로 입국할 때까지 핫토리 다쓰로라는 사람이 되어주세요. 그러니까 출국은 일본인 게이트로 해야 해요. 출국 수속을 할 때 절대 말하지 말 것. 고맙다는 말도 해서는 안 돼요. 당신 발음을 들으면 일본인이 아니라는 게 들통 나버려요."

"알겠습니다." 린류키는 얌전한 표정으로 고개를 끄덕였다.

"기내에서 입국 카드에 여러 가지를 기입할 때 제일 밑에 있는 서명란에는 여권과 같은 서명을 해야 해요. 그러니까 지금 여기에서 연습해보죠."

나오미는 종이와 볼펜을 꺼내 린류키에게 서명을 흉내 내도록 시켰다. 역시 한자가 모국어인 사람답게 간자체가 아닌 일본의 한

자도 금방 기억했지만 필적까지 모방하기는 어려운 모양이었다. 나오미가 걱정스러운 표정을 보이자 린류키는 "나, 괜찮을 것 같다고 생각합니다" 하고 하얀 이를 보이며 말했다.

"일본의 여권은 신용이 있습니다. 전 세계 어느 공항에서도 의심받지 않습니다. 공무원들도 일본인이라면 서명 같은 건 잘 보지 않습니다. 중국인 사이에서는 상식입니다. 그래서 일본인의 여권, 해외에서는 비싸게 거래됩니다."

나오미는 그 말을 듣고 약간 안심이 되는 동시에 이 여권은 린류키가 돌아간 후 어딘가에 팔릴 것임을 확신했다. 물론 그것까지 다 예상했다. 린류키가 앞으로 사용하지만 않으면 되는 것이다.

"린 씨. 말해두는데 만약 당신이 이 여권으로 다시 일본에 오면 당신은 그 자리에서 체포될 거예요. 그러니까 상하이에 도착하면 곧바로 불태워버릴 것을 권합니다."

나오미는 한바탕 협박했다.

"그리고 당분간은 일본에 오지 말 것. 가능하다면 평생." 가나코가 덧붙였다.

린류키는 뭔가 할 말이 있는 것 같았지만 "알겠습니다" 하며 고개를 끄덕였다.

"저기, 린 씨. 하나만 더 부탁할게요." 가나코가 가방에서 스마트폰을 꺼내 테이블 위에 놓았다. "당신에게 이걸 줄게요. 이걸 상하이까지 가져가주세요. 그리고 SIM 카드를 뺀 후 어디에 팔든 버리든 마음대로 하세요. 그동안 만약 누군가에게 전화가 걸려 와도 절대 받지 말 것. 가능하겠어요?"

"알겠습니다."

린류키는 최신 일본제 스마트폰을 손에 쥐어보고 어린아이처럼 눈을 빛내며 호주머니에 넣었다.

"그럼 마지막인데 보수를 여기에서 지불할게요."

나오미는 가나코에게 신호했다. 200만 엔이 든 봉투가 가나코로부터 린류키에게로 건네졌다.

"화장실에서 내용물을 확인해보고 와도 될까요?"

"본인이 직접 인출한 돈이잖아요. 그런데 왜······."

"중국인이 돈 세는 건 당연합니다."

"그럼 여기에서 세보세요. 테이블 밑에서 하면 되잖아요."

나오미가 지체 없이 말했다. 지금 도망치면 최악이다.

린류키는 어깨를 살짝 으쓱이며 테이블 밑으로 지폐를 세기 시작했다. 그러다가 괜한 헛수고라는 걸 알았기 때문인지 이내 봉투에 다시 돌려놓고 가방 안에 집어넣었다.

"그럼 조금 이르긴 하지만 슬슬 가볼까요?"

나오미로서는 한시라도 빨리 린류키를 출국심사대 저편으로 밀어 넣고 싶었다. 그렇게 하면 두 번 다시 돌아올 수 없는 것이다.

셋이 출발 로비를 걸어가서 보안 검색대 입구 앞까지 왔다.

"린 씨, 쓸데없는 말은 하지 마세요." 마지막으로 다짐을 놓았다.

"알겠습니다." 린류키는 고개를 끄덕이며 오른손을 내밀었다.

나오미는 자신도 모르게 손을 내밀고 악수를 했다. 가나코도 그렇게 했다.

금속 탐지기 문을 지나는 린류키의 등을 바라봤다. 아무 일도 없이 통과했다. 린류키가 돌아보며 손을 흔들었다. 나오미와 가나코도 같이 흔들어줬다. 층이 달라서 앞쪽 출국심사대까지는 보이지 않는다. 이젠 무사히 통과하기를 기도할 뿐이다.

"갔어." 가나코가 중얼거렸다.

"아무 일도 생기지 않기를." 나오미는 기도하듯 가슴 앞에서 손깍지를 꼈다.

"괜찮을 거야. 일본 여권인걸."

"그래."

둘이 발걸음을 돌렸다. "나오미, 배고프지 않니?" 하고 가나코가 말했다.

"그러고 보니 배고픈 것도 같네." 나오미는 배 위로 손을 갖다 댔다.

"뭐 좀 먹으러 가자. 린 씨가 탄 비행기, 날아가는 걸 끝까지 보고 싶기도 하고."

"그래. 그럼 비행기가 보이는 레스토랑."

한 층 올라가 음식점 구역으로 가니 활주로 옆에 각종 레스토랑이 줄지어 있었다.

"저기, 중국음식점 있는데."

"그럼 중식으로 하자."

둘이 서로를 보며 웃었다. 웃음이 나오자 갑자기 온몸에서 힘이 빠졌다.

"맥주도 마시고 싶다."

나오미가 말했다. 문득 깨닫고 보니 목이 깔깔하게 말라 있었던 것이다.

"찬성. 차가운 생맥주로 건배하자."

가나코가 탄력 있는 발걸음으로 가게 안으로 들어간다.

창가 박스석으로 안내되어 소파 등받이에 몸을 맡겼다.

뭐라고 표현할 수 없는 해방감이 몸속 깊은 곳에서 치솟아 머리 꼭대기부터 발끝까지 부드럽게 감싸 안는다. 끝났다. 전부 끝났다. 이젠 이런 고생 안 해도 된다.

둘이서 몇 번이나 얼굴을 마주 보며 미소를 나누었다. 나오미는 자신이 살아 있다는 것을 실감했다.

가나코
이야기

21 ——

 아침에 눈을 뜨니 환한 햇살이 커튼 사이로 스며들어 침실 전체를 흐릿하게 물들이고 있었다. 몸을 뒤척이자 구입한 지 얼마 되지 않은 시트가 기분 좋게 미끄러지며 정강이 아래를 부드럽게 어루만진다. 핫토리 가나코는 베개 두 개를 독점한 채 더블베드 한복판에서 매트리스 스프링에 몸을 맡겼다. 눈을 감고 호흡을 반복한다. 새것은 냄새가 좋다.
 어제 일요일, 가나코가 아침에 제일 먼저 한 일은 상점가 가구점으로 달려가 매트리스를 구입하는 것이었다. 오늘 받아보고 싶으니까 뭐든 재고가 있는 물건을 보내달라고 요청했더니, 정가가 20만 엔이나 하는 전시품을 추천해서 30퍼센트 할인해준다는 조건으로 구입했다. 이어서 시트도, 여름 홑이불도 새로 샀다. 개인 상점이었기 때문에 배달이 빨라 오후에는 이미 상품이 도착했고 더러운 매트리스는 폐품으로 수거했다. 앞으로 잠시 동안은 가구를 교체하거나 쓰지 않는 물건들을 정리하는 나날이 이어질 것 같다. 다쓰로의 자랑거리였던 오디오 세트는 줄곧 거추장스럽게 생각했던 것이라 제일 먼저 처분하고 싶다. 그 자리에 북유럽 체스트(chest, 정리한

물품을 넣어두는 장-옮긴이)를 놓고, 리사 라르손(Lisa Larson, 스웨덴의 세계적인 공예가-옮긴이)의 도자기를 올려두는 것이다.

협탁의 시계는 오전 8시를 지나고 있었다. 평소 같았으면 남편을 배웅하고 NHK의 아침 드라마를 보며 식사하고 있을 시간이다.

다쓰로는 매일 아침 7시 40분에 집을 나갔다. 기상은 7시다. 가나코는 그보다 40분 먼저 일어나 아침식사를 차려야 했다. 토스트 같은 것을 먹으면 간단할 텐데, 다쓰로는 일본식 정식밖에 허용하지 않아서 밥을 짓고, 된장국을 끓이고, 생선을 구운 후 다시 한 가지 반찬을 더 준비했다. 이따금 귀찮아서 전날 먹고 남은 것을 내면 '매일 똑같은 것만 먹으라는 거냐'며 아침부터 날카로운 목소리를 한바탕 퍼부었다.

다쓰로가 식사하는 동안 가나코는 침실 옷장에서 와이셔츠와 넥타이, 양말, 손수건을 꺼내 침대 위에 가지런히 놓아야 했다. 그날 입고 갈 양복에는 솔질을 하고 소독제를 뿌려 벽 옷걸이에 걸어둔다. 마치 하녀 같은 아침 일정에서 오늘부터는 완전히 해방됐다.

침대 위에서 잠시 꾸물거리다가 8시 반에 일어났다. 냉장고에서 요구르트와 바나나를 꺼내 식탁에서 먹었다. 텔레비전은 켜지 않았다. 창밖에서는 도시의 소음이 굳어져 만든 우웅, 하는 저주파 소리밖에 들리지 않는다.

어제는 의외이리만치 차분했지만 지금은 역시 긴장감이 고조되어 있었다. 9시가 지나면 반드시 은행 신주쿠 지점에서 전화가 걸려 올 것이다. '핫토리 씨가 아직 출근하지 않았는데 무슨 일이 있느나'는 전화가. 가나코는 그때 연기를 해야만 한다.

침착할 것. 안절부절못하며 너무 많은 말을 하지 말 것. 가나코는 자신을 타일렀다. 다쓰로가 실종됐다고 해서 살인을 의심할 사람은 아무도 없다. 조사해보면 외국으로 나간 걸로 되어 있을 테고, 고객의 돈을 횡령한 사실도 드러날 것이다. 다쓰로의 가족은 소동을 피우겠지만 불상사를 숨기고 싶은 은행은 입막음을 꾀할 것이고, 경찰도 실종 신고를 한 정도로는 움직일 것 같지 않다. 사체가 나오지 않는 한 발각되는 일은 없는 것이다.

그런데 린류키는 무사히 중국으로 입국했을까? 그로부터 하루 반나절이 지났다. 만약 입국 때 가짜 여권을 사용한 일이 들켰다면 원래 소유자인 다쓰로의 집으로 제일 먼저 연락이 왔을 것이다. 연락이 없었다는 것은 아무 일도 없이 통과했다는 의미일 텐데, 지금으로서는 그것을 믿을 수밖에 없었다.

가나코는 창밖을 바라봤다. 구름이 살짝 낀 하늘은 온통 스프레이로 페인트칠한 것처럼 표정도 원근감도 없었다. 그런 하늘 아래에서 새로운 일주일이 시작되려 하고 있었다. 나오미도 출근 중일 것이다.

나오미와는 어제 하루 종일 서로 연락하지 않았다. 분명 그녀도 불안정한 심정이었을 것이다. 나오미가 할 수 있는 일은 더 이상 없다. 서로가 실수하지 않기만을 바랄 뿐이다.

가나코는 그런 생각을 하면 온몸에 소름이 돋았다. 자신이 실수하면 나오미에게도 피해가 미친다. 두 사람은 공범이다. 함께 다쓰로를 제거해준 나오미를 앞으로는 자신이 지켜줘야 한다.

벽시계를 봤다. 아직 9시도 되지 않았다. 시간이 좀처럼 흐르지 않는다.

9시 반이 되어 전화가 울렸다. 당연히 기다리고 있었는데 가나코는 펄쩍 뛰어오를 듯 반응했다. 고막을 뒤흔들 만큼 심장이 마구 뛴다. 심호흡을 한 번 하고 수화기를 들었다.

"네, 핫토리 댁입니다."

"고토부키 은행 신주쿠 지점의 야마모토라고 합니다. 핫토리 군에게 신세를 많이 지고 있습니다."

전화를 건 사람은 다쓰로의 동료였다. 은행원 가족 친목회에서 딱 한 번 인사를 나눈 적이 있다.

"아, 네. 안녕하세요?"

"죄송합니다만 핫토리 군, 집에서 나갔나요?"

야마모토의 목소리는 밝았다. 사람 좋아 보이는 얼굴을 떠올렸다.

"아, 네. 혹시 제 남편, 출근하지 않았나요?"

가나코가 낮은 목소리로 말했다.

"네, 아직 오지 않았습니다. 휴대전화로 연락해도 안 받고, 어떻게 된 일인가 싶어서요……."

"그런가요. 실은 제 남편, 토요일부터 소재를 파악할 수 없어서 저도 찾고 있는 중입니다."

"앗, 그렇습니까?"

"네……. 토요일 점심 무렵에 회사에 가야 한다며 집을 나가서는 그 후 계속 연락이 안 돼요. 저도 몇 번이나 휴대전화로 연락해봤는데 마찬가지로 연결되지 않고, 메시지를 남겼는데도 답장이 없어서……."

가나코는 침착하게 연기할 수 있었다. 야마모토가 수화기 저편에서 곤혹스러워하고 있었다.

"그래서 여기저기 전화로 물어볼까도 생각했지만 예전에도 연락 없이 외박한 적이 있어서……. 그때는 마작을 하고 그대로 후배 아파트에서 잤다고 했는데……. 괜히 지레짐작했다가 남편 책잡힐까 봐 주저하고 있었습니다. 그래서 월요일 아침까지 기다리자고 생각해서……. 어쩌면 어딘가에서 자고 거기에서 바로 은행에 출근하지 않을까 생각했는데…… 출근 안 했군요."

"네. 안 왔습니다." 야마모토는 주위의 귀를 의식하는지 여기에서 목소리를 낮췄다. "그렇다면 행방을 모른다는 건가요?"

"출근하지도 않고 그쪽도 연락이 되지 않는다는 건 그런 의미일지도 모르겠네요."

"핫토리 군의 본가에는 물어보셨습니까?"

"아뇨. 이제 전화를 걸어보려고요."

"그렇게 해주십시오. 그런데 토요일에 회사에 간다고 한 게 정말인가요?"

"네. 그렇게 말하고 나갔습니다."

"저, 금요일 밤에 같이 술을 마셨는데 그때는 다음 날 출근한다는 말이 없었는데……."

"그랬나요……?"

"그럼 다시 한 번 정리해볼게요. 핫토리 군은 토요일 점심 무렵에 집에서 나간 후 소식이 끊긴 거군요."

"네."

"알겠습니다. 부인, 그냥 댁에 계셔주세요. 그리고 본가에 물어봐주십시오. 저는 일과 관련해서 알아보겠습니다. 그리고 다시 전화를 드리겠습니다."

"네……."

전화를 끊었다. 얼굴이 뜨거웠다. 체온이 단숨에 상승한 기분이었다.

가나코는 일어나 목적도 없이 거실을 오가며 마음을 가라앉히려 했다. 시간이 없다. 뒤로 미룰 수 없는 일들이 오늘은 잔뜩 대기하고 있다.

숨을 크게 내뱉고 마치다의 다쓰로 본가로 걸기 위해 전화기를 들었다.

시어머니 앞에서는 한 번도 실수한 적이 없었지만, 그렇다고 모든 것을 터놓는 사이는 아니었다. 결혼 초기, 다쓰로가 좋아하는 것은 이러이러한 것이며, 싫어하는 것은 저저러한 것이고, 깔끔한 걸 좋아하니 잠옷은 자주 빨라는 등 시시콜콜 지시하여 직감적으로 거리를 두는 편이 좋겠다고 판단했다.

그래도 한 달에 한 번은 본가에 들르라고 해서 가는데 그때마다 어떻게 사는지 꼬치꼬치 물어본다. 다쓰로가 행방불명이라고 말하면 패닉 상태가 되어 맨션으로 쳐들어올지도 모른다.

"네, 핫토리 댁입니다."

시어머니는 격식 차린 목소리로 전화를 받았다.

"아, 어머님. 가나코예요. 실은······."

가나코는 심각한 목소리로 현재 상황을 설명했다. 차분하면 부자연스러울 것 같아서 군데군데 말을 못 잇기도 했다.

"그럼 다쓰로가 출근하지 않았다는 거니?"

시어머니의 목소리가 갑자기 높아졌다.

"네. 지금 동료인 야마모토 씨가 여기저기 연락하며 찾아보고는 있는데······."

"잠깐, 어떻게 된 거냐?"

"모르겠어요. 휴대전화는 안 받고."

"왜 오늘까지 아무 말 안 한 거야? 벌써 이틀이나 돌아오지 않고 있다는 거잖니?"

"네. 하지만 예전에도 연락 없이 외박한 적이 있어서 월요일 아침까지는 기다려보자고 생각했거든요······."

"어디서 사고라도 당한 거 아니냐? 가나코, 당장 경찰에 알아봐."

시어머니가 강한 어조로 말했다. 그런 식으로 걱정을 하는 건가 싶어서 가나코는 허를 찔린 기분이었다. 자신은 생각하지도 못했던 일이다.

"하지만 교통사고를 당했다면 뉴스에 나왔을 테고, 소지품으로 신원도 바로 파악할 수 있었을 텐데요…….."

"그건 모르는 거잖니. 충격으로 기억상실증에 걸렸다거나, 지갑을 잃어버려 신원 미상인 채 어느 병원에 실려 갔을 수도 있고."

별로 현실성 없는 추리였지만 그만큼 동요하고 있다는 뜻일 것이다.

"그럼 경찰서에 물어볼게요."

"물어보고 나서 곧바로 다시 전화해 다오. 알겠지?"

"알겠습니다."

전화를 끊고 다시 심호흡을 했다. 오늘은 정말 힘든 하루가 될 것 같다.

문의했다는 사실만은 남기고 싶어서 가장 가까운 경찰서로 전화를 했다. 대표번호로 걸었더니 어떤 용건이냐고 물어서 남편이 토요일부터 행방을 알 수 없는데 혹시 피해자가 신원 불명인 교통사고가 일어나지는 않았느냐고 묻자, 다시 연결해준 교통과에서 당연하다는 듯 그런 사고는 없었다고 사무적으로 대답했다. 이어서 실종신고는 어디에 접수해야 하는지 묻자 처음에는 생활안전과 상담 창구에서 접수를 받는다고 했다. 오늘내일 중으로 가게 될 것 같다.

다시 시어머니에게 전화해서 경찰서에 문의한 결과를 보고했다.

"은행은? 은행에서는 뭐래?"

시어머니는 거의 제정신이 아닌 듯 목소리가 점점 따져 묻는 말투로 변해 있었다.

"연락은 다시 안 왔어요. 제가 해보려고요."

"빨리 해봐라. 그리고 다시 전화 줘. 너는 짚이는 데 없니?"

"없습니다."

"부부 싸움을 했다거나 그런 건?"

"안 했어요. 평상시와 똑같았어요."

"설마 가출은 아니겠지?"

"그렇지는 않을 것 같은데요……."

"그나저나 왜 이틀이나 방치한 거야?"

"그게, 전에도 연락 없이 외박한 적이 있어서……."

"가나코, 이렇게 내조를 못해서 어쩌자는 거니? 너는 전업주부 잖아."

결국 꾸중을 듣는 처지가 되었다.

시어머니와의 전화 통화를 끝내자마자 야마모토에게서 다시 전화가 걸려 왔다.

"어떻게 됐나요? 본가에는 물어보셨습니까?"

야마모토가 서둘러 말한다.

"네, 시어머니에게 여쭤봤는데 짚이는 게 없으신 모양이에요."

"저희도 다른 지점과 본점에 물어봤는데 아무도 모르는 것 같아 요. 그런데 핫토리 군이 스마트폰은 가지고 나갔나요?"

"네, 그럴 거예요."

"그럼 GPS 기능으로 어디 있는지 알 수 있으니까 전화 회사에 문의해주십시오."

"그런 게 가능한가요?"

"미리 설정해놓았다면 가능합니다. 아마 핫토리 군도 설정했을 겁니다. 제가 전에 술집에 스마트폰을 놓고 온 적이 있는데 전화 회사에 문의했더니 곧바로 장소를 알 수 있었어요. 청구서에 계약자 번호가 있으니까 그걸 알려주면 조사해줄 겁니다."

"알겠어요. 해보겠습니다."

가나코는 예기치 못한 지시에 당황하면서 린류키에게 스마트폰을 건네준 것은 옳은 판단이었다고 생각했다. 린류키가 유심 카드를 뽑았을 테니 확인할 수 있는 장소는 나리타 공항까지다.

어차피 결과를 알고 있었지만 여기서도 조사했다는 증거만은 남기고 싶어서 전화 회사의 상담 창구에 전화하여 위치 정보 수색을 의뢰하자, 암호 입력을 요구하며 본인 확인이 불가능하면 위치 정보를 제공할 수 없다는 지극히 당연한 소리를 했다.

어쩔 수 없이 가나코는 남편이 행방불명되어 찾고 있다고 호소했지만, 그럴 경우에도 경찰을 통해야 한다고 설명했다. 과연 개인 정보의 벽은 두터운 듯했다.

자, 이젠 어떻게 할까. 가나코는 생각했다. 이쪽으로서도 나리타 공항에서 GPS가 끊겼다는 게 판명되면 더 좋다. 일단 다쓰로의 여권이 사라졌다는 것을 은행에 가르쳐줄까. 시기적으로 지금 알려두는 게 제일 적당할 듯하다.

신주쿠 지점의 야마모토에게 전화를 걸었다. 먼저 스마트폰 추적 조사는 본인이 아니면 확인이 불가능하다는 것을 말하고, 이어서 여권에 대해 털어놓았다.

"실은 남편의 물건들을 뒤져보다가 여권이 없는 걸 알았어요. 귀중품을 넣어놓는 서랍에도 없고……. 어쩌면 말없이 외국으로 나간 게 아닐까 싶은데…… 혹시 해외 출장이 잡혀 있지는 않았나요?"

"아닙니다. 그런 예정이 있었다면 저희도 이렇게 소동을 피우지 않겠죠." 야마모토가 즉시 대꾸했다. "부인, 정말 짚이는 게 없으세요?"

"없습니다."

"그럼 핫토리 군에게 뭔가 이상한 점은 없었나요?"

"이상한 점이라고 해봤자……." 여기에서 가나코는 생각하는 척했다. 실종된 것으로 만들려면 뭔가 이상한 점이 있었다고 말하는 편이 더 좋을지도 모른다. "그러고 보니 뭔가 생각할 게 있는 것 같긴 했습니다만……."

"무슨 말씀이시죠?"

"설명은 잘 못하겠지만, 마음이 여기 있지 않은 느낌이랄까, 저녁때 뭐 먹고 싶으냐고 물어도 건성으로 대답한 적은 있어요."

적당히 거짓말을 했다. 어차피 그들은 확인할 길이 없다.

"그게 언제쯤인가요?"

"대충 지난주부터였는데……."

야마모토가 수화기 저편에서 생각에 잠긴다. 거친 숨소리가 들려왔다.

"부인, 지금부터 지점장님과 회의를 할 테니까 잠시 집에 계십시오. 아, 맞다. 만약을 위해 부인의 휴대전화 번호 좀 가르쳐주시겠습니까?"

야마모토의 말에 전화번호를 교환했다. 그리고 다시 시어머니에게 전화했다. 은행에서도 짚이는 게 없어서 동료와 상사가 모두 걱정하고 있다고 이야기한 후 다쓰로의 여권이 사라졌다는 말도 덧붙였다.

"무슨 말이냐. 그 아이가 아무 연락도 없이 해외로 나갔다는 거냐?" 시어머니의 목소리가 점점 더 거칠어졌다. "잘 좀 설명해봐."

"그러니까 모르겠어요. 갑자기 없어져서 저도 혼란스러워요."

"또 없어진 게 있니?"

"모르겠어요. 하지만 나갈 때는 빈손이었어요."

시어머니는 '으음'이니 '정말' 같은 감탄사만 내뱉다가 지금 가나코의 맨션으로 오겠다고 말했다.

"하지만 오셔도 할 수 있는 게 없는데요……."

"그렇다고 가만히 있을 수는 없잖니. 뭔가 실마리가 될 만한 걸 찾을 수 있을지도 모르고."

"혹시 어머님 댁으로 연락이 올지도 모르니까 누가 있는 편이 좋지 않을까 싶은데요……."

가나코가 재빨리 둘러대자 그 말도 일리가 있다고 생각했는지, 시어머니는 당장 오겠다는 말을 거둬들였다.

"뭔가 조금이라도 알게 되면 전화해 다오."

"물론이죠."

전화를 끊고 나니 목이 말랐다. 냉장고에서 페트병의 물을 꺼내 마셨다. 마음이 가라앉을 때까지 시간이 얼마나 더 걸릴까. 시어머니가 허둥대는 꼴을 보면 찾는 걸 쉽게 포기하지는 않을 것 같다. 그렇게 생각하자 갑자기 불안해졌다.

나오미의 목소리가 듣고 싶어져서 휴대전화로 연락했다가 손님과 미팅 중이라는 말에 일단 끊었지만 이십 분 정도 기다리자 저쪽에서 전화가 걸려 왔다.

"어때? 모두들 당황하고 있지?"

나오미가 걱정스러운 듯 물었다.

"응. 은행도 본가도 몹시 허둥대고 있어. 역시 쉽게는 끝나지 않을 것 같아. 사람이 한 명 사라졌으니까."

"그래. 그래도 기운 내. 나도 힘껏 도와줄게. 언제든 연락하고."

"고마워. 나오미 목소리를 들으니까 용기가 좀 난다."

"한없이 난리 법석을 피울 수는 없을 테니까. 해외에서 실종됐다는 사실을 알면 수색 작업은 중단될 거야. 그때까지 참아."

"응, 알아."

"밤에는 잘 자니?"

나오미의 질문에 퍼뜩 어젯밤 일이 생각났다. 그러고 보니 숙면을 취했다.

"응, 잘 잤어."

"나도. 토요일 밤과 일요일 밤에도 여덟 시간 넘게 잤어."

"그럼 우리 괜찮은 거네."

"응, 괜찮아."

서로를 격려하다 보니 마음이 제법 가라앉았다. 긴장도 풀린다.

가나코는 허브티를 끓여 거실 소파에서 천천히 마셨다. 예전에 요가 교실에 다닐 때 배운 호흡법을 떠올리며 조용히 들이마셨다가 내뱉기를 반복했다. 그러자 아침부터 무질서하게 꿈틀거리던 온몸의 세포가 서서히 그 활동을 멈추고, 마침내 정상적인 배열로 돌아왔다.

막상 일이 닥치자 아무래도 평정심을 유지할 수는 없었지만 의외로 자신이 냉정하다 싶어 가나코는 묘하게 감탄하고 있었다. 최악의 사태를 각오하면 인간은 무슨 일이든 할 수 있는 걸까.

무엇보다 살인 사건이 일어났을 때 사실은 범인인, 피해자의 이웃이 태연한 얼굴로 텔레비전 인터뷰에서 '좋은 사람이었습니다. 별문제 없었던 것 같은데요' 하고 대답하는 장면도 많은 걸 보면 인간이란 원래 이렇게 의뭉을 잘 떠는 생물인지도 모른다.

삼십 분 정도 안정을 취하고 있는데 또다시 야마모토에게 전화가 걸려 왔다. 오후 4시쯤 지점장과 함께 방문하겠다고 한다. 은행원이 한 사람 사라졌는데 전화로만 이야기를 주고받을 수 없는 건 당연한 일이다. 이 시점에서 가나코는 두 번째 화살을 날렸다.

"여권이 없어졌다는 말은 아까 드렸는데, 실은 새롭게 제 현금카드가 없어진 것도 알았어요……. 그래서 인터넷뱅킹으로 계좌를 봤더니 금요일과 토요일 두 번에 걸쳐 백만 엔씩 인출됐더군요. 게다가 수요일에는 전혀 모르는 사람의 이름으로 1천만 엔이 송금되어 있고요……. 저, 어떻게 된 일인지 전혀 모르겠는데, 혹시 남편이 벌인 일일까요?"

가나코가 그런 사실을 밝히자 야마모토는 "어떻게 된 일인지 저도 잘 모르겠는데요……" 하고 잠시 말문이 막혀 있다가 "그런데 송금한 사람의 이름이 뭐였나요?" 하고 물어왔다.

"사이토 준코라는 이름이었어요."

"그 이름에 뭔가 짚이는 거 없으세요?"

"네."

"부인 계좌는 우리 은행인가요?"

"네, 결혼하고 나서 만든 계좌인데 교토 지점 것입니다."

"괜찮으시면 계좌 번호를 가르쳐주실 수 있겠습니까?"

"알겠습니다. 잠시만 기다려주세요."

가나코는 통장을 귀중품 상자에서 꺼내 계좌 번호를 가르쳐줬다.

"고맙습니다. 아직 밝혀진 사실이 너무 적습니다만 일단 오후 4시를 전후로 찾아뵙겠습니다."

야마모토의 말투가 더 심각해져 있었다. 단순한 실종이 아니라고 생각하기 시작했는지도 모른다.

주사위는 던져졌다. 이런 대사를 자신이 사용할 날이 오리라고는 생각하지도 못했지만 지금 심정이 딱 그랬다.

오후 4시를 십 분 정도 지났을 무렵 야마모토와 지점장이 찾아왔다. 두 사람 모두 험악한 표정으로 "안녕하십니까", "실례가 많습니다" 하고만 말했을 뿐 제대로 눈도 마주치지 않았고 평범한 인사말도 없었다. 가나코는 조심스럽게 맞이했다. 거실 소파에서 이야기할 분위기가 아니라서 식탁에 앉게 했다.

"그후 뭔가 새롭게 안 사실이 있나요?" 야마모토가 물었다.

"아뇨. 특별한 건……." 시원한 보리차를 내주면서 가나코가 대답했다.

"여행 가방이나 옷 같은, 사라진 물건은 없나요?"

"여행 가방은 있어요. 옷도, 싸 들고 나간 흔적은 없습니다."

"그럼 거의 맨몸으로 사라졌다고 생각해도 될까요?"

"그럴 것 같습니다……."

야마모토와 지점장이 서로를 쳐다봤다. 그러고는 지점장이 말을 이어받았다.

"여러모로 이해할 수 없는 점이 많아서 간단히 설명드릴 수는 없습니다만, 가족이 가장 걱정하실 테니 저희가 알고 있는 범위 내에서 솔직히 말씀드리겠습니다. 다만 부인, 다른 분에게는 말하지 말아주십시오."

"네……."

"부인 계좌로 송금된 1천만 엔은 핫토리 군이 최근 신규로 개설한 고객의 계좌에서 보낸 겁니다. 사이토 준코 씨라는 분인데 혹시 부인께서는 들어본 적 없으신가요?"

"네, 없습니다."

"이건 지난주 수요일에 인터넷뱅킹으로 송금된 것으로, 핫토리 군의 일일 보고에 따르면 이날 사이토 씨 댁에 찾아가 투자신탁 계약을 체결했습니다. 그러니까 이때 사이토 씨 컴퓨터를 사용해서 송금한 것으로 생각됩니다만……. 실은 오늘 전화로 사이토 씨에게 최근 인터넷으로 어느 분에게 돈을 송금한 일이 있느냐고 여쭤보니 자신은 컴퓨터 같은 걸 쓰지 않아서 무슨 말인지 모르겠다고 하셨습니다……. 상당히 고령이신 듯 말이 잘 통하지 않긴 했습니다……. 아무튼 부인 계좌에 들어온 1천만 엔은 사이토 씨의 돈이라는 뜻입니다."

"네에……."

가나코는 어찌 된 영문인지 도통 모르겠다는 표정을 지으며 애매하게 고개를 끄덕였다.

"그래서 부인 계좌에서 금요일과 토요일에 각각 백만 엔씩 인출됐다는 것 말입니다만, 암호를 아는 사람이 부인 외에 누가 또 있나요?"

"남편이 알고 있습니다. 제 명의이긴 하지만 원래 계좌를 개설한 건 남편이었거든요."

가나코는 순간 거짓말을 했다. 그래도 괜찮을까. 잠시 머리가 혼란스러웠다.

"그렇군요. 그럼 남편이 인출했을 가능성이 높군요."

"네, 그럴 거라고 생각합니다."

괜찮은 것 같다. 자신은 실수하지 않았다.

"게다가 인출한 ATM은 금요일에는 이케부쿠로 서쪽 출구 출장소, 토요일에는 마루노우치 지점입니다만 짚이는 거라도?"

"없습니다."

"현재 방범 카메라 영상을 확인할 수 있도록 본점 보안 부서에 신청해뒀으니 이르면 오늘 밤, 늦어도 내일 오전 중에는 볼 수 있습니다. 그러니까 그걸 보면 사건성이 있는지 없는지 확실해질 것 같습니다만……."

"네에, 그렇군요……."

가나코는 린류키로 하여금 돈을 찾게 하기를 잘했다고 진심으로 생각했다. 무심코 자신이 찾았다면 모든 게 수포로 돌아갈 뻔했다.

"그리고 사후에 말씀드려 죄송합니다만 부인 계좌를 동결시켰습니다. 어딘가에서 다시 돈을 인출할 가능성이 높다고 생각해서요."

"네, 알겠습니다."

"그리고 엉뚱한 말인 건 알고 있습니다만…… 핫토리 군이 누군가에게 협박당하고 있다거나 하는 일은 없었습니까?"

지점장이 가나코의 얼굴빛을 살피며 말했고, 야마모토도 마찬가지로 시선을 주었다.

"아뇨, 그런 일은……."

과연, 이쪽은 그런 걱정 때문에 온 건가. 가나코는 이 추리 역시 예상하지 못했다.

"오늘 밤, 지점장과 본점 부장을 모아 대책 회의를 열 계획인데 저희는 핫토리 군의 실종과 관련해 누군가 협박하고 감금했을 가능성도 아주 없다고는 생각하지 않습니다."

"앗, 그런, 감금이라니……."

가나코는 창백한 표정이 되어 두 손으로 뺨을 감쌌다. 물론 연기였지만 눈앞의 두 남자는 당황하여 진정시키려 했다.

"어디까지나 가능성일 뿐입니다. 저희도 근거를 갖고 말한 건 아닙니다."

야마모토가 몸을 앞으로 내밀며 말했다.

"가능성을 모두 예상하며 하나씩 지워나가는 거죠. 부디 두려워하지 말아주십시오."

지점장도 부드러운 말투가 되었다.

"네……."

"은행원은 때때로 고객의 원한을 사는 경우도 있는지라……. 예를 들면 투자신탁을 권한 고객이 '당신 때문에 손해를 봤다, 어쩔 거냐' 하고 추궁하기도 하고, 혹은 융자를 거절당한 사업주가 '당신들이 지원을 끊어서 회사가 도산했다'고 항의하기도 하죠……. 최근에는 폭력단 대처법이 엄격해져서 폭력단 관련 계좌는 전부 해약하도록 경찰의 지도 감시를 받고 있습니다만, 그 과정에서 문제가 생기는 바람에 원한을 사는 경우가 있습니다. 그런 이야기, 혹시 못 들으셨습니까?"

"특별히는요……. 남편은 집에서 일 이야기를 전혀 하지 않아서요……."

"사소한 것이라도 좋습니다. 야마모토에게 들었습니다만 뭔가 생각이 많은 것처럼 보였다거나……."

"어디까지나 제 생각이지만 그런 느낌이 있긴 했어요."

"수상한 전화가 걸려 온 적은요?"

"그건……."

가나코는 생각하는 시늉을 했다. 여기서는 뭔가 수수께끼를 꾸며내는 편이 좋을지도 모르겠다.

"그러고 보니 밤 10시경 남편의 휴대전화로 연락이 와서 남편이 발신자를 확인한 후 거실에서 침실로 들어가 이십 분 가까이 이야기를 나눈 적도 있어요. 누구 전화냐고 물었더니 일과 관련한 전화라고만 했는데……."

"그건 언제쯤이었나요?"

"열흘쯤 전이었던 것 같아요."

가나코는 벽의 달력을 보며 대답했다.

"그때 딱 한 번이었나요?"

"같은 전화인지는 모르겠지만 제가 목욕탕에서 나오니까 남편이 심란한 표정으로 누군가와 전화를 하다가 저를 보고 그대로 침실로 들어간 적도 있고요."

"그때 모습이 어땠나요? 심각해 보였다거나, 화가 난 것 같았다거나, 미안해하고 있었다거나."

"좋은 전화는 아닌 것 같다는 인상을 받았지만 그 이상은……."

"뭔가 생각나는 게 없나요?"

지점장의 끈질긴 질문이 이어졌다. 수첩에 메모를 하면서 질문을 하는 것으로 보아 미리 물어볼 내용을 준비했을 것이다. 그 결과는 본점에 보고해야 할 것이다.

면담은 삼십 분 이상 계속됐지만 가나코가 모른다는 말을 되풀이해서 이야기는 제자리에서 맴돌기만 할 뿐이었다. 그리고 다쓰로의 여권 분실에 관해서는 만약 해외로 나갔다면 그게 오히려 다행이라고 지점장은 의외의 말을 했다.

"뜬금없는 소리를 해서 정말 죄송합니다. 국내 실종 같으면 저희는 자살을 걱정해야 합니다. 하지만 해외로 나갔다면 핫토리 군은 분명 살아 있다는 거죠. 최근 그에게 어떤 사정이 있었는지, 혹은 어떤 사건에 휘말렸는지 상상이 안 되지만 그가 살아 돌아올 수도 있다는 뜻입니다."

가나코는 다시 또 허를 찔린 기분이었다. 실제로 일이 닥치자 생각 못한 반응들뿐이었다.

"지금은 ATM의 방범 카메라 영상의 결과를 기다릴 수밖에 없습니다. 모르는 인물이 인출했다면 사건, 본인이 인출했다면 실종, 저희는 그렇게 생각하고 있습니다."

지점장의 침통한 표정에 가나코는 약간 동정심이 생겼다.

"부인, 경찰에 신고는 했나요?"

"아뇨, 아직이요."

"그렇다면 내일까지 기다려주십시오. 영상을 확인하고 나서 신고하는 편이 좋을 것 같습니다."

"맞아요. 저도 그렇게 생각합니다."

"사실대로 말씀드리면 은행원의 실종은 그리 드문 일이 아닙니다." 지점장이 깊게 한숨을 쉬며 말했다. "올해 초에도, 이건 간사이 지점이긴 했지만, 부정 융자를 거듭하던 과장급 은행원이 실종됐다가 훗날 자살했어요. 시끄럽게 보도되지 않고 끝났습니다만 사내 법규를 철저히 지키라는 통지문이 전체 지점에 돌고 난 지 얼마 되지 않았을 때였습니다."

"제 남편이 뭔가 부정을 저지른 건가요?"

가나코는 불안한 표정을 가장하며 물었다.

"아뇨. 그래서 조사 중인 겁니다. 다만 지점 고객의 계좌에서 1천만 엔이 부인 계좌로 옮겨졌고, 그중에서 200만 엔이 이미 인출됐다는 것만은 사실입니다."

지점장이 정면으로 가나코를 바라보며 울적하게 미소 지었다.

"그리고 내일 당장이라도 부인 계좌에서 사이토 씨 계좌로 1천만 엔을 다시 보낼 겁니다. 이의 없으시죠?"

"물론입니다."

"서류는 필요 없습니다. 없었던 일로 하고 싶으니까 기록도 수정하겠습니다. 이 점에 대해서도 입을 다물어주시길 바랍니다."

"알겠습니다." 가나코는 얌전한 얼굴로 끄덕였다.

결국 린류키에게 건네준 200만 엔은 없었던 돈이 될 것 같다. 그게 오히려 잘된 게 아닐까. 물론 이건 사소한 것이다. 다쓰로의 예금은 자신의 것이 된다.

지점장과 야마모토는 그 후에도 할 일이 산더미 같은지 이야기를 마치자마자 서둘러 돌아갔다. 가나코에게 위로의 말은 하지 않았다. 부정 스캔들일 가능성이 있었던 만큼 그들도 그럴 경황이 없었을 것이다.

가나코는 은행 사람들의 방문을 받고 계획대로 되어가는 듯한 느낌이 들었다. 자신들이 세운 계획은 옳았다. 이제 ATM 영상을 보면 은행에서는 고객의 돈을 착복하여 해외로 도피했다고 생각할 것이다. 그렇게 되면 적극적으로 무마하려 들 것이다.

긴장이 풀리자 다시 나오미의 목소리가 듣고 싶었다. 은행과 잘 이야기했다는 사실을 알리고, 자연스럽게 행동한 자신을 칭찬받고 싶었던 것이다.

나오미는 일하는 도중에 전화를 받았지만 잠깐 이야기 상대가 되어줬다. "조금만 더 참으면 되니까 힘내" 하고 격려도 해줬다.

"전부 다 정리되면 같이 유럽에라도 놀러 가지 않을래?"

가나코가 용기를 내어 그렇게 말하자 나오미는 "갈래, 갈래" 하고 적극적으로 동의해 와서 새삼 친구의 고마움을 절감했다. 이걸로 목표가 생겼다.

밤이 되어 시어머니와 시아버지가 맨션으로 찾아왔다. 와도 별수 없었지만 집에서 가만히 있을 수 없었을 것이다. 회사 임원인 시아버지가 퇴근하기를 기다렸다가 서둘러 달려온 모양이었다.

가나코는 시아버지를 상대로 은행과 이야기한 것들을 순서대로 설명한 후 다른 것은 전혀 모르겠다고만 말했다. 시아버지는 비교적 차분했지만, 시어머니는 완전히 낭패한 모습으로 마치 작은 아이를 찾듯이 옷장 문을 열고 들여다보는가 하면 베란다로 나가서 구석구석 살펴보는 등 쓸데없는 행동을 되풀이했다. 어머니란 이런 존재일 것이다. 아들은 연인인 것이다.

은행보다 본가 쪽이 더 성가실 것 같았다. 가나코는 마음을 다잡았다. 부모가 그리 쉽게 포기할 리 없었다.

시부모는 한 시간 정도 있다가 돌아갔다. 가나코는 긴 하루를 되돌아보며 수고했다고 스스로를 위로했다.

냉장고를 열고 캔맥주를 마셨다. 오늘 밤도 푹 잠들 수 있을 것 같았다.

22 ——

화요일에는 아침 9시 정각에 은행 지점장에게서 전화가 걸려 왔다. 내용은 ATM 방범 카메라 영상을 확인했다는 통지였다.

"어젯밤 늦게 본점에 불려 가서 영상을 봤는데, 이케부쿠로와 마루노우치에서 현금을 인출한 인물은 두 건 모두 핫토리 군인 것 같습니다."

지점장은 어둡긴 했지만 차분한 목소리로 말했다. 그들에게 최악인 것은 생판 모르는 사람이 인출했을 경우이므로 불행 중 다행이라는 기분이었을지도 모른다. 가나코는 은행 측이 당사자라고 믿었다는 데 일단 안도했다.

"그리고 경찰에 신고하는 것 말입니다만, 일단은 가출일 가능성이 높으니까 오늘 중으로 가까운 경찰서에 실종 신고를 해주시겠습니까?"

"네, 물론이에요. 그럴 생각이었습니다."

"거기에서 제일 가까운 경찰서가 어디죠?"

"세이조히가시 경찰서입니다."

"알겠습니다. 세이조히가시라는 말이죠" 하고 메모하는 소리가 들렸다. "그리고 고객 계좌에서 1천만 엔을 이체한 것, 그리고 ATM에서 그 돈을 인출한 것과 관련해서는 경찰에 이야기하지 말아주십시오."

"네에……."

"동의하지 못할 수도 있지만 그걸 이야기하면 남편은 횡령죄 용의자가 되고 맙니다. 게다가 은행에도 탐문이 들어올 테니까……."

"네, 알겠습니다. 그렇게 하겠습니다."

가나코에게는 그러는 편이 더 좋았다. 사건이 되면 곤란하다.

"다만 어디까지나 잠정적인 조치일 뿐 유야무야 넘어갈 생각은 없으니까 그 점은 안심하세요. 우리로서는 누군가에게 협박당한 게 아닐까 하는 가능성도 배제하지 않고 있습니다. 오늘부터 본점의 감사와 노무사가 들어와 핫토리 군이 관여한 업무에 대해 샅샅이 조사하기로 했습니다. 그러니까 잠시 동안은 그 결과를 기다려주세요."

"알겠습니다."

"그 후로 또 생각나신 게 있거나, 집에서 사라진 물건은 없나요?"

지점장이 물었다.

"그래요……, 뭐 특별히는……."

할 말이 막힌다. 좀더 실종을 예감하게 만드는 에피소드가 나오면 좋을지도 모르겠지만 곧바로 떠오르지 않았다.

"어제 찾아뵀을 때 핫토리 군에게 수상한 전화가 왔다고 말씀하셨는데 그와 관련해서 달리 생각나신 건 없습니까?"

"아뇨, 특별히는……. 수상한 전화였는지 아니었는지도 잘 모르겠고."

"부인이 기억하는 한 두 번 정도 왔다고 하셨죠?"

"네……."

"몇 월 며칠 몇 시경인지 모르십니까?"

"죄송해요. 거기까지는."

가나코는 약간 초조했다. 급조한 이야기에 은행은 관심을 갖는 듯했다. 조금이라도 실마리를 찾고 싶은 상황에서는 당연한 반응이다.

"그럼 수첩이나 달력을 보면서 천천히 생각해주세요. 내일 본점 직원과 함께 다시 찾아뵙겠습니다. 뭐든 좋습니다. 생각나는 게 있다면 전부 메모해두세요."

"아, 네."

가나코는 전화를 끊고 한숨을 깊이 쉬었다. 역시 당분간은 다쓰로의 수색에 힘을 쏟을 모양이다. 은행이나 다쓰로의 본가 모두 그리 쉽게는 포기하지 않을 것이다.

그때 시어머니에게 전화가 걸려 왔다. 전화기 액정 화면에 뜨는 '마치다 본가'라는 글자를 보면서 받지 않기로 했다. 경찰서에 실종 신고를 하러 갈 때 자신도 따라가겠다고 할 것 같아서였다. 휴대전화 번호는 시어머니에게 알려주지 않았다. 이제 곧 물어보겠지.

가나코는 호출음으로부터 도망치듯 침실로 가서 수수한 회색 원피스로 갈아입었다. 실종 신고를 하러 가는데 밝은 색깔은 보기 좋지 않다. 옷장을 바라보며 앞으로는 이 공간을 전부 혼자 사용할 것이라고 생각하니 지금의 우울한 기분도 약간은 위로가 되었다. 사태가 진정되면 정장도 사고 싶다. 다쓰로는 가나코의 옷차림에도 참견했다. 청초하고 여성적인 옷을 좋아해서 가나코가 미니스커트를 입으면 싫어했다. 이번 여름에는 피부를 노출하는 옷을 입고 싶다.

전화는 일단 끊겼다가 십 초도 채 되지 않아 또다시 걸려 왔다. 그 소리를 무시하고 가나코는 경찰서로 가기 위해 집을 나섰다.

세이조히가시 경찰서에서는 전화로 설명 들은 대로 생활안전과 상담 창구를 찾았다. 그곳은 사람들의 출입이 많아 방 전체가 소란스러워서 자신이 가져간 상담 내용이 얼마나 보잘것없는 것인지 실감 나게 해줬다.

정년퇴직이 얼마 남지 않았을 것 같은 백발의 경관이 카운터 너머에서 이야기를 들었다.

"그럼 부인, 걱정 마시고. 그래요, 남편분이 사라졌다는 건가요?"

서류를 꺼내 와서 한 손에 볼펜을 들고 이것저것 질문해 왔다. 가나코는 지금까지 벌어진 일을 차례대로 이야기했다.

"그렇군요. 그래서 토요일 점심 무렵, 은행에 출근한다고 나갔다가 그대로 연락이 안 된다는 거군요."

경관은 온화한 말투로 친근하게 물었지만 어딘지 표면적인 것처럼 보이기도 했다.

"그래서 직장 사람들은 뭐라고 하던가요?"

"은행에서도 여기저기 열심히 찾고 있나 봐요. 하지만 여전히 실마리가 안 보이는지……."

"경찰서에 신고하는 것에 대해 은행은 뭐라고 하지 않았나요?"

"네, 특별히는……."

가나코는 얌전한 얼굴로 대답했다. 하지 말라던 말은 당연히 하지 않았다.

"그럼 사건성은 없군요. 남편분에게 업무상 문제가 있었고, 그래서 행방불명이 됐다면 은행도 당황했을 테고, 부인 혼자만 보내지 않았을 테니까요……."

경관이 미소 지었다. 사건으로 취급하지 않아도 된다는 데 안도한 듯 보였다.

"그럼 용지를 드릴 테니까 필요 사항을 기입해주시겠습니까? 모르는 부분은 '모름'이라고 쓰시면 됩니다."

가나코는 '행방불명자에 대한 신고'라고 인쇄된 용지와 마주했다. 이때 갑자기 생각났다.

"아, 맞다. 남편의 여권이 없어졌어요."

"여권이요? 그게 확실한가요?"

"네. 늘 넣어두던 서랍에서 사라졌습니다."

"그럼 해외로 나갔을 가능성도 있겠군요."

"그렇죠. 출국 기록이 있는지 조사해주셨으면 합니다."

가나코가 말하자 경관은 미간에 주름을 모으며 "그건 우리로서는 좀……" 하고 말을 흐렸다.

"출입국 관리는 법무성 소관이라서 경찰이 마음대로 조사할 수 없어요. 만약 사건성이 있다면 제일 먼저 조사해보겠지만 단순한 가출이라면 그것까지는 힘듭니다."

"하지만 그럼 국내에 있는지, 아니면 해외에 있는지 우리는 모르잖아요. 국내에 있다면 찾을 수 있지만 해외라면 찾을 수도 없을 텐데……. 어느 쪽인지 모르면 대책도 세울 수 없어요. 부탁합니다. 알아봐주실 수 없을까요?"

가나코는 끝까지 물고 늘어졌다. 다스로의 출국 기록이 증거로 나오지 않으면 은행이나 마치다의 본가에서는 언제까지고 포기하지 않을 것이다.

"부인, 다시 말씀드리는데 우리로서는 무리입니다. 사건에 휘말렸을 가능성이 있고 '특이 행방불명자'로 취급되면 물론 경찰이 먼저 출입국 관리를 살피겠지만 그것도 재판소의 명령이 필요하거든요. 개인 정보라 그래요. 일본은 그런 점에서 아주 엄격답니다. 경찰은 늘 옴짝달싹하지 못하죠. 그래서 단순 가출이라면 더욱 어렵습니다. 그 점을 부디 이해해주시길 바랍니다."

경관이 카운터에 손을 짚으며 형식적이나마 고개를 숙인다. 어느새 가출로 기정사실화되고 말았다. 가나코에게는 고마운 일이었지만.

결국 경찰서에는 삼십 분 정도 있다가 실종 신고서만 제출하고 돌아왔다. "무슨 일이 있으면 연락드리겠습니다" 하고 경관이 마지막으로 말했지만 그건 아무 일도 없으리라는 뜻일 것이다. 가나코는 순조롭게 임무를 완수한 데 안심했다.

경찰이 가볍게 대응해준 덕분에 반쯤은 면죄를 받은 기분이 들기도 했다. 한 사람이 사라졌다고 해서 이 세상이 변할 리가 없었던 것이다.

집으로 돌아오자 부재중 전화가 있었음을 알리는 메시지 램프에 불이 들어와 있었다. 녹음은 두 건이 있었는데 모두 시어머니였다. 내용은 들을 필요도 없었지만, 어쨌든 재생하니 "다쓰로와는 아직도 연락 안 되니? 전화해 다오" 하고 화난 목소리와 씩씩대는 숨결이 녹음되어 있었다.

가나코는 홍차를 끓여 한 잔 마시고 나서 전화를 걸었다.

"가나코, 어디 갔었던 거니?" 시어머니는 처음부터 비난조의 말투였다.

"경찰서에요. 실종 신고를 했어요."

"그래? 그래서 어떻게 됐니? 찾아주겠대?"

"아뇨. 가출로 여겨서 아무것도 안 해줄 것 같아요."

"왜 가출로 단정하는 건데? 사건이나 사고일지도 모르잖니?" 시어머니가 거칠게 말했다.

"하지만 뭔가 증거가 없으면 경찰은 움직이지 않을 것 같아요."

"같다니, 가나코, 정신 차려. 남의 일처럼 말하는구나. 네 남편이야. 가출할 이유가 없는데 왜 가출이래? 좀더 강력하게 말해서 경찰이 나서도록 해야만 해. 창구 담당자 이름을 가르쳐다오. 내가 다시 한 번 부탁해봐야겠다."

전화였는데도 마치 시어머니의 침이 튀는 듯한 기분이 들었다.

"그건 좀……. 실은 오늘 아침에 은행 지점장한테 전화가 왔어요……."

가나코는 어제는 말하지 않았던, 고객 예금에 대한 착복 의혹과 ATM의 방범 카메라 영상에 대해 털어놓기로 했다. 시기도 적절하다.

"지점장님 말에 따르면요……."

다쓰로가 고객의 예금을 멋대로 이체했고 ATM에서 200만 엔을 인출한 것에 대해 순서대로 이야기하자 수화기 저편에서 시어머니가 잠시 할 말을 잃었다.

"거짓말이야, 그건. 다쓰로가 고객 돈에 손을 대다니. 다쓰로가 그런 짓을 할 리 없잖니? 무슨 소리야! 무엇보다 너는 그런 이야기를 믿니?"

"아뇨. 저도 그럴 리 없다고는 생각하는데, 그래도 ATM 카메라 영상에는……."

"너도 그 영상을 봤어?"

"아뇨. 보지는 못했는데요."

"내가 직접 봐야겠다. 오늘이라도 지점장을 만나러 가야겠어."

"하지만 그건……."

긁어 부스럼을 만들었다. 하지만 언젠가는 알려야 할 일이었다.

"전화번호를 가르쳐다오."

"어머님, 내일 지점장과 본점 직원이 또 온다고 하니까 괜찮으시면 그때 오실래요?"

가나코는 마지못해 제안했다. 사실은 같이 있고 싶지 않았지만 멋대로 은행에 쳐들어가는 것보다는 낫다.

"알았다. 내일 몇 시야?"

"아직 모르겠어요."

"그럼 알게 되면 전화해 다오."

시어머니가 겨우 물러났다. 그리고 휴대전화 번호를 물어 어쩔 수 없이 가르쳐줬다. 앞으로는 부재중 전화로 돌려놓을 수도 없게 됐다.

전화를 끊고 나자 서 있을 힘도 없었다. 아침부터 너무 많은 일이 있었다.

가나코는 소파에 몸을 깊이 파묻고 한숨을 크게 내쉬었다. 두 다리를 테이블 위에 올렸다.

하얀 천장을 멍하니 바라본다. 콩알만 한 작은 거미가 한 마리, 바쁘게 발을 움직여 끝에서 끝으로 종단 여행을 감행하고 있었다. 힘내라, 힘내. 마음속으로 응원을 보냈다. 저 거미는 나다.

자, 그럼 오늘 또 해야 할 일은. 눈을 감고 생각해봤지만, 없었다.

그래, 이제 없다. 경찰서에 가는 것뿐이었다. 그걸 깨닫자 마음이 순식간에 가벼워졌다. 벽시계를 봤다. 아직 점심 전이다. 오후가 고스란히 남아 있다.

가나코는 외출하기로 했다. 근처는 사람들의 이목이 있으니까 신주쿠로 가자. 호텔 레스토랑에서 괜찮은 점심을 먹고 디저트도 즐기자. 서점에도 들르자. 가끔은 소설도 읽고 싶었다. 학생 때는 도서관에 다니며 해외 문학에 푹 빠졌던 적도 있었다. 디네센(Isak Dinesen, 1885~1962, 카렌 블릭센이 본명인 덴마크의 여성 소설가. 주로 기괴한 소재를 골라 세련되고 지적인 문장으로 이색적인 소설을 썼다.『아웃 오브 아프리카』,『바베트의 만찬』,『일곱 개의 고딕 이야기』같은 작품이 있다-옮긴이)이라도 다시 읽어볼까. 지금 보면 분명 느낌이 다를 것이다.

가나코는 준비를 하고 집을 나섰다. 갑자기 생각이 나서 역 앞 안경점에서 선글라스를 샀다. 변장이라고 하면 너무 거창하지만 심리적인 방어벽이 있었으면 했다.

큼직한 디자인의 그것을 쓰니 한 단계 더 마음이 가벼워졌다. 유리창에 비친 자신이 세 살은 더 젊어 보였다.

밤에 나오미에게 전화가 왔다. 밝은 목소리로 "가나코, 좋은 소식이 있어" 하며 꺼낸 말은 린류키와 관련된 정보였다.

"실은 나, 린 씨가 정말 귀국했는지 계속 신경이 쓰여서 이케부쿠로의 리 사장 도움을 받아 조사해봤어. 린 씨가 중국의 자기 집으로 돌아갔을까 싶어서. 그랬더니……, 짜잔. 무사히 귀국했답니다."

"다행이다." 가나코는 가슴을 쓸어내렸다. 걱정스러웠던 일 가운데 하나였다.

"그러니까 다쓰로 씨의 여권 기록은 토요일에 나리타에서 출국해 그날 상하이에서 중국으로 입국한 셈이 되는 거야."

"저기, 그렇긴 한데 경찰서에 실종 신고를 했을 때 여권 이야기를 했더니 경찰은 조사할 생각이 없는 것 같아. 출입국 관리는 법무성 소관인 데다 현재 사건성이 없다고 개인 정보 운운하면서."

"괜찮아. 고토부키 은행 정도면 대형 은행이잖아. 은행이 뒤로 손을 쓸 거야. 우리도 경찰 은퇴자가 몇 명이나 있을 정도니까 고토부키 은행쯤 되면 외무성 전직 관료들도 잔뜩 취직해 있을 거야. 법무성 출신도 분명 있을 테고, 그러니 반드시 조사해줄걸."

"그래. 그럴지도 모르겠다."

"해외에서 실종됐다는 걸 알면 모두 찾는 걸 포기하겠지."

"응. 하지만 본가에서는 포기하지 않을 것 같아. 시어머니는 엄청 난리 치고 있어."

"그건 어쩔 수 없지. 부모니까. 하지만 언젠가는 포기할 거야. 시간이 해결해줄 거라고. 연간 실종자 수가 경찰서에 접수된 것만 해도 8만 명이래. 내가 무심코 계산기로 계산해봤어. 하루 평균 200명이 넘어."

"그래서 그런지 경찰도 사무적이긴 하더라. 무슨 일이 있으면 연락한대. 대수롭지 않게 여기는 것 같았어."

"그러니까 괜찮아. 잘 대비하고만 있자."

"응. 그래."

"그런데 이번 금요일, 토요일 이틀 휴가를 받았는데 1박으로 온천에라도 가지 않을래?"

"괜찮을까? 다쓰로 씨 집에서 알면 야단날 텐데. 남편이 행방불명됐는데 처라는 사람이 여행 갔다고 수상쩍게 여길 거야."

"그러니까 호쿠리쿠로 가는 거야. 가나코가 마음고생으로 몸이 안 좋아진 걸로 하고, 걱정스러운 친정어머니가 집에 한번 오라고 해서 갔다고 둘러대는 거지."

"그럴까? 고향에 간다는 이유라면 괜찮을 것도 같다."

"바다를 보며 온천에 몸을 담그고 신선한 회라도 먹자."

나오미가 즐거운 듯 말한다.

"알았어. 가자."

가나코는 단호히 대답했다. 꿈꾸던 일을 실행에 옮기는 것이다.

나오미와는 한 시간 이상 전화 통화를 오래 했다. 그런 자유도 기뻤다.

23 ———

다음 날, 지점장과 본점의 노무 담당이 찾아와 다시 사정 청취를 했다. 시어머니도 동석하여 넷이 테이블을 사이에 두고 마주했다.

시어머니는 해쓱하니 여위었다. 그래도 몸단장은 빈틈이 없어서 외출할 때나 차는 까르띠에 손목시계가 왼팔에서 빛나고 있었다.

은행 측은 방범 카메라의 영상 인쇄물을 가져와서 먼저 그것을 제시했다.

"이게 그때의 영상입니다." 지점장이 굳은 표정으로 말하며 내민다. 역시 가나코는 심장이 마구 뛰었다. 시어머니는 자신의 아들이라고 인정할까.

시어머니는 가방에서 돋보기를 꺼내 코 위에 걸치고 응시했다.

"어두워서 잘 모르겠는데……."

"그림자 속에 있기도 하고 해상도가 너무 낮아 보통 사진처럼 찍히지는 않았지만, 그래도 누구인지는 알 수 있을 것 같습니다."

지점장이 엄숙한 표정으로 말했다.

"저기, 가나코, 너는 어떤 것 같아?" 돌아보며 묻는다.

"다쓰로 씨 같은데요……." 가나코는 조심스럽게 대답했다.

"부모 자식 간이라 얼굴을 유심히 본 적은 별로 없어요. 특히 어른이 되고 나서는 대화도 많이 않았고……."

"어머님, 충격을 받으신 건 압니다만 저희는 돈을 인출한 사람이 핫토리 군이라 그나마 다행이라고 생각합니다. 만약 이게 다른 사람이었다면 핫토리 군이 사건에 휘말렸다는 의미일 테지만, 이 영상에 의해 핫토리 군이 무사하다는 게 확인된 것입니다."

"그렇게 말씀하시니 그런 것 같기도 하지만……."

시어머니가 일단 납득했는지 목소리가 낮아졌다.

"그리고 문제가 된 사이토 준코 님 댁에 저희가 어제 찾아뵀는데……. 계좌에서 무단으로 예금을 이체한 것에 대해서는 비밀로 하고 핫토리 군에 대해 물어봤습니다만…… 뭐랄까, 이야기가 종잡을 수 없다고나 할까요, 오락가락하여 대화가 되지 않는다고나 할까요…….”

"간단히 말하면 그 고객은 치매가 아닐까 하고 저희는 생각했습니다." 옆에서 노무 담당이 말을 이어받았다. "자신의 계좌가 어떻게 됐는지도 모르는 것 같았습니다……. 사이토 님에게는 핫토리 군이 지난주에 투자신탁을 판매했는데 그것도 잊었고, 뭔가 질문할 때마다 백화점의 외판부 담당자 이름을 대며 그 사람에게 물어보라고…….”

나오미에 대해 언급하자 가나코는 가슴이 쿵쾅거렸다. 다만 의심을 산 것 같지는 않았다.

"치매라면 어떻게 되는 거죠?" 시어머니가 물었다.

두 남자가 서로의 얼굴을 쳐다보다 지점장이 말했다.

"어머님께 이런 말씀을 드려서 죄송합니다만 본점의 감사 소견으로는 치매 고객에게 계좌를 개설하게 만들고, 거기에서 1천만 엔을 착복했을 가능성이 높다고…….”

"거짓말입니다. 다쓰로는 그런 짓을 할 아이가 아니에요."

시어머니가 즉시 강한 어조로 대꾸했다.

"저희도 그렇게 믿고 싶습니다만 이만큼 증거가 있어서 좀…….”

지점장이 곤란하다는 표정으로 말했다. 이번에는 노무 담당이 말을 이었다.

"그리고 여권이 사라진 것 말인데요, 그건 현재 조사 중입니다.

경로가 좀 복잡해서 오늘내일 중으로 알 수 있는 문제는 아닙니다만 늦어도 이번 주 안에는."

"그건 나리타 공항에 문의하면 바로 알 수 있는 거 아닌가요?"

시어머니가 무모한 말을 했다.

"그건 무리입니다. 출입국 관리는 법무성이 하는 것이라 그쪽에 문의하게 되어 있습니다. 다만 경찰 수사가 아니라서 재판소 명령을 얻어낼 수 없기 때문에 독자적인 경로를 사용하게 됐습니다."

"무슨 말씀인지 잘 모르겠는데요."

"저희 은행에는 전직 법무성 출신과 경찰 출신도 많기 때문에 그분들이 손을 써서 비밀리에 알아보도록 했습니다. 그러면 탑승 비행기와 도착지까지 확실히 알 수 있을 겁니다."

과연 나오미가 말한 대로 진행되고 있어서 가나코는 감탄했다.

"그런……." 시어머니가 테이블에 팔꿈치를 괴며 신음했다. 그리고 크게 한숨을 내뱉은 후 두 남자를 바라보며 말했다. "다쓰로가 해외로 나갔다는 걸 나는 믿을 수 없어요. 그 아이는 부모에게 연락도 없이 어딘가로 떠나는 아이가 아니에요."

"부모로서 그렇게 생각하시는 건 당연합니다. 하지만 실제로 행방을 감춘 상태라……."

"뭔가 잘못됐어요." 시어머니의 목소리가 서서히 히스테릭하게 변해갔다.

"아무튼 조사 결과를 기다리도록 하죠."

"만약 해외로 나갔다면 은행에서는 다쓰로를 찾아주실 건가요?"

"그건……." 지점장이 할 말을 잃었다.

"고토부키 은행은 전 세계에 지점을 가지고 있잖아요? 그곳 직원들을 통해서 찾아주세요."

지점장과 노무 담당은 시선을 피하며 대답하지 않았다.

"그러니까 은행원 한 명이 행방불명됐잖아요. 은행 전체가 나서서 찾아주는 게 당연한 일 아닌가요?"

"어머님, 그건 무리한 부탁인 것 같아요." 아무래도 지나친 부탁인 것 같아서 가나코가 끼어들었다. "어디서 들었는데 실종자가 연간 8만 명이 넘는다고 해요. 그러니까 스스로 돌아오기를 기다리는 수밖에 없을 것 같아요."

"기다릴 수밖에 없다니 가나코, 너는 그럴 수 있니?"

"아뇨. 저는 찾을 거예요. 가족이니까 당연하죠. 하지만 직장 분들은 매일같이 일도 하시고……."

"정말 냉정하구나. 고토부키 은행은 가족주의라고 들었는데."

지점장과 노무 담당은 뭔가 하고 싶은 말이 있지만 꾹 참고 있는 듯 침묵했다.

"저기……." 화제를 바꾸고 싶어서 가나코가 물었다. "지점장님이 전에 말씀하셨던, 누군가에게 협박당하고 있는 게 아닐까 하는 문제는 어떻게 됐나요?"

"그것도 조사 중입니다." 지점장이 대답했다.

"뭐? 그게 뭐죠? 나는 처음 듣는 말이에요."

시어머니가 또 덤벼들어서 이번에는 가나코가 설명했다.

"그럼 다쓰로는 뭔가 곤란한 일에 휘말렸다는 거니? 가나코 너, 그 사실을 경찰에 똑똑히 이야기했니?"

"아뇨, 그건 말하지 않았어요."

"왜 말하지 않았니? 말했으면 사건으로 생각해 수사에 나섰을 텐데."

"어머님, 그 건은 저희 쪽에서 부인께 말하지 말아달라고 부탁드렸습니다."

지점장이 지원사격에 나섰다. 현재 이 자리의 분위기는 흥분한 시어머니를 세 사람이 달래는 형국이었다.

"방금 전에도 말씀드렸다시피 아직 조사 중이며, 아직까지 의심할 만한 단서가 나오지 않았습니다. 일방적인 원한일 가능성까지 포함해서 앞으로도 조사는 계속 진행될 예정입니다."

"원한이라니 다쓰로가 누구한테 원한을 샀다는 건가요?"

"아뇨. 그러니까 가능성에 대한 것입니다."

노무 담당이 곤란한 표정으로 끼어들었다. 냉정한 대화는 더 이상 불가능할 것 같았다.

"부인, 그럼 여권에 대한 것도 있으니 다시 또 찾아뵈도 될까요?" 하고 묻는 지점장.

"네, 상관없습니다. 잘 부탁드립니다." 가나코는 고개를 숙였다.

"잠깐 이대로 끝나는 건가요?" 시어머니가 이의를 제기했다. "이렇게 느긋할 데가 있나. 그럼 우리 아이는 언제 돌아오나요? 지점장님, 그쪽에서도 경찰에게 수사하도록 손을 써주세요."

"어머님, 안타깝게도 사건이라는 증거가 나오지 않는 이상 경찰은 움직이지 않습니다."

"그러니까 고토부키 은행의 힘으로 뭔가 해주십사 하고……."

시어머니의 호소를 차단하듯 지점장과 노무 담당이 일어섰다.

"부인, 다시 연락드리겠습니다."

인사를 하고 나서 발걸음을 돌렸다. 시어머니는 아직도 뭐라고 더 말하고 있었지만 그들은 상대해주지 않았다.

가나코가 현관에서 배웅하고 거실로 돌아오자 시어머니는 소변을 참는 소녀 같은 표정으로 방정맞게 무릎을 마구 떨고 있었다.

"어머님, 왜 그러세요? 어디 안 좋으세요?"

"가나코, 다쓰로가 돌아오지 않으면 어떡하지?"

아까와는 달리 힘없는 목소리로 말했다.

가나코는 뭐라고 대답할 말이 없었다. 너무 냉정하게도 말할 수 없었고, 그렇다고 해서 시어머니와 한마음인 듯 비탄에 잠기는 연기는 차마 할 자신이 없었다.

다음 순간, 시어머니의 눈에서 굵은 눈물방울이 떨어졌다.

"다 짱, 어디 간 거야?"

손수건을 눈에 대고 울기 시작했다.

그렇구나, 환갑이 다 된 나이에도 울다니, 어머니는 어머니구나. 이것도 예상치 못한 사태였다. 시어머니는 쉽게 포기하지 않을 것 같다. 모친이라면 당연한 일인지도 모르겠지만.

가나코는 어떻게 하면 좋을지 몰라서 식탁의 유리잔을 정리하여 개수대 물로 씻었다. 어쨌든 조신하게 어깨를 잔뜩 움츠리고 설거지를 했다.

뒤에서는 마침내 시어머니가 소리 내어 울고 있었다.

24 ——

1박을 할 여행지는 도야마로 정했다. 가나코의 고향인 이시카와와 나오미의 고향인 니가타의 중간을 선택한 꼴이었다. 나오미가 결정하고 비행기 티켓부터 숙박 예약까지 전부 해줬다.

"바쁜데 미안해." 가나코가 사과하자 "네가 나서면 여러모로 증거가 남잖아" 하고 나오미는 여자 스파이라도 된 듯 말하며 후후, 웃었다.

"몸 상태는 어때? 나는 아주 좋아. 밤에도 푹 자고 식욕도 왕성해. 가나코가 폭력에 시달릴 일이 없다고 생각하면 기분이 무척 좋아지거든. 걱정거리가 사라져서 아주 좋다고. 지난번에는 내 고객 중 한 명이 밥을 사줬어. 긴자에 있는 이탈리안 레스토랑에서. 와인이 너무 맛있어서 벌컥벌컥 들이켜고 식사 후에는 그라파(grappa, 이탈리아 와인을 만들고 남은 찌꺼기로 만든 증류주-옮긴이)까지 마셨더니 그 고객이 '오다 씨, 술 세네요' 하고 놀라더라고."

나오미는 말이 많았다. 그때도 한 시간 이상 오랜 통화가 이어졌을 정도다.

당일은 신주쿠 역에서 만나 둘이서 하네다 공항으로 갔다. 날씨는 쾌청. 호쿠리쿠도 비슷한 듯하다. 나오미는 하얀 반바지에 감색 펌프스, 윗도리는 핑크색 반소매 니트로 완연한 여름 복장이었다. 약속한 것도 아닌데 가나코도 비슷한 옷차림이었다. 레몬옐로의 탱크톱에 마로 된 셔츠를 걸쳤다. 결혼반지는 물론 끼지 않았다.

공항에서 기다리는 동안 화이트 와인을 마셨다.

"건배하자." 나오미가 말했다. 건배의 이유는 다쓰로의 여권 출국 기록이 확인됐기 때문이다.

어제 지점장과 노무 담당이 다시 찾아와 은행이 인맥을 동원하여 조사한 결과를 보고했다. 다쓰로는 토요일 오후에 나리타에서 출국했다. 저녁에 출발하는 상하이행 탑승 명부에 그 이름이 있었다. 이렇게 된 이상 은행으로서는 손쓸 도리가 없다. 오늘부터 3개월 동안 휴직으로 처리하겠지만 그때까지 본인이 나타나지 않는 이상 징계해고될 것이다. 일단 가나코의 계좌 동결을 해제하지만 현금카드는 무효가 됐으니 신규로 다시 만들길 바란다. 새로운 사실이 나오지 않는 한 조사는 이걸로 종결한다……

"실종 동기는 여전히 밝혀지지 않았지만 업무상 문제도 특별히 없었으므로 가족, 혹은 개인적인 문제가 아닐까 합니다……"

노무 담당이 차가운 표정으로 말했다. 이쪽도 피해자라고 얼굴에 쓰여 있었다.

"매일 함께 일했던 저로서는 참으로 안타깝습니다. 정말 무슨 일이 있었던 건지……"

지점장은 어느 정도 동정적이었다.

이 사실을 시어머니에게 전화로 알리자, "거짓말이야. 말도 안 돼" 하고 울부짖었지만 도중에 시아버지가 대신 차분하게 이야기를 들어줬다. 물론 납득은 안 되었을 테지만 인생 경험이 풍부한 회사 임원답게 마지막까지 자제했다.

"가나코, 너도 힘들겠지만 조금만 더 참아다오. 돌아올 거라고 우리 다 같이 믿자꾸나" 하고 위로까지 해줬다.

이걸로 자신들의 클리어런스 플랜은 완수됐다.

통화를 끝냈을 때 가나코는 털썩 주저앉았다가 바닥에 대자로 누웠다.

"그럼 건배" 하고 말하는 나오미.

"응, 건배." 유리잔이 쨍하고 부딪친다.

서로 마주 보며 "후후후" 웃었다. 누가 보더라도 사이좋은 직장 여성 두 사람의 유쾌한 여행이었다.

9시 30분발 도야마행 비행기에 올라타고 정확히 한 시간 만에 도야마 공항에 도착했다. 여기서 나오미가 갑자기 "렌터카를 빌리자" 하고 제안했다.

"그러니까 버스 타는 건 귀찮고 택시는 돈이 많이 드니까 렌트하는 편이 더 쌀 거야. 그리고 어디든 마음대로 갈 수 있잖아."

"그건 좋은데 운전 괜찮겠어?"

"괜찮아. 나, 지난번에 운전하면서 배짱이 생겼어."

"그럼 그렇게 할까?"

가나코에게 이견은 없었다.

공항 안의 렌터카 사무실로 가서 신청했다. 마이크로버스로 근처 영업소까지 안내되어 수속을 밟았다. 선택한 것은 작은 하늘색 경차였다. "조심해서 다녀오십시오" 하고 점원이 웃으며 배웅했다.

먼저 도야마 성을 목표로 했다. 내비게이션에 목적지를 입력하고 시가지를 달리는데도 나오미의 운전에는 여유가 있었다.

"정말 운전 잘하네." 가나코는 감탄했다.

"경험이 중요해. 일단 껍질을 까고 나오니까 공포심이 사라져."

"나도 장롱면허를 졸업해볼까?"

"그래. 지하 주차장에 BMW도 있으니까."

"그건 처분할 거야. 어떻게 타."

"그건 그렇다."

"바로 처분하면 인정머리 없는 여자라고 생각할 테니까 3개월 정도 기다렸다가 그때 팔래. 백만 엔쯤 받을 수 있으면 좋겠는데."

"그래, 그래. 가나코, 저축은 좀 했어?"

"내 저금이 500만 엔 조금 못 돼. 남편도 비슷할걸."

"고액 연봉자치고는 적네."

"씀씀이가 헤폈어. 그리고 은행 측 말로는 예금자가 죽으면 계좌는 즉시 동결되지만 실종일 경우에는 그럴 수 없기 때문에 아내가 인출하는 건 자유롭대."

"됐네."

"그렇지. 사이토 씨의 1천만 엔은 돌려놨으니까 린 씨에게 준 200만 엔을 손해 본 거지만 전부 합치면 흑자야."

"역시 계산 하나는 정확해."

"응. 그래, 맞아."

차 안에서는 거침없이 대화가 오갔다. 햇살을 받으며 경차는 쌩쌩 달린다.

도야마 성은 수수한 성이었다. 평지에 지은 성이라 키도 낮다. 건물 안의 도야마 시 향토박물관을 견학하고 나니 더 이상 볼 게 없었다.

"그러고 보니 여기, 초등학교 소풍 때 한 번 온 적이 있었어" 하고 말하는 나오미.

"실은 나도. 나오미가 가고 싶어 하는 것 같아서 아무 말 안 했지만." 가나코가 말했다.

"뭐야, 말하지. 시간만 손해 봤다."

둘이 쓴웃음을 지었다.

점심시간이 되어 맞은편에 있는 호텔에서 식사하기로 했다. 저녁은 료칸(旅館, 일본식 여관-옮긴이)의 일본식 정식을 먹기로 해서 여기에서는 중국 식당을 선택했다.

나오미는 새우볶음밥, 가나코는 텐진면(天津麵, 게와 야채를 넣은 달걀부침을 위에 올린 중국식 라면-옮긴이)을 주문하여 절반쯤 먹고 나서 서로 교환했다. 식사 후에는 단것이 먹고 싶어서 디저트로 참깨 경단과 아몬드 젤리를 추가로 주문했다. 두 사람 모두 식욕이 왕성했다.

다시 차에 올라타고 이번에는 다카오카의 즈이류지(瑞龍寺)로 향했다. 여기도 둘 다 소풍을 왔지만 달리 보고 싶은 곳도 없어서 가기로 했다. 어차피 수다를 떨기 위해 떠난 여행이었다.

"그런데 가나코, 일은 어떡할 거야? 언제까지 놀 수는 없잖아."

나오미가 물었다.

"그러게. 다시 취직할 곳을 찾아야 돼. 하지만 그런 곳이 있을까? 사무 경험밖에 없는 데다가 자격증은 영어검정능력 정도뿐인데⋯⋯."

가나코 자신도 지난 며칠 동안 그와 관련한 생각을 했다.

"이제 대기업에 들어가는 건 어렵겠지만 그렇다고 파견 사원은 신분이 불안정하고, 작더라도 정규직이면 좋겠는데."

"나오미, 어디 취직할 만한 데 없을까?

"글쎄. 갑자기 생각나는 곳은 이케부쿠로의 리 사장 정도인데."

"거기, 괜찮을지도 모르겠는데."

"설마. 정말이야?"

"한 번 만나보고 싶어. 나오미는 그 사장 좋아하잖아?"

"좋고 싫은 문제가 아니라 용기를 주는 사람이야. 리 사장을 보고 있으면 끙끙대는 나 자신이 한심하게 생각돼."

"그렇게 말하니까 더욱 일해보고 싶은데."

"그럼 한번 물어볼게. 조건도 생각해봐. 실수령액 20만 엔은 받아야 해."

"조건은 상관없어. 이것저것 따질 처지가 아니니까."

"안 돼. 너무 싸게 나가면."

화제는 얼마든지 있었다.

즈이류지에서는 긴 회랑을 걸었다. 국가의 중요 문화재인 만큼 디자인은 구석구석 모두 아름다웠고, 장엄하게 우뚝 서 있는 모습은 마음을 진정시켰다. 평일이라 관광객은 거의 없다. 은퇴 후 여행인 듯 보이는 초로의 부부뿐이다. 법당 앞마당의 초록빛 잔디가 눈부셨다. 들고양이 몇 마리가 돌탑 그늘에서 졸고 있다.

어려서 왔을 때와는 느낌이 완전히 달랐다. 절이 있는 마을은 참 좋구나 싶어서 일본에서 태어난 행운에 감사했다.

절 다음에는 아마하라시 해안으로 갔다. 하얀 모래톱의 파도가 높지 않은 해안이었는데, 날씨가 좋아서 바다 맞은편에 길게 이어진 산봉우리들을 마치 성벽처럼 한눈에 똑똑히 볼 수 있었다.

둘이서 감탄하며 바라보고 있는데 젊은 남자 둘이 슬금슬금 다가와 "어디에서 왔어요?" 하고 말을 걸었다. 억양으로 보아 이 지방 청년들 같았다.

"도쿄에서 왔는데요." 나오미가 대답했다.

"어디 묵을 거예요?", "밤에 무슨 약속 있어요?" 하고 이것저것 묻는다. 아마도 작업을 거는 듯하다.

느낌이 괜찮은 청년들이라 불쾌하지는 않았다. 틀림없이 연하일 것이다. 남자들이 말을 걸어왔다는 사실에 가나코는 마음이 들떴다. 대체 몇 년 만일까.

나오미가 잘 대응해줬다. 나오미도 같은 심정이었던 듯 웃고 있었다. 둘이 잠시 동안 키득거리며 웃었다.

숙소는 히미의 널찍한 온천 료칸이었다. 아마하라시 해안처럼 도야마 만과 산봉우리의 훌륭한 경치가 내다보이는 노천탕이 있어서 체크인을 마치자마자 욕의로 갈아입고 둘이 나가봤다. 탈의실에서 나오자 거기에는 아무도 없었다.

"꺄악, 우리뿐이야." 나오미가 신나서 소리쳤다. 석양에 물들어 바다 표면이 반짝반짝 빛난다. 암수 한 쌍의 바닷새가 하늘을 날고 있다.

욕탕에 첨벙하고 몸을 담갔다. "음, 행복해." 가나코는 신음했다. 진심으로 그렇게 생각했다.

"오길 잘했어."

"정말. 돌아가고 싶지 않을 만큼."

"저기, 가나코. 그 맨션에서 언제까지 살 생각이야?" 나오미가 물었다.

"3개월은 있어야겠지. 그 정도는 기다리는 척해줘야 해." 가나코가 대답했다.

"그렇지. 그럼 이사한다면 어디로 갈 거야?"

"지금처럼 역 근처면 좋겠는데. 하지만 직장이 결정되고 나서 고민할 문제야. 통근 문제도 있으니까."

"응, 그래."

후우. 하아. 둘이서 몇 번이고 한숨을 내쉬었다.

"나도 직장을 옮길까?" 나오미가 말했다.

"왜? 지금 하는 일, 싫어?"

"싫은 건 아닌데 희망했던 일은 아니야. 역시 큐레이터가 되고 싶어."

"복에 겨운 소리 아냐? 월급도 괜찮으면서."

"돈 문제가 아니야. 충실한 삶을 살고 싶어."

"그렇구나……. 그럼 둘 다 다시 시작해볼까?"

"응. 아직 이십 대이고, 포기하기에는 너무 일러."

"그래. 맞아."

후우. 하아. 서로 끝없이 탄식을 맞교환한다.

저녁식사는 방에서 했다. 호화로운 일본식 정식 풀코스였다. 전채부터 시작해 생선회, 구이, 찌개, 전부 다 갖춰져 있다. 이 지역의 특별 해산물 요리, 맑은 국물이 속을 다스려준다. 술도 마셨다.

언젠가 나오미가 했던 말이 떠올랐다. 너, 맛있는 물 마시고 싶지 않니? 가나코는 그 소원을 이뤘다고 생각했다. 이제 물마저 쓰디쓰던 때와는 영원히 작별했다.

얼마든지 먹을 수 있을 것 같아서 굴구이를 추가로 주문했다. 간이 곤로의 석쇠 위에서 껍데기를 막 벌린 굴이 몸부림치고 있었다.

"꺄악." "불쌍해." "하지만 먹는 거야."

별것 아닌 일에도 두 사람은 자지러질 듯 웃어댔다.

다섯 평가량 되는 방에 이부자리를 폈다. 이제 막 10시가 됐을 뿐인데 수마(睡魔)가 바로 옆에서 손짓하고 있었다.

"그런데 가나코, 부모님한테 말씀드렸니? 남편이 사라졌다는 거."

나오미도 졸렸는지 하품을 삼키며 말했다.

"응. 일단 전화로 간단히 설명하긴 했는데."

"그랬더니?"

"처음에는 걱정하시더라. 저쪽 부모님처럼. 사건에라도 휘말린 게 아닌가 하고. 하지만 고객 돈을 횡령하고 해외로 도망친 것 같다고 하자 화를 내셨어. 당장 이혼하라면서."

"하하하. 다행이다. 그렇게 말씀하셔서."

"이혼하려면 양쪽 다 도장을 찍어야 하잖아. 이럴 경우에는 어떻게 되나?"

"글쎄. 구청에라도 물어보는 게 어떨까?"

"그래. 돌아가면 물어봐야겠다."

"지금은 안 돼. 3개월 지나고 나서."

"그래. 조심해야지."

창밖에서 희미하게 기적 소리가 들렸다. 공기가 맑기 때문일 것이다.

"저기, 불 꺼도 될까?" 하고 묻는 나오미.

"응, 괜찮아."

방이 어둠에 감싸였다.

"내일, 어디 갈까?"

"노토에 가보지 않을래? 오랜만에."

"괜찮을 것 같은데."

"소라구이가 맛있었던 기억이 나."

"하하하, 온통 먹을 생각뿐이구나."

잠시 지나자 나오미의 숨소리가 들려왔다. 벌써 잠든 건가. 그런 생각을 하던 가나코의 의식도 어딘가로 스르르 끌려 들어가고 있었다.

25 ——

호쿠리쿠에서 돌아온 다음 날인 일요일에 가나코는 다쓰로의 본가로 불려 갔다. 가족끼리 대책을 논의하자는 것이었다. 전화를 건 사람은 시아버지였다.

"의논한다고 뭔가 해결책이 있을 것 같지는 않지만 가나코도 집에 혼자 있으면 불안하기만 할 테니 다 같이 만나 이야기라도 하지 않으련?"

시아버지는 부드러운 말투로 말했다. 며느리를 배려하는 마음이 전해졌다.

"식욕이 없을지도 모르겠지만 근처 초밥집에 도시락을 부탁했으니 함께 먹을 생각을 하고 오거라."

식욕은 떨어지지 않았고, 생선회는 호쿠리쿠에서 실컷 먹고 와서 이젠 질렸지만, 다른 걸 먹겠다고 할 수도 없어서 가나코는 "네" 하고 조신하게 대답했다.

물론 다쓰로의 본가에는 가고 싶지 않았다. 또 시어머니가 길길이 날뛸 것을 생각하면 신물이 넘어온다. 하지만 거절할 용기도 없어서 조금만 더 참자고 자신을 타일렀다.

외출을 위해 거울 앞에 앉으니 피부에 윤기가 흘렀다. 대단한 온천 효과다. 피곤해 보이는 편이 좋을 것 같아서 일부러 파운데이션을 짙게 발랐다. 머리는 뒤로 묶어 수수한 인상으로 가장했다.

시아버지 말에 따르면 시어머니는 최근 며칠 몸져누운 듯하다. 식사도 거의 못 해서 병원에 가서 링거를 맞고 있다는 것이다. 과연 시어머니가 아들의 귀환을 포기할 날이 올까. 그것을 생각하면 가나코는 불안해진다.

점심 무렵, 다쓰로의 본가에 가니 시누이인 요코가 와 있었다. 가나코와 같은 나이에 독신이고, 대형 부동산 회사에서 기획 개발과 관련된 일을 하고 있었다. 다쓰로보다 더 자신만만한 성격이라 회사에서 얼마나 중요한 일을 맡고 있는지 늘 강조하고 싶어 했다. 가나코는 이 시누이를 상대하는 게 버거웠다. 서양인이 좋아할 법한 화려한 화장을 하고 명품으로 온몸을 두른 것도 자신과는 취향이 너무 달랐다.

활달한 요코라도 이날은 역시 표정이 어두웠다. 시내 맨션에서 혼자 살았지만 시어머니가 걱정되어 최근 며칠은 본가에 돌아와 있는 모양이었다. 편한 복장의 요코를 가나코는 오랜만에 봤다.

시부모, 시누이, 가나코, 이렇게 네 명이 거실에 모였다. 현대적인 인테리어는 쇼룸부터 시작하여 전체적으로 빈틈없이 통일감을 주어 가나코는 늘 마음이 불편했다. 인테리어나 가구가 모두 너무 밝았다.

"새언니, 몸은 괜찮아? 우리 엄마는 병자가 다 돼서 언니도 걱정되더라고."

요코가 물었다. 같은 나이였지만 요코는 가나코를 '새언니'라고 불렀다. 실감이 나지 않았지만 세상 관습이 그러하니 어쩔 수 없다.

"으응. 나는 괜찮아. 억지로라도 밥은 먹으려 하거든."

"좀 마른 것 같은데?"

"글쎄. 재보지 않아서."

가나코는 대답하면서 요코의 시선이 자신의 온몸을 구석구석 관찰하는 것 같아서, 순간 긴장했다. 요코는 척 보기에도 세상 사는 요령이 좋을 것 같았다. 어떤 인생 경험을 쌓아왔는지는 모르겠지만 남자든 여자든 많이 상대해봤을 것이다.

"엄마한테 대충은 들었는데 언니, 정말 짚이는 거 없어?"

"응, 없어. 너무 갑작스러워서."

"하지만 함께 살았으니까 알 거 아냐. 오빠한테 뭔가 이상한 점이 없었어? 이를테면 생각에 잠긴 시간이 많아졌다거나 뭔가에 겁먹고 있었다거나."

"모르겠어. 다쓰로 씨, 매일 밤 늦게 돌아오고 최근에는 별 대화도 없었어."

"그렇다면 언니랑 대화하기를 피했던 건 아닐까?"

"음, 특별히 그런 것 같지는 않은데……."

갑작스러운 질문 공세에 가나코는 얼굴이 화끈거렸다.

"요코, 가나코를 너무 닦달하지 마. 가나코도 뭔가 생각나는 게 있었으면 진작 말했겠지."

시아버지가 요코를 나무랐다.

"하지만 새언니가 뭔가 기억해내지 않으면 우리로서는 손들 수밖에 없잖아요. 오빠가 사라지고 일주일이 지났으니 조금은 마음도 가라앉고, 그래서 뭔가 생각나는 게 있지 않을까 싶었는데……."

"아무리 그래도 요코는 너무 급해. 제일 충격을 많이 받은 건 가나코라고."

시아버지가 그렇게 말하자 긴 의자에 누워 있던 시어머니가 몸을 일으키고는, "나도 비슷하거나 그 이상이에요" 하고 얼굴을 일그러뜨리며 비난하듯 말했다.

"알았어, 알았어. 다 똑같아. 설마 다쓰로가 그런 짓을 저지를 줄은 아무도 몰랐으니까 말이야."

"저지르다니, 다쓰로를 범죄자 취급하는 거예요?"

"아니, 그런 뜻으로 말한 게 아니잖아." 시아버지가 더 이상 말을 못 한다.

"하지만 오빠가 고객의 예금을 부정한 방법으로 이체하고 거기에서 200만 엔을 인출한 건 사실이니까 이젠 '저지른' 건 맞지."

"요코, 너까지 무슨 소리를 하는 거야. 남매잖니. 너, 오빠를 믿지 못하는 거냐?"

"믿고는 싶지만 움직일 수 없는 증거가 있으니 어쩔 수 없잖아.

엄마는 좀 냉정해져야 해."

이번에는 시어머니와 요코가 말다툼을 하게 됐다. 가나코는 한결같이 몸을 움츠린 채 듣고만 있었다.

"내 생각에, 오빠는 뭔가에 쫓기는 바람에 정신적으로 패닉 상태가 되어 그런 짓을 한 게 아닐까 싶어. 그러니까 고작 200만 엔을 횡령해서 해외로 도망쳤다는 게 말이 안 되잖아. 만약 돈을 노렸다면 은행 창구가 문을 여는 월요일까지 기다렸다가 1천만 엔 전부를 찾아 도망쳤을 테고, 무엇보다 그 돈 전부를 횡령했다 쳐도 그건 자신의 미래와 맞바꿀 정도의 액수가 아니잖아. 그게 2억, 3억 엔이었다면 납득하겠지만 1천만 엔은 너무 적어."

요코가 일인용 소파에 몸을 깊이 묻고, 팔짱을 낀 채 모범 답안을 서술하듯 논리 정연하게 말했다.

"새언니, 사생활에 관한 질문이긴 한데 오빠 저금은 얼마 정도 있었어?"

가나코에게 물어서 "500만 엔 정도인데……" 하고 대답했다.

"그건 찾지 않은 거야?"

"응, 아직까지는. 어딘가에서 찾았다면 은행에서 알려줬을 텐데."

"봐, 이상하잖아. 자신의 저금이 500만 엔이나 있는데 왜 200만 엔을 횡령해서 행방을 감춘 거야? 전혀 이해가 안 돼."

요코의 지적에 가나코는 마음이 점점 불편해졌다. 확실히 지적한 대로다. 완벽한 계획이라고 생각했는데, 그것은 일본에서 출국했다는 시나리오만 성공했을 뿐 동기와 행동에 관해서는 이해 못할 것투성이였다. 하지만 이제 수정할 수는 없다. 이해 못할 행동으로 밀어붙이는 수밖에 없다.

"역시 다쓰로는 뭔가 문제를 안고 있었던 거야." 시어머니가 한숨을 쉬며 말했다. "그래서 누구와도 의논 한 번 하지 못한 채 도망치고 싶다는 일념에 행방을 감춘 거야."

"오빠는 집에서는 큰소리 떵떵 쳐도 밖에 나가면 소심한 성격이었어. 어려서부터 그랬잖아. 학교에서는 얌전했으면서 집에서는 허세만 잔뜩 부리고."

"맞아. 그 아이, 사실은 소심한 아이였어. 그래서 이렇게 앞뒤 생각하지 않는 행동을 한 거야."

"저는 좀 진정되고 나면 돌아오지 않을까 생각하는데요. 그러니까 중국어도 못하는데 상하이에 계속 머물 수 있을 것 같지도 않고요……."

가나코가 조심스럽게 말했다. 그런 희망을 주어 본가를 조금이라도 조용히 만들고 싶었다.

"그럴지도 모르지." 시어머니가 그러기를 진심으로 바란다는 듯 호응했다.

"나도 그렇게 생각해. 아직 서른하나야. 남은 인생을 헛되게 만들 만큼 바보는 아니겠지. 이성을 되찾으면 돌아올 거라고 믿어."

시아버지도 고개를 끄덕였다.

"그게 언제일까? 오 년, 십 년 후라면 싫은데" 하고 말하는 시어머니.

"그렇지는 않을 거야. 돌아올 거면 빨리 오겠지. 시간이 지날수록 돌아오기 힘들어지니까."

시아버지는 시종일관 냉정했다. 가나코에게는 고마운 존재였다.

"우리 회사에서도 일 년에 한 명 정도는 실종되는데." 요코가 소파에서 무릎을 감싸 안으며 말했다. "지난번에도 토지 소유권자의 비위를 맞춰가며 투기 목적으로 주변 자투리땅을 사 모은 영업부 직원이 있었는데, 알고 봤더니 부장이 결재하지 않은 거였어. 그래서 토지 소유권자에게는 말도 못 하고, 그냥 계약서를 들고 사라져 버렸대."

"그 사람도 어디 나갔다 왔니?" 시어머니가 물었다.

"응. 일주일 정도 지나서. 부인과 어린 자식을 데리고 오키나와로 갔던 모양이야. 가족에게는 십 년 근속한 포상으로 특별 휴가를 받았으니 꼭 여행을 가야 한다며 억지로 끌고 갔대. 궁지에 몰리면 인간은 어떤 행동을 할지 모르는 법이지."

"다쓰로는 대체 무엇에 쫓기고 있었던 걸까?"

시어머니가 허공에 대고 중얼거렸다.

"그러니까 그건 아무리 생각해봤자 몰라. 은행은 업무상 문제는 없었던 것으로 결론을 내린 모양이지만 그런 말은 액면 그대로 믿지 않는 편이 좋아. 조직은 기본적으로 은폐 체질이거든. 당사자가 사라졌다면 그편이 훨씬 나은 경우도 있을 테고."

요코의 말에 나름대로 설득력이 있어서 시어머니는 슬픈 표정으로 고개를 끄덕였다.

그때 초밥 도시락이 왔다. 척 보기에도 최상급임을 바로 알 수 있었다. 국물도 보온병에서 직접 그릇에 따라줬다. 차는 가나코가 끓였다. 남편의 본가이니 차 끓이는 곳 정도는 알고 있었다.

'식욕이 없다'고 말하는 시어머니는 시아버지가 '한 점, 한 점만이라도 좋으니까' 하고 설득해서 다 같이 먹기 시작했다.

대체 일인분에 얼마인지 물어보고 싶을 만큼 초밥은 맛있었다. 참치는 호쿠리쿠 료칸에서 먹었던 것보다 윤기가 더 돌았다. 성게는 군함말이의 김 위에서 흘러넘쳤다.

가나코가 알기로 핫토리 집안은 식도락 집안이었다. 쌀과 된장은 산지에서 직접 시켜 먹었고 채소는 유기농이었다. 집 깊숙한 곳에는 와인 저장실이 있고, 함께 나오는 쿠키는 늘 데이코쿠 호텔(제국 호텔, 오래된 전통을 자랑하며 문화적으로도 가치를 인정받고 있는 일본의 대표적인 호텔-옮긴이)에서 만든 것이었다.

다쓰로도 먹을 것에는 까다로웠다. 햄버그스테이크나 돈가스 접시에 채소가 두 가지 이상 없으면 "정성껏 만들어" 하고 곧바로 화냈다. 부모의 영향이었을 것이다.

그러고 보니 막 결혼했을 때 시어머니가 불러 본가에 갔더니, 핫토리 집안의 된장국 만드는 법을 가르쳐준 적이 있었다. 거기에 며느리의 입맛을 존중해준다는 자세는 티끌만큼도 없었다. 그때부터 가나코는 안 좋은 예감이 들었던 것이다.

"그런데 왜 상하이일까?" 초밥을 먹으며 요코가 말했다. "오빠가 상하이에 간 적이 있었나?"

"글쎄, 가본 적 없을걸……." 시어머니가 가나코를 봤다.

"저도 들은 적 없어요."

"그럼 상당히 부자연스러운데. 보통은 한 번도 가본 적이 없는 곳으로는 도망치지 않아. 대개는 조금이라도 지리를 아는 곳으로 가지. 뭔가 있어. 상하이에."

요코의 지적에 가나코는 엉덩이가 근질거렸다. 계획을 다 마치고 나니 확실히 부자연스럽게 생각할 만한 부분이 많다.

"탐정 같은 걸 고용해볼까?" 하고 묻는 요코.

"탐정이라고 찾을 수 있을까? 다쓰로는 해외에 있는데." 시아버지가 말했다.

"그래요, 상하이로 파견해서 찾아보도록 하는 건 무리죠. 대도시니까. 내 말은 그런 게 아니라, 오빠가 왜 상하이로 갔는지 그 이유를 알면 조금은 해결의 실마리를 찾을 수 있지 않을까 하는 거예요."

"그래, 그건 해볼 가치가 있겠다. 여보, 괜찮은 흥신소 몰라요? 회사들, 신용조사 같은 것 때문에 흥신소를 이용한 적 있었죠?"

시어머니가 호소했다.

"회사 조사와는 성질이 달라."

"아무튼 아무것도 하지 않는 것보다는 낫잖아요. 나, 다쓰로네 집에서 은행 사람들을 만났는데 뭔가 도와줄 것 같은 느낌을 전혀 받지 못했어요. 그러기는커녕 성가시다는 표정까지 지었어요. 경찰도 기대할 수 없어요. 안 그래, 가나코?"

"네에, 맞아요. 가출로 생각하더라고요……." 가나코가 대답했다.

"그러니까 뭔가 해야죠. 다쓰로가 의미를 알 수 없는 이런 행동을 왜 했는지 조사해봐요."

"흥신소는 돈이 제법 들어. 경비는 별도로 하고 일당 5만 엔 정도, 그게 보통일걸."

시아버지는 내키지 않는 듯했다.

"상관없잖아요, 돈은. 나는 매일 가만히 있는 게 괴롭다고요."

"음, 그렇긴 하지만……. 요코는 어떻게 생각하니?"

"일단 상담만이라도 받아보면 어떨까요? 실마리가 너무 없다고 거절할지도 모르지만요."

가나코는 대화에 끼지 않고 묵묵히 초밥을 먹었다. 괜찮을 거라고 자신을 타일렀다. 흥신소를 이용해봤자 알 수 있을 리 없다. 애당초 문제 같은 건 전혀 없었으니 잃어버리지도 않은 물건을 찾는 격이었다.

어느새 초밥을 다 먹었다. 초생강도 비었다. 도시락에는 밥 한 톨 남지 않았다. 문득 시선을 느끼고 고개를 들었다가 요코와 눈이 마주쳤다.

순간 얼굴이 화끈거렸다. 무심코 다 먹고 말았다. 말이 정도는 남겼어야 했나.

요코는 잠시 생각에 잠긴 듯한 시늉을 하다가 다시 식사하기 시작했다. 뭔가 느낀 걸까. 아니, 느꼈든 안 느꼈든 자신을 수상하게 여길 이유는 전혀 없다. 가나코는 찻잔으로 손을 뻗어 차를 마셨다.

이때 복부에 경련이 일고 뭔가가 위를 꽉 쥐는 듯한 느낌이 들었다. 가슴도 갑자기 두근거렸다. 가나코는 숨이 막혔다. 이어서 목 안쪽에서 신 것이 치밀어 올라왔다. 그것이 위액임을 알고 서둘러 일어섰다.

시부모와 요코가 무슨 일인가 싶어 올려다본다. 가나코는 입을 막고 "죄송합니다" 하고 겨우 말하고 나서 거실에서 부엌으로 달렸다. 화장실로 가면 너무 늦을 것 같았다.

가나코는 개수대에 얼굴을 파묻고 구토했다. 방금 먹은 초밥 찌꺼기와 밥알이 입에서 단숨에 쏟아져 나왔다.

"새언니, 괜찮아?" 등 뒤에서 목소리가 들렸다. 요코가 바로 뒤까지 와 있었다.

"미안해. 괜찮아." 가나코는 기침을 하면서 대답했다.

"가나코." 시아버지도 달려왔다.

"죄송합니다. 신경 써서 시켜주신 초밥을." 눈에서 눈물이 나왔다.

"괜찮아, 그런 건. 우리야말로 미안해. 우리 생각해서 다 먹어줬구나. 식욕이 없으면 그냥 남겨도 됐는데."

시아버지가 그런 오해를 해줬다. 가나코는 식욕이 없었던 게 아니다. 그냥 위가 갑자기 경련을 일으켜 구토를 유발한 것이었다.

위에 들어 있는 것을 전부 게워내자 겨우 심장이 진정되고 속도 가라앉았다. 그러자 이번에는 현기증이 일어 주방 의자에 주저앉았다. 시아버지가 컵에 물을 담아 가지고 왔다. 가나코는 한 모금 마셨다.

"안색이 안 좋아. 역시 쇠약해졌구나. 택시를 불러줄 테니까 집으로 돌아가 천천히 쉬거라."

"네, 그럴게요."

어떤 형태로든 해방됐다는 것에 안도했다. 오늘도 내일도, 혼자 자고 싶었다.

요코가 팔짱을 낀 채 뭔가 생각에 잠긴 듯 보였다. 아니, 그렇게 생각해서다. 본가를 상대로 긴장했기 때문에 그렇게 보이는 것뿐이다.

가나코는 진정해, 진정해, 하고 자신을 격려했다.

26 ——

새로운 한 주가 시작되고 다스로의 동료인 야마모토에게서 전화가 왔다. "핫토리 군한테서는 여전히 연락이 없나요?" 하고 묻다가, 만나서 이야기를 나눴으면 한다고 말했다.

"이번에는 지점장님과 같이 가지 않을 겁니다. 그러니까 저희 둘 다 지난번에 하지 못한 말이 있으면……." 뭔가 의미심장한 말투였다.

가나코는 내키지 않았지만 거절하지 않고 역 앞 커피 체인점에서 만나기로 했다. "야근할 게 있어서 오후 9시 이후에나 갈 수 있을 것 같은데요" 하고 야마모토가 말해서 집 밖에서 보기로 했다. 남편의 동료라 해도 밤에 남자를 집으로 불러들이는 데는 저항감이 있었다.

약속 시간에 가자 야마모토가 먼저 와 있었다. 가나코를 보자마자 일어나 "뭐 드실래요? 제가 사겠습니다" 하고 말하고는 아이스커피를 주문해서 가져왔다. 가게의 창가 자리에 마주 앉았다. 빈자리가 많아 주위에 손님은 없었다.

"정말 죄송합니다. 늦은 시간에. 평일 정시 퇴근을 좀처럼 할 수 없는 게 은행이라……."

야마모토가 미소 지으며 고개를 숙인다. 그의 앞에는 핫도그가 놓여 있었다. 아직 저녁식사를 하지 않았을 것이다.

"물론 알고 있습니다. 남편도 그랬으니까요." 가나코가 대답했다.

"그 후로 2주가 넘었군요. 부인, 몸은 괜찮으세요?"

"약간 안 좋습니다. 먹기만 하면 전부 게워내서……." 가나코는 어제 일을 말했다.

"그러시군요. 그럴 만도 하죠. 남편이 갑자기 행방불명됐으니 보통 일이 아니잖아요. 저도 밤이면 '핫토리 녀석, 지금쯤 어디에서 뭘 하고 있을까' 생각하며 좀처럼 잠을 못 이룹니다. 직장에 있어도 그의 책상이 덩그러니 비어 있어서 자연스럽게 눈길이 가고, 그러면 다시 업무에 집중할 수가 없어요……. 하지만 회사는 냉정한 곳이에요. 지점 내에서는 핫토리 군의 이름을 입에 담는 건 이제 금기시되어 있습니다. 지점장님은 아예 핫토리 군이 돌아오지 않을 거라고 판단하고 벌써 인사과에 보충 인력을 신청했어요……. 저는 그건 좀 아닌 것 같은데 말입니다."

야마모토가 핫도그로 손을 뻗어 크게 한입 베어 물었다.

"죄송합니다. 여러분들에게 폐를 끼쳐서."

"아뇨. 부인이 사과할 일은 아니죠."

야마모토가 먹으면서 이야기했다. 다쓰로와는 대조적으로 꾸밈이 없는 사람 같았다. 아직 독신일 테지만 자세한 건 모른다. 다쓰로가 집에서 직장 이야기를 거의 하지 않았기 때문이다. 야마모토는 핫도그를 세 번 만에 다 먹고 아이스커피를 단숨에 비운 후 냅킨으로 입을 닦았다.

"몇 번씩 물어서 죄송합니다만 부인, 새롭게 생각난 건 없나요?" 야마모토가 물었다.

"네, 없습니다." 가나코는 고개를 저었다.

"그런가요. 사실 핫토리 군의 실종은 이상한 점이 너무 많아서 정말 그가 저지른 짓인가 하는 의문조차 생깁니다."

야마모토의 말에 가나코는 찔끔했다.

"잠시 제 이야기 좀 들어주시겠습니까?"

"네, 하세요."

"제일 먼저, 사이토라는 신규 고객의 예금에서 1천만 엔을 부인 계좌로 이체시켰습니다만, 만약 횡령할 생각이었다면 은행원은 이런 바보 같은 짓을 절대 하지 않습니다. 이건 내부 사정이긴 합니다만, 보통 고객의 계좌에서 거금이 인출되거나 송금될 때는 지점장이 모두 다 반드시 체크합니다. 이번 경우는 지지난주 수요일에 사이토 씨 계좌에서 1천만 엔이 부인 명의의 계좌로 이체됐죠. 그렇다면 그날 안으로 지점장이 파악해서 담당자인 핫토리 군에게 확인하거나, 사이토 씨에게 직접 전화해서 잘못된 게 없는지 확인합니다. 그런데 그날, 지점장은 하루 종일 외출한 상태라 그걸 하지 않았어요. 본인은 보지 못했다고 했지만 저는 체크하지 않았을 거라고 생각합니다. 즉 과실이죠. 우리 지점장, 상당히 허술한 구석이 있거든요."

야마모토가 단숨에 내뱉었다. 가나코는 이야기의 내용을 이해하려고 귀를 기울였다.

"그러니까 핫토리 군의 부정한 송금이 지점장의 체크를 통과한 것은 완전한 우연이고, 평상시 같았으면 발각되는 게 당연한 일이었던 겁니다. 정말 횡령할 생각이었다면 들킬 게 뻔한 그런 짓을 할 리가 없잖아요."

"그렇군요……."

가나코는 들으면서 이번에는 등골이 오싹해졌다. 그렇게 잘 진행된 건 우연이었다는 말인가.

"그리고 현금 인출도 역시, ATM은 하루에 최고 백만 엔까지 인출할 수 있다는 건 은행원이라면 상식일 텐데, 왜 그런 비효율적인 짓을 했는지 이해할 수 없어요. 게다가 ATM에서 인출하면 방범 카메라에 영상이 남고, 그건 요즘 시대에는 누구나 다 아는 사실이죠. 정말 1천만 엔 전부를 횡령할 생각이었다면 다른 은행에 계좌를 만들고 그리로 옮겼어야죠. 거기 창구에서 한 번에 찾는 거죠. 타행이라면 자체 조사도 하지 않을 테고 발각되는 데도 시간이 걸려요. 즉 은행원이 벌인 범죄치고는 너무나 조잡합니다."

가나코는 받은 충격을 숨기려고 말없이 고개를 숙였다. 자신들의 계획은 아마추어적인 발상이었던가.

"우리 감사는 뭐라고 하는지 아십니까? 핫토리 다쓰로는 심신상실 상태였대요. 물론 은행원들에게 노이로제가 많긴 합니다만 행동이 이상하다고 해서 정신병자로 취급하는 건 너무 무책임해요. 은행원의 인격을 무시하는 거라고요. 무엇보다 어제까지 평범하게 일해온 동료를 노이로제 환자로 취급하다니 정말 모욕적입니다. 그래서 저는 살짝 화가 났습니다. 부인도 화내셔도 돼요."

야마모토는 테이블을 뒤집어엎을 듯 몸을 앞으로 내밀었다. 가나코는 거기에 질려 몸을 뒤로 뺐다.

"하지만 노이로제라는 말을 듣고 보니 확실히 그런 느낌도 있었던 것 같은데요."

가나코는 입에서 나오는 대로 말했다. 자신으로서는 그런 해석이 더 고맙기 때문이었다.

"뭐라고 중얼중얼 혼잣말을 하기도 하고, 대화 도중에 갑자기 이상한 쪽으로 비약하는 경우도 있었거든요."

"그렇습니까? 회사에서는 전혀 몰랐는데."

야마모토가 금방은 믿기 힘들다는 듯 가나코를 봤다.

"하지만 다른 이야기 중인데 뜬금없이 '어젯밤 스튜에 소금 몇 그램 넣었어?' 하고 물어서 이 사람이 지금 무슨 소리를 하는 건가, 깜짝 놀란 적이 있었어요."

재빨리 이야기를 지어냈다. 전에 스튜가 짜네, 싱겁네 하고 온갖 잔소리를 늘어놓은 적이 있었는데 그것을 소재로 이용했다.

"음, 그랬나요? 일할 때는 그런 적이 한 번도 없었는데……."

야마모토가 고개를 갸웃거린다. 가나코는 그 외에도 한밤중에 갑자기 일어나 스마트폰을 만지작거리기도 하고, 텔레비전을 보면서 그럴 장면이 아닌데 엉뚱하게 웃음을 터뜨리기도 했다고 즉석에서 지어낸 이야기를 들려줬다. 그런데도 야마모토의 반응은 신통치 않았다.

"그런데 ATM 방범 카메라 영상을 보고 부인은 어떠셨어요?"

야마모토가 화제를 돌렸다.

"어땠느냐는 게……."

"핫토리 군이라고 생각하셨습니까?"

"네. 그렇게 생각했는데요……." 이마에서 스멀스멀 땀이 배어 나왔지만 가나코는 태연한 표정으로 일관했다.

"저는 아무래도 이상한 느낌이 들던데……." 야마모토가 아득한 눈길로 말했다.

"그 영상 속 핫토리 군, 금요일과 토요일 모두 티셔츠를 입었는데, 제가 아는 한 영국 신사를 표방하는 그는 사적인 자리에서도 옷깃 없는 옷을 입지 않을걸요……. 그리고 무엇보다 금요일 그 시간은 근무시간이에요. 그 친구, 그날은 아침부터 줄곧 외근을 나가 있었는데, 그렇다면 어딘가에서 양복과 와이셔츠를 벗고 티셔츠로 갈아입었다는 거잖아요. 그러고는 다시 양복으로 갈아입고 지점으로 돌아왔죠. 왜 그런 짓을 했는지 정말 알 수 없네요."

야마모토가 제기한 의문에 가나코는 얼굴에서 서서히 핏기가 가셨다. 말을 듣고서야 비로소 깨달았다. 린류키에게 이케부쿠로에서 돈을 찾아오라고 시켰을 때 다쓰로는 근무 중이었던 것이다. 얼마나 어리석은 짓이었던가. 그렇게 당연한 일에도 머리가 돌아가지 않았다. 만약 그 시간, 다쓰로가 사무실에서 일하고 있었다면 앞뒤가 맞지 않아서 계획은 물거품이 되었을 것이다.

입술이 떨리고 심장박동이 빨라졌다. 안 된다. 동요하고 있다는 것을 눈치채게 하면 안 된다.

"왜 그러세요?"

"아뇨……." 가나코는 배에 힘을 주며 필사적으로 참았다. "티셔츠로 굳이 갈아입었다는 건 뭔가를 하고 있었다는 뜻이 아닐까요?"

겨우 말을 이었다.

"뭔가라고 말씀하시면?"

"네, 그러니까 그게 뭔지는 모르겠지만요."

더욱 뒤죽박죽이 되었다.

야마모토가 잠시 사이를 두었다가 목소리를 낮추며 말했다.

"부인, 화내지 말아주십시오. 실은 조사에 착수했던 본점 직원 중에는 여자와 러브호텔에 틀어박혀 놀아나고 있었던 게 아니냐는 말까지 하는 자도 있었습니다."

"그런가요……?"

고마운 오해에 약간 기운을 되찾았다. 그렇게 생각해주는 편이 차라리 낫다.

"하지만 역시 위화감이 있어요. 저는 방범 카메라의 동영상도 봤으니까요. 사소한 몸동작 하나에도 어라, 이 녀석이 정말 핫토리인가, 했어요. 뭐, 단순한 느낌이지만요. 만약 꼭 닮은 형제가 핫토리 군에게 있다면 그쪽이 아닐까 하는 상상도 해봤습니다. 물론 녀석은 형이나 동생이 없으니까 괜한 상상이긴 했지만요……."

가나코는 이제 얼굴을 들고 있을 수 없었다. 고개를 숙여 머리로 표정을 감췄다. 완벽한 계획이라고 생각했는데 그것은 아마추어의 얕은꾀였다. 실제로는 우연이 같은 편이었을 뿐이다. 이 얼마나 무시무시한가.

"아아, 맞다. 형제라고 하니 생각났는데, 핫토리 군의 여동생한테서 지점으로 전화가 와서 다음에 만나기로 했습니다만, 부인은 알고 계셨나요?"

"아뇨, 몰랐는데요."

가나코는 고개를 저었다. 요코가 야마모토와 연락을 했다. 그것은 어떤 의미일까.

"여동생분도 핫토리 군의 실종이 납득되지 않는지 흥신소를 통해 조사하고 싶은데 지금 현재까지 알고 있는 걸 전부 이야기해줄 수 없느냐고 묻는 전화였습니다만, 알고 싶은 건 저도 마찬가지라……."

"그랬군요. 지난번에 남편의 본가에서 만났는데 남편에게 업무상 문제가 있었던 게 아니냐고 물어봤던 걸로 봐서, 그런 의문을 가지고 있었던 것 같아요."

"아아, 그래서였나? 그럼 실망시켜드리겠는데요." 야마모토가 한숨을 쉬며 희미하게 웃었다. "그래도 일단 만나기로 했습니다. 핫토리 군 결혼식에서 한 번 뵈어서 모르는 사이도 아니니까요. 이쪽에서도 이것저것 물어보고 싶은 것이 있고."

가나코는 안 좋은 예감이 들었다. 하지만 절대 사실에 접근할 수는 없을 것이다. 이 계획을 누가 꿰뚫어볼 수 있단 말인가. 사체가 나오지 않는 한 들통 날 리가 없다.

"제가 믿지 못하는 이유는 실종되기 전날 밤, 녀석과 함께 술을 마셨기 때문입니다. 그때 지점장과 함께 본점 직원도 있었는데, 저희더러 다음번 인사이동 때 다미 지점의 법인영업부로 발령 날 테니까 당분간 열심히 공부해야 할 거야, 각오 단단히 해둬, 하고 말해서 둘 다 무척이나 기뻐했습니다. 부인, 금요일 밤에 이런 이야기를 듣지 못했습니까?"

"네, 못 들었어요."

금요일 밤이라면 섹스를 거부했다가 엄청나게 두들겨 맞았을 뿐이다. 가나코가 당한 마지막 폭력이었다.

"그렇군요. 핫토리 군과 둘이서 약간 흥분했다고나 할까, 감정이 복받쳤다고나 할까. 법인영업부는 출세를 향한 첫걸음입니다. 거기에서 조금만 더 열심히 하면 다음은 본점이니까요. 그래서 지점장과 헤어진 후에도 둘이서 술을 더 마셨어요. 열심히 하자고요. 그래서 자신의 의지로 실종됐다는 건 있을 수 없는 일입니다."

가나코는 그날 밤의 폭력을 떠올리자 기분이 나빠졌다. 다스로는 끝까지 사람을 성가시게 만든다. 그런 좋은 일이 있던 날 밤에 왜 아내를 때렸을까.

"그래서 지점장의 태도가 더욱 냉정하게 느껴졌던 겁니다. 인간이란 마음속에 어떤 흉계를 품고 있는지 모르는 법이라고 하더군요. 그런 식으로 단정해버리면 버틸 수 있는 사람이 누가 있겠습니까."

그때 위 부근을 움켜쥐는 듯한 느낌이 들었다. 또다. 구토의 전조다.

"그런데 왜 상하이였을까요? 그러니까 그 녀석, 상하이에는 한 번도 가본 적이 없었을 텐데요. 부인은 짚이는 게 없으세요?"

"없는데요."

대답한 순간 위 속의 것이 역류했다. 가나코는 서둘러 일어나 눈으로 화장실을 찾았다. 분명 안쪽에 있을 것이다. 늦을 것 같았다. 가게를 더럽히면 큰 낭패다.

손으로 입을 막고 밖으로 나왔다. 바로 옆에 전봇대가 있어서 뒤쪽으로 숨어 단숨에 게워냈다. 기침이 나왔다. 눈물도 흘렀다.

지난번에도 그렇고, 오늘 밤에도 그렇고 대체 어떻게 된 일일까. 역시 신경이 쇠약해진 걸까. 한 사람을 이 세상에서 없앴기 때문에 이런저런 일이 생긴다 해도 결코 이상하지는 않았지만.

"부인, 괜찮으십니까?"

야마모토 역시 밖으로 나와 걱정스러운 듯 말했다.

"네, 괜찮아요." 갈라진 목소리로 대답했다.

"정신적으로 힘드실 겁니다. 알아요. 당연합니다."

이번에도 선의의 오해를 해줬다.

저녁때 먹은 것을 전부 토했다. 토사물이 가로등에 비쳐서 가나코는 자신도 모르게 눈을 돌렸다.

27 ——

다쓰로를 제거하고 반달 정도가 지났다. 가나코는 매일 하는 일 없이 집에서 하루 종일 텔레비전만 보는 무의미한 시간을 보내고 있었다. 집안일도 별로 할 게 없어서 심심할 정도였다.

다쓰로의 본가에서 전화는 거의 걸려 오지 않았다. 용건이 없으니 그렇게 되는 것은 자연스러운 일일 테지만.

가나코도 먼저 연락하지는 않았다. 사실은 요코가 흥신소를 고용했는지 알고 싶었지만 괜히 들쑤시게 될까 봐 가만히 있었다.

은행 동료인 야마모토의 움직임도 신경 쓰였다. 일개 평사원이 본점의 노무 담당자를 움직일 만한 힘이 없다는 건 알지만, 지금도 이리저리 돌아다니고 있는 게 아닐까 상상하면 바로 등골이 오싹해져 안절부절못했다. 야마모토는 그날 밤 이후로 연락이 없었다.

계획에 몇 가지 우연이 겹친 까닭에 들키지 않았다는 사실은 가나코를 몹시 떨게 만들었지만, 이미 다 지난 일인 만큼 마음을 고쳐먹고 행운에 감사할 수밖에 없었다. 이 일은 제일 먼저 나오미에게도 알렸다. 그녀도 처음에는 충격을 받았지만 긴 대화를 나누고 난

끝에는 "다 잘 끝나서 다행이라고 생각하자"라고 스스로를 위로하듯 말했다.

"아무튼 인생에 딱 한 번뿐인 일이었잖아. 반성해봤자 다음은 없어."

과연 그 말대로다 싶어서 가나코는 친구의 영민함에 감사했다.

이시카와의 친정에서는 빈번하게 전화가 걸려 왔다. 어머니는 이혼할 때 핫토리 집안에 위자료를 청구하라고 말했다. 아마도 큰아버지에게서 조언을 받았을 것이다. 이쪽 잘못이 없는데도 신상명세서에 '이혼 경력 있음'이라는 딱지를 붙이게 됐으니 그에 상응하는 위자료를 받는 게 당연하다는 논리였다. 가나코는 진지하게 받아들이지 않았지만 가족의 다른 일면을 얼핏 본 것 같은 기분이었다. 어머니는 '최소 500만 엔은 받아야 한다'고 말했다.

사람 하나를 죽였다는 의식은 본인 스스로도 놀랄 만큼 희박했다. 어쩌면 그날 밤의 광경이 되살아나 괴로워할 것이라고 상상하기도 했지만 이젠 생각나지도 않았다. 기억에 다가가지만 않으면 될 것 같았다. 인간은 의외로 동물적인지 모른다.

나오미와는 하루걸러 전화로 많은 이야기를 했다. 메일은 내용이 기록으로 남기 때문에 만일의 경우를 대비해서 통화만 하기로 결정한 것인데, 대화를 시작하면 두 사람 모두 여자인지라 두서없이 이런저런 이야기로 번져 늘 한 시간 정도 계속됐다.

이날 밤은 나오미가 가나코의 취직에 대해 전화를 걸어 왔다.

"실은 오늘 이케부쿠로의 리 사장이 점심을 사줬는데, 그때 내

대학 시절 친구 중에 일을 찾는 아이가 있다고 말하고 나서, 리 사장 회사에서는 사원을 모집하지 않느냐고 물었더니 곧바로 관심을 보이면서 내 친구라면 무조건 쓰겠대."

"설마. 너무 간단한 거 아냐? 면접도 보지 않았는데."

가나코는 어이없어 하며 쓴웃음을 지었다. 말은 고마웠지만 너무 허술한 회사 같다.

"그게 말인데, 리 사장한테 일본인 사원은 쓰고 싶은 마음이야 굴뚝같지만 어떻게 해볼 수 없는 인재라지 뭐야. 중국인만 있는 회사는 일본인들이 좀처럼 신용하지 않지만 사원 중에 한 명이라도 일본인이 있으면 상담할 때 그 자리에 있어주는 것만으로도 상대방이 그 회사를 신용할 수 있나 봐. 나, 그 심정 잘 알아. 그러니까 내가 처음 리 사장의 상점에 발을 들였을 때 전부 다 중국인이라서 무서워 경계했거든. 마피아면 어떡하나 등등 엄청 이상한 상상을 하면서. 그런데 만약 일본인이 한 사람이라도 있었다면 약간은 안심했을 거야."

"응, 그럴지도 모르겠다."

가나코는 그 이유를 듣고 납득했다. 확실히 일본인은 외국인을 경계하고, 반대로 일본인들끼리는 금방 믿어버리는 구석이 있다.

"구체적인 봉급 이야기는 하지 않았지만 일본인이라는 것도 있고 해서 적지 않게 줄 것 같아."

"상관없다니까, 얼마가 됐든. 내가 도움이 될지 어떨지도 모르고."

"안 돼, 안 돼. 중국인을 상대로 겸손하면. 나, 외판부에서는 완전히 화교 담당이 돼버려서 어떻게 대해야 할지 알아. 첫 번째는 후안무치, 두 번째도 후안무치, 세 번째 네 번째는 없고 다섯 번째는 적반하장."

"하하하." 가나코는 자신도 모르게 소리 내어 웃었다.

"내 말이 맞아. 자세를 낮추면 약하다고 생각해. 양보는 패배. 중국인에게는 '상부상조'라는 개념이 없어. 언젠가 나, 중국 관련 사업의 컨설턴트라도 돼볼까 생각 중인데."

"후후. 나오미라면 잘할지도 모르겠다."

나오미는 의기양양했다. 마치 그 사건 같은 건 없었다는 듯. 그 점은 자신과 똑같아서 마음이 꽤 든든했다.

"리 사장은 정사원으로 쓰고 싶어 하던데 상황을 잘 모르는 동안은 계약사원이 좋을 것 같아. 가나코에게도 선택할 권리가 있어. 싫으면 바로 그만둘 수 있는 위치가 더 나을 거야."

"응. 그러는 편이 좋겠어."

"그럼 당장 내일이라도 만나볼래?"

"어떡할까? 일하기 시작하면 다쓰로 씨 본가에서 뭐라고 할 것 같은데."

가나코는 걱정스러운 마음을 전했다. 언젠가 일한다 해도 그게 너무 이르면 매정한 여자라고 생각할 것 같다.

"언제부터 일할지는 리 사장과 의논하면 되잖아. 너, 매일 집에만 있지? 밖에 나가 사람들과 만나지 않으면 피부도 생기를 잃어."

"알았어. 그럼 만날게."

"리 사장한테는 최근 남편과 별거 중인 친구라고 해둘 테니까 말을 잘 맞춰."

"알았어."

나오미와의 통화가 끝나고 나면 늘 기운이 솟는 것 같았다. 부모님은 이혼하면 이시카와로 돌아오라고 했지만 가나코는 그럴 마음이 전혀 없었다. 나오미가 옆에 없었으면 자신은 분명 정신적인 안정을 잃었을 것이다. 게다가 얼마 동안은 대도시 안에 파묻혀 있고 싶었다. 지방에서는 익명성을 보장받지 못한다.

나오미와 이야기를 나눈 밤에는 늘 푹 잘 수 있었다.

다음 날 점심시간, 이케부쿠로 역에서 나오미와 만나 그 길로 리 아케미의 회사 '리 상회'로 향했다. 나오미는 완전히 이 외곽 지대의 단골인 듯 한방약재상의 중국인 주인이 "오다 씨, 안녕입니다" 하고 친밀하게 말을 건넸다.

"저 사람도 아오이 백화점 고객이야. 카드를 만들어줬더니 무척 신나서 이것저것 샀어."

나오미가 싱글벙글 웃으며 말했다. 중국인은 차이나타운 안에서만 살기 때문에 거기에 일본인이 들어와 일단 신용을 얻으면 다른 사람들에게도 즉시 알려져 모두의 신용을 얻게 되는 모양이었다.

"가나코도 리 사장의 회사에서 일하면 이 거리에서 인기인이 될 거야."

"그건 좀……. 나는 별로 눈에 띄고 싶지 않은데."

가나코는 그렇게 대답하면서도 거리에 대해서는 괜찮은 인상을 받았다. 아까까지는 무서운 곳이 아닐까 불안했던 것이다.

중국 식재료점들이 여럿 모여 있는 오래된 건물의 한 귀퉁이에 '리 상회'가 있었다. 빈말로도 깔끔한 사무실이라고는 할 수 없었지만, 어수선한 가운데도 장식품과 미술품이 나란히 놓여 있어 중국다운 온기와 떠들썩함을 느낄 수 있었다.

처음 본 리아케미는 화려한 것을 좋아하는 아줌마 같은 느낌이었다. 미리 들어둔 정보가 없었다면 물장사하는 마담이라고 생각했을지도 모른다. 다만 눈빛은 날카로워 가나코는 온몸을 구석구석 관찰당하는 기분이었다.

"오다 씨한테서 말은 대충 들었어요. 남편과는 헤어졌나요?"

의자에 앉자마자 아케미가 말했다.

"어, 아뇨. 아직 이혼은 하지 않았습니다. 별거 중이에요."

"빨리 헤어지는 편이 좋아요. 남자한테 미련을 두는 건 상하이나 일본이나 마찬가지인가 보네요. 재산을 반으로 가르고 빨리 이혼하세요."

"네."

아케미의 거침없는 말에 가나코는 자신도 모르게 고개를 끄덕이고 말았다.

"시라이 가나코 씨. 29세. 젊군요. 정말 부럽네요."

이력서를 손에 들고 아케미가 말했다. '시라이'라는 결혼 전의 성으로 불리자 왠지 낯간지러웠다. 그래, 핫토리라는 성과는 이제 작별이다. 이걸로 정말 자신은 해방된 것이다.

"당신, 결혼하기 전에는 시그널 전기에서 근무했군요. 대단한데요. 시그널 냉장고와 세탁기는 잘 망가지지 않아서 상하이에서도 큰 인기거든요. 우리 집에도 있었고요. 그런데 그런 일류 기업에 다녔던 사람이 우리같이 작은 회사에서 정말 일해줄 건가요?"

"네, 채용해주시기만 하면요."

가나코가 고개를 숙이자 옆에서 나오미가 지체 없이 "물론 조건이 맞았을 때 이야기지만요." 하고 거들고 나섰다.

"봉급은 얼마 받고 싶으세요?"

"3개월은 계약사원으로 하고, 그동안은 세금 제외하고 월 30만 엔이면 어떨까요?"

이것도 나오미가 대답했다. 가나코는 자신도 모르게 나오미를 봤다. 이런 작은 회사에서 그 금액은 너무 많은 것 같았다.

"그건 좀 센데요." 아케미가 눈을 휘둥그레 뜨며 고개를 크게 저었다. "우리 종업원 중에 그렇게 많이 받는 사람은 없어요."

"하지만 사장님, 어제 말씀하셨잖아요. 앞으로는 일본 식당으로도 거래처를 늘리고 싶다고. 일본인 사원이 있으면 회사의 신용도도 올라갈 테고, 그래서 장점도 클 거라고 생각하는데요."

"그건 그렇지만 삼십은……"

"그럼 이십팔."

"이십삼이면 어떠세요? 그래도 우리 회사에서는 고액이에요."

"그럼 딱 잘라서 이십오. 가나코는 영검 준1급 자격증을 가지고 있어서 영문 서류도 맡길 수 있어요."

나오미가 끈질기게 흥정하자 아케미는 다시 이력서로 눈길을 주었다.

"영검이라는 게 무슨 자격이죠?"

"일본의 영어검정시험이에요. 준1급은 대졸도 그리 쉽게 딸 수 없는 수준이죠."

가나코는 옆에서 조마조마한 심정이었다. 영어검정자격증을 가진 건 사실이지만 실무 경험은 거의 없었다.

"하지만……."

"그러니까 사장님, 3개월 수습 기간 동안 판단해보세요. 역시 너무 비싸다 싶으면 그 시점에서 다시 협의하면 되잖아요."

나오미는 한 치의 양보도 없는 협상을 즐기는 듯 보였다.

"그럼 이십사."

"사장님, 상하이 여자는 작은 것에 구애받지 않는다고 지난번에 말씀하셨잖아요."

"정말 못 말리겠네." 아케미가 한숨을 쉰다. "알았어요. 앞으로 3개월 동안 실수령액 25만 엔으로 하죠."

"고맙습니다."

나오미가 테이블에 손을 짚고 고개를 숙였다. 아케미가 쓴웃음을 짓는다. 나오미의 흥정 실력에 가나코는 감탄만 할 뿐이었다.

"저기, 가나코. 언제부터 일할 수 있어?"

"음, 다음 주 월요일부터."

가나코는 이제 일할 마음이 생겼다. 집에 있어봤자 할 일도 없다.

"사장님은 괜찮으세요?"

"좋아요. 시라이 씨, 잘 부탁할게요."

악수를 청해서 가나코가 마주 잡았다. 큰 반지를 여러 개 낀 손이었다.

"그런데 오다 씨는 우리한테 오지 않을 거예요? 오다 씨는 큐레이터 자격이 있잖아요. 그게 있으면 미술품 사업을 할 때 여러모로 편리해요. 오다 씨가 우리 회사에 오면 지금 받는 봉급과 똑같이 줄 수 있는데."

"벌써 몇 번씩이나 그런 말씀을 해주셔서 영광입니다. 하지만 회사를 옮기는 문제는 저도 신중해야 해서 조금만 더 생각할 시간을 주세요."

나오미는 그 제안을 슬쩍 물리쳤다. 아무래도 아오이 백화점을 그만두는 문제는 결심이 필요할 것이다.

"두 사람 모두 내 여동생이 돼주면 좋겠네요. 나는 일본인 가족이 있었으면 하거든요. 일본인은 거짓말을 하지 않는 점이 마음에 들어요. 그것만큼은 중국인이 따라가지 못하죠."

아케미는 시종일관 우호적이었다. 특히 나오미에게는 완전히 마음을 허락한 모양이었다. 애당초 나오미와의 인연이 인연이었던지라, 평범한 방법으로는 그렇게 될 수 없는 인물이었을 테지만.

면접이 끝나고, 아케미는 '복록희수(福祿喜壽)'라고 자수된 작은 부적을 주었다.

"안에 옛날 동전이 들어 있어요. 시라이 씨에게 금전 운을 가져다줄 수 있기를."

가나코는 리 사장에게 호감을 느꼈다. 사무실은 열악하고 중국 식재료 냄새가 건물 전체에서 풍기고 있었지만 이국적인 정서라고 생각하면 즐겁기도 했다.

돌아가는 길에 정장을 사자고 생각했다. 자신은 직장인 생활로 돌아가는 것이다.

맨션으로 돌아와 관리실 앞을 지나가는데 초로의 관리인이 불렀다. "핫토리 씨, 잠깐만요." 관리실에서 허겁지겁 달려 나온다.

그동안은 웃으며 인사만 나누었을 뿐 이름을 부른 적은 없었기 때문에 가나코는 무슨 일인가 싶었다.

"실은 오전에 흥신소 조사원이라는 남자가 왔어요……."

관리인이 목소리를 낮추며 말했다. 흥신소라는 말을 듣자 얼굴에서 핏기가 가신다.

"핫토리 씨 남편분이 실종되셨다는 말을 들었는데 그게 정말인가요?"

"아, 네. ……그렇습니다. 보름쯤 전 토요일에 회사 간다고 나가서는 그대로 행방불명이에요."

가벼운 패닉 상태에 빠져 머릿속이 새하얘졌다.

"그랬군요. 흥신소는 핫토리 씨 본가에서 의뢰를 받아 실종된 날의 종적을 조사하는 모양이었는데, 맨션의 방범 카메라 영상 기록을 보여달라고 하더군요. 몇 시에 현관 입구를 지나서 나갔는지, 그때의 복장은 어땠는지 등등을 알 수 있다고……. 하지만 아무리 친족의 의뢰라고 해도 맨션 입주민 전체의 사생활과 관련된 것이라 오늘은 그냥 돌려보냈는데, 부인도 알고 있으셨습니까?"

"아뇨. 남편의 본가에서 실제로 흥신소를 고용한 건 몰랐어요."

이번에는 심장이 마구 뛰었다. 하지만 아무렇지 않은 표정으로 일관했다.

"저희 회사에 문의한 결과, 경찰의 의뢰가 없는 한 방범 카메라 영상은 보여드릴 수 없다더군요. 물론 흥신소도 그 사실을 알고서 안 될 줄 알면서도 온 것 같긴 했습니다만……. 부인은 어떠세요? 이사장님에게 이야기해볼까요? 어쩌면 사정이 사정인지라 이사의 입회하에 그날의 영상을 확인할 수 있을지도 모르는데요."

"아뇨, 괜찮습니다. 저는 그날 남편을 배웅했으니까요……. 아마 흥신소에 의뢰한 건 시누이일 거예요. 지난번에 그런 이야기를 했거든요. 뭐든 상관없으니까 실마리라도 잡고 싶었을 겁니다."

"경찰에는 신고했나요?"

"네. 그런데 사건성이 없다고 가출 취급을 하더군요……. 죄송합니다. 공연한 이야기를 했네요."

"사건성이 없다니 그것만은 다행이네요. 아니, 역시 걱정하시는 데는 변함이 없겠지만요……."

관리인이 같이 걱정해줬다. 평소 온화하고 예의 바른 사람이었다.

"그런데 방범 카메라 영상은 얼마 동안 보관하나요?"

"저희 회사의 규약은 2주입니다."

그 대답에 가나코는 안심했다. 이미 그날로부터 2주 이상이 지났다.

"하지만 그건 옛날 규약이고, 최근 나오는 장치는 DVD 녹화가 아니라 하드디스크에 보존하는 것이라 덮어쓰기를 하지 않는 한 계속 남습니다."

이번에는 낙담하여 등골이 오싹해졌다.

"그 방범 카메라는 어디에 설치되어 있죠?" 가나코가 물었다.

"현관 홀 바깥과 안쪽, 우편함 앞, 비상구, 그리고 엘리베이터 천장 등입니다."

"엘리베이터에도 있나요?"

"그렇습니다. 안에 매립해놓아서 평소에는 눈치채지 못하셨을 겁니다."

자신들은 너무나 바보 같았다. 큰 맨션인데 방범 카메라가 있는 건 당연하다.

"그럼 주차장에도 있겠네요?"

"있습니다. 출입구 쪽에요."

가나코는 가만히 서 있는 것도 힘들었다. 만약 자신들이 한밤중에 커다란 가방을 운반하는 영상을 요코가 본다면 틀림없이 수상하게 여길 것이다. 어떻게 데이터를 삭제할 수 없을까.

"또 흥신소에서 오면 어떻게 할까요?" 관리인이 저자세로 물었다.

"거절해주세요. 개인 정보라는 점에서도 맨션 입주민이 무작위로 찍혀 있는 카메라 영상을 민간 흥신소에 보여주는 건 좀 그래요.

저는 관리 회사나 이사회에도 폐를 끼치고 싶지 않습니다."

가나코는 그렇게 대답했다. 영상 확인은 반드시 저지해야만 한다.

"알겠습니다. 그렇게 말씀해주시니 우리도 다행입니다. 역시 입주민의 사생활 보호를 최우선으로 하고 싶거든요."

관리인은 가나코의 처지에 대해 한바탕 동정하고 나서 "곤란한 일이 있으면 무엇이든 말씀해주세요" 하고 말했다.

집으로 가기 위해 엘리베이터를 타고 천장을 올려다보니 한쪽 구석의 움푹 팬 곳에 눈에 띄지 않는 형태로 카메라 렌즈가 있었다. 저기에 자신들은 찍혔다.

역시 아마추어적인 생각이었다. 하지만 시간은 되돌릴 수 없다. 이미 끝난 일이다. 어떻게 할까. 성가신 일이 생기지 않도록 관리 회사에 부탁해서 삭제해달라고 할까? 아니, 그 사실이 본가에 알려지면 더 수상하게 생각할 뿐이다. 이젠 할 수 있는 일이 없다. 본가에서 포기하기만을 기다리는 수밖에 없었다.

가나코의 몸은 잠시 동안 떨림을 멈추지 않았다.

28 ——

리 상회에서 일을 시작하기 전날 일요일, 요코가 만나고 싶다고 전화를 걸어 왔다. 가나코는 그녀의 목소리를 들은 것만으로도 암담해졌다. 분명 흥신소와 관련된 일일 것이다. 요코는 무엇을 의심하고 무엇을 하고 싶은 것일까.

당연히 만나고 싶지 않았지만 거절할 수도 없어서 방문을 허락했다. 곧바로 위가 따끔따끔 아프기 시작했다. 안식의 날은 언제쯤 오려나.

요코는 밝은 꽃무늬가 있는 노슬립 원피스를 입고 찾아왔다. 짙은 화장에 귀에는 커다란 귀걸이를 하고, 완벽하게 화려한 시누이의 모습으로 나타났다.

"쉬는 날인데 미안해. 평일에는 시간을 뺄 수 없어서."

"으응. 나는 언제든 괜찮아."

"새언니, 매일 뭐해?" 요코가 집을 둘러보며 말했다.

"특별히 하는 일은……. 사실 내일부터 아는 사람 회사에서 사무를 보게 됐어. 언제까지 놀고 있을 수만은 없어서……."

가나코는 솔직하게 대답했다. 얼마 동안은 말하고 싶지 않았지만 숨겼다가는 더 성가실 수 있었다.

"어머, 그렇구나. 어쩔 수 없지. 이제부터는 직접 돈을 벌어야 살 수 있으니까."

요코가 가나코를 바라봤다. 사소한 몸짓까지 뭔가 말하고 있는 것처럼 보인다.

"그럼 바로 본론으로 들어가서, 한 가지 부탁할 게 있어서 왔어. 오빠 실종과 관련해서 우리가 흥신소에 의뢰한 건 알지?"

"응. 맨션 관리인한테서 조사원이 왔다는 말을 들었어."

"잘됐네. 알다시피 우리가 상하이까지 수색하러 보낼 수는 없으니까, 그냥 실종 당일의 종적만이라도 파악할 수 없을까 해서 흥신소를 이용하기로 했어. 아버지는 내키시지 않는 모양이지만, 어머니가 '어떤 사소한 것이라도 알고 싶다'고 하시는데 어쩔 수 없잖아."

"그래."

"내 생각에 오빠는 누군가와 함께 있지 않았을까 싶은데."

"누구와?"

가나코로서는 또다시 예상 밖의 의심이었다. 계획을 끝내고 나서는 온통 그런 것투성이다.

"모르지. 그래서 흥신소에 조사를 의뢰한 거야. 그러니까 혼자 고객의 돈을 횡령하고 잘 알지도 못하는 상하이로 도망쳤다는 건 아무리 생각해도 너무 부자연스러워. 누군가가 범행에 끌어들였거나 속았거나, 그럴 가능성도 있지 않을까 싶어서……. 새언니도 당연히 알겠지만 오빠는 원래 집에서만 큰소리 떵떵 쳤지, 소심한 사람이잖아."

"그건 잘 모르겠는데……."

"같이 살면서 그런 것도 몰랐어?"

"응……."

가나코는 곰곰이 생각하는 척했다. 아내에게 폭력을 휘두른 것은 확실히 소심함의 표출일지도 모른다. 하지만 당하는 쪽은 그런 것까지 생각할 여유가 없었다.

"아무튼 그건 됐고. 내가 오늘 온 것은 맨션의 방범 카메라 영상에 대한 건데 이것도 관리인한테 들었지?"

"응, 들었어. 흥신소 직원이 와서 다쓰로 씨가 실종된 날의 영상을 보여달라고 했나 보던데."

"그래. 물론 그런 것을 민간 흥신소에 쉽게 보여줄 리 없으니 거절당할 걸 알고 물어봤을 거야. 하지만 배우자인 새언니가 부탁하면 혹시 보여주지 않을까 싶어서……. 새언니, 관리 회사에 부탁 좀 해주지 않을래?"

가나코는 뭐라고 대답할 말이 없었다. 자, 어떻게 대답해야 할까.

"하지만 그걸 봐서 어쩌려고? 다쓰로 씨가 평소와 다름없이 외출하는 모습이 찍혀 있을 뿐일 텐데."

"몇 시 몇 분에 맨션에서 나갔는지, 어떤 복장에 뭘 들고 있었는지, 나가다가 누군가에게 붙잡히지는 않았는지 그런 걸 하나하나 확인하면서 행적을 조사하고 싶어. 납득할 수 없는 점이 너무 많거든……. 복장만 해도 토요일 마루노우치 지점의 방범 카메라에는 티셔츠 차림으로 찍혔는데 그 복장으로 외출했는지도……. 아무래도 가족이니까 오빠가 허둥대는 느낌이었는지, 심각한 표정이었는지 그런 것까지도 확인하고 싶은 거야. 어쩌면 맨션 앞에 차가 대기하고 있다가 태워서 어딘가로 끌려갔는지도 모르고. 미안. 공포 드라마 같은 소리를 하고 말았네. 하지만 뭔가 사건 가능성을 찾고 싶어. 사건이라면 경찰이 나설 테고, 그렇게 되면 요즘 세상은 온통 방범 카메라투성이니까 역이든 공항이든 이동 경로를 알 수 있잖아. 혼자였는지, 일행이 있었는지 그것도 알 수 있고. 그러니까 새언니, 관리 회사에 부탁 좀 해주지 않을래?"

"하지만 지난번에 관리인이 그러는데 영상 기록은 2주 동안만 보관하고 다시 그 위에 녹화하나 보던데. 그래서 이미 늦었을 거야."

"으음, 그건 그냥 둘러대는 소리일 거야. 흥신소 말로는, 요즘은 하드디스크에 기록하기 때문에 거의 반년 정도는 보존이 된대."

요코가 손가락으로 테이블을 톡톡 두드리며 관리인과 똑같은 말을 했다. 다 조사한 것이다. 그녀는 틀림없이 유능한 커리어 우먼일 것이다. 가나코는 기가 죽었다.

"……알았어. 문의해볼게. 하지만 기대는 하지 마. 우리는 일개 주민이고, 게다가 맨션 소유자도 아닌 그냥 임대계약으로 입주해 있는 신분이라서, 들어주지 않을 가능성이 더 클 거야. 관리인 말로는 입주민의 요청 사항은 전부 관리 회사가 심의해서 나중에 이사회 안건으로 올리는 모양이던데……."

"당연히 그렇겠지. 간단한 문제가 아닌 건 알아. 하지만 사람이 하나 사라졌고 범죄일 가능성도 있으니까 이 문제는 좀 적극적으로 나서줘. 부탁이야."

요코가 테이블을 짚으며 머리를 조아렸다.

"어, 아니."

가나코도 어쩔 줄 몰라 하면서 같이 고개를 숙였다. 어떡하지. 형식적으로나마 관리 회사에 부탁해야 하나. 하지만 만에 하나 인정해주면 터무니없는 낭패가 된다. 이 문제에 대해서는 거짓말을 할 수밖에 없다. 하지만 그 거짓말이 들통 나면…….

머리가 마구 회전했다. 지금은 냉정히 생각할 수가 없다.

침묵 속에서 두 사람은 차가운 보리차를 마셨다. 창밖은 여름 하늘이었다. 과연 올해 여름은 어떤 여름이 될까. 가나코는 바빠도, 더워도 좋으니까 마음 편히 지낼 수 있길 바랐다. 그 바람은 이루어질 수 있을까.

"저기, 새언니. 오빠가 없어서 쓸쓸해?"

요코가 갑자기 물었다.

"응. 당연하지, 부부니까."

가나코는 대답하면서 속으로 철렁했다. 이번에는 무슨 말이 하고 싶은 걸까.

"이상한 걸 물어서 미안한데 왠지 안심되기도 하지 않아?"

"무슨 뜻이야?"

가나코는 의미를 모르겠다는 표정으로 되물었지만 불안했다.

"오빠가 언니한테 폭력을 휘둘렀지?"

요코가 눈만 살짝 치뜨며 말했다.

가나코는 할 말을 잃었다. 요코가 다쓰로의 폭력에 대해 알고 있었던가.

"미안, 불쾌한 이야기를 해서. 올해 초, 이즈의 온천 여관에서 친척들이 다 모였을 때 있잖아. 그때 목욕탕에서 새언니의 두 팔에 시커먼 멍이 있는 걸 보고, 아, 혹시 오빠가 폭력을 휘두른 게 아닐까 생각했어. 그래서 기억하고 있었는데 2월에 새언니가 육교 계단에서 굴렀다며 얼굴에 상처가 났을 때도, 아아, 이건 오빠 짓이구나, 했어."

가나코는 온몸에서 서서히 핏기가 가셨다. 그런 적이 있었다. 뺨에 상처가 나고 입술이 퉁퉁 부었는데 볼일이 있어서 본가에 갔던 적이 있다.

"새언니와 결혼하기 한참 전 일인데 오빠는 전에 사귀던 여자친구도 폭행한 적이 있었어. 그때는 저쪽 부모가 집으로 쳐들어와서 경찰에 피해 신고를 한다고 하니까, 우리 부모님이 치료비와 위자료를 지불하고 더 이상 만나지 않겠다는 약속을 하고 나서야 겨우 수습됐지. 어머니는 아들한테 약해서 저쪽에도 책임이 있다는 식으로 말하며 오빠를 두둔했지만 나는 충격이었어. 내 오빠가 가정폭력이나 휘두르는 남자였다니. 얼마 동안 가까이 가기도 싫을 정도였어.······새언니, 솔직히 말해봐. 오빠가 폭력을 썼지?"

"응. 가끔······."

가나코는 부정하는 쪽이 더 수상하리라 판단하고 어쩔 수 없이 인정했다. 다만 목소리가 떨렸다.

"가끔이라면 몇 번 정도?"

"글쎄, 횟수는 기억나지 않는데."

"그럼 셀 수도 없을 정도였구나."

"그건······."

"참고만 있었어?"

"······그래. 하지만 그렇게 심한 폭력이 아니라 화나면 발로 차거나 하는 식의 발작이었어."

"하지만 커다란 멍이 생길 정도였으니까 인정사정없었던 거네."

"글쎄, 그건……."

"새언니, 미안해. 어렴풋이 눈치챘으면서 가족이 되어 아무것도 해주지 않아서."

"으응. 그러니까 그리 심한 건……."

"나, 여자로서 오빠의 가정 폭력이 도저히 용서가 안 돼서 다음에 만나면 내가 대신 때려줄까도 생각했어. 하지만 아무리 용서할 수 없는 짓을 저질렀어도 가족이야. 하나뿐인 오빠이고, 어머니가 괴로워하는 모습도 더 이상 보고 싶지 않고. 나, 어떤 일이 있어도 찾아내고 싶어. 새언니, 싫을지도 모르겠지만 도와줘."

"싫다니 무슨 말을 그렇게. 당연히 도와야지."

"오빠의 가정 폭력에 대해서는 돌아오고 나면 반드시 상담받도록, 고치도록 할게."

"응. 그러니까 그게……."

"미안해."

요코가 다시 또 고개를 숙였다.

가나코의 심장이 마구 뛰어 베이스드럼처럼 고막을 때렸다. 설마 다쓰로의 폭력을 요코가 알고 있을 줄은 몰랐다. 이게 어떤 의미일까. 적어도 다쓰로를 살해할 동기는 있었던 셈이 되는데. 아니, 그렇게까지 두려워할 일은 아니다. 무엇보다 다쓰로는 자신의 의지로 출국한 것으로 되어 있고, 그것은 본가나 은행도 사실로 인식하고 있는 것이다. 설마 그것까지 의심하는 일은 없을 것이다.

"새언니, 안색이 안 좋아." 요코가 말했다.

"잠깐, 기분이 안 좋아서." 동요를 숨길 수 없었다.

"오빠의 폭력을 다시 떠올리게 했는지도 모르겠네."

"으응. 괜찮아."

가나코는 이를 악물며 궁리했다. 제일 먼저 해야 할 일. 흥신소의 조사만은 무슨 일이 있어도 저지해야 한다. 방범 카메라 영상을 보면 요코는 가나코를 의심할 게 틀림없다. 어쨌든 실종 당일, 다쓰로는 자신의 발로 맨션에서 나가지 않았다.

가나코는 온몸이 떨려와서 가만히 있는 것도 힘들었다. 빨리 혼자 남고 싶었다.

29 ——

월요일이 되어 불안한 마음을 품은 채 가나코는 리 상회에서 일하기 시작했다. 마음이 술렁여서 일할 기분은 아니었지만 집에 있으면 더욱 안절부절못할 게 뻔했으므로 자신을 채찍질하여 혼잡한 차이나타운으로 몸을 던지게 했다.

방범 카메라 문제는 뒤로 미루기로 했다. 어떻게 하면 좋을지도 몰랐고, 함부로 덤불을 들쑤셔 뱀이라도 나오면 큰일이었다. 그렇다고 묘안은 없다. 지금은 머리에서 몰아내고 싶을 뿐이었다.

가나코에게 주어진 일은 일본어 상품 카탈로그를 작성하는 것이었다. 자료가 될 만한 것은 아무것도 없었다. 지금까지 인쇄는 상하이의 인쇄 회사에 발주했기에 업자부터 찾아야 했다.

첫 출근을 하자마자 바로 일을 맡은 것은 부담스러웠지만 중국어를 할 수 없는 이상 자신에게 주어진 역할을 수행할 수밖에 없었다. 발주 전표도, 컴퓨터 재고 관리도 전부 중국어라서 가나코가 할 수 있는 일은 제한되어 있었다.

"시라이 씨, 카탈로그는 상당히 급해요. 그걸 우편으로 여러 곳에 발송해 영업할 거예요. 나는 도쿄의 일류 호텔과 거래하는 게 목표예요. 그게 가능하다면 상하이에서도 신용이 올라가죠."

아케미의 말에 따르면, 그것은 일본에 오고 나서부터 줄곧 품었던 꿈인데 일본인 사원이 들어옴으로써 비로소 구체화할 수 있게 됐다. 그렇게만 되면 실수령액 25만 엔이라는 봉급이 그리 세다고도 할 수 없는 만큼 가나코는 그 점에 대해서만은 안심했다. 도움이 안 된다는 말이 제일 듣기 힘들다.

작업 순서는 먼저 제작 회사를 찾아 견적을 받는다. 그리고 예산을 짜서 아케미의 승인을 얻는다. 오랜만에 하는 일에 가나코는 긴장했다. 예전 직장에서는 대기업이라는 간판이 보호막이 되어줬지만 이제부터는 자신의 회사부터 먼저 설명해야 한다.

가나코는 가져간 노트북을 이용해 업자 후보를 추려갔다. 예전 회사에서 홍보과에 속했던 적도 있어서 아주 모르는 세계는 아니었다. 여차하면 과거 동료에게 소개를 받는 방법도 있었다.

아케미는 외근을 나가서 사무실에는 젊은 여직원들밖에 없었다. 분명 모두가 자신보다 연하일 것이다. 일상 회화가 중국어라서 무슨 말을 하는지 전혀 알아들을 수 없었다. 가나코에게 시선을 보내며 웃기도 해서 혹시나 자신이 뭔가 이상한 짓이라도 했나 전전긍긍했지만 모두들 사람이 좋아 보여 소외감은 들지 않았다.

그중 한 명이 일본어로 더듬더듬 말을 걸어왔다.

"시라이 씨, 어디 미장원 가십니까?"

가나코는 무슨 말인가 싶어 의아했다.

"오 년 이상 다니고 있는 오모테산도의 미용실인데요……."

"오모테산도입니까?" 그녀의 눈이 빛났다. "다음에 데리고 가주실 수 있습니까?"

"응, 상관없긴 한데."

가나코가 고개를 끄덕이자 직원들이 환호성을 "꺄악" 질렀다.

"왜요? 무슨 일 있어요?"

"우리, 늘 이 근처 중국인이 하는 미장원에서 머리를 자르지만, 거기 아줌마는 별로 솜씨가 좋지 않습니다. 그래서 일본인이 하는 미장원에 한번 가보고 싶었습니다. 하지만 우리끼리만 가면 무서워서 못 들어갑니다. 오모테산도라면 틀림없이 괜찮을 것 같습니다."

"그렇군요. 잘해줄 거예요."

가나코는 쓴웃음을 지었다. 과연 중국인에게 일본의 미용실은 제법 문턱이 높은 것인가. 한 가지 배웠다.

"그 가게는 비쌉니까?" 다시 물어온다.

"으음. 내가 다니는 가게는 그리 비싸지 않아요. 염색과 커트가 9,800엔이었나. 커트만 하면 5천 엔이고."

"그거 비쌉니다." 직원들이 과장되게 몸서리를 친다.

"그럼 싼 가게를 찾아줄까요?"

"괜찮습니다. 시라이 씨와 같은 가게에 가겠습니다. 다음 일요일에 가겠습니다. 예약이 필요합니까?"

"응, 필요해요. 내가 예약해줄 수도 있는데."

"부탁합니다. 그리고 같이 데리고 가주십시오."

바로 약속을 잡고 세 명 정도와 함께 가기로 했다. 가나코는 그들의 뻔뻔스러움에 어이가 없는 한편으로 도움이 되어 기쁘기도 했다. 나오미도 분명 이런 기분으로 차이나타운을 드나들었을 것이다.

집에 있는 것보다 낫다고 진심으로 생각했다.

점심시간, 회사 근처에서 산 중국식 도시락을 먹고 있는데 전화가 울렸다. 화면을 보니 요코로부터 온 것이었다. 순간 속이 거북해졌다. 듣고 싶은 이야기는 아닐 것이다.

"새언니, 관리 회사에 물어봤어?" 전화를 받자마자 갑자기 용건부터 꺼낸다.

어제 부탁하고 오늘 바로 재촉이라니 그녀는 추진력이 얼마나 강한 사람인 걸까.

"으응, 아직인데. 그게 오늘부터 일 시작이라 아침 일찍 집에서 나왔거든."

가나코가 변명했다.

"그럼 미안한데 지금 바로 전화로 물어봐줄래? 이미 이야기는

다 됐으니까 정식으로 신청해서 빨리 맨션 이사회의 안건으로 상정했으면 좋겠어. 그리고 임차인이라는 우리 쪽 신분이 미덥지 못하다면 경찰 입회하에 볼 용의도 있다고 제안해봐."

"경찰?"

"그래. 실은 의뢰한 흥신소 고문 중에 경시청 출신이 있어. 그래서 그 사람한테 부탁하면 세이조히가시 경찰서의 지역과 경찰관을 대동할 수 있나 봐. 역시 세상은 연줄이라니까."

경찰이라는 말에 가나코는 소름이 돋았다. 이 요구 앞에서 어떻게 벗어나면 좋을지 도무지 짐작이 가지 않았다.

"알았지? 전화해봐."

"알았어."

그렇게 대답할 수밖에 없었다.

"그럼 내일 다시 전화할게. 귀찮게 해서 미안해."

"으응, 뭐."

전화를 끊고 나자 이번에는 몸이 떨려왔다. 순식간에 식욕이 떨어졌다. 도시락 뚜껑을 덮고 차로 목을 축였다. 그나저나 경찰이라니……. 실종 신고서를 접수할 때 경찰서에서 전혀 상대해주지 않아서 그 점에 대해서는 완전히 정리됐다고 생각했다. 그런데 이게 뭔가.

매일이 줄타기였다. 과연 이 상황을 자신은 벗어날 수 있을까. 이럴 줄 알았더라면……. 아니, 그건 해야 할 일이었다. 폭력에 시달리는 일상에서 해방된 것이다. 이것은 무엇으로도 대신할 수 없다.

가나코는 가만히 있을 수 없어서 나오미에게 전화를 걸었다. 그녀도 점심시간이라 곧바로 받았다. 요코와의 통화 내용을 전했다. 나오미는 잠시 생각에 잠겼다가 "거짓말을 할 수밖에 없겠네" 하고 말했다.

"관리 회사에 부탁했는데 경찰의 의뢰가 없는 한 입주민에게 보여주는 건 불가능하다며 거부당했다. 그렇게 뻗대는 수밖에 없겠어."

"하지만 시누이는 경찰의 입회하에 볼 용의가 있다고 했어."

"아무리 그래도 경찰의 의뢰가 아닌 입주민의 의뢰잖아. 그러니까 규칙상 무리라고 했다고……."

"저쪽에서 관리 회사에 확인하면?"

"그렇게까지 할까? 그러니까 다쓰로 씨가 맨션에서 몇 시에 어떤 차림으로 나갔는지 알고 싶은 것뿐이잖아? 끝까지 물고 늘어질 일도 아닌 것 같은데."

"그렇긴 한데……."

"그럼 일단 관리 회사에 신청해보면 어떨까? 그리고 신청할 때 정 무리일 것 같으면 어쩔 수 없다는 식으로 소극적인 태도를 보여. 그러면 관리 회사도 역시 무리라고 대답할 테고. 그러면 거짓말하지 않은 게 되잖아."

"그래서 본가에서 포기하면 좋을 텐데."

"나리타 공항의 출국 기록 알리바이가 무너지지 않는 한 절대 괜찮다니까. 본가에서 알고 싶은 건 다쓰로 씨가 왜 고객의 예금을 횡령했는지, 그리고 왜 도피처가 상하이인지 그 두 가지잖아. 그건 절대 알 수 없으니까 금방 벽에 부딪혀 포기하게 될 거야. 가나코, 힘들겠지만 조금만 더 참으면 되니까 힘내."

"응, 알았어."

"여름휴가 때는 정말 유럽 여행을 가자. 계획은 내가 세울 테니까."

"응, 가자."

나오미의 격려에 기분이 약간 안정됐다. 전화를 끊고 눈앞의 도시락을 보며 어떻게 할까 생각하다가 다시 먹기로 했다.

흥신소를 고용해봤자 아무것도 나올 것은 없다. 친구 관계를 조사해도, 업무상 문제를 뒤져도 실마리는 전혀 없다. 그러니까 마음대로 상상하게 놔두면 된다. 다쓰로는 산의 흙 속에 있고 그걸 아는 사람은 자신과 나오미뿐이다.

그때 위 근처가 움찔했다. 안 된다, 또 토하는 건가. 그렇게 생각할 겨를도 없이 먹은 것이 역류했다.

가나코는 입을 막으며 서둘러 자리에서 일어섰다. 무슨 일인가 싶어 올려다보는 직원들을 곁눈질하며 화장실로 달려갔다. 눈이 시릴 만큼 소독약 냄새가 심한 개인 칸에서 방금 먹은 것을 전부 토했다.

이건 혹시……. 가나코의 마음속에서 의혹이 머리를 쳐들었다. 그러고 보니 생리가 늦어지고 있었다. 흔한 일이라 그리 신경 쓰지 않았는데 조금 많이 늦다.

짚이는 일도 있었다. 얼굴의 멍 때문에 외출하지 못하는 바람에 병원에서 처방받은 피임약을 못 먹은 시기에, 술 취해 돌아온 다쓰로가 억지로 관계를 요구해 상대해준 밤이 한 달쯤 전에 있었다. 그러면 어떻게 할까. 일단 검사가 필요한데.

가나코는 변기의 물을 내린 후 뚜껑을 덮고 그 위에 앉았다. 마음속으로 혼잣말을 한다. 난관이 산적해 있다. 정말 힘든 인생이다. 언제부터 이렇게 됐을까. 옛날에는 즐거웠다. 적어도 다쓰로와 결혼하기 전까지는. 그렇다. 다쓰로 때문이다. 내 인생을 엉망으로 만들었다. 없앤 것은 당연한 일이었다. 그러니까 후회는 없다.

다쓰로와는 직장 동료가 주선한 미팅에서 만났다. 첫인상은 상당히 좋았다. 일류 사립대학을 나와 도시의 은행에서 근무한다는 배경도 뒷받침됐다. 처음 만난 그다음 주에는 데이트 신청을 받고 자연스럽게 사귀기 시작했다. 다쓰로는 연애에 적극적이어서 성실한 문자와 작은 선물을 빠트리지 않았다. 이 남자는 자신과 결혼하고 싶어 한다. 그런 생각이 강하게 전해져 가나코도 마음이 기울었다. 결혼을 강하게 의식할 나이이기도 했고, 두 번 다시 없을 기회일지도 모른다고 생각하고 말았다. 결혼에 대한 평범한 여자의 평범한 소망이었다. 그런데 그것이 인생 최대의 함정이었을 줄이야.

변기에 앉은 채 한숨을 쉬었다. 하나하나 해결해 나가자. 나오미 말대로 조금만 더 참는 것이다.

가나코는 근처 편의점까지 자몽을 사러 가기로 했다. 그렇게 생각해서인지 모르겠지만 몸이 원하고 있었다.

화장실에서 나와 계단을 걸어갔다. 건물 여기저기에서 중국어가 들려왔다. 순간, 자신이 어디에 있는지 알 수 없게 됐다. 현실과 동

떨어진 이 공간이 지금의 가나코에게는 구원이었다.

가나코는 그날 중으로 맨션 관리 회사에 전화를 했다. 담당자를 상대로 다시 사정을 설명하고 경찰관이 입회할 용의도 있다고, 하지만 이사회나 입주민들에게는 폐를 끼치고 싶지 않으니까 무리라면 포기하겠다는 뉘앙스로 방범 카메라의 영상 확인을 신청했다. 그러자 그쪽에서는 당연히 성가신 일을 피하고 싶은지라 "원칙적으로 입주민에게는 보여드릴 수 없는 것을 이해해주십시오"라며 모범적인 방식으로 거절했다. 일단은 안심이 되었다.

그리고 역시 그날, 요코에게도 연락해 결과를 전했다. 빨리 끝내고 싶었던 것이다.

"새언니, 필사적으로 부탁해봤어?" 요코는 결과에 승복할 수 없는 듯했다.

"물론이지. 경찰관이 입회할 용의도 있으니까 어떻게 좀 안 되겠느냐고 했어. 하지만 역시 임차인이라 들어줄 수 없나 봐. 그게, 소유자와는 달리 관리 조합에도 들어 있지 않고, 관리 회사나 이사회 입장에서 보면 단순한 세입자니까."

가나코가 그렇게 둘러대자 요코는 수화기 저편에서 한숨을 쉬며 "그럼 다른 방법을 찾아볼 수밖에 없나?" 하고 중얼거렸다.

"다른 방법이라니?"

"아직은 잘 모르겠어……. 역의 방범 카메라 같은 건 일단 무리겠지. 철도 회사가 일반 이용객의 요구에 응해줄 리 없으니까."

"내 생각에도 그건 무리일 것 같아."

"역시 경찰이 움직여주지 않으면 정보를 얻어낼 수 없다, 이건가?"

"그래. 안타깝지만."

가나코는 마음속으로 기도했다. 부탁이니까 이제 그만 포기해달라고.

"알았어. 다시 전화할게."

요코가 일단 물러섰다. 과연 이걸로 끝내줄 것인가. 우울하긴 했지만, 어쨌든 오늘은 견뎌냈다.

또 하나의 걱정거리에 관해서는, 임신진단시약을 약국에서 구입했지만 사용은 다음으로 미뤘다. 마음의 준비가 좀더 필요했기 때문이다. 만약 임신했다면 자신은 어떻게 할 것인가. 당연히 낙태해야 될 거라고 생각하지만 머릿속에 아무런 이미지도 떠오르지 않는다. 분명 사고가 포화 상태일 것이다. 지금의 가나코에게는 어서 시간이 빨리 흘러가주는 것만이 위안이었다.

30 ——

이케부쿠로 차이나타운을 오가는 나날은 가나코의 마음을 차분하게 만들었다. 활력이 넘치는 아케미와 이야기하고 있으면 같이 목소리가 커졌고, 젊은 직원들은 일본인 친구가 생겨서 기쁜 듯 매일 질문 공세를 퍼부었다. 타국이나 다름없는 공간에 몸을 두고 있는 것은 세상과 차단된 듯한 느낌이 들어 금방 마음의 안정을 얻을 수 있었다. 우연이라고는 하지만 아케미의 회사에서 일하게 된 것은 행운이었다.

일도 막상 시작하고 보니 곧바로 감각을 되찾아서 전화나 다른 사람과의 면담에 두려움을 느끼는 일도 없었다. 카탈로그 건도 벌써 세 명의 업자와 상담해 견적을 받은 후 예산을 세우고 있었다. 아케미는 일단 일을 맡기면 참견하지 않는 타입인 듯 그 점도 편했다. 다만 일에 대해서는 엄격해서 매일 누군가 혼났다. 타고난 목소리가 커서 혼내는지, 담소를 나누는지 옆에서 보면 구별하기 힘든 점도 있었지만.

요코와 홍신소의 동향에 대해서는 알지 못했다. 조사 비용이 하루에 수만 엔이나 하는 고액임을 생각하면 일주일이나 맡겼다가 아무것도 알아낸 게 없는 이상 계속 고용하는 건 힘들지 않을까 하는 것이 가나코의 간절한 기대였다.

입덧 같던 구토는 그 후로 멎었다. 인터넷으로 조사한 바에 따르면 스트레스나 몸 상태에 따라 그 빈도가 크게 다르기 때문에 임신이 사실인지 아닌지는 판단할 수 없었지만 생리는 여전히 늦어지고 있었다. 검사는 아직 하지 않았다.

이날은 할 일이 없어서 사무실과 같은 층에 있는 중국 식재료 가게의 일본어 안내문을 만들기로 했다. 손님은 대부분 중국인이고 일본인은 좀처럼 오지 않지만, 그래도 일본어 안내문 정도는 있는 편이 좋다. 바깥 간판도 '일본인 손님 환영'이라는 한마디만 넣어도 일본인이 들어오기 쉬워진다.

그것을 아케미에게 제안하자 "해요, 해" 하며 기분이 좋아서 필요경비도 인정해줬다. 일본어를 제일 잘하는 여직원의 도움을 받아 매장 뒤쪽 작업대에서 잘 팔리는 상품의 일본어 광고 문구를 만들었다. 여기는 직원들 휴게소이기도 해서 중국어가 시끄럽게 오가고 있었다.

가나코는 지금 중국어를 공부해볼까 생각했다. 연습 무대가 바로 가까이에 있으니 이보다 좋은 환경은 없다. 여기 직원들도 가나코를 상대로 '이건 뭐라고 부르면 됩니까?' 하고 매일 일본어 표현을 물어본다. 그와 반대로 하면 되는 것이다.

"이건 무슨 조미료야?" 가나코가 물었다.

"이건 산용두시장(蒜蓉豆豉醬)이라고, 더우츠(豆豉, 노란 콩이나 검은 콩을 물에 불려서 찌거나 끓인 후 발효시켜 만든 조미료의 일종-옮긴이)와 다진 마늘을 참기름으로 버무린 것입니다." 직원이 설명해준다.

"어떤 요리에 쓰는 건데?"

"데친 바지락과 관자에 끼얹으면 맛있습니다."

"그렇구나. 그럼 이건?"

"이건 사차장(沙茶醬)입니다. 차오저우(潮州) 요리를 만들 때 자주 사용합니다. 꼬치구이의 장국입니다."

가나코는 메모를 하며 일본어 광고판을 하나하나 만들었다. 여직원이 흥미진진하게 들여다본다.

그때 뒷문이 열리고 비상계단에서 젊은 남자가 들어왔다. 중국인들끼리 대화를 나눈다. 아마 옆 가게 중국인이 사장 몰래 놀러 왔을 것이다. 휴게실이라 직원들 말고도 자유롭게 드나드는 모양이었다. 가나코는 시야 끝으로 들어오는 그 광경에는 그리 관심을 보이지 않고 작업을 계속했다.

목소리가 너무 커서 흘깃 시선을 주었다. 남자들끼리 장난을 치고 있었다. 사이가 좋아 보인다. 대화의 중심인물은 밖에서 들어온 햇빛을 등지고 있어서 얼굴이 잘 보이지 않았다.

작업으로 돌아왔다. 그러다 아차, 싶어 다시 봤다. 실루엣이 다쓰로와 닮았다. 설마. 가나코의 얼굴에서 핏기가 사라졌다. 저기 서 있는 사람이 혹시 린류키가 아닐까.

눈을 의심했다. 다쓰로와 꼭 닮은 남자가 틀림없이 거기에 있었다. 가나코는 일어나 빨려들듯 남자에게 다가갔다. 남자가 무슨 일이냐는 듯 시선을 보낸다. 그리고 안색이 변했다.

"린 씨? 어떻게?"

가나코는 그렇게 말하면서 다가갔다. 중국인들이 길을 터준다.

"저기, 린 씨 맞죠? 어떻게 된 거예요?"

남자는 아무런 대답도 하지 않고 몸을 돌렸다. 재빨리 비상구로 간다. 그대로 밖으로 나갔다.

"잠깐만요."

가나코가 뒤쫓았다. 다른 중국인들은 영문을 몰라 그저 지켜보고만 있을 뿐이다.

비상계단을 쿵쾅거리며 달려 내려가는 소리가 들려와 난간 밖으로 아래를 내려다보니 남자는 두 계단씩 뛰어내리고 있었다. 이젠 틀림없었다. 가나코를 보고 도망치는 것을 보면 린류키인 것이다.

"잠깐만, 도망치지 마요. 약속이 다르잖아요."

가나코가 큰소리로 외쳤다. 그 목소리가 주변 건물에 부딪혔다가 소용돌이치며 떨어진다. 가나코도 계단을 달려 내려갔지만 젊은 남자가 도망치는 걸음을 따라잡을 수 없었던지라 이미 린류키의 모습은 보이지 않았다.

건물과 건물 사이의 골목을 지나 비틀거리며 대로로 나왔다. 여름 햇살이 쏟아져 순간 시야가 새하얗게 변했다.

이게 어떻게 된 일일까. 린류키가 도쿄로 다시 돌아왔다. 그만큼 애원하고 다짐을 놓았는데. 혹시 다쓰로의 여권으로 재입국한 걸까. 머리가 혼란스러웠다. 그렇다면 어떻게 될지 생각도 할 수 없다.

굵은 땀방울이 목덜미를 타고 흘렀다. 일단 본인에게 물어봐야만 한다. 가나코는 그렇게 생각하고 가게의 직원 휴게실로 돌아왔다. 도와주던 여직원에게 린류키에 대해 물었다.

"아까 그 남자, 린류키 씨 맞지?"

"네, 맞습니다. 시라이 씨는 린 씨를 알고 계십니까?"

"좀 아는 사이야. 그런데 언제 돌아온 거야?"

"지난주였던 것 같은데요."

"어디에서 일하고 있어?"

"저기 마사지 가게에서요."

직원이 손가락으로 방향을 가리켰다. 아마도 바로 지척일 것이다. 그들이 사는 장소는 좁은 구역으로 한정되어 있었다.

"저기, 린 씨가 전에 왔을 때는 불법으로 입국했잖아. 이번에는 어떠려나?"

"글쎄요, 거기까지는 모르겠는데요." 고개를 갸웃거린다.

"누구한테 물어봐줄 수 없을까?"

가나코가 부탁하자 그녀는 휴게실에 있던 남자들에게 중국어로 뭔가 말을 건넸다. 잠시 대화가 오간다.

"린 씨는 자신의 여권으로 들어온 모양입니다."

그녀의 대답에 다소 안심했다. 다쓰로의 여권을 사용했다면 출입국 기록상으로는 귀국한 것이 되어 더욱 성가실 뻔했다. 아무튼 지금은 린류키를 잡아서 다시 돌려보내야 한다. 하지만 거부하면 어떡하나. 그는 돌아오면 안 된다는 것을 알면서도 자신의 의지로 돌아왔다. 순순히 시키는 대로 할 가능성은 낮다.

"린 씨는 왜 돌아온 거지?"

"글쎄요, 저는 자세히 모릅니다. 혹시 알고 싶다면 물어봐줄 수 있는데요."

"……으응. 됐어."

가나코는 고개를 저었다. 어차피 대단한 이유는 아닐 것이다. 가나코와 나오미가 건네준 돈으로 재산 증명서를 제출할 수 있었을 테고, 그래서 정식으로 비자 신청이 가능해지고 항공권도 살 수 있게 되자 욕심이 더 생겼을 것이다. 일본에서 이 년만 일하면 중국 시골에서 이십 년 정도는 놀고먹을 수 있으니 무리도 아니다. 하지만 이렇게 일찍 돌아올 줄이야……

이번에도 너무 쉽게 생각했다. 중국인을 믿은 자신들이 어리석었다. 다쓰로의 본가나 은행 사람들한테만 들키지 않으면 아무런 문제가 되지 않겠지만, 만일의 경우를 생각하면 그냥 못 본 체 지나칠 수 없다. 한시라도 빨리 쫓아내고 싶었다.

다시 나오미에게 전화했다. 하지만 받지 않아서 바로 연락해달라고 녹음했더니 십 분 후에 전화가 걸려 왔다.

"무슨 일이야? 실은 지금 출장으로 교토에 와 있는데" 하고 말하는 나오미.

"큰일 났어. 린 씨가 이케부쿠로에 다시 왔어."

나오미가 순간 말을 잃었다가 "설마……" 하고 침통하게 말했다.

"정말이야. 아까 발견하고 쫓아갔지만 놓쳤어. 하지만 어디에서 일하는지 알아냈으니까 붙잡고 이야기할 수는 있을 것 같아."

가나코는 지금까지 알아낸 정보를 들려줬다. 나오미는 상당히 동요한 듯 '뭐야', '왜' 같은 말을 연발했다.

"알았어. 나, 내일 오전에 도쿄로 돌아간 후부터는 계속 쉬니까 이케부쿠로로 갈게."

"부탁해. 하지만 어떡하지? 다시 돌려보내려면 틀림없이 돈을 더 달라고 요구할 것 같은데."

"그럴 사람으로 보이지 않았잖아. 시골 총각 같은 느낌이었어."

"나도 그렇게 생각해서 믿었는데. 그래서 더욱 충격이야. 우리, 사람을 너무 잘 믿나 봐."

"아무튼 만나서 물어보자. 이대로 놔두면 안 돼."

"아무튼 예상치 못한 일들이 많다." 가나코는 한숨을 내쉬었다.

"미안. 내가 너무 쉽게 생각했어." 나오미가 사과한다.

"아냐, 그런 말을 들으려고 한 거 아니야. 나도 쉽게 생각했는걸. 그리고 반 이상은 나오미에게만 너무 맡겨버렸고. 그러니까 사과할 사람은 나야."

가나코는 서둘러 덧붙였다. 조금이라도 오해받고 싶지 않았다. 구원해준 사람은 나오미였다.

"그럼 내일 갈게."

"응. 회사에서 기다릴게."

전화를 끊고 작업대에 엎드렸다.

"시라이 씨, 왜 그러십니까?" 여자 직원이 걱정해줬다.

"중국인도 고민거리가 있어?"

"당연하죠. 일본인과 똑같아요. 자살하는 경우도 있습니다."

"그렇구나. 내가 실례되는 질문을 했네."

가나코는 깊이 한숨을 내쉬었다. 평온한 날이 사흘을 넘기지 못한다. 줄타기의 연속이다.

하지만 이것도 시련일 것이다. 가나코는 그렇게 생각하기로 했다. 사람 한 명을 이 세상에서 제거했는데 그리 쉽게 끝날 리 없다.

직원 휴게실에서는 중국인들의 소란스러운 대화가 한창이었다. 자신이 상하이로 도망가고 싶어졌다.

그날 밤, 고토부키 은행의 야마모토에게서 만나고 싶다는 연락이 왔다. 전화로는 이야기할 수 없다고 해서 역 앞 카페에서 다시 만나기로 했다. 안 좋은 일은 대개 성난 파도처럼 몰려든다. 린류키 다음은 무엇일까.

약속한 밤 9시를 오 분 정도 지나서 야마모토가 왔다. 웃옷을 손에 들고 넥타이를 푼 채 손수건으로 목덜미의 땀을 닦으며 등장했다.

"죄송합니다. 늦었네요. 제가 먼저 만나자고 했으면서."

"아뇨, 괜찮습니다."

"여기 맥주도 파는데. 죄송합니다. 마셔도 될까요?"

"물론이죠. 더우니까요. 드세요."

가나코가 고개를 끄덕이자 야마모토는 의자 등받이에 몸을 기대며 하얀 이를 내보였다. 태도로 보아 심각한 이야기는 아닌 것처럼 보였지만.

"일단 여쭤봐야 할 것 같은데 그 후에도 핫토리에게서 연락은 없었나요?"

"네, 없었습니다."

"실종된 지 벌써 한 달이 넘었네요. 정말 어디에서 뭘 하고 있는지."

"그러게요······."

야마모토는 나온 맥주를 맛있게 마시고 나서 테이블 위로 몸을 내밀며 말했다.

"오늘은 새로운 정보를 가져왔습니다."

"뭔데요?"

"역시 핫토리는 뭔가 사건에 휘말렸던 것 같아요. 그걸 뒷받침할 방범 카메라 영상을 찾았습니다."

야마모토가 가방에서 영상 속 화면이 인쇄된 종이를 꺼냈다.

"이건 그가 비행기로 나리타에서 출발한 날, 마루노우치 지점의 ATM에서 100만 엔을 인출할 때 방범 카메라에 찍힌 화면입니다. 지금까지는 ATM에 있는 카메라만 조사했는데 점포 입구의 카메라 영상도 확인한 결과, 핫토리에게는 동행자가 있었다는 걸 알았어요. 자, 여기를 봐주세요. 여자가 두 명, 찍혀 있죠?"

야마모토가 가리킨 연속 화면을 보고 가나코는 그만 기절할 뻔했다. 찍혀 있는 것은 자신과 나오미였다.

"화소 수가 떨어지기도 하고 역광이라 얼굴까지는 모르겠지만 여기에 있는 건 젊은 여자들입니다. 핫토리는 ATM에서 돈을 인출하고 밖으로 나와 이 여자들에게 건넸습니다. 그 이유는 도저히 모르겠지만, 이걸로 최소한 핫토리가 심신상실로 실종됐다는 추측은 틀리게 됐어요."

가나코는 뭐라고 대답할 수 없었다. 얼마나 허술했던가. 방범 카메라가 점포 입구에 있는 건 당연하다. 온몸에서 핏기가 사라져 그것을 눈치채지 못하도록 눈을 내리떴다.

"또 하나, 이케부쿠로 ATM에서 인출할 때의 방범 카메라 영상 말인데요, 이건 지점이 아닌 지하도에 있는 ATM이라 저희가 확인할 수 있는 건 부스 안뿐이었습니다. 즉 그 앞의 통로에 설치된 방범 카메라는 JR히가시니혼의 관할이라서 거기 허가를 받지 않으면 볼 수 없어요. 그래서 그쪽에 부탁할 수 없겠느냐고 본점 총무부에 물어봤는데, 대답이 영 신통치 않네요……."

야마모토의 말을 들으면서 가나코는 다시 생각했다. 이케부쿠로에서 돈을 찾았을 때도 자신은 ATM 부스 바로 밖에 있었다. 그때는 나오미 없이 혼자였는데 어딘가 카메라에 찍혔을 게 틀림없다.

"부인, 이걸 보고 어떤 마음이 드셨나요?"

"글쎄요, 너무 좀 갑작스러워서……."

가나코는 애써 동요를 감추며 대답했다.

"알겠습니다. 예상하지 못했던 일이니까요. 대체 이 여자들, 누구일까요? 핫토리를 협박한 건지, 아니면 핫토리가 돈으로 뭔가 입막음한 건지……."

야마모토가 맥주를 다 비우며 숨을 돌린다.

"저기, 이 사실을 제 남편 여동생에게도 말했나요?" 가나코가 물었다.

"네, 물론이죠. 원래 이건 요코 씨 아이디어였는데, 생각해보니 지점 밖에도 방범 카메라가 있다는 사실을 깨닫고 조사한 겁니다."

"그랬군요……."

"요코 씨는 진심으로 오빠를 찾아낼 생각이에요. 무척이나 진지하더군요. 그래서 저도 최대한 협조할 생각입니다. 저기 부인, 이 여자들을 보고도 짚이시는 게 없나요?"

"글쎄요……."

가나코는 인쇄물로 눈길을 주면서도 똑바로 쳐다볼 용기가 없어 시선을 고정하지 못했다. 그러자 눈앞이 빙글빙글 돌기 시작하고 또 헛구역질이 나왔다.

"잠깐만요, 죄송합니다." 가나코는 그렇게 말하고 화장실로 갔다.

31 ——

다음 날 12시가 조금 못 되어 나오미가 리 상회로 찾아왔다. 상점에 있었던 아케미는 "오늘은 무슨 일이에요? 우리, 약속이 있었나요?" 하며 순간 당황스러워했다.

"아뇨. 가나코에게 볼일이 있어서요. 쉬는 날이라 같이 점심이나 먹으려고 왔어요."

나오미가 웃음 지으며 대답했다. 여직원에게 사 가지고 온 쿠키를 건네자 이젠 완전히 친해진 여직원이 "오다 씨, 너무 좋아" 하며 꼭 안겨왔다.

"점심 정도는 내가 사줄 수 있어요" 하고 말하는 아케미.

"고맙습니다. 하지만 오늘은 가나코와 할 이야기가 있어서요."

"나만 따돌리긴가요?" 토라져 어깨를 으쓱인다.

"설마요. 다음에 사주세요. 아, 맞다. 린 씨가 다시 일본으로 돌아온 모양이던데 사장님은 알고 계셨어요?"

나오미는 가나코를 건너뛰고 곧바로 물어봤다.

"네, 알고 있었어요. 이번에는 자신의 여권을 가지고 입국했으니까 다시 써달라고 하더군요. 하지만 인원 보충이 막 끝났을 때라 거절했죠."

"이 근처 마사지 가게에서 일한다고 들었는데."

"맞아요. 거리 끝에 있는 건물이에요. 주인은 나도 아는 사람이에요. 아직 익숙하지 않아서 잡일을 주로 한다던데요."

아케미가 뭔가 이상하다는 표정으로 나오미와 가나코를 번갈아 봤다.

"당신들, 린 씨와 무슨 일 있었나요?"

아케미의 물음에 나오미는 침묵했다. 가나코도 말이 나오지 않았다.

"나는 틀림없이 린 씨가 자진해서 출입국관리소에 출두한 후 강제로 송환됐다고 생각했어요. 그런데 아니었어요. 왜냐하면 린 씨는 여권을 들고 비자 신청까지 해서 다시 일본에 왔기 때문이죠. 강제로 송환되면 다시 입국할 수 없어요. 나는 그게 정말 이상해요. 오다 씨와 시라이 씨는 뭔가 알고 있죠?"

예기치 못한 질문에 나오미와 가나코는 허둥댔다. 확실히 이런 부분에서도 새로운 모순이 생긴다.

"아뇨. 아무것도 몰라요." 나오미가 가볍게 미소를 지으며 고개를 저었다. "다만 린 씨가 우리와의 약속을 어겨서 그걸 항의하려고 오늘 온 거예요."

"어떤 약속이었는데요?"

"그건 지금 말씀드릴 수 없어요."

"알았어요. 아무튼 그것 때문에 오다 씨가 곤란한가요?"

"······네. 좀 곤란해요." 나오미가 잠시 사이를 두었다가 작게 고개를 끄덕였다.

"그럼 언제든지 의논하세요. 몇 번이나 말하지만 당신들은 내 동생이에요. 중국인은 정부를 믿지 못하기 때문에 가족만 믿어요. 그러니까 당신들도 나를 믿으면 돼요."

"정말 고맙습니다."

나오미와 가나코는 얌전한 표정으로 고개를 숙였다. 그냥 하는 말이라도 듣고 나니 정말 믿음직스러웠다. 지금의 자신들은 아군에 굶주려 있었다.

정오가 되어 두 사람은 회사를 나왔다.

"방범 카메라 건은 나중으로 미루자. 너무 심각해서 좋은 생각이 나지 않아."

나오미가 앞만 바라보며 말했다.

"그래. 그렇게 하자" 하고 대답하는 가나코.

야마모토와 만난 이야기는 어젯밤에 전화로 이미 알렸다. 두 사람 다 침울해져서 어찌할 바를 몰랐다. 얼굴이 찍히지 않은 것만은 다행이었다며 스스로를 위로할 수밖에 없었다.

종종걸음으로 린류키가 일하는 마사지 가게로 향했다. 여름 햇살이 골목에도 쏟아져 아스팔트가 하얗게 보인다. 점심시간이라 길에는 중국인들로 넘쳤다. 들려오는 건 시끄러운 중국어뿐이다.

그 가게는 낡은 건물 2층에 있었다. 일본인 손님도 상대하는지 일본어 요금표가 밖에 나와 있다. 문은 활짝 열려 있었다. 서로 얼굴을 쳐다보다가 안으로 들어갔다. "어서 오세요. 두 분이신가요?" 접수대의 중국인 종업원이 말을 건넸지만 상대하지 않고 가게 안을 둘러봤다.

린류키는 가게 한쪽 구석에서 시트를 개고 있었다. 사람이 온 걸 눈치채고 고개를 들었다. 눈이 마주쳤다. 순식간에 표정이 어두워진다.

"린 씨, 할 말이 있어요."

나오미가 가시 돋친 목소리로 말하며 집게손가락을 구부려 따라오라는 신호를 보냈다. 가나코도 팔짱을 끼고 우뚝 서 있었다. 시골 출신 중국인 청년 정도는 전혀 무섭지 않았다.

"지금 일하는 중입니다." 린류키가 긴장한 표정으로 말했다.

"됐으니까 따라와요. 안 그러면 리 사장에게 부탁해서 해고시킬 거예요. 나는 이 동네 여러 사장님들에게 백화점 카드를 만들어주고 있어요. 당신 하나쯤은 어떻게 할 수 있다고요."

나오미가 날카롭게 쏘아붙였다. 가나코도 뭔가 난폭한 말을 내뱉고 싶은 기분이었다.

린류키가 쭈뼛쭈뼛 일어났다. 교무실에 불려 온 중학생처럼 고개를 푹 숙이고 입구까지 오더니 접수대에 있는 종업원에게 뭔가 말하고 나서 샌들을 신었다.

"어디 이야기할 만한 조용한 장소 없어요?" 나오미가 물었다.

"위층에 노래방이 있어요. 주인은 리 사장님이에요. 거기 비어 있을 거예요." 린류키가 나직하게 대답한다.

"잘됐군요. 거기로 가죠."

셋이 계단을 올라가서 가게 안으로 들어가자 카운터에서 젊은 여자가 심심한 듯 담배를 피우고 있었다.

"우리는 리 사장 친구예요. 노래를 부르지는 않을 건데 잠시 방 좀 빌려줄래요? 사장님한테는 승낙을 얻었어요."

나오미가 고압적인 태도로 거짓말을 하자 여자는 깜짝 놀라 담배를 비벼 끈 후 방으로 안내했다.

"뭐 주문하시겠습니까?" 벽의 메뉴를 가리키며 묻는다.

"필요 없어요……. 아, 그래요, 차가운 우롱차 세 잔 갖다줘요" 하고 말하는 나오미.

"나는 배고픕니다. 옆 식당에서 볶음밥 좀 시켜주시겠습니까?"

린류키가 천연덕스럽게 말했다.

"당신, 자신의 입장이 어떤지 알고나 있는 거예요?" 나오미의 목소리가 거칠어진다.

"사과의 의미로 내가 사겠습니다. 당신들도 먹지 않겠습니까?"

나오미는 부아가 치미는 것을 겨우 참으며 가나코를 봤다. "어떻게 할래?"

"먹고 싶은 생각은 없는데."

"나도 그렇긴 한데……. 하지만 뭔가 먹어두는 편이 좋을 것 같은데……. 그럼 하나 시켜서 나눠 먹자."

"그게 좋겠습니다. 그럼 같은 걸로 두 개."

린류키가 손가락을 두 개 펴며 여자에게 주문했다. 예전의 두려움 가득한 모습은 없었다. 조심스러워하면서도 어딘지 모르게 여유로운 태도인 건 틀림없이 밀입국이 아니기 때문일 것이다.

소파에 마주 앉아 바로 다그치기 시작했다.

"그럼 이야기 좀 들어볼까요? 자, 린 씨, 왜 돌아온 거죠? 그렇게 신신당부했는데."

나오미가 강하게 말했다.

"200만 엔으로는 작은 집밖에 살 수 없습니다. 하지만 200만 엔이 더 있으면 가족이 모두 살 수 있는 집을 얻을 수 있습니다. 그래서 앞으로 일 년 더 일본에서 일하려고 다시 왔습니다."

린류키가 태평하게 변명해서 두 사람 모두 발끈했다.

"당신은 약속을 어겼어요. 200만 엔을 돌려주세요."

"여기에는 없습니다. 내 아내에게 줬습니다."

"그럼 일본으로 송금하라고 하세요."

"그것만큼은 용서해주십시오. 다른 일이라면 뭐든 시키는 대로 하겠습니다."

"그럼 중국으로 돌아가요. 내일 비행기로."

"부탁합니다. 앞으로 일 년만 더 일하게 해주십시오. 그러고 나서 돌아가겠습니다."

"안돼요. 지금 당장 가세요."

나오미가 몸을 앞으로 내밀며 테이블을 내리치자 린류키는 고개를 숙인 채 입을 다물었다.

"그럼 차라리 도쿄에서 나가줘요." 이번에는 가나코가 말했다. "오사카든 후쿠오카든 중국인 사회는 어디든 있잖아요. 거기에서 일 년 일하다가 귀국하세요."

"응, 그래. 그것도 좋겠네. 그럼 그게 우리의 타협안이에요."

나오미도 찬성했다.

"나는 도쿄가 좋습니다. 친구도 생겼습니다."

린류키가 아랫니를 드러내며 말했다.

"웃기지 마요."

나오미의 목소리가 다시 거칠어지며 눈앞에서 오그라들어 있는 중국인 청년을 노려봤다.

가나코는 다시 린류키를 바라보며 다쓰로와 꼭 닮았다는 사실을 새삼 인식했다. 만약 가족이나 동료가 보면 어쨌든 다쓰로라고 착각할 것이다. 그렇게 되면 사태는 더욱 복잡해진다.

"저기, 린 씨. 그런데 일본 여권은 어떻게 했어요?" 가나코가 물었다.

"중국의 집에 있습니다."

"사실대로 말해줘요. 어차피 팔아치웠을 텐데."

다시 다그쳐 묻자 린류키는 어깨를 더욱 움츠리며 "네, 팔았습니다" 하고 자백했다.

"누구한테 팔았죠?"

"밀입국 브로커한테 팔았습니다."

"그걸 누군가 사서 이용하나요?"

"자세히는 모릅니다. 아마 다른 나라로 입국하는 데 이용할 겁니다. 캐나다나 오스트레일리아 같은. 전에도 말했지만 일본 여권을 가지고 있으면 아시아 사람은 어디서나 쉽게 입국할 수 있습니다. 그러니까 떳떳하게 입국할 수 없는 사람이 샀을 겁니다."

"일본에 입국했을 가능성도 있나요?"

"그럴 가능성은 거의 없습니다. 출입국관리소에서 말을 시켰다가 일본어로 대답하지 못하면 들통 납니다. 누구도 그런 위험은 무릅쓰고 싶지 않을 겁니다."

"알았어요. 그럼 됐어요."

그때 배달용 볶음밥이 왔다. 엄청나다 싶을 정도의 양이어서 두 사람은 일인분만 시키기를 잘했다고 생각했다.

린류키가 그릇을 들고 입안으로 마구 쓸어 넣는다.

"나오미, 먼저 먹어."

"알았어."

가나코는 소파에 기대어 린류키를 봤다. 다쓰로와 꼭 닮았는데 성격은 정반대라서 이상한 감정이 솟구쳤던 것이다. 다쓰로가 린류키처럼 순박한 청년이었다면 얼마나 좋았을까. 거짓말은 했지만 여자에게 폭력을 휘두를 남자 같지는 않다. 그리고 악당도 아니다. 사실 가나코는 린류키가 오히려 이쪽을 협박하지 않을까 싶어 어제부터 걱정하고 있었다. 이제 와서 그런 짓은 하지 않을 것 같다.

"린 씨, 지금 어디에 살고 있어요?"

"친구들 아파트입니다. 걸어서 얼마 안 되는 곳입니다."

"간사이나 다른 지역에 친구는 없나요?"

"없습니다. 이케부쿠로뿐입니다."

"그럼 당분간은 이케부쿠로에서 나가지 마세요. 신주쿠나 시부야 같은 데 나가지 말라고요."

"그렇다면 괜찮습니다. 우리는 차이나타운 안에서만 살고 있습니다."

"안 돼, 가나코. 아무튼 도쿄는 안 돼." 옆에서 나오미가 끼어들었다. 절반쯤 비운 볶음밥 그릇을 가나코 쪽으로 밀어준다. "부탁해요. 일주일 안으로 나가요. 이사 비용 정도는 부담할 수 있으니까."

"그렇습니까······?" 린류키가 먹던 손을 멈추고 말했다. "그런데 왜 도쿄에 있으면 안 된다는 겁니까?"

"전부 묻지 않기로 약속했잖아요."

"이유를 알면 나고야나 오사카로 갈 수도 있습니다."

"그럼 사실대로 말해주죠. 대신 당신이 위험해질 거예요."

나오미가 묘한 말을 했다. 가나코는 자신도 모르게 그녀의 옆얼굴을 봤다.

"그 여권의 인물은 폭력단에게 투자를 제안했다가 큰 손해를 보게 만들어 도쿄 야쿠자들에게 쫓기고 있었어요. 린 씨가 그와 꼭 닮아서 그 사람인 척 해외로 나가게 해서 포기시킬 계획이었죠. 지금 본인은 다른 지역에서 살고 있어요. 그러니 야쿠자가 당신을 발견하면 무조건 죽일 거예요."

그 말을 들으면서 역시 나오미라고 생각했다. 잘도 그런 거짓말을 생각해냈다.

"하지만 이야기해보면 다른 사람인 걸 알 겁니다."

"바보 같은 소리 마요. 몇 억 엔이나 손해를 보게 만든 사람이에요. 뒤에서 갑자기 칼에 찔려 당신은 죽게 될 거예요."

나오미가 비웃었다. 가나코도 맞장구를 치듯 진지한 표정으로 고개를 끄덕였다. 린류키의 얼굴이 서서히 창백해진다.

"나, 죽고 싶지 않습니다."

"당연히 그럴 테죠. 그러니까 한시라도 빨리 도쿄에서 떠나야 해요. 중국으로 돌아가면 더 안심이고요. 일본의 야쿠자는 전국에 자신들의 세력을 가지고 있거든요."

"그렇습니까······?"

린류키가 묵묵히 볶음밥에 손을 댔다. 이번에는 조용히 먹었다. 가나코도 다시 식사하기 시작했다. 이런 때도 맛있기 때문에 중국 요리는 곤란하다.

"어떻게 할지 이삼 일 생각해보겠습니다." 린류키가 불쑥 그렇게 말했다. "나, 여기 주인 부탁으로 일하게 됐습니다. 금방 그만두면 우리 고향마을에 폐를 끼칩니다."

"그게 무슨 말이에요?"

"중국인은 사람을 믿지 않는 대신 출신지로 판단합니다. 내가 이상한 짓을 하면 마을의 평판이 좋지 않아져서 앞으로 돈 벌러 나올 사람들에게 피해를 줍니다."

"당신, 그렇게 책임감이 강하면서 왜 약속을 어기고 돌아온 거죠?"

나오미가 아이를 혼내듯 말하자 린류키는 목을 쏙 집어넣었다.

"그럼 삼 일 동안 시간을 줄 테니까 나갈 준비를 해둬요. 그리고 그동안에는 차이나타운 밖으로 절대 나서지 말고."

가나코가 말했다.

"알겠습니다……."

린류키가 얌전히 대답했다.

일단 꼼짝 못하게 하는 데는 성공했다. 느낌상 이쪽 요구를 들어줄 것 같았다. 가나코는 그 점만으로도 안심했다. 앞으로 닥칠 난관과 비교하면 아주 사소한 것이었지만 말이다.

식사를 마치고 셋이 노래방에서 나왔다. 접수대의 여자에게는 팁으로 가나코가 2천 엔을 주었다. 장소를 이용하게 해줬으니 이 정도는 주는 편이 좋다. 여자는 흰 이를 드러내면서 "정말 고맙습니다" 하고 살짝 기뻐하며 인사했다.

린류키와 헤어져 이번에는 둘이서 근처 카페에 들어갔다.

"폭력단 이야기, 기막혔어."

가나코는 먼저 감탄사를 전했다.

"어젯밤에 생각한 거야. 이런저런 상황을 그려봤거든. 저쪽에서 적반하장으로 나올 때, 혹은 돈을 요구할 때 그런 경우를 모두 상정하며 대응책을 마련했지."

나오미가 어깨를 으쓱이며 자조적으로 말했다. 가나코는 이 마음고생이 두 사람 모두에게 공통된 것이라는 사실에 새삼 위로를 받았다. 역시 나오미가 없으면 자신은 살아갈 수 없다.

"그럼 다음 문제는 방범 카메라 영상인데 제일 큰 난관이야." 나오미가 크게 한숨을 쉰다. "우선 우리 얼굴이 찍히지 않은 건 신이 도운 거라고 생각해. 우리는 아직 괜찮아."

"응, 그래."

가나코는 고개를 끄덕였다. 그런 식으로 생각한 건 아니지만, 일단 부정적인 방향으로 사고가 나아가면 더욱 궁지에 몰릴 것 같아서 무서웠다.

"이케부쿠로 역 안의 ATM에 대해서는 JR히가시니혼이 방범 카메라 영상을 일개 흥신소에 제출할 거라고는 생각되지 않아. 설령 전직 경찰들이 나선다 해도 말이야. 그러니까 그쪽은 신경 안 써도 되는데, 고토부키 은행 본점이 정식으로 요청한다면 좀 무서울 것 같아. 내가 알기로는 위쪽 사람들은 전부 연결되어 있거든. 특히 은행쯤 되면 대충 다 통할 거야."

나오미가 논리적으로 말했다. 가나코는 묵묵히 듣고 있었다.

"그렇게 되면 이것도 신의 도움을 기대하는 수밖에 없는데 가나코, 그 야마모토라는 남편 동료에게서 좀더 알아봐. 이케부쿠로 역의 ATM 방범 카메라 건은 어떻게 됐느냐고. 몰라서 전전긍긍하는 것보다는 나을 것 같아. 아마도 야마모토 씨가 본점에 직접 조사를 호소해야 본점이 움직이든 말든 할 거야."

"움직이기로 했다면?"

"그럴 가능성은 낮아. 어차피 모두들 회사원이야. 성가신 일은 피하고 싶은 게 당연하잖아."

"그렇긴 한데 만에 하나 움직이기로 했다면? 그래서 ATM 앞 통로에 내가 서 있고 돈을 받는 모습이 찍혔다면?"

"전부 나한테만 묻지 마. 어차피 좋은 방법은 없으니까."

나오미의 볼이 희미하게 조여든다.

"……미안." 가나코가 사과했다.

"하지만 그렇게 되면 또 새로운 시나리오가 있을 거야."

"응."

"아무튼 핫토리 다쓰로가 해외 도피를 위해 상하이로 날아갔다는 증거만은 사라지지 않았으니까 너무 동요해서 허점을 드러내는 것만은 피해야 해."

"응, 맞아."

"그리고 잠시 동안 시누이가 포기할 때까지 참는 거야."

"포기할까?"

"최소한 흥신소를 고용하는 건 앞으로 며칠뿐일 거야. 돈이 너무 들잖아."

"그렇긴 해."

둘이 한숨을 내쉬었다. 우울한 기분은 가시지 않았지만 이렇게 만나서 대책을 논의한 것만은 좋았다. 두 사람은 서로를 완전히 지탱해주고 있었다. 나오미가 없었다면 가나코는 일찌감치 도망쳤을 것이다.

오래된 카페답게 대형 선풍기가 시끄러운 소리를 내며 찬바람을 내보내고 있었다. 그 소리는 마치 두 사람을 궁지로 모는 듯했다.

그날 밤, 야마모토에게 연락해보기로 했다. 물어보는 게 무서워서 견딜 수 없었지만 나오미의 말대로 상황을 파악하지 않으면 다음 시나리오를 짤 수 없다. 스마트폰을 손에 쥐고 삼십 분 이상 망설이다가 온몸의 용기를 쥐어짜서 전화했다. "네, 야마모토입니다." 야마모토의 목소리가 밝았다. 그렇다면 아직 자신을 의심하지는 않는다는 뜻일까.

"죄송해요. 어제 말씀하신 그거, 이케부쿠로 역구내의 방범 카메라 건은 어떻게 됐나요?"

가나코는 조심스럽게 물었다.

"아아, 그거요? 장애물이 너무 많아서 저도 좀 소심해지고 있는 참입니다. 실은 방금 전에 요코 씨도 물어봤는데 좋은 소식을 들려줄 수 없었어요……."

요코라는 말을 듣자 속이 갑자기 더부룩해졌다. 역시 제일 경계해야 할 인물이다.

"JR히가시니혼의 영상을 보려면 역시 경찰이 개입해야 돼요. 그리고 그러려면 우리 본점 총무부에서 피해 신고를 해야 하는데……. 사실 본점은 더 이상 들쑤시지 말아달라는 입장입니다. 게다가 제가 총무부에 직접 문의한 걸 가지고 우리 지점장이 '나 몰래 무슨 짓을 하는 거냐'고 무지 화내서요. 지금 제 입장이 상당히 곤란합니다."

"그렇군요……."

가나코는 이 점에 대해서는 안심했다. 경찰을 동원하게 되면 은행원의 횡령 사건이 백일하에 드러나고 만다. 은행은 은폐하기로 결정한 것이다. 그리고 야마모토도 조직의 일원이었다.

"어젯밤에는 큰소리 떵떵 쳐놓고 하루 만에 태도를 바꾸는 것 같아서 저도 괴롭습니다만, 제가 할 수 있는 일은 이 정도까지가 아닌가 싶어요……. 정말 분해서 죽을 지경입니다만."

야마모토가 미안하다는 듯 말했다.

"아뇨. 무슨 그런 말씀을. 너무 고생해주셔서 고맙습니다."

"그런데 그 방범 카메라에 찍힌 두 여자는 어떤 사람들일까요? 저는 진상을 알고 싶어요, 정말."

"남편이 언젠가는 돌아오지 않겠어요? 그때 물어보도록 하죠."

가나코는 구슬리듯 말했다.

"돌아올까요?"

"저는 요즘 왠지 그런 생각이 들어요……. 중국어도 잘 못하면서 몇 년씩이나 상하이에서 사는 건 무리 아니겠어요? 무슨 일이 있었는지는 모르겠지만 이성을 되찾으면 돌아오지 않을까 싶은데……."

"그렇죠? 저도 그러길 바랍니다."

야마모토는 이 정도에서 물러날까. 그건 모르겠지만 자신이 찍혔을지도 모를 또 하나의 방범 카메라 영상이 그대로 묻혀버릴 것 같다는 점만은 좋은 소식이었다.

전화를 마치자 무거운 피로감이 엄습했다. 오늘 하루를 무사히 넘겼다는 감상만이 남는다.

32 ——

 사흘 동안 아무 일도 없는 날이 계속됐다. 요코에게 아무런 연락이 없었던 것이다. 물론 그것은 환영할 만한 일이었다. 이대로 막을 내리듯 다쓰로의 본가가 포기해준다면 더할 나위 없이 고맙겠지만, 요코의 성격으로 보아 그렇게 되기를 기대하기 어려웠던 만큼 불안한 마음은 좀처럼 가라앉지 않았다.
 가나코는 차라리 도쿄를 떠날까도 생각했다. 그렇게 하면 요코가 뭔가를 요구해도 도망칠 수 있다. 실제로 아케미가 상하이 출장을 제안하기도 했다. 아케미는 완전히 가나코를 신뢰하여 적절한 시기에 일본인이 구입할 법한 중국의 생활 잡화를 대량 구입하러 다녀오지 않겠느냐고 말했다. 카탈로그가 대충 마무리되면 일주일 정도 해외로 피난하고 싶은 심정이었다.
 겉으로는 아무 일도 없는 듯하지만 속에서는 사실 무슨 일이 진행되고 있는 건 아닐까. 그런 의혹이 하루에도 몇 번이나 고개를 쳐들었고 그럴 때마다 속이 거북해졌다. 임신 확인도 계속 보류하고 있는 상태였다. 일을 더 크게 만들고 싶지 않다는 현실도피였다.
 이날은 쉬는 날이라 가나코는 집에 있었다. 천천히 몸을 쉬고 싶었지만 목구멍 안쪽에서 꿈틀거리는 벌레 같은 위화감이 좀처럼 신경을 해방시켜주지 않아 소파에 누워 있어도 진정되지 않았다.
 문득 집 안을 둘러봤다. 다쓰로의 물건들은 거의 종이 상자에 넣어 맨션 안에 있는 창고로 옮겼다. 다만 오디오 세트나 다쓰로가 고른 의자 같은 것은 그대로여서 눈에 띄면 아무래도 신경이 쓰였다. 빨리 이사해서 가구를 몽땅 바꾸고 싶었다.

사람 하나를 세상에서 제거했다는 점에 관해서는 여전히 상상했던 만큼의 죄책감이 들지 않아, 인간은 의외로 냉혹하게 만들어졌다는 사실을 실감했다. 나오미도 마찬가지였다. 정색하고 이야기하지는 않았지만 그날 밤 일을 후회하는 것 같지는 않았다. 인간은 자신을 정당화할 수 있는 스위치를 가지고 태어나는지도 모른다.

그런 생각을 하는데 인터폰의 내선 호출음이 울렸다. 관리실과 직접 연결되어 평소에는 거의 울리는 일이 없다. 무슨 일일까 의아해하면서 받자 1층 관리실로 와줄 수 없겠느냐고 했다.

"택배라도 온 건가요?" 가나코가 물었다.

"아뇨. 지난번에 말씀하셨던 방범 카메라 문제로 잠깐······."

관리인의 말투는 공손했지만 어딘가 어두운 느낌이 들었다. 곧바로 마음속에 그림자가 드리운다. 방범 카메라 문제라는 게 뭘까. 그건 끝난 문제가 아니었나.

가나코는 서둘러 머리를 다듬고 집에서 나왔다. 엘리베이터로 내려가면서 가벼운 현기증처럼 몸이 붕 뜨는 듯한 감각을 맛봤다. 무슨 일이 있어도 당황하지 말 것. 자신을 타이른다.

관리실로 가자 거기에는 낯선 중년 부인이 두 명 있었다.

"당신이 핫토리 씨인가요?" 그중 한 사람, 휴일인데도 꼼꼼하게 화장한 여자가 말했다.

"이분은 맨션의 관리 조합 이사장을 맡고 계신 마쓰이 씨입니다."

관리인이 소개했다. 가나코는 "처음 뵙겠습니다" 하고 인사했다.

"방범 카메라 영상 말인데요. 지난번에 보여드린 것만으로는 부족하다며 그전 영상도 더 보여달라고 관리 회사에 요청한 모양이던데 어떻게 된 거죠?"

이사장이 정말 성가시다는 듯 말했다. 그 말의 내용에 가나코는 얼굴에서 핏기가 사라졌다.

"어, 아뇨. 저는 처음 듣는 이야기인데요……."

"어머, 부인은 모르셨나요?"

"죄송합니다. 제가 관리 회사에 부탁 전화를 했습니다만 어렵다고 하셔서 그냥 포기했는데……."

"어머, 그런가요?"

이사장의 목소리가 낮아진 순간 옆에서 관리인이 지체 없이 설명했다.

"아뇨, 그 문제라면 핫토리 씨 남편의 여동생이라는 분이 관리 회사에 세이조히가시 경찰서의 경찰관 한 명이 입회할 테니까 꼭 보여달라고 하셔서 마쓰이 님의 양해로 여기에서 보셨습니다."

"아, 그런 적이 있었나요?"

가나코의 머릿속이 순간 새하애졌다. 자신은 전혀 몰랐던 일이다.

"사흘쯤 전인데 부인은 듣지 못하셨나요?"

"아뇨. 못 들었습니다."

"어라, 그렇습니까? 저희는 틀림없이 서로 연락되어 있는 줄 알고……. 아니, 부인께서는 일하러 나가셔서 보지 못하니까 자기가 대신 말씀드리겠다고 했는데······."

"남편 여동생이 그렇게 말했나요?"

"그렇습니다."

"저는 그때 입회하지 않았어요." 이사장이 끼어들었다. "그러니까 입주민의 사생활과 관련된 일이라 별로 개입하고 싶지 않았거든요. 게다가 경찰관이 입회한다고 해서요."

"네······."

또다시 관리인이 아까 하던 말을 이었다.

"그래서 남편분이 실종됐다는 토요일 오전 6시부터 오후 3시까지 현관홀과 엘리베이터 내부의 영상을 빨리 감기로 봤습니다. 하지만 거기에는 남편분인 듯한 사람이 찍혀 있지 않았어요. 여동생분은 이상하다, 이상하다 하시더군요······."

가나코의 무릎이 떨려왔다. 역시 일은 진행되고 있었다. 그리고 그날 방범 카메라 영상에 다쓰로가 찍혀 있지 않다는 사실이 드러나고 말았다.

"그래서 그날은 일단 물러가셨습니다만, 어제 이번에는 전날 밤 것까지 보여달라고 회사 쪽에 전화가 걸려 와서 그 사실을 마쓰이 님에게 전한 결과, 그렇게까지는 좀 힘들다고 하시네요······. 그래서 여동생분에게 연락을 드리려 했는데 부인이 집에 계신다면 먼저 말씀드리는 편이 낫겠다고 생각해서······."

"요구대로 들어드리다 보면 끝이 없거든요." 이사장이 어색한 미소를 지으며 말했다. "게다가 핫토리 씨는 등기 소유권자도 아니고……."

"네, 물론입니다."

"집주인의 신청이 있었다면 또 모를까, 임대 계약자분들의 편의까지 봐드릴 의무는 관리 조합에 없다고 생각합니다."

"네, 그 말씀이 맞습니다."

"남편분이 실종됐다는 건 가슴 아픈 일입니다만 맨션 입주민들까지 휘말리게 하는 건 좀 그렇죠."

"그러니까 괜찮습니다. 보여주지 않으셔도 괜찮아요."

가나코는 애써 표정을 꾸미며 말했다. 분명 자신의 얼굴은 창백할 것이다.

"그럼 이 문제는 이걸로 마무리 지어도 괜찮겠죠?"

"네."

"아아, 다행이네요." 이제야 이사장의 표정에 화색이 돌았다. "그게 말이죠, 관리 회사 담당자의 말에 따르면 여동생분이 상당히 집요하시다고나 할까, 뭐랄까, 호호, 죄송해요. 저는 당신들이 골치 아픈 분들이면 어쩌나 생각했거든요. 다행이네요. 부인은 말이 통하는 분이라……."

"죄송합니다."

가나코는 고개를 깊이 숙였다. 갑자기 움직여서 다시 현기증이 일었다.

"아뇨, 부인은 잘못한 게 없죠. 신경 쓰지 마세요."

이사장은 이걸로 끝나서 안도했는지 부드러운 말투가 되어, 이 맨션도 최근 임대 입주민이 늘어 온통 모르는 사람들만 있다고 한바탕 이야기를 시작했다. 그 말이 가나코의 귀 속을 그대로 통과했다.

요코는 가나코 모르게 방범 카메라 영상을 봤다. 그리고 마루노우치 지점에 남아 있던 영상에 여자 두 명이 찍혔다는 것도 가나코에게는 알리지 않았다. 바꿔 말하면 그것은 요코가 가나코를 의심하기 시작했다는 증거가 아닐까. 그렇게 생각하니 더욱 몸이 떨려와서 거의 졸도할 뻔했다.

만에 하나, 이전 영상을 보면 자신들은 끝장이다. 엘리베이터 안에서 수상하기 그지없는 커다란 가방을 운반하는 나오미와 가나코가 찍혀 있는 것이다. 그리고 그 가방은 주차장으로 운반되어 다쓰로의 BMW 트렁크에 실린다…….

가나코는 한시라도 빨리 나오미의 목소리가 듣고 싶었다.

33 ——

요코에게서 만나고 싶다는 전화가 걸려 온 것은 새로운 한 주가 시작되는 월요일이었다. 그녀의 전화라는 걸 안 것만으로도 가나코의 온몸은 떨려왔다. 요코의 목소리는 묵직해서 평소의 쾌활함은 어디에도 없었다.

"할 이야기가 좀 있는데."

"무슨 이야기?"

"만나서 이야기할게."

이 말을 듣는 것만으로도 나락 밑바닥까지 곤두박질치는 기분이었다.

"오늘 밤에 맨션으로 가도 돼?"

"미안해. 오늘은 야근이야."

순간적으로 거짓말을 한 것은 조금이라도 시간을 벌고 싶었기 때문이다. 아무런 대책도 없이 만날 수는 없다. 하지만 "그럼 내일 밤?" 하며 쉴 틈을 주지 않고 물어서 그만 승낙하고 말았다. 하루만 뒤로 미뤘을 뿐이다.

새삼 요코의 행동력에 두려움을 느꼈다. 그동안의 경위는 쉽게 상상이 간다. 한 주가 시작되면서 요코는 맨션 관리 회사에 다시 전화를 걸었다. 그러자 담당자가 '부인에게 말씀드렸더니 이제 괜찮다고 말했다'고 대답했다. 그래서 요코는 자신만의 은밀한 행동이 가나코에게 들킨 것을 알았다. 그렇다면 더 이상 숨길 필요는 없다. 직접 만나 물어보면 된다.

가나코는 이젠 일상적인 일이 되고 말았지만 나오미에게 전화를 걸어 궁지에 몰렸다고 호소했다. 가나코는 당장이라도 나오미와 만나고 싶었지만 하필 출장 중이라 교토에 있었다. 나오미도 사태의 심각함에 말을 잃었다. 요코가 방범 카메라 영상을 봤다는 걸 알았을 때부터 둘이 열심히 대책을 논의했지만 먹힐 만한 변명거리가 선뜻 떠오르지 않았다. 일단 '둘 다 하룻밤 생각해보자'며 마지막에는 서로를 격려하고 전화를 끊었지만 날이 새고도 상황은 변하지 않았다. 어딘가로 도망칠까. 가나코는 그런 생각까지 했다.

그리고 어김없이 시간은 흘러 화요일 저녁 무렵이 되었다. 뭔가 궁리해보려고 되도록 수작업으로 끝낼 수 있는 일을 선택했지만 아무것도 떠오르지 않았다. 나오미로부터 연락도 없었다. 눈 덮인 산에서 조난당했는데 아무도 도와주러 오지 않는 기분이었다.

요코에게 전화해서 내일로 미루자고 해볼까도 생각했다. 갑자기 야근하게 됐다고. 그러면 스물네 시간은 번다. 하지만 도망친다고 생각해서 괜히 더 수상하게 여길 것이다. 요코도 제거할까. 이런 얼토당토않은 생각까지 머릿속에 떠올라 가나코는 서둘러 지워버렸다. 그런 일이 가능할 리가 없었다.

문득 책상에 앉아 일하고 있는 아케미에게로 눈길이 갔다. 이 중국인 여사장이라면 이럴 때 어떻게 할까. 예전에 아케미가 고급 손목시계를 훔쳤을 때의 일은 나오미에게 들어 알고 있었다. 분명 상대방보다 큰소리로 우겨댔을 게 틀림없다.

남편은 맨션의 비상계단으로 내려간 게 아닐까. 현관홀의 카메라에도 찍히지 않았는데? 그럼 쪽문으로 나간 게 틀림없다. 무엇 때문에? 그건 나도 모른다. 아케미라면 이렇게 말할 것 같다. 하지만 자신에게는 정색하고 대들 만한 배짱이 없다.

"시라이 씨, 왜 그래요?" 아케미가 물었다.

"어, 아뇨. 별로."

"오늘은 일에 집중하지 못하는 것 같은데요."

아케미가 냉철한 경영자의 얼굴로 시선을 보낸다.

"죄송합니다. 내일은 괜찮을 겁니다."

가나코는 고개를 숙였다. 세상은 호락호락하지 않다. 그녀에게 인생은 전쟁일 것이다. 자신도 싸워야만 한다. 이 여사장처럼, 강하고 씩씩하게. 하지만 지금은 도망치고 싶은 마음뿐이었다.

그때 휴대전화가 울렸다. 나오미였다.

"미안, 아직 교토야. 여러 가지 생각해봤는데. 실은 네 남편이 그날 밤 집에 돌아오지 않았던 걸로 하자."

나오미가 갑자기 용건부터 꺼냈다.

"카메라에 찍히지 않았으니까 그 점에 대해서는 변명할 수밖에 없어. 아침에 일어났을 때 남편은 이미 사라지고 없었다는 변명도 가능하지 않을까 생각했지만, 그러면 몇 시에 집을 나갔는지 방범 카메라 영상을 되돌려보자고 할 거야. 그러니까 금요일 밤, 네 남편은 사실 집에 돌아오지 않았어."

나오미는 차분한 말투로 찬찬히 곱씹듯 말했다.

"응. 그래서?" 가나코가 물었다. 이 정도까지 이르고 보니 그게 좋은 생각 같지는 않았다.

"즉 네 남편은 오전 중에 나가서 그대로 돌아오지 않은 거고, 가나코는 거짓말한 셈이 되는데 왜 그런 거짓말을 했느냐면 네 남편이 그렇게 시켰으니까."

"무슨 뜻이야?"

"토요일 오전에 남편이 집으로 전화를 걸어서 어젯밤에는 친구네 집에서 잤는데 누가 물어보면 집에 돌아왔다가 오늘 아침에 외출한 걸로 해달라고, 그렇게 시켰다고…….."

"잘 모르겠어."

"그러니까 수수께끼인 게 좋잖아. 남편의 알 수 없는 지시라고나 할까, 알리바이를 조작해달라고 했고 그 말에 따랐을 뿐이라고 하는 거야."

나오미의 설명은 계속됐다. 가나코는 고개를 끄덕이면서 듣고 있었다. 힘든 변명이긴 했지만 지금은 그렇게밖에 할 수 없을 것 같았다.

어쨌든 우길 수밖에 없다. 뻔뻔스럽게 대들 만큼 강하지는 못하지만 도망치고 싶은 기분을 어떻게든 억누를 수 있었다.

"나오미, 고마워."

전화 마지막에 그렇게 말하자 "으응, 내 문제이기도 한걸" 하고 나오미는 곧바로 대답했다.

"나는 공범이니까. 나도 필사적이야."

"그래, 알았어."

가나코는 공범이라는 말을 무거운 짐처럼 받아들였다. 그런 것이다. 자신이 추락하면 나오미도 추락하는 것이다. 운명을 함께한다는 게 바로 이런 것이다.

한편으로는 격려를 받는 부분도 있었다. 자신은 마지막까지 혼자가 아니다.

요코는 밤 9시가 지나서 찾아왔다. 8시 약속이었지만 일이 끝나지 않아 한 시간 정도 늦출 수 없겠느냐는 전화가 와서 그 시간이 되었다. 매일같이 바쁘게 일하면서 탐정 흉내까지 내고 있으니 얼마나 무시무시한 활동력인가. 가나코는 요코가 평범한 여자였으면 좋을 뻔했다고 생각한 적이 몇 번 있었다. 평범한 여자였다면 오빠 걱정은 해도 행동으로까지는 옮기지 못했을 것이다. 요코가 없었더라면 자신들의 클리어런스 플랜은 일찌감치 종료됐다.

요코는 얇은 회색 바지 정장을 입고 있었다. 검은 니트의 가슴께에는 금목걸이가 흔들렸고 손톱은 이런 때에도 광택을 발했다.

"역 앞에서 사 왔어. 마셔."

요코는 그렇게 말하며 카페라테 두 개를 테이블에 내려놓았다.

"자, 그럼 바로 용건으로 들어갈게. 새언니, 일요일에 맨션 이사장을 만났다며?"

컵에 빨대를 꽂아 넣으며 눈만 치떠서 바라본다.

"응, 만났어."

가나코는 조용히 고개를 끄덕였다.

"그럼 내가 흥신소 직원과 경찰관을 데리고 영상을 확인했다는 말도 들었겠네?"

"응, 들었어."

"그리고 새언니가 더 이상 방범 카메라 영상을 보지 않아도 된다고 말했다지?"

"그래. 봐도 어차피 아무것도 찍혀 있지 않을 테니까."

"무슨 뜻이야?"

"미안해. 나, 모두한테 거짓말했어."

가나코의 말에 요코가 고개를 번쩍 들었다. 자, 이제부터 진짜 연기를 잘해야 한다. 가나코는 의자 등받이에 몸을 기대며 담담히 말했다.

"그날 밤, 다쓰로 씨는 집에 돌아오지 않았어."

"그래?" 요코가 미간에 주름을 모았다.

"나는 어차피 늦을 거라고 생각하고 먼저 잤는데, 계속 침대 옆이 비어 있어서 어머, 아직도 오지 않았나 보네, 하고 생각하며 잠들었다가 그대로 아침이 되었는데······. 그래서 어떻게 된 걸까 걱정돼서 휴대전화로 연락했더니 연결이 안 되더라고······."

가나코는 계속 이야기했다. 요코는 곤혹스러운 표정으로 듣고 있었다.

"그랬는데 정오 가까운 시간에 다쓰로 씨한테서 전화가 걸려 와서 어젯밤에는 술을 너무 많이 마셔서 동료의 집에서 잤다, 이제부터 해야 할 일이 있어서 아직은 돌아갈 수 없다, 그리고 만약 누가 집에 전화해서 물어보면 어젯밤에 잘 돌아와 점심때쯤 출근한 걸로 해달라고 하더라고······. 물론 이유를 물어봤지만 나중에 이야기하겠다면서, 어쨌든 외박하지는 않은 걸로 해달라고, 왠지 절박하게 꼭 그렇게 해달라고 몇 번이나 당부해서, 알겠다고 약속했기 때문에 지금까지 아무 말 안 한 거야······."

가나코는 태연한 척 말했지만 심장은 마구 쿵쾅거렸다.

요코는 잠시 그대로 침묵하고 있었다. 털어놓은 내용을 머릿속에서 곱씹어보는 모양이었다. 표정은 딱딱해서 마치 화난 것처럼 보이기도 했다.

"뭔가 이해가 잘 안 되는데." 낮은 목소리로 말했다.

"미안해. 만약 집에 돌아오지 않았다고 말하면 다쓰로 씨가 좀더 불리한 입장에 몰리지 않을까 싶어서 무서웠어."

"그럼 간단히 말해서 새언니는 오빠의 알리바이 조작에 가담했다는 뜻이네?"

"그래. 그럴지도 모르지."

요코는 역시 총명했다. 알리바이라는 말을 자신이 먼저 사용해 줬다.

요코가 또다시 생각에 잠긴다. 어디까지 의심하는지 끝 모를 늪처럼 가늠할 수 없다. 삼십 초 정도 침묵한 후 입을 열었다.

"하지만 말이야, 실종된 직후라면 몰라도 지금까지 계속 숨기고 있었다는 건 왠지 납득이 안 되는데."

"미안해. 어쩌면 은행에 좀더 숨겨야 할 일이 있을지도 모른다고 생각했거든……."

"그렇다 쳐도 우리 가족한테까지 입 다물고 있었던 건 왜지?"

"미안. 나도 혼란스러웠어. 지금 생각해보면 정상적인 판단이 불가능했던 것 같아."

"그러니까 혼란스러웠던 건 며칠뿐이잖아? 그 후에는 냉정해지지 않았어? 그래서 직장도 구하고 일도 시작한 거잖아. 새언니는 한참 전부터 냉정했어."

요코가 몰아붙였다. 가나코는 이번에야말로 식은땀까지 흘렸다.

"새언니, 뭔가 숨기는 거 있지?"

"아니. 없는데." 즉시 고개를 저었다.

"마루노우치 지점의 방범 카메라 영상을 인쇄한 건 봤지?"

"응. 봤어."

"거기에 여자가 두 명 찍혀 있고, 오빠가 인출한 돈을 그 사람들에게 건넸는데 새언니는 뭐 짚이는 거 없어?"

"으응, 없어."

"실루엣으로만 봐서는 모르겠지만 그 여자들 중 한 명이 실은 새언니라든가."

"그런……."

가나코는 가볍게 쓴웃음을 짓고 싶었지만 볼이 경련을 일으켰다.

"나 말이지, 지금 말도 안 되는 상상을 해봤는데. 새언니, 화내지 말고 들어줄래?"

요코가 차가운 시선을 보낸다.

"응. 뭔데?" 가나코는 태연한 말투로 대답했지만 이제 심장은 마구 뛰고 있었다.

"새언니, 오빠랑 짠 거 아냐?"

"짰다고?"

"그래. 둘이서 한바탕 연극을 하고 있는 거지."

"무슨 말인지 잘 모르겠는데……."

무슨 말을 하나 싶었는데 최악의 말은 아니었다. 요코는 가나코가 다쓰로에게 무슨 짓인가를 했다고는 생각하지 않았다.

"그러니까 오빠가 도망치는 걸 실은 새언니가 도와준 게 아닐까, 그런 추리를 했어. 생각해봐, 새언니는 남편이 실종됐는데 별로 혼란스러운 것 같지도 않았고, 곧바로 직장을 구해서 일을 시작하는 등 곤란해하는 모습이 보이지 않았거든. 미안해. 나, 지금 엄청나게 실례되는 소리를 했는데."

"응, 괜찮아."

"그러니까 실은 오빠가 일과 관련해 생각보다 더 심각한 잘못을 저질렀고, 새언니가 도망치는 걸 도와줬어. 그리고 사실 새언니는 오빠가 있는 곳을 알고 있지……."

전혀 예상하지 못한 이야기에 가나코는 할 말을 잃었다. 그런 추측이 가능할 줄이야……. 그런 한편으로는 자신들이 짠 계획의 수준이 얼마나 높은 것이었는지 새삼 확신했다. 다쓰로가 여권을 이용해 해외로 탈출했다는 시나리오가 무너지지 않는 한 살해를 의심할 수 없는 것이다.

"하지만 아무리 그래도 비약이 너무 심해. 어제 이 이야기를 야마모토 씨한테 했더니 팔짱을 끼고 고개를 갸웃거리더라. 적어도 은행 내에서 있었던 불상사는 고객의 예금을 착복한 것뿐이고 다른 문제는 없었다는 게 야마모토 씨의 견해야. 그것도 너무 엉성해서 은행원이 저지른 일 같지는 않다고 말했지만."

"미안해. 나, 다쓰로 씨와 짜지도 않았고 있는 곳도 몰라."

가나코는 일단 부인했다. 그럴 수밖에 없었다.

"하지만 뭔가 숨기고 있어."

"아니, 숨기는 거 없는데."

잠시 침묵이 흘렀다. 요코가 다시 생각에 잠긴다. 얼마나 더 추궁할 셈일까. 가나코는 벽시계로 눈길을 보냈다. 밤 10시가 가까웠다.

"조금만 더. 중요한 이야기잖아." 속내를 꿰뚫어본 듯 요코가 말했다.

"물론이야." 가나코는 미소 지으며 고개를 끄덕였다.

"사람 얼굴 말이야, 실은 자세히 보지 않아." 요코가 갑자기 엉뚱한 이야기를 시작했다. "그게 설령 친형제라 해도 그리 찬찬히 들여다보지 않으니까 마치 풍경처럼 얼핏 보고 알아채는 정도잖아. 그래서 우리 오빠라고 해도 이따금 사진을 보며, 그러고 보니 이런 얼굴이었구나 한다든가, 오빠도 어느덧 서른 줄이네 하는 감상에 젖기도 하고 말이야. 요컨대 느낌으로 판단한다는 거지."

가나코는 묵묵히 듣고 있었다. 요코의 말투는 마치 무슨 훈련 지도자 같았다.

"무슨 말이냐면, ATM의 방범 카메라에 찍힌 오빠의 영상. 그걸 보고 새언니는 곧바로 오빠라고 생각했어?"

"응. 그렇게 생각했는데."

"아, 그렇구나. 나는 반대였어. 느낌이 먼저라 앗, 이게 오빠인가, 하고 생각한 후 자세히 보면서 그러고 보니 오빠구나, 하고 납득했지만 왠지 첫인상이 달랐어. 야마모토 씨도 똑같은 소리를 했어. 핫토리가 티셔츠 입은 모습은 처음 봤다면서."

"그 말은 나도 들은 것 같아."

"그 후로 몇 번이나 스마트폰에 저장해놓은 동영상을 봤는데 묘한 위화감이 사라지지 않더라고. 그래서 또 말도 안 되긴 하지만……."

요코가 가나코를 바라봤다. 가나코는 순간 얼굴에서 핏기가 가셨다.

"오빠가 누군가에게 최면술에라도 걸려 그런 행동을 한 게 아닐까 생각하기도 했어. 그러니까 사람이 변한 것 같은 느낌이었거든."

바꿔치기했다는 의심을 품지 않았다는 점만은 다행이었다. 다만 방심할 수는 없었다. 늑대가 와서 토끼가 굴속으로 숨었지만 늑대는 주위를 어슬렁거리며 물러가지 않는, 지금 가나코는 그런 토끼가 된 심정이었다.

"은행 측이 심신상실 상태가 아닐까 의심한 건 평소 알고 있던 핫토리 다쓰로가 아니었기 때문이야. 저지른 일도, 돈을 인출하는 행동거지도."

"그래서 심신상실 상태였던 게 아닐까 싶은데."

"아니. 그런 것 같지는 않아. 다른 뭔가 있는 것 같아."

요코는 상당히 확신하고 있다는 듯 말하며 일어나 기지개를 켰다.

"아아, 납득이 안 돼. 나는 납득할 수 없는 건 그냥 놔두지 못하는 성격이거든." 가나코를 내려다본다. "미안한데 물 좀 갖다주지 않을래? 가능하다면 얼음을 넣어서." 갑자기 말했다.

"응, 알았어."

가나코는 주방으로 갔다. 냉장고에서 생수를 꺼내 컵에 따랐다. 냉동실에서 얼음도 꺼냈다. 그동안 요코는 방 안을 돌아다니며 선반에 놓인 관엽식물을 손가락으로 만지작거리고 있었다.

"새언니, 인테리어가 바뀌었네. 체스트도 그렇고 전기스탠드도 다 북유럽풍으로 바뀌었어."

요코의 지적에 가나코는 얼굴이 화끈거렸다. 빨리 환경을 바꾸고 싶어서 틈만 나면 가구점을 돌아다니며 마음에 드는 가구를 사들였다. 요코의 말투는 남편에 대해 너무 무정한 게 아니냐고 힐난하는 듯했다.

"이 의자도 앤티크잖아. 비싸지 않아?"

"아니, 그리 비싼 거 아니야. 할인할 때 샀거든."

"흐응."

요코는 아직도 관엽식물을 만지작거렸다. 잎이 찢어지겠다고 말하고 싶었다.

"그런데 오빠가 횡령한 예금계좌의 손님을 새언니 친구가 소개했다고 하던데." 요코가 마침내 테이블로 돌아와 말했다. "오다 나오미 씨, 아오이 백화점 외판부이고, 새언니와는 대학 시절부터 알고 지낸 친구. 결혼식에도 왔지. 피로연 사진을 뒤져봤더니 찍혔더라."

"아마, 그럴걸. 다쓰로 씨가 투자신탁을 팔 만한 손님 좀 소개해줄 수 없느냐고 예전에 만났을 때 말해서, 그래서 오다가 소개한 거야."

가나코는 대답하면서도 순간 머릿속이 새하얘졌다. 손이 떨리고 얼굴이 바싹 조여든다. 안 돼, 침착해. 스스로를 타일렀지만 표정이

유지되지 않는다. 대체 어떻게 알았을까. 초조해하는 모습을 요코가 냉정하게 관찰하고 있다.

"그것도 입 다물고 있었다니, 참."

"관계없을 거라고 생각해서……."

"흥신소라는 데는 비싼 돈을 받는 만큼 상당히 뛰어나. 그 회사에는 전직 경찰도 있거든."

"그래."

가나코는 진심으로 두려워졌다. 흥신소는 그런 것까지 다 조사했던 건가.

가나코가 컵을 내밀었다. 요코는 그것을 받아 들고는 단숨에 물을 다 비웠다.

"그런데 새언니, 스마트폰은 어떤 기종을 사용해?" 갑자기 묘한 것을 물었다.

가나코는 당황스러워하면서도 가르쳐줬다.

"그렇구나, 알았어."

"그건 왜?"

"으응. 참고삼아 물어본 거야."

요코의 뺨이 가볍게 경련을 일으킨다. 이 여자는 뭘 찾아내려는 걸까.

"또 올게."

요코가 컵을 다시 준다. 가나코는 눈을 맞추지 않았다. 아마도 자신은 지금 창백한 낯빛일 것이다.

"오빠, 뭐하고 있을까?"

요코가 천장을 향해 혼잣말처럼 중얼거렸다.

"새언니는 알고 있지?"

재빨리 방향을 바꾸며 마음속을 떠보듯 물어왔다.

"아니. 모르는데."

"알고 있으면 숨기지 말고 가르쳐줘."

발걸음을 돌려 집에서 나갔다.

알 수 있을 리가 없잖아. 가나코는 쫓아가 그렇게 말해야 했지만 입이 떨어지지 않았다.

"귀찮게 했네. 그럼 잘 자."

현관에서 목소리가 들려온다. 가나코는 그대로 거실에 우두커니 서 있었다.

34 ——

다음 날 이른 아침, 가나코는 넣어놓았던 임신진단시약 봉투를 뜯어 스스로 소변검사를 했다. 어젯밤에 거의 한숨도 자지 못해 신경이 곤두서 있었다. 그런 정신 상태로 왠지 흉포한 기분이 되어 절벽에서 몸을 던지듯 행동에 옮긴 것이다. 결과는 양성반응이었다. 확인 부분에 확실하게 선이 나타나 있었다. 자신은 생명을 잉태하고 있다. 창밖을 보자 눈앞의 주택가가 아침 햇살을 받아 붉게 빛나고 있었다.

충격을 받을 줄 알았는데 그렇지는 않았다. 의외로 담담했다. 그것은 체념이나 최후의 발악 같은 감정이 아니라 좀더 다른 차원의 동물적인 본능이라고 할 만한 것이었다. 어머니가 된다. 그것이 강력한 빛이 되어 주변 경치를 새하얗게 만든다. 낙태할 것인가, 낳을 것인가. 지금은 아무런 생각도 나지 않는다. 가나코는 어른이 되고 나서는 맛보지 못했던 공백 속에 있었다. 지금은 방금 전까지와는 정반대로 신경이 부드러워져 날을 거둔 상태였다.

임신한 사실을 알았다고 해서 그런 것은 아닐 텐데 갑자기 허기를 느꼈다. 어제는 식욕이 없어서 거의 먹지 않았기 때문이기도 할 것이다. 가나코는 서둘러 밥을 짓고 감자와 양파로 된장국을 끓여 정어리구이 통조림과 함께 두 공기나 먹었다.

자신의 감정이 지금 어떤 것인지 잘 알 수 없었다. 다만 두려워하고 있지 않다는 것만은 확실했다.

회사에 가서는 어제 다 하지 못한 업무를 처리하기 위해 정력적으로 일했다. 아케미는 그 모습을 보고 "시라이 씨, 빨리 정직원이 되겠는데요" 하며 만족한 듯 미소를 지었다.

가나코는 아케미에게 말했다.

"사장님, 물품 구매를 위해 상하이로 출장 가는 거, 언제든 좋습니다. 여차하면 그쪽에서 잠시 머물며 판로를 개척할 수도 있고요."

"정말인가요? 그거 멋진데요. 지금 거래하는 상하이의 무역상이 청구 금액을 가지고 장난치는 게 틀림없어요. 하지만 다른 마땅한 업체가 없어서 그냥 참고 있었죠. 시라이 씨가 가서 상하이 지점을 만들어준다면 당신을 공동 경영자로 삼을 수도 있어요."

아케미가 들뜬 모습으로 미래의 일을 말한다.

"그렇게까지는……. 저는 그냥 직원으로 족합니다."

"일본인은 너무 겸손해서 문제예요. 좀더 적극적이 돼주세요."

아케미는 외출 준비를 한 후 영업을 위해 서둘러 나갔다.

정말로 지금 당장 상하이 지사를 만들어 부임하고 싶었던 것이다. 지금처럼 요코에게 끌려다니면 가나코는 더 이상 버틸 자신이 없었다.

일하고 있는데 나오미가 전화를 걸어서 지금 신칸센 열차 안이라 점심 무렵이면 이쪽에 올 수 있다고 했다. 대책을 마련하기 위해서였지만, 동시에 린류키를 도쿄에서 쫓아내는 문제와 관련해 오늘에야말로 최후통첩을 할 생각이었다. 하나라도 문제를 줄이고 싶었다.

어젯밤, 요코가 돌아간 후 전화로 나오미에게 경과를 보고했다. 나오미는 정말 곤란하게 됐다는 듯 "요코라는 여자, 누가 좀 없애주지 않으려나" 하고 가나코와 같은 심정을 토로했다.

어젯밤에는 둘이서 이런 대화를 주고받았다.

"가나코와 남편이 공범 관계라는 건 예상하지 못한 추측이었어."

"그래. 온통 예상하지 못한 일들뿐이야. 미칠 것 같아."

"하지만 남편의 생존과 관련해서는 의심하지 않으니까 계속 시치마를 뗄 수밖에 없어. 우리한테 제일 두려운 일은 한밤중에 커다란 가방을 엘리베이터로 운반하는 영상이 공개되는 거야. 그게 그냥 넘어갔으니까 괜찮을 거라고 생각하자. 가나코, 힘들겠지만 조금만 더 버텨."

"그렇긴 한데 계속 버틸 수 있을까 싶어. 그 여자, 나오미가 소개한 치매 할머니 일까지 다 조사했더라고."

"설마. 정말?"

"그래. 나오미가 내 친구라는 것도 전부 조사했어. 아직도 흥신소를 고용하고 있나 봐. 정말 무서워죽겠어."

"하지만 그걸 알았다고 해도 뭘 어쩌겠어. 바꿔치기한 것과는 결코 연결 지을 수 없잖아."

"그래도 그 여자, 방범 카메라 영상을 보고 오빠와 조금 다른 것 같다고 말했어. 가슴이 얼마나 뛰던지 내가 살아 있다는 실감이 안 났어."

"오누이만의 감이라는 건가? 좀 무섭네……."

한 시간 이상을 통화했다. 이젠 둘이 서로를 지탱해주지 않으면 제자리에 서 있을 수도 없는 상황이었다.

나오미는 11시가 지나서 찾아왔다. 점심시간까지 기다릴 수 없어서 둘이 그대로 린류키가 일하는 마사지 가게로 쳐들어갔다. 문을 막 열어 손님은 아직 없었다. 두 사람을 보고, 또 린류키의 표정이 어두워졌다.

"린 씨, 생각할 시간은 충분히 줬어요. 오늘에야말로 결판을 내죠."

나오미가 단호하게 말하며 턱짓을 했다. 셋이서 다시 같은 빌딩 안에 있는 노래방으로 갔다. 장사를 시작하기 전이었지만 억지로 문을 열게 했다.

"죄송합니다. 조금만 더 기다려주십시오." 자리에 앉자마자 린 류키가 말했다. "대신할 사람이 이제 곧 우리 마을에서 오니까 그 사람과 교대하고 나서야 그만둘 수 있습니다."

"언제 오는데요?" 나오미가 날카로운 목소리로 물었다.

"다음 주면 올 거라고 생각합니다."

"생각만으로는 안 돼요. 확실하게 날짜를 못 박아줘요."

"하지만 여기 사장님에게 피해를 줄 수는 없습니다."

"우리한테는 피해를 줘도 되고요? 빨리 어딘가로 가지 않으면 당신, 정말로 죽어요. 지난번에도 말했을 텐데요. 도쿄에 있는 야쿠자가 당신과 닮은 사람을 찾아다니고 있다니까요."

"그건 곤란합니다."

"그러니까 한시라도 빨리 도망치세요."

"알겠습니다."

"언제요?"

"그게, 대신할 사람이 올 때까지입니다."

"기다릴 수 없어요." 가나코도 옆에서 항의했다.

그때 복도에서 목소리가 들렸다. 프런트의 여종업원이 아직 영업 전이라고 말한다. 손님이 온 것일까. 문의 일부가 유리로 되어 있어서 그곳을 통해 자연스럽게 내다보니, 건장한 젊은 남자 하나가 여종업원에게 뭔가를 묻고 있었다.

"잠깐만, 벌써 킬러가 온 거 아냐?"

그 방문자를 빌미 삼아 나오미가 을러댔다. 린류키는 순간 숨을 멈추더니 복도를 내다보며 사람을 확인하고는 창백해졌다. 튕기듯 일어선다.

"여기 있어요. 괜히 나갔다가 총 맞아요." 나오미가 속삭이듯 말했다.

"나, 도망치겠습니다."

"그래요. 빨리 도망치지 않으면 당신은 죽어요. 그렇게 되면 집 얻는 것도 다 불가능해지겠죠."

"알겠습니다. 사장님한테 말하고 당장 다른 곳으로 가겠습니다."

린류키가 떨리는 목소리로 말했다. 이런 면은 그야말로 시골의 순박한 청년이었다.

대화는 대략 십오 분 만에 끝났다. 린류키를 먼저 돌려보내고 둘이서 잠시 이야기를 나누었다.

"그냥 유럽에나 가버릴까?" 하고 말하는 나오미.

"그러는 게 좋을지도 모르지. 그런데 한 가지, 나오미에게 털어놓을 게 있어. 어쩌면 나, 임신한 것 같아."

가나코는 조용히 말했다. 바로 오늘 아침에 확인한 사실인데 감정은 지극히 차분했다.

"말도 안 돼. 어떻게 된 거야……?" 나오미가 미간에 주름을 모으며 잠시 할 말을 잃었다.

"아마 피임약 복용 시기를 실수한 모양이야. 최근에 입덧 같은 증상이 있어서 신경 쓰였어. 오늘 아침, 임신진단시약으로 확인했더니 양성이야."

"어떻게 할 건데? 떼야지." 나오미가 낮은 목소리로 물었다.

"글쎄, 어떻게 하지?"

"어떻게 하긴, 별일 아니잖아. 설마 낳겠다는 건 아니겠지?"

"낳으면 안 돼?"

"하지만 그 사람 아이잖아? 괜찮겠어?"

"나도 잘 모르겠어. 하지만 내 마음속에서는 백 퍼센트 내 자식이라는 느낌인데."

"진정해. 잠깐 시간을 두고 천천히 생각하면서……."

"나, 상당히 차분한 상태야."

가나코는 희미하게 미소를 지어 보였다.

"그럼 앞일도 생각해보자. 태어난 아이가 커서 아버지에 대해 물으면 어떻게 대답할 건데?"

"뭔가 거짓말을 하겠지. 그리고 평생 그 거짓말대로 살아야지."

나오미는 도저히 믿지 못하겠다는 표정을 지으며 소파에 몸을 기댔다.

"왠지 지금은 신비로운 기분이야. 어젯밤까지는 죽고 싶었는데 그런 걸 다 날려버리고 살아야겠다는 생각이 들어."

"알았어. 아무튼 산부인과에 가서 제대로 확인해봐. 그러고 나서 천천히 생각하자."

나오미는 입을 꾹 다문 채 몇 번인가 고개를 젓고, 그럴 때마다 한숨을 내쉬었다.

"점심시간인데 근처에서 뭐 먹을래?" 하고 묻는 가나코.

"아니. 나는 회사에 가야 해. 오후에 약속도 있고."

"그래. 그럼 오늘은 이만 헤어지자."

둘이 건물에서 나왔다. 좁은 골목이었는데 상자 모양의 왜건이 길을 반쯤 가로막은 채 정차되어 있었다. 걷는 데 방해된다고 생각하면서 옆을 지나는데 차 안에서 카메라 셔터를 누르는 것 같은 소리가 희미하게 들려왔다.

가나코가 깜짝 놀라서 돌아봤다. 창문은 검게 선팅되어 안이 보이지 않는다. 다만 운전석의 젊은 남자가 부자연스럽게 얼굴을 외면했다. 그 남자는 아까 노래방에서 종업원에게 뭔가 물었던 인물과 닮았다.

흥신소. 그 말이 머릿속에 떠올라 가나코는 전율했다. 요코가 자신을 미행하도록 시킨 걸까. 만약 그렇다면 린류키의 존재도 알고 말았을까.

"가나코, 왜 그래?" 나오미가 물었다.

"큰일 났어."

"왜?"

"아무튼 멈추지 말고 계속 걸어."

"뭐야? 무슨 일인데?"

"시키는 대로 해."

가나코는 나오미의 등을 떠밀다시피 하며 걸어가 골목 모퉁이에서 말했다.

"아까 저기, 차 있었잖아. 안에서 카메라 셔터를 누르는 소리가 들렸어. 흥신소일지도 몰라."

"앗."

나오미가 순식간에 창백해졌다. 건물 그늘에 숨어서 엿봤다.

"뭔가 착각한 거 아냐?"

"운전석에 앉아 있던 남자, 아까 노래방에 들어왔던 사람과 닮았어. 아니, 맞아. 복장도 똑같고."

"하지만 그것만 가지고 흥신소 사람이라고 단정하기는 좀……."

"그럼 뭐야? 이상하잖아. 이런 곳에 일본인이 있다는 것 자체가."

"알았어. 확인해보자. 내가 물어볼게." 나오미가 가려고 했다.

"잠깐만." 가나코가 팔을 잡아당기며 말렸다. "솔직하게 말할 리 없어. 시치미를 뗄 게 뻔하다고."

"그도 그렇네……."

그런 이야기를 하고 있는데 상자 모양의 차에 시동이 걸리고 차가 움직이기 시작했다. 마치 철수하듯 골목에서 빠져나가 교차로 왼쪽으로 꺾는다. 두 사람은 달려가는 차를 바라보고 있었다.

흥신소라면 당연히 요코의 사주다. 그때 가나코의 머릿속에서 하나의 광경이 떠올랐다. 설마.

"잠깐, 나, 집에 가봐야겠어."

"왜?"

"나중에 다시 연락할게. 여기서 헤어지자."

어리둥절해하는 나오미를 놔두고 가나코는 달렸다. 회사로 돌아가 화이트보드에 '인쇄 회사 미팅'이라고 거짓 용건을 써놓고 다시 밖으로 나왔다. 역으로 달려가다가 택시를 잡았다.

"치토세후나바시로 가주세요."

전차를 탈 여유는 없었다. 서두른다고 해서 어떻게 되는 것도 아니었지만 한시라도 빨리 확인하고 싶은 게 있었다.

어젯밤, 요코는 물을 달라며 가나코를 주방으로 보낸 후 자신은 집 안을 돌아다녔다. 그리고 선반에 놓인 관엽식물을 끊임없이 만지작거렸다. 특별한 느낌은 받지 못했다. 그저 손을 가만히 둘 수 없어서 무의미한 행위를 하는 거라고 생각했다. 그때는.

조급한 마음에 온몸이 가만히 있지 않았다. 달달 떨리는 다리를 멈출 수가 없다. 입안이 바싹 말라 몇 번이나 입술을 핥았다.

집에 도착하자마자 현관에서 벗은 신발을 아무렇게나 내팽개치며 소리 내어 복도를 달렸다. 거실로 들어가 일직선으로 관엽식물이 있는 곳까지 갔다. 몸을 앞으로 내밀고 위부터 아래까지 하나하나 들여다봤다.

그중 하나, 행운목 줄기 뒤쪽에 검은 뭔가가 붙어 있었다. 꼬리 같은 짧은 코드가 달려 있다.

당했다. 도청기다. 가나코는 눈앞이 새까매져 그 자리에 털썩 주저앉았다.

무시무시한 여자다. 이렇게까지 할 줄이야. 아마 맨션 앞 길가에 흥신소 차를 대기시켜놓고 그 안에서 도청하고 있었을 것이다. 어젯밤 나오미와의 통화는 자신의 목소리뿐이었다 해도 완전히 다 훔쳐 들었다.

가나코는 애써 그때의 대화를 떠올리려 했다. 무슨 이야기를 했던가. 자신이 무슨 말을 했나.

패닉 상태에 빠져 머리 회전이 안 된다. 어쨌든 수상하게 여길 만한 말은 충분히 했을 것이다. 이제 다 틀렸을지도 모른다. 이제 변명은 통하지 않는다.

가나코는 도청기를 떼어내고 코드를 뽑아버렸다.

35 ——

가나코는 아침에 제일 먼저 산부인과 병원으로 갔다. 일단 소변검사를 해보니 역시 양성반응이 나와서 초음파검사까지 한 결과, 자궁에 주머니 같은 것이 비치고 의사가 "축하합니다" 하고 웃으며 임신 사실을 알려줬다.

가나코는 얼굴을 붉히며 "고맙습니다" 하고 밝게 말했다. 물론 연기였지만 배우 못지않게 연기할 수 있었다. 가나코의 내부에 굵은 한 줄기 심지 같은 것이 있어서 그게 마음의 동요를 막아주고 있었다. 그것은 참으로 신비한 느낌이었다. 아무것도 두렵지 않다고 하면 다소 지나칠지 모르겠지만, 지금까지 두려워하던 일이 전혀 두렵지 않았다. 적어도 동요되지는 않았다.

병원에서는 일주일 이내에 구청에 가서 모자건강수첩을 받으라고 했다. 아마도 자신은 가지 않을 것이다. 왠지 그런 기분이 들었다.

병원에서 나오자 갑자기 배가 고팠다. 점심시간이라기에는 약간 일렀지만, 역 근처에 있는 돈가스 가게에 들어가 카운터 옆자리에서 로스트비프 정식을 먹었다. 밥과 양배추는 무제한 리필이어서 둘 다 더 먹었다. 끝 쪽의 자리에 있던 중년 회사원이 신기한 생물이라도 본 듯 가나코가 먹는 모습을 바라봤다.

출근해서 처음 한 일은 린류키가 있는 곳을 확인하는 것이었다. 어제 흥신소 조사원이 그를 봤을까. 자신들이야 어쨌건 린류키가 사진에 찍혔다면 터무니없는 사태로 발전할 것이다. 사장인 아케미는 어젯밤부터 고베로 출장을 가서 부재중이라 자유롭게 움직일 수 있었다. 가나코는 곧바로 행동에 나섰다.

건물 출입구에서 일단 멈춰 선 후 거리 상황을 살폈다. 어제의 왜건은 없었다. 수상한 사람도 보이지 않는다. 빠른 걸음으로 골목을 지나 마사지 가게로 향했다.

가게에 린류키는 없었다. 어디로 갔는지, 카운터의 중국인 종업원에게 물었지만 말이 통하지 않았다.

"일본어 제일 잘하는 사람을 불러줘요. 부탁합니다."

가나코가 간청하자 얼굴을 기억하고 있었던 듯 지배인을 불러줬다. 지배인이라고 해봤자 서른 살 안팎의 젊은 남자였다.

"저는 리 사장 밑에서 일하는 시라이라는 사람입니다만 린 씨는 어디 있나요?"

린류키라는 이름을 듣고 지배인의 표정이 굳어졌다.

"린 씨한테 무슨 일이 있습니까? 우리는 정말 걱정스럽습니다."

"걱정이라뇨? 그럼 여기에는 없나요?"

"그렇습니다. 어젯밤 8시경 가게에 일본인 남자 두 명이 와서 린 씨를 부르더니 밖으로 끌고 가려 했습니다. 린 씨는 새파랗게 질려 창문으로 도망쳤습니다."

"창문으로요? 여기는 2층이잖아요?"

가나코는 귀를 의심했지만, 그보다 먼저 등골이 오싹해졌다. 흥신소 사람들이 온 것이다.

"그렇습니다. 뒤쪽 건물 사이로 뛰어내렸습니다."

지배인이 창문을 가리켰다. 유리창 바로 맞은편은 옆 건물이었다. 그 지저분한 콘크리트 벽을 보고 가나코는 그때의 상황을 머릿속으로 그렸다.

아마 린류키는 두 남자를 야쿠자 킬러라고 착각했을 것이다. 나오미와 둘이서 거짓말로 열심히 협박했으니까 틀림없이 당황했을 것이다.

"그래서 두 남자는요?"

"일단 가게에서 나가 쫓는 것 같았습니다만 놓쳤는지 금방 돌아왔습니다. 그리고 자신들은 흥신소 조사원인데 지금 도망친 남자가 어떤 사람이냐고 저한테 물었습니다."

"그래서요?"

"여기 종업원이라고 대답했습니다. 그러자 이름을 물었습니다. 저는 린 씨의 이름을 알려줬습니다. 그러자 살고 있는 집을 물어봤습니다. 저는 생각했습니다. 모르는 사람한테 아파트 주소를 알려주는 게 너무 무서웠습니다. 그래서 가르쳐줄 수 없다고 말했습니다."

"네. 그래서요?"

"1만 엔 줄 테니까 가르쳐달라고 했습니다. 하지만 거절했습니다. 그럼 2만 엔 주겠다고 했습니다. 그것도 거절했습니다. 그랬더니 언제부터 일했느냐고 물었습니다. 저는 그들에게 말했습니다. 당신들은 경찰입니까? 만약 아니라면 종업원의 개인 정보는 가르쳐줄 수 없습니다. 그랬더니 돌아갔습니다."

지배인이 살짝 자랑하듯 콧구멍을 벌름거리며 말했다.

"그래요. 가르쳐주지 않았군요. 애썼어요. 대단해요. 그 두 사람 다 수상한 사람들이니까."

"저는 린 씨 고향과 이웃한 마을 출신입니다. 그러니까 린 씨는 친구입니다."

"저기, 나한테는 린 씨가 사는 아파트를 가르쳐줘요. 나는 리 사장 회사의 직원이고 린 씨 편이니까요."

"린 씨에게 무슨 일 있습니까? 저는 그게 알고 싶습니다. 린 씨가 한 번 중국으로 돌아갔을 때 누군가의 여권을 사용했다고 들었습니다. 그것 때문입니까?"

"자세히 말할 수는 없어요. 하지만 린 씨는 잘못한 게 아무것도 없으니까 내가 잘 도와줄 거예요."

가나코가 똑바로 눈을 바라보며 말하자 지배인은 잠시 생각하다가 메모지에 지도를 그려서 건넸다. 걸어서 얼마 걸리지 않는 곳이었다.

"네 명 정도가 같이 생활하는 곳입니다. 아마 누군가 있을 겁니다."

"고마워요."

가나코는 인사를 하고 메모지를 받아 가게에서 나왔다. 다시 미행이 붙지 않았는지 확인하고, 걸어서 린류키의 아파트로 향했다. 아스팔트에서 반사된 강렬한 햇살에 눈이 아팠다. 이마에서 땀이 배어 나온다. 다른 모든 소리가 사라지고 자신이 내뱉은 거친 숨소리만 들려왔다. 골목에서 튀어나온 자전거와 부딪칠 뻔해서 자신도 모르게 비명을 질렀다. 중년 남자가 뭐라고 투덜거렸지만, 무시하고 걸음을 서둘렀다.

아파트는 러브호텔이 줄지어 늘어선 거리에 거들떠도 보지 않는 분실물처럼 오도카니 서 있었다. 벽은 더러웠고, 바깥 계단의 난간은 붉게 녹슬어 있었다. 처마 밑에는 세탁기 세 대가 나란히 놓여 있었고 그중 한 대는 작동 중이었다.

가르쳐준 1층 끝 집의 문을 두드렸다. 안에서 중국어가 들려와서 아마도 그것은 '들어오세요'라는 의미일 거라고 멋대로 해석하며 문을 열었다.

눈에 먼저 날아든 것은 입구에 어지럽게 놓인 수많은 신발이었다. 안을 들여다보니, 깔아놓은 이부자리 위에서 반바지에 러닝셔츠 차림의 젊은 남자가 텔레비전을 시청하고 있었다. 누구냐고 묻는 듯한 시선을 가나코에게 보낸다.

"실례합니다. 저는 리 상회 직원이며 리 사장 부하입니다. 린류키 씨 있나요?"

리 상회라는 이름을 대자 남자가 경계심을 풀고 웃는 얼굴로 현관까지 걸어왔다.

"린 씨는 없습니다. 어젯밤, 나갔습니다."

일본어로 띄엄띄엄 대답한다.

"나갔다면 이케부쿠로에서 나갔다는 뜻인가요?"

"그렇습니다. 짐을 정리해 나갔습니다."

"어디로 갔나요?"

"아마 오사카나 고베일 겁니다. 거기에 있는 동향 사람의 집에서 잠시 신세를 지다가 간사이 공항을 통해 중국으로 돌아갈 거라고 했습니다."

남자는 거기까지 말하고 나서 "앗" 하고 작게 소리치더니 손으로 입을 막았다.

"죄송합니다. 비밀로 해주십시오. 누구한테도 말하지 말라고 신신당부했습니다."

"괜찮아요. 나는 같은 편이니까. 앞으로는 당신도 아무 말 마세요. 누군가 모르는 일본인이 와서 린 씨가 어디 있는지 물어봐도 그런 사람 모른다고 우기면 돼요."

"알겠습니다."

"그럼 린 씨는 다시 돌아오지 않겠네요?"

"그렇습니다. 여권을 가지고 나갔으니까 정말 중국으로 돌아갈 겁니다."

"알았어요. 고마워요."

가나코는 문을 닫고 나왔다. 걸어가면서 미행이 있는지 몇 번이나 돌아봤다. 어제부터 버릇이 되고 말았다. 일단 미행을 당하니 공포에 휩싸이게 된다. 행인도, 정차 중인 차의 운전사도 모두 흥신소 조사원처럼 보였다.

회사로 돌아와 한숨 돌리고 나니 사태의 심각성에 새삼 온몸이 떨려왔다. 린류키의 존재를 알아버렸다. 다쓰로와 꼭 닮은 중국인 청년이 있고 그 남자는 가나코와 뭔가 깊은 관계다. 아마도 흥신소는 사진을 찍었을 게 틀림없다. 그리고 그것은 요코에게 들어갔다. 요코는 그걸 보고 이번에는 어떤 추리를 할까.

요코는 방범 카메라에 찍힌 영상을 보고 오빠와는 다른 느낌을 받았다고 했다. 그렇다면 그 영상의 주인공을 린류키와 결부시킬 게 뻔하다.

덧붙여 도청기. 엊그제 밤, 나오미와 전화로 나눈 대화 가운데 적어도 자신이 한 말은 요코가 다 듣고 말았다.

'예상하지 못한 일들뿐' '미칠 것 같아.' '그 여자, 방범 카메라 영상을 보고 오빠와 조금 다른 것 같다고 말했어. 내가 살아 있다는 실감이 안 났어.'

살짝 떠올린 것만으로도 의심을 사기에 충분한 말들이 잔뜩 나온다. 요코는 지금쯤 뭘 하고 있을까. 그 여자가 하는 일이니만큼 뒤로 미루는 일 없이 단숨에 공세를 펼칠 것이다. 그렇다면 오늘 밤에라도 쳐들어올 가능성이 높다.

가나코는 책상에 팔꿈치를 괴고 눈을 감았다. 드디어 계획이 무너지기 시작했다. 다쓰로가 해외로 도망쳤다는 바꿔치기 트릭이 모든 걸 지켜줘야 하는데 그것이 흔들리는 사태로 변했다. 요코는 반드시 그 점을 파고들 것이다.

휴대전화가 울렸다. 나오미였다. 린류키의 동향에 대해 알려주겠다고 약속했다. 잊은 것은 아니었지만 뒤로 미루고 있었다.

"미안. 연락이 늦었지? 린 씨는 도쿄를 빠져나갔어. 어젯밤에 도망친 것 같아."

가나코는 전화를 받자마자 미리 앞질러 알려줬다.

"아, 그래? 그건 다행인데 그보다 흥신소 사람이 우리 백화점에 왔어. 아까 외근하고 돌아왔더니 뒷문 쪽에서 남자 두 명이 부르더라고. 핫토리 다쓰로 씨 실종에 대해 묻고 싶은 게 있다면서."

나오미의 목소리는 어둡게 가라앉아 있었다. 약간 떨리기도 했다. 사실은 혼란스러워죽겠는데 겨우 버티고 있는 모습이 수화기를 통해 전해졌다.

"그 사람들, 약속도 없이 왔어. 생각해보면 상대방이 대비하지 못하도록 불시에 찾아오는 게 제일 좋은 방법일 것 같지만."

"그래서 나오미는 어떻게 했어?"

"나는 부탁을 받고 고객을 소개해줬을 뿐 그 후로는 모른다고 대답했지. 그랬더니 핫토리 씨 부인과의 관계 등에 대해서도 좀더 자세히 듣고 싶다고 해서 지금은 바빠서 안 된다고 거절했더니 일이 끝날 때까지 기다리겠대."

"설마. 그럼 지금도 아오이 백화점 뒷문에 있는 거야?"

"그런 것 같아. 차에서 대기하고 있겠지. 뭐, 폐점 전에 퇴근하면 출구야 얼마든지 있으니까 도망칠 수 있긴 한데. 그건 임시방편이고, 우리 집을 알아내면 다 헛수고잖아. 나, 좀 초조해."

"나오미는 시치미를 떼는 수밖에 없어. 핫토리 다쓰로 씨에게 백화점 고객을 소개한 것뿐, 그러고 나서 뒷일은 모른다고 해."

"응. 그럴 생각이긴 한데."

나오미는 크게 한숨을 내쉬며 "그럼 네 쪽 이야기도 해줘" 하고 말했다.

"린 씨가 도쿄에서 나간 건 다행인데, 실은 어젯밤에 흥신소 사람들이 마사지 가게에 찾아와서 그들을 킬러로 착각하고 도망친 것 같아."

가나코는 마사지 가게와 아파트에서 얻은 정보를 나오미에게 전했다.

"최악이네." 나오미가 더욱 어두운 목소리로 말했다. "다쓰로 씨와 꼭 닮은 중국인이 도쿄에 있다는 걸 요코도 알아버렸어."

"응. 오늘 밤쯤 집으로 쳐들어오지 않을까 하는 예감이 들어."

"가나코야말로 계속 시치미를 떼. 나, 미안한데 더 이상 변명할 시나리오가 떠오를 것 같지 않아."

"린 씨에 대해서는 우연히 이케부쿠로에서 다쓰로 씨와 꼭 닮은 사람을 보고 말을 걸었다, 그건 다쓰로 씨 실종 후의 일이다, 그런 식으로 계속 시치미를 뗄 거야. 그런데 문제는 도청기로 엿들은 대화 내용이야. 그걸 꼬투리 삼으면 대체 무슨 짓이냐, 사생활 침해로 고소하겠다고 마구 소리칠 거야."

가나코는 결심한 것을 말했지만 자신감도 확신도 전혀 없었다. 무엇보다 저쪽에서 어떻게 나올지 알 수 없었던 것이다.

"정말 그렇게 말할 수 있겠어?"

"모르겠어. 하지만 그렇게 대드는 수밖에 없어. 사체를 운반할 때의 엘리베이터 영상을 보지 않는 한 아직은 괜찮아."

"알았어. 응원하고 있을게."

"아, 맞다. 나, 오늘 산부인과에 갔어."

"응. 뭐래?"

"축하한다던데."

"그렇구나……."

나오미가 수화기 너머에서 잠시 침묵했다. 비난도 연민도 동정도, 어느 것도 느낄 수 없게 만드는 침묵이었다.

"축하한다고, 말해도 돼?" 나오미가 말을 꺼냈다. 잠시 사이를 두었다가 "고맙다고, 말해도 돼?" 하고 가나코가 대답했다. 서로가 작은 한숨을 내뱉었다.

"가나코, 웃지 말아줘." 나오미가 미리 다짐을 두었다. "나 말이야, 오늘부터 여권을 가지고 다녀. 만약을 대비하기 위해서. 잡히는 거, 그건 절대 싫거든."

"그럼 나도. 혼자 가지 마" 하고 말하는 가나코.

"그럼 너도 가지고 다니는 걸로."

"그래."

전화를 끊고 다시 팔꿈치를 괴었다. 생각에 잠긴다. 지금 나오미는 잡히는 건 싫다고 말했다. 그 말에 가나코도 동의했다. 두 사람의 대화 속에서 처음으로 최악의 사태를 가정한 말이 나왔다. 이 사실을 자신은 냉정하게 받아들여야 한다.

마침내. 한숨을 쉬었다. 최근 며칠 사이에 급속도로 상황이 악화됐다. 린류키의 존재가 들통 나버렸다. 그리고 나오미한테까지 흥신소가 찾아가다니. 앞으로 자신들은 어떻게 될까.

또다시 요코가 사라지길 바랐다. 그 여자만 없었다면. 아니, 이젠 늦었다. 분명 시부모에게도 보고했을 것이다.

가나코는 자신들의 안이한 생각을 후회했다. 실행하기 전에는 완벽한 계획이라고 생각했다. 그런데 막상 실행에 옮기자 허술한 부분이 계속 나타났다. 세상은 그리 만만치 않다, 이건가. 아니, 마지막까지 포기하지 않겠다. 자신에게 확실한 것 한 가지는 죄를 인정할 마음이 조금도 없다는 점이다. 후회하지도 않는다.

가나코는 어금니를 꽉 깨물었다.

그날 밤은 정시에 퇴근해 집으로 돌아왔다. 어딘가로 도망치고 싶었지만 휴대전화가 있는 이상 도망쳐도 별수 없다고 생각하며 각오를 다졌다.

태도를 바꿔 강하게 나갈 수밖에 없다. 린류키에 대한 것, 도청된 대화에 대한 것, 그것들에 대해 설명을 요구해도 모른다고 뻗대야 한다. 태어나서 처음 치르는 전쟁이었다.

휴대전화를 테이블 위에 놓고 이따금 눈길을 주며 시간을 보냈다. 아무 일도 손에 잡히지 않았고 텔레비전을 볼 마음도 없어서 그냥 소파에 누워 있었다.

밤 9시가 되어서도 요코에게서 전화는 걸려 오지 않았다. 적어도 오늘 밤에는 찾아오지 않을 것 같았다. 밤 11시가 되어서도 전화는 없었다. 오늘 중으로는 아무 일도 없을 것 같다. 마치 언제 집행될까 두려워하는 사형수의 심정이었다. 밤이 새고 다시 요코의 전화 앞에서 떠는 하루가 시작됐다.

무엇보다 지금 이 순간에도 뭔가 움직이고 있는 것이다. 요코는 사건의 수수께끼를 풀려고 필사적일 것이다. 맨션 앞에는 흥신소 차가 있을지도 모른다. 그런 생각을 하면 밤에도 잠을 이룰 수 없다.

차라리 이쪽에서 먼저 전화해볼까도 생각했다. 우리 집에 도청기를 설치한 게 너지, 대체 어쩔 셈이냐. 그러고 싶었지만, 그러면 이번에는 요코가 반격에 나설 것이다. 그렇게 되면 단숨에 전면전으로 번지게 될 것 같다.

시간 자체가 고문이었다. 가나코는 천장을 보며 신에게 도와달라고 염치없는 소원을 빌었다.

36 ──

 나흘 동안 아무 일도 생기지 않았다. 요코의 전화도 없었고 흥신소의 감시와 미행도 전혀 기척을 느끼지 못했다. 나오미 쪽도 마찬가지여서 흥신소에서는 다시 찾아오지 않았다고 한다. 물론 요코가 포기했을 리는 없고, 오히려 린류키라는 새로운 실마리를 얻어 온갖 지시를 흥신소에 내려놓았을 게 틀림없었다. 그렇다면 지금 이 순간에도 뭔가 움직이고 있다는 뜻이다.

 특히 신경이 더 쓰였던 것은 흥신소에 전직 경찰이 있다고 했던 요코의 말이었는데, 아마 경찰관을 입회시켜 맨션의 방범 카메라 영상을 본 것도 그의 힘이 작용했기 때문일 것이다. 그 인물이 사건의 냄새를 맡고 본격적으로 움직이기 시작했다면 자신들은 더욱더 궁지에 몰리게 된다. 엘리베이터에서 커다란 가방을 나오미와 둘이 운반했고, 그 후 지하 주차장에서 다쓰로의 BMW가 밖으로 나갔다. 그 방범 카메라 영상을 보면 일단 끝장이다. 고속도로의 감시 카메라로 행선지까지 대충 짐작할 수 있다.

 가나코는 거의 제정신이 아니었다. 갑자기 눈앞을 가로지르는 행인만 봐도 가슴이 뛰었다. 전화라도 오면 심장이 멎을 것처럼 놀랐다. 살아 있어도 사는 것 같지 않다는 게 이런 때 쓰는 말인 모양이다.

 유일한 마음속 버팀목은 배 안의 작은 생명이었다. 현재 상황에서는 아무런 계획도 세울 수 없는데, 왠지 머릿속에는 자신과 아기 둘이 행복하게 사는 광경이 있고 그것을 추호도 의심하지 않았다.

이 불가사의한 느낌이 가나코를 그나마 구원해주고 있었다.

그날 아침, 맨션 현관을 나올 때 프런트의 관리인이 부자연스러 우리만치 싹싹하게 인사를 했다. 가나코는 가볍게 인사만 하고 지나쳤지만 얼핏 보인 미소는 분명히 인위적인 것이었다. 그 증거로 현관 자동문이 열렸을 때 깨끗이 닦인 유리에 비친 관리인의 얼굴이 금세 험상궂게 변해서 가나코의 뒷모습을 노려보고 있었던 것이다.

가나코는 등골이 오싹했다. 뭔가 있다. 경찰이 와서 방범 카메라 영상을 확인했고 그 내용을 관리 회사에 통보했다거나. 그리고 경찰이 이 건에 대해서는 철저히 입단속을 시켰을 수도 있다.

아니, 지나친 생각이다. 의심이 의심을 낳는다고 무엇이든 다 연관 지어 생각하고 마는 것이다. 그렇게 자신을 타일렀지만 고르지 못한 맥박은 잦아들지 않았다. 맨션을 나와 걷기 시작하고도 역까지 가는 도중에 몇 번이나 주변을 둘러봤다. 오늘도 무사히 지나가기를 기도했지만 어차피 나중으로 미루는 것에 불과하다는 생각이 들자 기분은 더욱 어둡게 가라앉았다. 애꿎은 여름 태양만 원망했다.

회사에서는 점심시간이 다 되어서야 출근한 아케미가 심란한 표정으로 가나코에게 다가왔다. 옆자리 의자에 앉은 후 바퀴를 굴려 거리를 좁힌다.

"시라이 씨, 린 씨에 대해 할 이야기가 있어요. 당신은 린 씨가 이케부쿠로에서 떠난 이유를 알죠?"

"그게……." 가나코는 뭐라고 대답할 말이 없었다. 뭐라고 대답해야 하나. 아케미에게는 거짓말을 하고 싶지 않았다.

"어젯밤, 린 씨가 일하던 마사지 가게에 형사가 찾아왔던 모양이에요."

형사라는 말을 듣고 눈앞이 새까매졌다. 마침내 경찰이 움직이기 시작했다.

"그전에는 흥신소에서 온 모양이고. 점장이 들은 이야기에 따르면 린 씨는 일본의 폭력단에 쫓기다가 도망친 것으로 되어 있어요. 린 씨가 무슨 짓을 한 거죠?"

"아뇨, 아무 짓도……."

목구멍에 침이 걸려 목소리가 갈라졌다.

경찰이 움직였다면 모든 방범 카메라 영상을 조사했을 것이다. 그렇다면 자신들은 끝장이다.

"아무 짓도 하지 않은 사람한테 왜 형사가 찾아온 거죠? 예전이라면 모를까, 지금은 자신의 여권으로 입국했는데 말이에요."

"죄송합니다. 자세한 건 말씀드릴 수 없지만 린 씨는 잘못한 게 없어요. 우리 잘못이에요."

"우리라면 오다 씨도 포함됐다는 뜻인가요?"

"그렇습니다."

가나코의 창백한 얼굴을 보고 아케미는 잠시 침묵했다가 거리를 더욱 좁히며 작은 목소리로 말했다.

"시라이 씨와 오다 씨가 뭔가 일을 저질렀군요."

"……네, 그랬어요."

가나코의 입에서 어머니에게 꾸중 듣는 어린아이처럼 시인하는 말이 절로 나왔다.

"무슨 짓을 저질렀는데요?"

"그건 말할 수 없어요. 말하면 이번에는 사장님한테 피해가 갈 거예요. 알면서도 저를 고용했느냐고 경찰의 취조를 받게 돼요. 모르는 편이 나아요. 저는 사장님이 좋습니다. 그래서 폐를 끼치고 싶지 않아요."

가나코가 그렇게 호소하자 아케미는 그 말을 곱씹는 듯 몇 초간 생각에 잠겼다.

"시라이 씨, 당신 남편은 지금 뭘 하고 있죠?"

아케미가 갑자기 질문을 바꿨다.

"그게 그러니까 별거 중인데요……."

처음 면접 때 그렇게 말하기로 했었다.

"별거 이유는 뭔가요?"

"그건……." 다시 또 대답할 말이 없었다.

"예전에 오다 씨가 나한테 의논할 게 있다고 말한 적이 있어요. 친구 중에 남편의 폭력에 시달리는 사람이 있다, 어떻게 하면 좋겠느냐고 말이죠. 그 친구가 시라이 씨죠? 그때 나는 대답했어요. 상하이 여자라면 죽여버렸을 거라고. 당신들은 남편을 살해했나요?"

아케미가 조용히 말했다. 가나코는 퍼뜩 고개를 들었다. 그녀의 눈에는 수녀님 같은 자애로움이 깃들어 있었다.

가나코는 아케미의 눈동자에 빨려들어 자신도 모르게 고개를 끄덕일 뻔했다. 끄덕이면 도와줄 것 같았다.

"설마 남편을 죽이도록 린 씨에게 부탁했다거나 한 건 아니겠죠?"

아케미가 계속해서 말했다.

"아니에요. 그런 적 없어요. 절대 없습니다."

얼토당토않은 물음에 가나코는 서둘러 부인했다. 필사적인 그 모습을 아케미는 냉정하게 관찰하고 있었다.

"알았어요. 믿을게요. 나는 그게 제일 먼저 머리에 떠올라 걱정했던 거예요. 안타깝지만 중국인 중에는 돈 때문에 살인청부업을 하는 나쁜 사람이 있어요. 나는 린 씨가 그랬다면 정말 슬펐을 거예요."

"그러니까, 아니에요. 린 씨의 도움을 받긴 했지만 범죄와는 관계없어요. 형사가 온 것도 우리와의 관계를 알고 싶어서 그런 것뿐이에요."

"그래요?"

잠시 침묵이 흘렀다. 옆 창고에서는 젊은 중국인 직원들이 노닥거리고 있었다. 그 밝은 목소리가 낡은 콘크리트 건물 전체에 울려 퍼졌다.

한 번 더 물어볼 줄 알았는데 아케미는 의자를 빼며 거리를 두었다. 시선은 여전히 가나코를 향하고 있었다.

"나는 당신들을 지켜주고 싶어요. 내가 뭔가 할 일이 있을까요?"

"……어쩌면 부탁할 일이 있을지도 모릅니다."

"그래요? 그때는 주저하지 말고 말해줘요. 일본인은 너무 조심스러워요. 그건 좋지 않아요. 그러니까 당신은 밥을 좀더 잘 먹도록 하세요. 중국에서는 마른 여자는 불행하다고 생각하니까요."

아케미가 가나코에게 시선을 보내며 말했다.

"알겠습니다……. 아, 맞다. 일본어 카탈로그 말인데요, 다음 주면 납품될 거예요. 인쇄 견본대로 해달라고 했으니까 문제없을 겁니다."

가나코는 혼란스러운 와중에도 업무에 대해 보고했다. 일을 등한시하지 않았다는 것만은 알아줬으면 했던 것이다.

"고마워요. 그것만으로도 시라이 씨를 고용한 보람이 있네요. 앞으로도 계속 잘해주길 바랄게요."

아케미는 일어나 가나코의 팔을 슬쩍 어루만진 후 자신의 자리로 돌아갔다. 그녀는 어디까지 눈치챘을까. 눈앞의 여자가 남편을 살해했다고 판단했을까.

가나코는 발이 지상에서 몇 센티미터는 떠 있는 듯 신비한 느낌에 사로잡혀 있었다. 최근 며칠 동안 자신의 감정을 도통 알 수 없었다. 두려움에 떨면서도 어딘지 모르게 대담한 구석도 있었다. 최소한 살아남아야 한다는 집착은 있다.

아무튼 경찰이 한 은행원의 실종에 관심을 가지고 움직이기 시작했다. 이것만은 받아들여야 한다. 맨션 엘리베이터의 방범 카메라 영상도 확인했다고 생각하는 편이 좋다. 그래야 오늘 아침 관리인의 태도 역시 아귀가 맞는다. 나오미와 둘이서 커다란 바퀴 가방을 심야에 운반했다. 어지간히 무감각한 사람이 아닌 한 그 내용물이 시체일지도 모른다고 의심할 것이다.

가나코는 나오미에게 알리기 전에 한 번 더 확인하기 위해 고토부키 은행의 야마모토에게 전화를 걸었다.

"일하시는데 죄송합니다. 핫토리 씨 집사람입니다. 그쪽에도 형사가 찾아갔을 거라고 생각하는데…… 정말 폐를 끼쳐서 죄송합니다."

가나코는 미리 선수를 쳤다. 야마모토는 순간 할 말을 잃었다가 "그럼 부인께도 갔나 보군요. 그게, 저도 깜짝 놀랐어요……. 대체 어떻게 된 일일까요?" 하고 바로 털어놓았다.

은행에도 갔다. 포위망은 점점 좁혀지고 있었다.

"저도 잘 모르겠어요. 아무래도 남편이 범죄에 휘말린 게 아닐까 하고 의심하는 것 같아요."

"저한테는 전날 밤에 있었던 일을 끈질기게 물어보던데요. 지점장에게도 마찬가지고요. 그리고 핫토리 군이 현금을 인출한 ATM의 방범 카메라 영상을 제출했습니다. 아마 역구내 지하 통로의 영상도 제출하도록 JR히가시니혼에 요구하지 않았을까요? 그렇게 되면 저 같은 사람도 진상을 알게 되지 않을까 싶은데……."

가나코는 네네, 하고 맞장구를 치면서 일하는데 방해해서 미안하다고 말한 후 전화를 끊었다. 등에서는 식은땀이 흐르고 있었다.

그리고 자리에서 벗어나 창고에서 이번에는 나오미에게 전화를 걸었다. 지금까지 알아낸 것을 보고했다. 나오미는 이미 각오하고 있었는지 낭패한 기색은 없었다.

"그래. 경찰이 나섰단 말이지? 그러면 시간문제네. 나, 신변을 정리하고 현금을 준비할 거야." 나오미의 말투에서는 깊은 체념이 느껴졌다. "아마 지금 한창 증거를 수집하고 있을 테고, 그게 다 끝나면 경찰이 임의동행을 요구할 것 같은데 가나코는 어떻게 할래? 지금 도망칠 거야?"

"어떻게 할까? 지금 도망치면 내가 범인이라는 걸 자백하는 꼴이 되는데."

가나코는 아무것도 의지할 만한 게 없는데 여전히 가능성을 찾고 있었다. 추적을 따돌릴 수만 있다면 어떻게든 그렇게 하고 싶었다.

"하지만 도망치는 게 늦으면 말짱 도루묵이야."

"갑자기 체포하지는 못할 거야. 그러니까 사체가 나오지 않는 한 사건으로 취급할 수 없잖아."

"그러니까 임의로 경찰서까지 오게 해서 자백하도록 만들려 들겠지. 가나코, 그거 견딜 수 있겠어?"

"완전히 입 다물고 있지, 뭐. 임의동행이라면 구속도 할 수 없을 테고, 밤에는 집으로 돌려보낼 테니 한 번 정도는 견딜 수 있어."

물론 가나코에게 그럴 자신은 없었다. 다만 이렇게 도망치는 건 너무나 비참하다 싶었다. 그럴 처지가 아니라는 건 알고 있었지만 조금 더 당당하고 싶었다.

"나한테도 출두 요청이 들어올까? 카메라에 찍혔으니까."

나오미가 불안한 듯 말했다.

"그런 조잡한 화면으로는 얼굴까지 알아볼 수 없어. 그러니까 갑자기 어떻게 될 일은 없을 거야. 나는 절대 말하지 않을 거고."

"가나코, 세다."

"그런 건 아닌데."

"나, 회사에 휴가를 신청했어. 도망치게 됐을 때 갑자기 사라지면 걱정할 거고, 고객들한테도 피해가 갈 수 있어서."

"나오미는 이런 때도 책임감이 강하네."

"성격이지, 뭐."

같이 쓴웃음을 지었다.

전화를 마치자 가나코의 내부에서 또 새로운 감정이 싹텄다. 설령 무슨 일이 있든 흐트러진 모습을 보이고 싶지 않다. 사람을 죽여 놓고 할 수 있는 말은 아닐지 모르지만 자신의 존엄성만큼은 잃고 싶지 않았다. 죽음을 선택하지도 않을 것이다. 마지막 의지였다.

가나코는 그 자리에서 천천히 심호흡을 했다.

약간 남은 업무를 처리하고 밤 8시가 지나서 집으로 돌아왔다. 맨션 입구의 정원수 그늘에 누가 있어서 자세히 봤더니 요코가 서 있었다. 지금까지 한 번도 본 적 없는 험상궂은 표정으로 가나코를 바라봤다. 가나코는 자신도 모르게 걸음을 멈췄다. 기다리고 있었던 모양이다. 아니면 뒤따라온 건가. 온몸이 사시나무 떨듯 떨려왔다.

"새언니, 할 이야기가 있는데. 같이 올라가도 되지?"

요코의 목소리는 차가운 노기를 품고 있었다. 가나코는 이 여자가 뭔가 결심했음을 직감적으로 알 수 있었다. 적어도 감정에 휘둘려 여기 온 것은 아니다.

"응, 상관은 없지만……. 그런데 무슨 일이기에?"

가나코는 조용히 대답했다. 스스로를 확인해봤지만 낭패한 기색은 없었다.

"아직도 시치미 떼기야?"

"그러니까 모르겠는걸."

"그래. 그럴 생각이란 말이지?"

요코의 뺨에 살짝 경련이 일었다. 그리고 턱을 치켜들며 앞장서라고 재촉했다. 가나코가 걸음을 옮겼다. 프런트의 관리인이 "돌아오셨어요?" 하고 인사했지만 두 사람을 보고는 목소리가 점점 줄어들었다.

묵묵히 엘리베이터에 올라탔다. 침착해, 침착해, 하고 자신을 타일렀다.

복도를 걸었다. 도망치지 못하게 하려는 듯 찰싹 붙어서 뒤따라오는 요코의 행동에 오싹하고 등줄기에서 소름이 돋았다.

집 안으로 들어갔다. 들어오라고 하지 않았는데도 요코는 멋대로 신발을 벗고 올라와 식탁 의자에 앉았다. 가나코는 목이 말라 냉장고에서 페트병에 든 차를 두 개 꺼내서 하나는 요코 앞에 놓았다. 식탁을 사이에 두고 마주 앉았다.

"나는 말이지, 충격으로 이틀 동안 잠을 못 잤어. 어머니는 기절해서 병원 침대에 누워 링거를 맞고 계시고."

요코가 감정을 억누르며 말했다.

가나코는 어쩌다가, 하고 말할 뻔했지만 반사적으로 입을 다물었다.

"내가 여기 온 건 나 혼자만의 판단이야. 부모님도 모르셔. 네 입으로 꼭 듣고 싶어서 왔어."

요코는 새언니가 아닌 너라고 불렀다.

"내가 무슨 말을 할지 알고 있지? 너, 우리 오빠를 죽였지?"

갑자기 쏟아진 결정적인 한마디였지만 가나코는 동요했음을 겉으로 드러내지 않고 버텼다. 이맛살을 모으며 무슨 말을 하느냐는 표정을 지었다. 그런 한편으로 심장은 마구 뛰고 있었다.

"이미 다 봤어. 방범 카메라 영상. 금요일 밤 늦게 오빠는 집에 돌아왔어. 현관 입구 카메라에도, 엘리베이터 카메라에도 오빠가 찍혀 있어. 그러니까 네가 지난번에 했던 말은 거짓말이야. 그리고 몇 시간인가 지나서 너와 또 한 명의 여자가 검고 커다란 바퀴 가방을 밀며 엘리베이터에 올라탔어. 그리고 지하 주차장까지 운반해 오빠의 BMW에 그 가방을 실었어. 그 차는 고속도로를 타고 서쪽으로 향했지. 오빠는 집에 돌아온 후 맨션 안의 어떤 방범 카메라에도 찍히지 않았어. 그러니까 가방 속 내용물은 틀림없이 오빠야. 어디로 갔는지는 아직 몰라. 경찰도 수사 상황을 잘 가르쳐주지 않고. 요즘은 N시스템이라는 게 전국 주요 도로에 설치되어 있대. 그러니까 네가 그날 차로 어디까지 갔는지 경찰은 대충 파악할 수 있을 거야. 도망치지 못해."

요코의 목소리가 서서히 떨려왔다.

"나는 무슨 말인지 도통 모르겠는데."

가나코는 동요하는 마음을 숨기고 대답했다. 마음속에 뭔가 방파제 같은 것이 있고, 그것이 열심히 마음의 동요를 막아주고 있다.

다만 얼굴은 뜨겁고 등은 차갑다.

"흐웅. 시치미 뗄 생각인가 본데. 뭐, 최후의 발악일 테지. 그나저나 기막힌 아이디어였어. 오빠와 꼭 닮은 중국인을 찾아내 오빠 여권으로 일단 출국시키다니. 바꿔치기를 한 거지. 형사도 깜짝 놀라더라. 경찰도 참 약삭빨라. 처음에는 좀처럼 나설 생각을 하지 않더니 흥신소가 이것저것 조사하고 나도 도청기를 설치해 수상한 점을 한껏 찾아내어 증거로 제출했더니 그제야 그자들, 잔뜩 흥분하더라고. 이건 큰 사건이라면서 말이야."

"정말 무슨 말을 하는지 모르겠어."

"나는 말이지, 너한테 마지막 기회를 주러 온 거야."

요코가 묘한 말을 했다. 식탁에 팔꿈치를 괴며 몸을 앞으로 내민다.

"자살하게 해줄게. 목을 매든 베란다에서 뛰어내리든 죽기만 해."

가나코는 예상치 못한 말에 뭐라고 대답할 수 없었다. 그보다 중국인, 바꿔치기, 경찰, 그런 말들이 머릿속에서 빙글빙글 소용돌이치며 어둠 속으로 잡아당기는 것 같았다. 참자. 참자. 또 하나의 자신이 격려해주고 있었다. 그런가, 자신들의 계획은 모두 무너졌나. 마치 보물을 빼앗긴 듯한 상실감을 느꼈다.

"이제 곧 경찰이 와서 너를 체포할 거야. 살아서 모욕을 당하느니 죽는 편이 낫지 않을까? 매스컴에서 난리 나겠지. 네 가족도 대낮에 바깥을 활보할 수 없을 거고. 그러기 전에 스스로 사라지는 편이 좋을걸. 솔직히 말해서 우리도 네가 죽어주는 편이 더 나아. 재판에 들어가면 오빠의 폭력을 비롯해 이런저런 것들이 다 공개될 테니까. 그러면 어머니나 아버지 모두 견디기 힘드실 거야. 그러니까 부탁이야. 죽어줘."

"싫어."

가나코는 단호히 대답했다. 죽어달라는 말에 자신도 모르게 입이 움직였던 것이다.

"나는 다쓰로 씨를 죽이지 않았어."

그렇게 말로 옮기고 나니 자연스레 체온이 돌아왔다.

"그럼 어디 갔는데?"

"그러니까 상하이에 갔잖아."

"그럴 리가 없지!"

갑자기 요코의 목소리가 거칠어졌다. 얼굴이 점점 붉게 변한다.

"너는 친구와 함께 오빠를 죽이고 어딘가에 묻거나 내다 버렸어. 왜 그런 거야? 내 오빠였어. 폭력을 휘둘렀는지는 모르겠지만 죽일 것까지는 없었잖아!"

"죽이지 않았다니까!"

"거짓말하지 마! 어디에 묻었어? 가르쳐줘! 내 오빠를 빨리 흙 속에서 꺼내줘!"

요코가 일어나더니 식탁을 돌아 가나코의 옆으로 왔다. 팔을 잡는다.

"그만둬, 아프잖아. 진정하라고."

가나코도 일어나 손을 뿌리치며 벽 쪽으로 물러섰다.

요코가 거친 숨을 토하며 한 걸음 앞으로 나선다. 당장이라도 덮칠 것 같았다.

문득 선반 위의 꽃병으로 눈길이 갔다. 가나코의 손이 그쪽으로 뻗는다. 자신은 지금 어떤 경계선에 있다고 생각했다. 다쓰로를 죽였을 때부터 줄곧 본능적이었던 것이다. 자신의 몸과 잉태된 아기를 지키고 싶다는, 생명의 영역에 놓인 경계선이다.

가나코의 심상치 않은 기척을 눈치챘는지 요코가 움직임을 멈췄다. 핏발 선 눈으로 마구 날뛰는 감정을 열심히 억누르고 있다. 몇 초간 시간이 멈춘 듯한 순간이 생겨났다. 서로 노려본다.

요코가 머리를 뒤로 쓸어 넘기며 입을 열었다.

"너와 일대일로 이야기하는 건 오늘 밤이 마지막이야. 앞으로는 너, 감옥 안에 있을 테니까. 그렇게 되면 나도 하고 싶은 말을 못 할 테고, 그래서 온 거야. 다시 한 번 말할게. 죽어줘."

"싫어. 내가 왜 죽어야 하는데?"

가나코가 다시 말했다. 또다시 침묵. 이번에는 일 분 가까이 지속됐다.

요코의 어깨가 축 처진다. 눈에 굵은 눈물방울이 맺히는가 싶더니 곧바로 흘러넘친다. 그 자리에 쪼그려 앉는다.

"죽일 것까지는 없었잖아……. 내 오빠인데……."

눈물을 뚝뚝 흘리며 간헐적으로 흐느낀다. 마룻바닥이 금세 눈물로 젖었다.

"왜 너같이 변변한 경력도 없는 여자 때문에 내 인생에 오점을 남겨야 하는데? 나는 열심히 노력해서 차근차근 계단을 올라왔어. 그런데 너 같은 것 때문에……."

요코가 이젠 거의 울부짖는다.

가나코는 우두커니 서서 요코를 내려다보고 있었다. 그러는 동안 서로의 감정이 뒤바뀌듯 차분해졌다. 자신도 떳떳하지 못하다는 것은 알고 있었다. 요코를 동정하는 마음도 아주 없는 건 아니었다. 다만 다쓰로를 죽이지 않았다면 자신이 죽었을 것이다. 혹은 평생을 노예처럼 살았을 것이다. 어쩔 수 없는 일이었다.

요코가 일어섰다. 천천히 호흡을 가다듬으며 눈물을 멈추고 다시 가나코를 바라본다.

"경찰이 취조할 때 오빠에 대한 험담은 하지 마. 그게 네가 해야 할 최소한의 보상이야."

눈을 가늘게 뜨며 말했다.

가나코는 요코가 하고 싶었던 말이 이것이었구나 싶었다. 이 말을 하러 온 것이었나. 그렇다면 안심해. 나는 체포되지 않아.

"미안해. 네가 무슨 말을 하는지 모르겠어."

말이 채 끝나기도 전에 요코의 오른손이 날아왔다. 가나코의 뺨에서 찰싹하고 소리가 났다. 다쓰로에게 맞고, 그의 여동생에게도 뺨을 맞았다. 가나코는 손으로 뺨을 누르며 요코를 봤다. 두 번씩이나 날아오지는 않았으므로 방어 자세를 취하지는 않았다.

요코가 말없이 몸을 돌렸다. 등에 분노와 슬픔을 띤 채 천천히 현관으로 걸어간다. 가나코는 배웅하지 않았다. 문이 닫히는 소리를 거실에서 듣고 있었다.

가나코의 머릿속에서 '게임 오버'라는 말이 떠올랐다. 끝났다. 더 이상 시나리오를 준비할 필요가 없었다. 마음이 해방됐다. 두려움도 없다. 요코와 대치하기를 잘했다는 생각도 들었다. 정죄(淨罪) 의식이라도 치른 듯한, 그러면서 마침표를 하나 찍은 것도 같은, 스스로도 잘 알 수 없는 감정이 가슴 가득히 번진다. 다만 더욱 살아야겠다는 결심을 굳혔다. 자신은 절대 잡히지 않는다.

37 ——

다음 날은 감정을 어딘가에 두고 잊어버린 듯 가나코는 그저 기계적으로 일했다. 아침부터 서류를 정리하고, 일본어 홈페이지에 새로 들여온 상품을 갱신했으며, 수입품을 주문하기 위해 영문 타이핑을 했다. 일본 외식 체인점의 영업 담당자가 방문하여 아케미의 비서로 미팅에도 참석했다. 머릿속이 마비되어 왠지 생각하는 것을 거부하는 듯한 느낌이 들었다. 식욕은 여전히 왕성했다.

안절부절못한 것은 나오미 쪽이었다. 전화로 어젯밤 일을 알려 주자 "이젠 도망칠 수밖에 없겠어" 하고 외골수 같은 말을 하면서 외국으로 나간다면 어디가 좋겠느냐고까지 했다.

"국내는 안 돼. 온갖 곳에 방범 카메라가 있어서 역이나 공항을 이용하는 순간 바로 잡혀."

나오미는 현대사회의 감시 카메라망에 완전히 겁먹어 있었다.

다쓰로를 묻은 산속 고갯길에 N시스템 같은 게 있을 리 없다고 했는데도 거기로 가는 중간중간에 다 기록됐을 거라며 비관적인 생각을 멈추지 않았다.

"경찰이 움직이기 시작했다면 우리 같은 사람은 조금도 버티지 못해. 흥신소와 달리 강제력이 있거든. 저기, 가나코. 오늘이라도 도망치는 편이 좋겠어. 너무 늦어지면 돌이킬 수 없게 돼."

"그건 좀 갑작스러워. 우리가 먼저 자백하는 일은 없을 거잖아. 나오미는 지금 너무 겁먹었어. 재판소의 영장이 없는 한 스마트폰 하나도 압수할 수 없고 신병 구속도 불가능해. 경찰이 와도 나는 괜찮아."

가나코가 그렇게 대답하자 나오미는 믿을 수 없다는 듯 할 말을 잃더니 제발 무리하지 말라고 애원했다.

"우리는 공범이잖아. 운명을 함께한다는 거, 잊지 마."

"알고 있어."

만일의 사태에 대비해 몇 가지 약속을 정했다. 경찰이 동행을 요구하면 빈 문자를 보낼 것. 그 후 문자 연락은 일절 중단할 것. 피치 못하게 헤어졌을 때 다시 만날 장소는 이케부쿠로의 노래방. 현금을 준비해둘 것. 여권을 가지고 다닐 것.

그런 몇 가지를 생각하면서도 가나코에게 긴박감은 없었다. 차분한 게 스스로 생각해도 신기했다.

그날 밤, 집으로 돌아오자 맨션 앞에 은색 세단이 서 있었다. 안에는 남자가 두 명 타고 있었다. 가나코를 보자마자 문이 양쪽에서 동시에 열렸다. 홍신소거나 경찰. 가나코는 자신도 모르게 방어 자세를 취했다.

"실례합니다. 핫토리 가나코 씨죠? 세이조히가시 경찰서에서 나왔습니다."

삼십 대쯤 되어 보이는 형사가 밝은 목소리로 말했다. 다른 남자도 물론 연기일 테지만 하얀 이를 내보인다. 두 사람 다 양복이 아니라 폴로셔츠에 면바지를 입은 가벼운 차림이었다. 한 형사가 뒷주머니에서 신분증을 꺼내 펼쳐 보였다.

"세이조히가시서의 이노우에라고 합니다. 핫토리 씨, 돌아오시자마자 죄송하지만 남편분 실종 건으로 물어보고 싶은 게 좀 있는데 지금 경찰서까지 같이 가주실 수 없을까요?"

경찰이 마침내 찾아왔나. 이마에 진득하니 땀이 밴다. 가나코는 마른침을 삼켰다.

"죄송합니다. 저, 아직 저녁도 먹지 못했는데요. 그리고 땀을 흘려서 샤워도 해야 하고요."

가나코는 태연함을 가장하며 말했다. 스스로를 확인한다. 괜찮다. 무엇보다 침착하다. 목소리도 무릎도 떨고 있지 않다.

"저녁식사라면 경찰서에서 도시락을 시킬 테니까 그걸 드시면 안 될까요? 비싼 건 아닙니다만 맛과 양 모두 괜찮습니다."

"그럼 샤워하고 옷 좀 갈아입게 해주세요."

"죄송합니다. 그건 나중으로 미뤄주셨으면 합니다. 중요한 이야기라서요."

형사 둘이 앞길을 가로막았다. 말투는 부드러웠지만 그들이 내뿜는 분위기는 위압감으로 가득했다.

"한 가지 여쭤보겠는데 이건 임의동행인가요?" 가나코가 물었다.

"그렇습니다. 임의동행입니다. 잘 아시네요. 요즘에는 드라마나 영화를 하도 많이 봐서 그 정도는 다 알고 계시더군요."

형사가 그렇게 말하며 머리를 긁적였지만 어딘지 모르게 부자연스러웠다.

"임의동행이라는 건 거부할 수 있는 거죠?"

"그렇게 말씀하지 말아주십시오. 남편분 문제니까 부인께도 아주 남의 일은 아니잖습니까?"

"그럼 날짜를 바꿔서, 이를테면 내일이라든가 그때 가도 되는 거 아닌가요?"

"오늘 밤, 부탁드립니다."

고개를 숙였지만 눈은 웃고 있지 않았다. 다른 남자가 옆으로 이동해서 건장한 남자들 사이에 낀 형국이 되었다.

"금방 끝납니다."

그런 말을 믿어서는 안 된다. 금방 끝날 리가 없다. 취조실에 들어가면 태도가 완전히 바뀔 것이다. 자신은 형사의 추궁을 견뎌야만 한다.

문득 현관 입구 안쪽으로 눈길을 주자 관리인이 앞으로 몸을 내밀어 보고 있었다. 그 눈은 혐오와 연민으로 가득했다.

"알겠습니다. 대신 빨리 돌려보내주세요. 집안일도 많이 밀려 있어서요."

가나코는 임의동행을 승낙했다. 과연 어떻게 될까. 짐작도 할 수 없다. 어쩌면 자신은 큰 판단 실수를 범한 것인지도 모른다. 하지만 몸속 본능 같은 것이 경찰과 맞서게 하고 있었다.

형사가 이끄는 대로 가나코는 차 뒷좌석에 탔다. 형사 두 명은 앞에 탔다. 조정 장치가 달린 무전기가 눈에 날아든다. 조수석의 형사가 그 수신기를 손에 들었다.

"세이조히가시3에서 경시청으로."

"세이조히가시3, 말하라."

"핫토리 가나코 씨를 이제부터 서(署)로 임의동행합니다."

"경시청, 알았다."

짧은 무전 대화로 인해 가나코의 긴장감이 고조됐다. 경시청이라고 했다. 경찰은 이제 전체적으로 움직이는 듯하다.

가나코는 나오미와의 약속을 떠올리고 가방에서 스마트폰을 꺼냈다. 나오미의 연락처를 불러왔다.

"아, 핫토리 씨. 전화는 걸지 마세요."

형사가 지체 없이 돌아보며 말했다.

"왜죠?"

"누구한테 연락하신 건가요?"

"말할 필요는 없다고 생각하는데요."

"뭔가 숨기는 게 있다고 의심되면 당신에게 불리할 겁니다."

그동안에도 손가락으로 조작해서 빈 문자를 보냈다.

"핫토리 씨, 부탁드립니다." 형사가 빼앗으려고 손을 뻗는다.

"알겠습니다……." 가나코는 순순히 따르는 시늉을 하며 스마트폰을 가방 안에 넣었다.

몇 초 후, 나오미는 빈 문자를 받고 몸서리칠 것이다. 가나코는 자신이 느끼는 것 이상으로 가슴이 아팠다. 나오미의 운명은 자신에게 달려 있다. 절대 자백해서는 안 된다. 가나코는 호흡을 가다듬었다.

바깥 풍경으로 눈길을 준다. 동년배인 부부가 슈퍼마켓 비닐 봉투를 들고 어깨를 나란히 하며 걸어가고 있었다. 함께 퇴근하는 길일까. 즐거워 보이는 옆얼굴이 차창 옆을 흘러간다. 자신에게도 저런 시기가 있었다. 인생이란 정말 얄궂다.

경찰서 취조실은 다다미 세 장(다다미 두 장이 한 평 정도 되므로 세 장이라면 한 평 반 정도 되는 크기이다-옮긴이)쯤 되는 살풍경한 공간이었다. 책상 하나와 긴 테이블이 T자 모양으로 붙어 있다. 가나코는 안쪽 창가에 앉았다. 마실 것은 나오지 않는 듯했다. 임의동행한 젊은 형사는 긴 테이블에 앉아 노트북을 열었다. 정면에는 다른 형사가 앉았다. 깎지 않아 아무렇게나 자란 수염이 희끗희끗한 나이 지긋한 사람이었다. 졸린 눈으로, 하지만 사냥감을 바라보듯 가나코를 응시했다.

"자, 그럼 부인. 먼저 임의동행에 응해주셔서 감사드립니다."

인사를 했지만 말투는 철저히 위압적이었다. 데리러 온 두 명과는 분위기가 전혀 다르다. 이제야 온몸에서 소름이 돋았다.

"아무튼 왜 출두를 요청드렸는지 알고는 계시죠?"

"아뇨. 모르겠습니다."

가나코는 고개를 저었다. 형사가 의외라는 듯 흐응, 하고 콧방귀를 뀌었다.

"아, 그렇군요. 그럼 순서대로 묻죠. 6월 17일, 부인은 우리 서에 남편 실종 신고를 했어요. 그것에 따르면 6월 14일, 토요일, 정오가 되기 전에 집을 나가 그 후로 연락이 안 됐다고 되어 있는데요."

형사가 예전에 가나코가 제출한 '행방불명자에 대한 신고' 복사지를 펼치며 그 내용을 읽어줬다. 가나코는 그때를 떠올렸다. 그때는 초로의 온화해 보이는 경관이 나와서 부드럽게 상대했다. 그걸로 다 끝났다고 생각했다.

"그 후 남편분이 근무하던 은행에서 조사한 바로는, 남편분은 토요일 저녁 무렵 나리타에서 출국해 상하이로 향했습니다. 이건 출국 기록에도, 탑승자 명단에도 기록되어 있어요. 즉 남편분은 기록상 일본에 없는 걸로 되어 있습니다. 출국 이유에 대해서는 나중에 다시 이야기하죠. 그리고 출국한 인물은 금요일과 토요일, 두 번에 걸쳐 부인의 은행 계좌에서 백만 엔씩, 총 200만 엔을 인출했어요. 그건 이케부쿠로와 마루노우치의 ATM에서였고요. 그때의 방범 카메라 영상을 보면 확실히 남편분인 듯한 인물이 돈을 인출했습니다. 다만 다른 방범 카메라 영상을 보면 점포 밖에서 여자가 대기하다가 남편분인 듯한 인물과 접촉한 사실이 확인됩니다. 부인, 이 여자가 누군지 짚이는 게 있나요?"

"없습니다."

가나코는 태연하게 대답할 생각이었지만 목소리가 높았다.

"그럼 남편분이 사라졌다는 토요일, 부인은 어디에서 뭘 하고 있었나요?"

가나코는 그때를 떠올리는 척했다.

"집에 있었을 겁니다."

"그걸 증명해줄 사람이 있나요?"

"아뇨, 없습니다."

"거짓말하면 안 돼요. 당신, 그날 나리타 공항에 갔잖아."

형사가 언성을 높였다. 옆에 앉은 부하가 재빨리 가나코의 표정을 확인하려 든다.

"저는 나리타 공항 같은 데 가지 않았습니다."

가나코가 부인하자 형사는 "이봐" 하고 가시 돋친 목소리로 부하에게 종이봉투를 꺼내도록 했다. 그 안에는 화면을 컬러로 인쇄한 용지 다발이 들어 있었다.

"부인, 이걸 보세요. 여기에 찍힌 사람, 전부 부인이잖아요."

형사가 인쇄 사진을 들이댄다. 가나코는 그것에 눈길을 주면서도 초점은 맞추지 않으려 했다. 무서워서 정면으로 볼 수 없었다.

"자세히 봐요. 이건 14시 35분, 도쿄 역 마루노우치 지하 개찰구 화면. 세 명 다 찍혔네. 그리고 15시 47분, 나리타 공항 제2터미널역 개찰구 화면. 여기에도 마찬가지로 세 명 다 찍혀 있죠. 아직 더 있어요. 이건 공항 내부의 탑승 카운터 방범 카메라. 이건 출발 로비. 전부 다 찍혔어요. 그중 한 명, 머리 긴 사람이 당신이잖아."

"아뇨, 아닙니다. 나리타 공항에는 가지 않았습니다."

가나코는 거친 물살을 담아 가두고 있는 둑처럼 열심히 우겨댔다. 피부 안쪽에서는 모든 세포가 마른침을 삼키고 있었다. 힘내, 힘내. 자신을 독려한다.

"그럼 화면에 있는 이 남자는 누구죠?"

"남편 같습니다만."

"정말 그렇게 생각해요?"

"네……."

형사가 아무렇게나 자란 수염을 쓰다듬으며 잠시 침묵했다. 목을 좌우로 꺾자 뼈에서 우두둑하고 소리가 난다. 가나코를 정면으로 응시하면서 위협하듯 숨을 거칠게 내뱉는다.

"부인, 린류키라는 중국인은 알고 있죠?"

가나코는 순간 할 말을 잃었다. 어떻게 대답해야 할까.

"모릅니다만." 졸지에 그렇게 말했다.

"모를 리 없을 텐데요. 그러니까 부인은 지난주에 린류키와 만났어요. 이케부쿠로의 노래방에서. 목격자 증언이 있거든요."

목격자 증언이라는 건 흥신소의 보고일 것이다.

"아뇨. 그런 사람과는 만나지 않았습니다."

"그럼 7월 29일 오후, 부인이 노래방에서 만난 남자는 누군가요?"

"그 목격자 증언이라는 건 누구의 증언입니까?"

가나코가 반문하자 형사는 얼굴을 붉히며 후욱, 하고 코로 숨을 들이마셨다.

"알 텐데. 흥신소야, 흥신소. 당신 뒤를 줄곧 미행했잖아."

"하지만 그 증언이 반드시 정확하다고는 볼 수 없잖아요. 형사님이 그 말을 믿는 근거는 뭔가요?"

가나코는 뭔가에 떠밀리듯 항변했다. 어느새 어딘가에서 나타난 또 한 명의 자신이 빙의되어 함께 싸우고 있었다.

"어이, 사진 꺼내."

형사가 부하에게 명령하자 또 다른 봉투를 꺼내 왔다. 그 안에서 사진을 꺼내 가나코의 눈앞에 늘어놓는다.

"자, 이게 증거야. 7월 29일, 이케부쿠로의 뒷골목 건물에서 당신과 당신 친구가 나왔어. 이 건물에는 노래방과 린류키가 근무하는 마사지 가게도 있고. 그런데도 모른다고는 하지 않겠지?"

"이게 증거가 됩니까? 언제 찍은 사진인지도 모르잖아요."

린류키와 함께 찍힌 사진은 없을 것이다. 가나코는 그렇게 판단하고 반문했다.

"그럼 뭐하러 저 건물에 갔지?"

"잊었습니다."

"생각해봐. 아주 오래전 일도 아닌데."

형사의 관자놀이가 살짝 경련을 일으켰다. 평범한 주부 한 명 정도는 금방 함락할 수 있다고 생각하고 출두시켰을 것이다. 예상이

빗나가 초조해하고 있다.

"……아마 노래방이 조용해서 거기에서 배달시켜 점심식사를 하고 있었을 겁니다. 이따금 그러거든요."

"그럼 함께 간 여자에 대해서도 말해보실까? 부인 친구잖아요, 이름이?"

"……여기에서 말할 필요가 있을까요? 그녀는 관계없다고 생각합니다만."

"아주 많아! 아까 그 방범 카메라의 화면 사진을 다시 한 번 봐! 도쿄 역에서도, 나리타 공항에서도 함께 찍힌 건 이 여자야!"

마침내 형사의 목소리가 거칠어졌다. 책상을 탕탕 두드린다. 가나코는 자신도 모르게 목을 움츠렸다.

"오다 나오미. 아오이 백화점의 외판부 사원. 부인과는 대학 동창. 맞죠?"

"노래방이 있는 건물 앞에서 찍힌 건 그녀가 맞습니다만 도쿄 역과 나리타 것은 다른 듯합니다."

"아, 그러셔? 그럼 다른 사진도 보여줄까?"

형사가 지시하여 또 다른 봉투가 나왔다. 그 안의 인쇄물은 맨션의 방범 카메라에 비친 화면이었다. 역시 나왔나. 이미 각오하고는 있었지만 막상 눈앞에 들이대자 충격을 받았다. 역 같은 곳에서 찍은 방범 카메라 영상과는 달리 가까운 거리라서 그런지 말로 우길 수 없을 만큼 선명하게 찍혀 있었다.

"자, 이걸 봐. 엘리베이터에 당신과 오다 나오미 둘이 타고 있지.

큰 가방을 밀면서. 이건 남편이 실종됐다던 토요일 새벽의 사진이야. 당신, 이 여자와 둘이서 뭘 하고 있었어?"

"아무것도 하지 않았습니다만."

"그럴 리가 없잖아! 당신 남편은 금요일 밤 늦게 귀가했어. 그 모습은 방범 카메라 영상에 찍혀 있어. 하지만 그 이후 남편은 맨션 안의 어떤 방범 카메라에도 찍히지 않았어. 대신 찍힌 게 커다란 검은 가방이야. 자, 이 가방의 내용물은 뭐지?"

"소리치지 말아주십시오."

가나코는 두 손으로 귀를 막으며 호소했다. 다만 논리적으로 추궁하는 것보다 화내는 편이 오히려 무섭지 않았다. 다쓰로에게 당한 폭력에 비하면 신변의 위험은 없다. 이 형사는 자신을 죽이지는 않을 것이다.

"가방의 내용물은 낡은 옷가지와 책입니다. 처분하는 것을 친구가 도와줬습니다."

가나코가 대답했다.

"새벽에 말인가?"

"안 됩니까? 그보다 소리 좀 치지 말아주세요. 이건 임의동행입니다. 저는 이만 돌아가고 싶습니다만."

손목시계를 보니 밤 9시가 지나 있었다. 어느새 경찰서에 끌려온 지 두 시간이나 경과했다.

"아, 맞다. 핫토리 씨, 배달시킨 도시락 드세요. 죄송합니다. 드리는 걸 잊었습니다."

부하가 옆에서 말했다. 회유하는 역할을 맡고 있는지 이 남자의 말투는 여전히 정중했다.

"됐습니다. 집에 가서 먹겠습니다."

"그렇게 말씀하시지 말고. 준비해놓은 거니까요."

가나코의 대답도 기다리지 않고 일어나 취조실에서 나가더니 이 분도 채 지나지 않아 찬합과 차를 들고 왔다. 식욕은 물론 없었다. 하지만 저항하고 있다는 것을 보여주고 싶어서 먹기로 했다.

식은 새우튀김을 입으로 가져가며 밥도 입안 가득 넣었다. 두 형사가 이런 때 밥이 목구멍으로 넘어가냐는 눈빛으로 가나코를 바라보고 있었다.

가나코는 먹으면서 자신에게 말했다. 자백하지 않는 한 구속은 불가능하다. 그러니까 조금만 더 참자. 힘내라, 힘내.

"부인, 먹으면서 들어요. 당신은 가방을 차에 싣고 오전 4시가 지나서 친구와 밖으로 나갔어요. 어디로 간 거죠?"

형사가 목소리를 낮추며 물었다. 소리쳐봤자 효과가 없다 싶어 방침을 변경한 걸까.

"단자와입니다."

가나코는 순간적인 판단으로 그렇게 대답했다. 어젯밤에 N시스템에 대해 요코한테 들었지만, 설마 미쿠니 고개까지는 특정 지을 수 없을 것이라고 판단한 대답이었다.

"단자와 어디요?"

"단자와 호수 근처입니다."

"뭐하러?"

"드라이브하러요."

"호오, 드라이브라. 가방 속 내용물은 어떻게 했죠?"

"그건 대답할 필요가 있습니까?"

"협조해주세요. 한 사람이 사라졌어요. 그것도 당신 남편이 말이에요."

"그러니까 남편은 외국에 있습니다. 은행에서는 상하이로 갔다고 했습니다."

가나코는 우엉조림을 입에 넣었다. 당황하지 마, 당황하지 마. 자신을 타이르며 천천히 씹어 먹었다. 다만 맛은 전혀 나지 않았다.

"그러니까 질문에 대답해요. 가방 속 내용물은 어떻게 했죠? 어디에 버렸나요? 아니면 땅에 묻었나요?"

"어디에도 버리지 않았어요. 나중에 아는 사람에게 줬습니다."

"아는 사람 누구요? 이름은? 나중이라면 언제?"

"그런 것까지 대답하고 싶지 않습니다."

"그러니까 협조해달라고 했잖아요. 당신에게는 중대한 혐의가 씌워져 있어요. 그렇다면 해명하는 편이 좋을 텐데요."

"어떤 혐의입니까?"

"당신, 그걸 내가 꼭 말해야 하나요?"

"제가 남편을 죽였다는 시누이의 주장을 진지하게 받아들이는 거라면 큰 실수를 하시는 겁니다."

"하지만 당신 남편의 실종은 이상한 점투성이에요. 남편은 금요일 밤 늦게 귀가했고 그 후 행방을 알 수 없죠. 남편이 맨션에서 나간 방범 카메라 영상은 어디에도 남아 있지 않고요. 대신 당신과 당신 친구인 오다 나오미라는 인물이 검고 커다란 가방을 새벽에 운반해 지하 주차장에 있던 차에 실었어요. 당신들은 새벽 4시가 넘어 그 차를 타고 단자와까지 갔고요. 그게 무슨 드라이브라고. 그런 변명을 누가 믿습니까?"

"그건 형사님의 개인적인 견해라고 생각합니다."

"그럼 남편은 어떻게 맨션에서 나간 건데? 말해봐!"

형사의 목소리가 다시 거칠어졌다. 가나코는 도시락 먹던 손길을 멈추고 허공만 계속 바라봤다. 형사와도, 방 안 어디에도 초점을 맞추고 싶지 않았다. 한창 악몽을 꾸고 있다고 생각하면 된다. 마음속에는 피난처가 있고 거기로 도망쳐 들어갔다. 다쓰로에게 폭행당할 때 익힌 기술이었다. 참아라, 참아라. 마음속으로 되뇐다.

"당신 말이야, 계속 시치미를 뗄 수 있을 거라고 생각하지 마. 우리는 수많은 증거를 확보하고 있어."

"모르는 건 모르는 겁니다."

"남편이 맨션에서 사라져 토요일에 나리타에서 출국했다. 하지만 그건 남편과 꼭 닮은 중국인 린류키였다. 당신은 린류키에게 남편의 여권을 줘서 일단 해외로 내보냈다. 그래서 남편은 해외에서 실종된 것으로 간주됐다. 실종 동기도 다 마련해놓았는데, 남편이 치매 고객의 예금을 착복했기 때문에 도망친 것으로 했다. 그리고 그 고객을 남편에게 소개한 사람은 당신 친구, 오다 나오미. 이건 공포 드라마치고는 너무 어설픈 스토리야. 당신, 그거 알고 있나?"

"죄송합니다. 그만 돌아갈 수 없을까요?"

"안 돼. 솔직히 털어놓을 때까지는 돌아갈 수 없어."

"말도 안 돼요. 이거 인권침해 아닌가요? 임의동행으로 온 거잖아요."

"그래요, 임의동행이죠. 그러니까 솔직히 말해달라고 부탁하는 거요."

"돌아가겠습니다."

"안 돼. 돌아갈 수 없어."

"변호사를 불러주세요."

"사치스러운 소리 하지 마! 당신, 이대로 계속 시치미를 뗄 수 있을 것 같은가? 경찰을 우습게 보지 말라고!"

형사가 얼굴을 새빨갛게 붉히며 소리쳤다. 아무리 무섭게 소리쳐도 가나코에게 자백할 마음은 손톱만큼도 없었다. 도망칠 생각이었으면 어젯밤에 도망쳤다. 이게 마지막 의무다. 그리고 내 나름대로의 정죄 의식이다. 머릿속에는 그런 막연한 생각이 자리 잡은 채 자신을 지탱해주고 있었다. 기운 내, 기운 내.

"당신 말이야, 재판에 안 좋은 영향을 미칠 수 있어. 들은 바에 따르면 남편이 매일 폭력을 휘두른 모양이던데. 이대로 가다가는 죽겠다 싶어서 범행을 저질렀겠지. 그 사실을 전부 털어놓으면 아직 정상참작이 될 여지가 있어. 죄도 가벼워지고 말이야."

형사가 분위기를 바꿔 부드럽게 말했지만 가나코에게는 속이 훤히 들여다보이는 연극 같아서 마음은 꿈쩍도 하지 않았다.

"모르는 건 말할 수 없습니다."

"뭐, 좋아. 시간을 두고 천천히 물어보지."

"집에 돌아가고 싶은데요."

"안 돼. 못 가."

형사가 힐끗 노려본다. 가나코는 책상 위에 팔꿈치를 괴고 고개를 숙였다. 깊이 한숨을 내쉬었다. 손목시계를 보니 10시가 지나고 있었다. 이 사정 청취는 언제까지 계속될까. 구속은 불가능할 거라고 생각했지만 슬슬 불안한 마음이 커졌다. 법에 대해 생무지나 다름없었고 경찰이 어떻게 나올지도 자신은 모른다.

침묵이 흐르는 가운데 문에서 노크 소리가 들리고 다른 남자가 얼굴을 들이밀었다. "과장님, 잠깐만요" 하고 작은 목소리로 손짓했다. 형사가 일단 자리에서 일어나 취조실을 나갔다.

"부인, 전부 이야기하는 편이 좋지 않을까요?" 옆에 있던 부하가 온화하게 말했다. "이미 우리는 다 알고 있습니다. 대단한 수법이라고 본부의 수사1과에서도 화제가 되고 있어요. 앞으로는 더욱 살벌한 형사가 올 겁니다. 부인, 빨리 말해버리고 편해지세요."

"무슨 말씀인지 모르겠습니다."

"남편의 사체를 어디에 묻었습니까? 빨리 꺼내주시죠. 이런 식으로 나오면 저세상으로도 곱게 못 가요."

"그러니까 무슨 말씀이신지……."

그때 형사가 돌아왔다. 분노에 찬 표정으로 가나코를 내려다본다.

"당신, 변호사가 데리러 왔소. 어떻게 된 거죠?"

가나코는 순간 무슨 말인지 알 수 없었다. 변호사? 자신에게 아는 변호사는 없다. 아까 형사와 대화하면서 변호사를 불러달라고 했지만 자신은 아무것도 하지 않았다.

"어이, 이노우에. 너, 이 여자가 어딘가로 연락하게 해줬나?"

계속해서 부하에게 화를 퍼부었다.

"어, 아뇨. 어디에도 연락하지 않았습니다. 제가 대상자를 임의 동행하는 동안 계속 지켜봤는데요."

부하가 쩔쩔맨다.

"그럼 어떻게 변호사가 서까지 찾아오냐고! 체포가 아닌 임의동행이라면 핫토리 가나코 씨를 즉시 풀어달라고 말이야. 네가 한눈판 틈을 타서 전화한 거야. 이 바보 자식아!"

형사가 두꺼운 손으로 부하의 머리를 때렸다. 부하는 볼을 씰룩거리며 어떻게 된 거냐는 표정으로 가나코를 봤다.

가나코는 직감했다. 나오미다. 빈 문자를 받고 서둘러 손을 쓴 것이다. 그것 말고는 없다.

일단 형사들이 밖으로 나가고 가나코는 취조실에 혼자 남았다. 온몸의 힘이 빠진다. 의자 등받이에 몸을 기대며 천장을 올려다보는데 순간 평형감각이 사라지고 현기증이 났다. 자신은 풀려날까. 형사들이 당황하는 모습을 보면 그럴 공산이 크다.

두 손으로 뺨을 감쌌다. 혀로 입술을 적셔보니 바싹 말라 있었다. 이제야 떨려오기 시작했다.

오 분쯤 있다가 형사가 돌아왔다. "이봐, 나와" 하고 난폭하게 말했다.

가나코는 가방을 가슴에 품고 일어섰다. 취조실에서 나오는데 방 안의 모든 형사가 강렬한 시선을 보냈다. 계단을 내려가서 1층 홀로 나왔다. 그러자 상당히 성깔 있어 보이는 중년 남자가 다가와 "당신이 핫토리 가나코 씨?" 하고 귓가에 대고 물었다.

"네, 그렇습니다."

"나는 변호사인 저우라고 합니다. 일본으로 귀화한 중국인이죠. 리 사장의 부탁으로 왔어요. 의뢰인은 오다 나오미 씨입니다만. 이젠 안심해도 됩니다. 집으로 돌아가게 해드릴 테니까요."

그렇게 말하며 가나코의 팔을 툭 쳤다. 중국인이라고 했지만 일본어 억양은 일본인이나 다름없었다. 그리고 뒤따라 내려온 형사들과 뭔가 교섭하기 시작했다.

"본인에게는 내일 다시 출두하라고 하겠습니다."

"선생, 꼭 그래야 합니다. 약속해주십시오."

그런 양측의 대화가 들려온다.

그랬나. 나오미는 아케미에게 도움을 요청했던 건가. 게다가 아케미가 손을 내밀어준 것이다. 자신은 위기일발의 상황에 처했던 모양이다. 머릿속이 혼란스러워 이렇다 할 감정이 솟지 않는다. 다만 마른침만 줄곧 삼키고 있던 몸속의 모든 세포가 달궈진 치즈처럼 눅진하게 녹아 있었다.

형사들의 차가운 시선 속에서 변호사와 함께 경찰서를 나왔다.

"오다 씨가 간조8호선 옆 데니즈에서 기다리니까 거기까지 함께 가죠."

변호사가 자신의 차인 듯 하얀 벤츠의 문을 열었다. 가나코는 뒷좌석에 올라탄 후 차창으로 경찰서 건물을 올려다봤다. 잘 닦인 유리창에 비친 창살 그림자가 너무나 무서워서 위장을 꽉 움켜쥐듯 압박해왔다. 겨우 살아 나왔다. 잘 견뎠다. 앞으로 여기에는 절대 오지 않는다. 가나코는 마음을 놓았다.

차는 경비를 서고 있는 경관을 놀리듯 천천히 출발했다.

차가 데니즈 주차장으로 들어서자 가게 안에서 나오미가 달려 나왔다. 드나드는 차를 계속 보고 있었던 모양이다. 가나코의 모습을 확인하더니 일단 멈춰 서서 손을 허리춤에 대고는 안도의 한숨을 내쉰다. 그리고 일직선으로 달려와 가나코에게 부딪칠 듯 꼭 껴안았다.

"다행이다. 늦지 않아서." 포옹한 채 말한다.

"고마워. 나오미가 변호사를 보내줬구나 하고 금방 알았어."

울먹이며 말했다. 눈에서 굵은 눈물방울이 뒤늦게 흘러넘친다.

"이야기는 나중에 하고. 변호사한테 보수를 지불해야 해."

나오미는 가나코를 놓아주며 운전석에 타고 있던 변호사에게 가서 갈색 봉투를 건넸다.

"고맙습니다. 덕분에 빼낼 수 있었어요."

"아, 그래요. 다행이네요. 그럼 나는 이만. 뒷일은 모릅니다. 일단 오전 9시에 다시 출두하라고 했는데 경찰이 물어보면 어젯밤에 해고됐다고 할 겁니다."

"알았어요."

변호사는 봉투 속을 확인하고는 운전석의 창문을 닫고 그대로 달려가버렸다.

"안으로 들어가자." 나오미가 가나코의 어깨를 감싸며 걸어갔다. "배고프지 않니? 나는 배고픈데."

"경찰서에서 도시락을 먹긴 했는데 정말 맛없었어. 다시 먹어야겠어."

가나코가 대답했다. 싱싱한 채소를 먹고 싶었다. 시원한 음료수도 마시고 싶다.

가나코는 샐러드와 치킨카레를 주문했다. 나오미는 햄버그스테이크 세트였다.

"다 설명해줄게. 아까 그 변호사는 리 사장한테 소개받은 사람이야." 나오미가 말했다.

"알고 있어. 본인이 그러더라. 의뢰인은 나오미라고." 가나코가 대답했다.

"가나코한테서 빈 문자가 왔을 때 너무 당황스러워 어떻게 하면 좋을지 모르겠더라. 그래서 지푸라기라도 잡는 심정으로 리 사장한테 의논했어. 그랬더니 리 사장이 임의동행이라면 변호사를 시켜서 곧바로 풀려날 수 있으니까 빨리 그렇게 하라더라고. 손 놓고 있다가는 다른 건으로 체포될 거고, 그렇게 되면 이틀 동안 구속이라 가택 수택이며, 컴퓨터 압수며 힘들어질 거라고. 리 사장 주변에도 불법 도박 혐의를 받다가 다른 건으로 체포된 중국인이 있었는데 그 사람, 가짜 롤렉스 시계를 찼다는 이유만으로 위조 명품 판매 용의자로 체포, 기소됐대. 아무튼 경찰은 일단 자백을 받아내겠다고 결정하면 어떤 식으로든 체포할 수 있으니까 즉시 변호사를 고용해야 한다고 했어. 내가 변호사 중에 아는 사람이 없다고 했더니, 소개해줄 테니까 당장 만나러 가라고 하더라. 그래서 니시신주쿠에 있는 사무실까지 택시를 타고 날아가서, 자세한 이야기는 할 수 없지만 친구가 임의동행을 요구받아 관할 경찰서에서 취조를 받고 있는 것 같다, 제발 좀 구해달라고 부탁하자 임의동행이라면 간단한 일이니까 지금 바로 가자고 했어. 대신 보수는 50만 엔이라면서."

"50만 엔? 아까 준 봉투가 그 돈이었구나."

"그래. 착수금으로 20만 엔, 성공 보수로 30만 엔. 무조건 다 돈이야, 중국인은."

"미안해. 나중에 갚을게."

"그러지 않아도 돼. 우리, 당분간은 한 지갑을 써야 되거든."

나오미가 말했다. 한 지갑을 써야 한다는 말은 두 사람 모두 현재 생활을 버려야 한다는 의미였다. 가나코는 "응" 하고 동의했다.

"하지만 도움받기를 잘했어. 나, 살아 있는 것 같지 않았거든."

"고마워. 방금 네가 말한, 어떻게든 체포했을 거라는 이야기, 충분히 그럴 수 있겠다 싶어. 나는 임의동행이라 시간이 지나면 돌려보내줄 거라고 가볍게 생각했는데, 상상한 것 이상으로 강경한 형사들의 태도로 봐서 그들은 나를 자백시키려고 부른 것 같았어. 그래서 쉽게 돌아갈 수 없겠다는 생각이 서서히 들고……. 나, 어쩌면 이대로 취조실에서 하룻밤 새겠구나 생각하니 무섭더라고."

"가나코는 강해. 나는 혼자 떨고 있었는데."

"아냐. 나오미야말로 강하지. 나를 구해줬잖아."

"그러니까 몇 번이고 말하는데 우리는 공범이야. 가나코가 추락하면 나도 추락해……."

주문한 식사가 나와 두 사람은 먹기 시작했다. 싱싱한 양상추가 입안에서 기분 좋았다. 가게에 손님은 그리 많지 않았다. 약간 떨어진 테이블에서는 연인이 아무런 대화도 없이 스마트폰을 만지작거리고 있다. 간조8호선을 달리는 트럭 소리가 정적을 더욱 도드라지게 만들었다. 시계를 보니 어느덧 날짜를 바꾸려 하고 있었다.

"가나코, 이제 마음의 정리는 다 됐어?" 나오미가 물었다.

"응. 다 됐어." 가나코가 대답했다.

"그럼 슬슬 도망쳐볼까?"

"응. 도망치자."

두 사람 다, 잠시 아무 말도 하지 않고 먹기만 했다.

38 ——

패밀리 레스토랑을 나와서 일단 집으로 돌아가기로 했다. 나오미도 서둘러 나왔기 때문에 아무런 준비도 되어 있지 않았다. 두 사람 모두 조금이라도 좋으니까 잠을 자두고 싶었다. 어차피 아침까지 기다려야만 비행기도 탈 수 있다.

행선지는 상하이로 잡았다. 나오미가 제안했고 가나코가 동의했다. 같은 황인종이라 그리 눈에 띄지도 않을 테고 물가가 싸고 혼잡한 만큼 대충 돈으로 다 정리할 수 있을 것 같았다. 중국과는 범죄인 인도 조약이 체결되어 있지 않다. 리아케미라는 이름이 충분히 먹힐 수 있으리라는 기대도 있었다. 그쪽으로 가고 나서도 도쿄에 있는 그녀와 의논하면 이것저것 도움을 줄 것 같기도 했다. 아케미니까 뒷골목 사회도 잘 알 것이다. 가나코의 자궁에는 새로운 생명이 들어 있다. 출산을 생각한다면 아무런 연고도 없는 곳은 피하고 싶었다.

스마트폰으로 조사한 결과 나리타에서 출발하는 8시 55분 전일본공수(全日本空輸) 항공편이 제일 빨랐다. 그걸 타면 현지 시간으로 오전 11시 반에 상하이에 도착한다. 그것으로 게임 종료, 새로운 인생이 시작된다. 그렇게 생각하고 싶었다.

가나코가 자신의 맨션에 도착한 것은 새벽 1시가 지났을 때였다. 먼저 샤워를 하고 화장대에 앉아 머리를 빗었다. 거울에 자신의 얼굴을 비춰본다. 어딘지 모르게 인상이 바뀌어 보이는 것은 특별한 체험을 했기 때문일까.

아까 자신은 경찰서 취조실에 있었다. 그걸 생각하면 다시 등골이 오싹해진다. 그대로 풀려나지 못했다면 어떻게 됐을까. 정말 잘

버텼다. 그냥 꼬리를 말고 도망친 게 아니었다. 경찰과 대치했다. 그 과정을 거쳐 자신은 면죄부를 손에 넣은 듯한 기분이 들었다. 이제 도망치는 게 전혀 꺼림칙하지 않다.

장롱에서 여행 가방을 꺼내며 무엇을 넣을까 생각했다. 역시 당장 입을 옷가지다. 옷장을 열고 꼭 가져가고 싶은 옷을 넣다 보니 그것만으로도 꽉 차서 어쩔 수 없이 여름옷 외에는 다 포기했다. 이어서 신발을 골랐다. 마음에 드는 부츠에 눈길이 가서 잠시 망설였지만 넣기로 했다. 가을도 금방 올 테니까, 하고 자신에게 변명하면서.

여권과 귀중품은 숄더백에 넣었다. 집 안을 둘러보며 다시 여기로 돌아오는 일은 없을 거라고 생각하자 뭐라고 표현할 수 없는 기분에 사로잡혔다. 감상이나 후회 같은 건 아니다. 굳이 말하자면 덧없는 인생에 대한 체념이었다. 이 집은 자신에게는 조롱(鳥籠)이었다. 거기에서 나가는 날이 이런 식으로 찾아올 줄이야.

조금 자두려고 자명종 시계를 맞춘 후 침대에 누웠다. 5시에 나오미가 택시로 올 것이다. 그러면 도쿄 역으로 가서 나리타행 특급 열차를 탈 계획이다. 신주쿠 역에서도 탈 수 있지만 열차가 더 많은 도쿄 역을 선택했다. 경찰서에는 오전 9시에 출두하기로 약속했다. 그러니 그 전에 출국하고 싶었다.

눈을 감자 곧바로 수마가 덮쳤다. 어차피 못 잘 거라고 생각했기 때문에 스스로도 놀랐다.

가나코는 자명종이 울리기 오 분 전에 눈을 떴다. 두 시간 정도밖에 자지 못했지만 몸은 무겁지 않다. 피곤하지도 않다. 냉장고를 열어 종이팩의 우유를 마셨다. 남은 것은 싱크대에 버렸다.

준비를 하며 나오미의 전화를 기다렸다. 다시 한 번 집 안을 둘러봤다. 여기에는 언제 경찰이 들어올까. 재판소 영장이 없으면 가택수색은 불가능할 테고, 과연 사체를 발견하지 못한 단계에서 경찰이 그렇게까지 할지 관련 지식이 없는 가나코로서는 전혀 알 수 없다. 다만 언젠가는 자신이 소식을 끊은 단계에서 누군가 들어올 것이다. 요코일지도 모르고 친정어머니일지도 모른다.

친정에 대해서는 생각하지 않으려고 했는데 지금 갑자기 떠오른다. 지극히 평범한 아버지와 어머니였다. 딸이 남편을 죽였을지도 모른다는 말을 들으면 기절할 게 틀림없다. 그래서 도망치는 게 최소한의 도리다. 진상을 묻어버리는 것이다. 그렇게 하면 부모님은 계속 딸을 믿을 것이다.

오전 5시 오 분 전에 나오미에게 전화가 걸려 왔다.

"지금 택시 안이야. 앞으로 오 분 후면 도착하니까 맨션 앞에 나와서 기다려."

차분한 목소리였다. 특별히 이상한 일은 벌어지지 않은 듯했다.

"알았어. 그럼 내려갈게."

가나코는 일어나 숄더백을 어깨에 걸쳐 메고 여행 가방을 끌며 현관을 나왔다. 반바지에 평평한 펌프스, 위는 티셔츠에 마로 된 카디건의 가벼운 복장이다. 누가 보더라도 여자 회사원의 해외여행 차림으로 생각할 것이다.

엘리베이터를 타고 내려와 현관홀을 가로질렀다. 시간이 일러서 관리인의 모습은 안 보였다. 앞으로 얼마 동안 자신은 그들에게 소문거리를 제공하게 될 것이다. 아무래도 상관없었지만 약간 화가 났다.

이른 아침의 썰렁한 공기가 피부를 어루만진다. 조용한 길을 신문 배달 오토바이가 엔진 소리를 울리며 달려간다. 동쪽 방향을 보자 택시 한 대가 달려온다. 자세히 보니 뒷좌석에서 나오미의 모습을 확인할 수 있었다. 몸을 앞으로 내밀어 이쪽에 대고 손을 흔든다.

맨션 앞에서 택시가 멈췄다. 나오미가 내리는 동시에 뒤 트렁크가 튀어 올랐다.

"트렁크에 짐 싣자."

나오미는 반바지에 운동화, 가나코 이상으로 가벼운 차림이었다. 둘이서 여행 가방을 들어 트렁크 안에 넣었다. 중년의 운전사가 내려서 도와주려다가 그럴 필요 없다고 생각했는지 운전석으로 다시 돌아갔다.

그때 비스듬한 앞쪽 골목에서 왜건이 모습을 나타냈다. 엔진 소리가 조용한 주택가를 뒤흔든다. 가나코가 시선을 주었다. 갑작스러워서 그냥 지켜보기만 했다. 왜건이 바로 앞에 급정차했다. 슬라이드식 문이 열리고 사람이 내렸다. 가나코는 그 사람을 보고 얼어붙었다. 요코였다.

"새언니, 어디 가는 거야?"

말은 정중했지만 목소리에는 강한 분노의 기색이 담겨 있었다.

"그쪽 분은 오다 씨군요. 처음 뵙겠어요. 핫토리 다쓰로의 여동생 요코입니다."

나오미가 창백한 얼굴로 우두커니 서 있다.

"저기, 어디 가는 거야? 설마 도망치는 건 아니겠지?"

요코가 다가온다. 그 뒤에는 남자가 두 명 있었고 그중 한 명은 본 적이 있었다. 이케부쿠로에서 본 흥신소 조사원이었다.

"어젯밤에 형사한테서 변호사가 와서 어쩔 수 없이 집으로 돌려보냈다, 내일 아침 9시에 다시 출두하기로 했다는 연락을 받았어. 나는 깜짝 놀라서 그러면 도망칠 게 뻔하다고 형사한테 항의했지만, 경찰은 법률상 구속은 불가능하다면서 느긋한 소리나 하고 있기에, 그럼 내가 지켜야겠다고 늦은 밤부터 여기에 숨어 있었지. 고마워, 행동으로 옮겨줘서. 집에서 그냥 자고 있었더라면 당신들 도망칠 뻔했어."

요코가 바로 앞까지 와서 가나코의 팔을 잡았다.

"도망치지 못해. 이대로 경찰서에 가. 어제 당신을 연행한 이노우에라는 젊은 형사가 당직이라 경찰서에 있대. 무슨 일이 있으면 전화하라고 휴대전화 번호도 알려줬어. 지금 당장 부를 테니까 여기서 꼼짝하지 마."

가나코는 요코의 팔을 뿌리치며 대꾸했다.

"멋대로 말하지 마. 어디를 가든 내 자유야."

"자유가 있을 리 없지." 요코의 목소리가 거칠어졌다. "이걸로 확실해졌어. 당신은 도망치려고 했어. 짐의 크기로 보아 외국으로 도망치려는 거겠지. 누가 그렇게 놔둘 줄 알아?"

"손님, 이거 어떻게 되는 거요? 탈 거요, 말 거요?"

운전사가 차 안에서 성가신 듯 소리쳤다.

"탈게요."

가나코는 눈으로 나오미를 재촉했다. 나오미가 급히 올라탄다.

"좀 막아요."

요코가 두 명의 조사원에게 명령했다. 그들은 서로의 얼굴을 쳐다보며 순간 주저했다. 흥신소에는 그럴 권한이 없어서 쉽게 판단이 서지 않는 것이다.

"저기 좀 막아줘요." 다시 한 번 요코가 말했다. 그동안 가나코도 택시에 올라탔다.

"출발해주세요. 나쁜 사람들이에요."

택시의 문이 닫혔다. 요코가 창을 두드린다. 운전사는 차가 상할까 봐 걱정됐는지 기어를 넣고 출발시켰다.

"도쿄 역으로 가면 되나요?" 운전사가 물었다.

"네, 부탁드려요. 날아가주세요."

"손님, 그건 무리예요. 교통 위반으로 잡히면 오늘 하루 일을 못해요."

"그럼 최대한 빨리 좀."

가나코는 몸을 앞으로 내밀며 애원했다.

"저기 쫓아오고 있어."

나오미가 뒤를 바라보며 말했다. 왜건이 유턴하며 추격해 왔다.

점점 다가온다.

"손님, 어떻게 된 거요? 추격전 같은 거, 나는 싫은데."

운전사가 룸미러를 보며 말했다.

"죄송해요. 좀 도와주세요. 저 사람들, 나쁜 사람들이에요."

"하지만 아까 경찰이 어쩌고저쩌고 하던데."

"믿지 마세요. 불법을 서슴지 않는 빚쟁이들이에요."

가나코는 입에서 나오는 대로 말했다.

"그래요? 그럼 가까운 경찰서로 가는 편이 좋지 않을까요?"

"부탁입니다. 도와주세요."

"도와달라고 해도 그게……."

"기사님, 10만 엔 드릴게요. 뒤차를 따돌릴 수 없을까요?"

그때 나오미가 말했다. 운전사가 순간 움찔했다.

"10만 엔이라니……."

"선불로 드릴게요." 나오미가 토트백에서 지갑을 꺼내 안에서 지폐 몇 장을 세었다. "하나, 둘, 셋……."

"아니, 잠깐만요."

"여덟, 아홉, 열. 자요, 10만 엔."

나오미는 지폐를 요금 지불용 쟁반 위에 올렸다.

운전사가 침묵했다. 쟁반으로 눈길을 흘낏 줬다가 이어서 룸미러로 뒤차를 확인했다.

"하지만 말이죠, 이른 아침이라 길이 텅 비어서 따돌리기가 어려워요."

운전사는 망설이는 것처럼 보였다.

"부탁해요." 나오미가 고개를 숙였다.

"부탁합니다." 가나코도 따라 했다.

"……그럼 신호 대기 때 제일 따라붙기 쉬우니까 일단 산자에서 슈토 고속도로를 타고 상황을 볼게요."

"정말 고맙습니다."

"잘될 거라는 보장은 없어요."

"그래도 괜찮아요."

택시가 속도를 올려 가나코와 나오미는 좌석에 꼭 붙어 앉았다. 뒤를 보니 왜건도 속도를 올리고 있었다. 그 안에서는 요코가 닦달하고 있을 것이다.

"저기, 아까 요코가 경찰을 부른다고 하지 않았니?" 나오미가 속삭였다.

"응, 그랬어." 가나코가 대답했다.

"그럼 이미 차 안에서 휴대전화로 걸었겠지? 세이조히가시 경찰서에?"

"응, 분명 그랬을 거야."

그렇게 되면 경찰은 어떻게 나올까. 설마 구속영장도 없는데 긴급 수배를 내리지는 않을 것 같았지만 가나코로서는 가늠하기가 힘들었다.

다만 그냥 방치하고 있지만은 않을 것 같았다. 경찰은 그들이 한 짓을 거의 다 간파했다. 그렇다면 해외 도주를 저지하려는 게 당연한 행동이다. 경찰차로 쫓아올까. 그렇게 되면 도망칠 방법이 없다. 그렇게 되기 전에 어떻게든 도쿄 역까지 도착하고 싶었다.

운전사가 급히 핸들을 꺾어 택시는 골목 안으로 들어갔다. 가나코와 나오미는 뒷좌석에서 좌우로 마구 흔들렸다. "이 뒷길을 아는 사람은 거의 없는데." 운전사가 그렇게 혼잣말을 한다.

뒤를 보니 왜건도 골목으로 들어오고 있었다. 택시가 다시 모퉁이를 돌았다. 이번에는 더 좁은 일방통행길이다. 다시 또 꺾는다. 또 꺾었다. 어느 방향으로 가고 있는지 전혀 알 수 없게 되었다.

잠시 골목을 달리다가 넓은 대로로 나왔다. 낯이 익었다. 세타가야 대로였다. 뒤를 보니 왜건의 모습은 없었다.

"따돌린 건가?" 운전사가 룸미러를 보며 만족한 듯 말한다.

"다행이네요." 나오미가 안도하며 시트에 털썩 몸을 맡겼다.

"아직 몰라." 가나코는 긴장을 풀지 않았다.

택시는 그대로 국도 246호선으로 나와 곧장 슈토 고속도로를 탔다. 도로는 텅 비어 있었다. 잘하면 십오 분 정도 후 도쿄 역에 도착한다.

"아, 또 나타났다." 운전사가 룸미러를 보며 말했다. "뒤의 왜건, 맞죠?"

둘이 돌아봤다. 확실히 흥신소의 왜건이었다.

"이상하네. 따돌렸다고 생각했는데. 아가씨들이 도쿄 역으로 가려는 걸 알고 있는 거 아닌가요? 커다란 여행 가방도 있으니."

운전사가 고개를 갸웃거렸다.

"그렇다면 신주쿠 역이나 하네다 공항이라고 생각할 수도 있잖아요."

가나코가 대답했다.

"하긴 그렇기는 한데……. 어떻게 할까요? 이대로 마루노우치 중앙 출구까지 달려도 되겠어요?"

"어떡하지……?"

가나코와 나오미가 서로의 얼굴을 쳐다봤다.

"이대로 도쿄 역으로 가는 건 위험해. 개찰구도 지나기 전에 잡힐 거야."

"그럼 둘로 나누자." 가나코가 말했다.

"무슨 말이야?"

"기사님, 다음 고속도로 출구는 어딘가요?"

"가스미가세키인데요." 운전사가 대답했다.

가나코는 스마트폰으로 지하철 노선도를 화면에 불러왔다. 도쿄 중심부라서 지하철역은 얼마든지 있었다.

"기사님, 가스미가세키에서 일반도로로 나가주세요. 그리고 좀 더 가다가 교차로가 나오면 히비야 공원 쪽으로 가주실 수 있나요?"

"거기는 우회전 금지인데……."

"그럼 한 블록 더 가도 돼요."

"어쩌려고?" 나오미가 물었다.

"나 혼자만 내릴게. 저쪽은 나를 쫓아올 거야. 그래서 요코를 유인할 테니까 나오미는 이대로 택시를 타고 도쿄 역의 마루노우치 중앙 출구까지 가서 나리타행 특급 열차표를 산 후 개찰구 앞에서 기다려. 나는 지하철로 뒤쫓아 갈게. 가방 좀 부탁해."

"요코한테 잡히면 어떡하지? 남자 조사원들도 있는데."

"하지만 이 방법밖에 없어. 나는 괜찮을 거야."

"괜찮을 리가 없지. 너, 걸음 빨라?"

나오미가 얼굴을 일그러뜨리며 말했다. 가나코는 대답하지 않았다.

"아가씨들, 어떻게 할 거요? 이제 곧 가스미가세키 출구인데."

운전사가 물었다.

"그리로 나가주세요."

다메이케 오르막길에서 택시는 일단 지하로 들어갔다. 천장 조명이 비디오게임의 총알처럼 뒤로 흘러갔다. 돌아보자 왜건이 100미터 정도 거리를 두고 추격해 오고 있었다. 가나코는 숄더백을 뒤적여 지갑에서 교통 카드를 꺼냈다. 이제부터는 약간의 지체도 허용되지 않는다.

택시는 터널을 지나 오른쪽 차선으로 바꾸더니 슈토 고속도로를 내려갔다. 다시 앞 유리창 전체로 파란 하늘이 펼쳐진다. 롯폰기 대로로 접어들었다. 바로 앞이 교차로에 정지 신호였다.

"아가씨들, 미안하지만 세울게요. 신호를 무시하고 계속 갈 수는 없으니까 곧 따라잡힐 거요."

운전사가 자신의 일이라도 되는 양 안타까워하며 말했다.

"마침 잘됐어요. 나만 내릴게요."

"여기에서?"

"그래."

"그럼 차라리 왼쪽에 댈게요."

택시가 뒤쪽을 신경 쓰며 오차선이나 되는 도로에서 오른쪽에서 왼쪽으로 단숨에 차선을 변경했다.

문이 열렸다. "나오미, 그럼 마루노우치 개찰구에서 보자." 가나코는 택시에서 내렸다.

"부탁해. 꼭 개찰구로 와."

나오미가 침통하게 소리쳤다. 그 말을 등 뒤로 들으며 횡단보도를 달렸다. 오른쪽을 보니 슈토 고속도로를 막 내려온 왜건이 속도를 줄이며 어떻게 움직일지 주저하고 있었다.

가나코는 아스팔트를 박차며 성큼성큼 횡단보도를 건넜다. 평소 운동 같은 건 하지 않았는데 몸이 가볍게 느껴진다.

다 건너고 나서 뒤를 돌아봤다. 왜건은 중앙 차선에서 멈춰 선 채 차 안에서 요코와 조사원 한 명이 내렸다. 예상하지 못한 행동에 당황스러워하는 듯했다. 그래도 가나코를 쫓아 달려온다.

가나코는 아무도 없는 관공서 거리를 달렸다. 가로수들에 앉아 있던 참새 떼가 놀라서 일제히 날아올랐다. 재무성을 오른쪽으로 보며 지하철 입구 계단을 달려 내려갔다. 치요다센 승강장으로는 가지 않고 왼쪽으로 가다가 다시 오른쪽으로 지그재그를 그리며 지상으로 나가는 계단을 올라갔다. 가나코가 타려는 것은 마루노우치센이었다. 그것을 타면 가스미가세키 역에서는 두 정거장 만에 도쿄 역 마루노우치 중앙 출구로 갈 수 있다.

다시 밖으로 나와 인도를 달렸다. 여기에도 사람은 없다. 차도 달리지 않는다. 까마귀가 한 마리, 어딘가에서 시끄럽게 울고 있다.

숨이 차올랐지만 풀린 다리는 제대로 움직여주고 있었다. 가나코의 마음속에서 신비한 만능감이 느껴졌다. 이것도 배 안의 아기 덕분일까.

대략 200미터쯤 되는 한 블록을 달려 이번에는 마루노우치센 지하철 입구 계단에 도착했을 때 뒤를 돌아봤다. 쫓아오는 사람은 없었다. 아까 지하도에서 요코 일행은 가나코를 놓쳤을 것이다. 됐다. 성공했다. 가나코는 달리던 속도를 늦추고 계단을 내려갔다. 심장이 마구 뛰어 그 박동이 목울대까지 울려대고 있다. 역구내에도 사람은 없었다. 마치 SF영화 속 세계에서 길을 잃은 듯한 착각이 들었다.

호주머니에서 교통 카드를 꺼내 빠른 걸음으로 개찰구를 통과했다. 플랫폼에도 사람은 없다. 벤치에 앉아 어깨로 숨을 몰아쉬었다. 머릿속이 새하얘서 별다른 감정이 생기지 않는다. 심각한 고비를 넘겼는데 왠지 다른 사람의 일 같다.

도착 방송이 나오고 전차가 플랫폼으로 들어왔다. 차체가 바람을 가르는 소리가 플랫폼에 울려 퍼진다. 차 안을 보니 승객이 다소 앉아 있었다. 이른 아침에 출근하는 공무원인 듯한 사람들 몇 명이 내린다. 분위기가 좀 다른 가나코를 이상하다는 듯 쳐다봤지만 곧바로 시선을 돌리고 터벅터벅 걸어간다. 가나코는 전차에 올라탔다. 제일 구석 자리에 앉아 나오미에게 전화를 걸었다.

"난데 지금 어디야?"

"도쿄 역. 마루노우치 쪽 지하 중앙 개찰구. 너는 어디야?"

나오미가 걱정스러운 목소리로 말했다.

"나는 마루노우치센 전차 안. 요코 일행은 따돌린 것 같아. 더 이상 보이지 않아."

"정말? 따돌린 거야?"

"아마도. 최소한 요코는 이 전차에 타지 않았어. 가스미가세키 역에서 탄 건 나 혼자니까."

"다행이다. 나는 다 틀렸다고 생각했어."

나오미가 전화 너머에서 울먹이는 목소리로 말했다.

"나오미는 어때? 그 후 흥신소 왜건이 쫓아오지는 않았어?"

"내 쪽은 쫓아오지 않았어. 그러니까 괜찮아."

역시 그들도 당황한 모양이다. 둘로 나눈 것은 옳았다.

"그럼 표를 사둬. 앞으로 십 분 후면 합류할 수 있을 거야."

"오케이. 왠지 나, 눈물 나려고 해."

"방심은 금물이야. 요코가 경찰에 알렸을 테니까 어쩌면 형사들도 움직이고 있을지 몰라."

"그래. 눈에 띄지 않도록 할게."

전화를 끊고 다리를 뻗으며 눈을 감았다. 열차 안의 냉방이 기분 좋다. 그러고 보니 많이 달린 것치고는 거의 땀을 흘리지 않았다. 자신의 몸 같지가 않다. 뭔가에 빙의된 것 같기도 했다.

전차가 덜컹덜컹하고 작게 리듬을 타며 레일 위를 달려간다. 가나코는 거기에 맞추기라도 하듯 호흡을 가다듬었다.

오전 6시가 조금 지나 마루노우치센 도쿄 역에 도착했다. 지하도에서 바로 연결되는 지하 중앙 개찰구로 서둘러 갔다. JR 도쿄 역에는 역시 사람들이 있었다. 나리타 특급이 있어서인지 커다란 여행 가방을 끄는 이용객의 모습도 드문드문 보인다.

나오미는 금방 발견했다. 개찰구 바로 옆에서 여행 가방 두 개를 양옆에 두고 통로를 등진 채 서 있었다. 다리를 달달 떨면서 흘깃흘깃 뒤돌아본다. 가나코를 보고 눈썹을 축 늘어뜨리며 두 팔을 벌렸다. 두 사람은 포옹했다.

"빨리 안으로 들어가자. 요코가 아직도 찾아다니고 있을지 몰라." 가나코가 말했다.

"그래. 차표 받아." 나오미가 내밀었다. "우리가 탈 열차는 6시 31분에 출발하지만 18분 차도 탈 수 있으니까 그거 타도 돼."

"그러자. 플랫폼에 있고 싶지 않아."

여행 가방을 끌고 둘이 나란히 걸어갔다. 그때 가나코의 시야로 달려오는 여자의 모습이 비쳤다. 살짝 몸을 돌리며 전율했다. 지하도 바로 맞은편에서 요코가 종종걸음으로 달려온다. 뒤에는 조사원 남자를 거느리고 있었다.

가나코는 무서워서 말도 나오지 않았다. 요코의 얼굴은 푸르스름하게 불타오르고 있었다. 멋쟁이인 요코가 체면도 자존심도 전부 내던지고 이쪽을 향해 달려온다. 조사원 남자가 태블릿 단말기를 들고 있는 게 눈에 꽂혔다.

"거기 두 사람! 기다려!"

요코가 주변 사람은 신경도 쓰지 않고 크게 소리쳤다. 걸어가던 사람들이 어리둥절하여 바라본다.

"어쩌라고!" 나오미가 눈을 휘둥그레 뜨고 누군가에게 항의하듯 말했다.

"도망치지 마!"

요코가 성난 목소리로 다시 소리친다. 그 모습은 왠지 광기를 띠고 있는 것 같았다.

"아무튼 들어가자."

두 사람은 개찰구를 통과했다. 여행 가방을 드르륵, 소리 내어 끌며 역 안을 달렸다. 요코 일행은 승차권 매표소로 달려간다. 입장권만 끊어서 쫓아오려는 것이다.

"엘리베이터가 빨라. 이쪽이야, 이쪽." 나오미가 그렇게 말하며 먼저 달려갔다.

에스컬레이터를 통과하여 엘리베이터 앞까지 갔다. 엘리베이터는 현재 층이 아닌 지하 4층에 있었다. 나오미가 버튼을 눌렀다.

"어떻게 하지? 에스컬레이터로 갈까?" 가나코가 말했다.

"우리는 짐이 있어서 금방 잡힐 거야."

"그렇겠지."

엘리베이터는 좀처럼 올라오지 않았다. 평상시와 같은 속도였을 테지만 심술이라도 부리는 듯 느리게 느껴졌다.

"빨리, 빨리." 나오미가 발을 동동 굴렀고 가나코는 펄쩍펄쩍 뛰었다.

엘리베이터 램프가 B2를 가리킨다. 앞으로 한 층. 문 유리창을 통해 들여다보자 엘리베이터 지붕이 보였다.

돌아보니 요코와 조사원이 개찰구를 지나 달려오고 있었다. 엘리베이터 문이 열린다. 여행 가방과 함께 올라탔다. 닫힘 버튼을 눌렀다. 요코는 바로 앞까지 와 있었다. "기다려!" 하고 소리친다. 심상치 않은 눈빛을 하고 있었다. 문이 천천히 움직였다. "빨리 좀 닫혀!" 이번에는 나오미가 소리쳤다. 문이 닫혔다. 요코가 팔을 뻗어 열림 버튼을 눌렀다. 숨이 멎는 것 같았다. 유리 너머로 요코와 서로 마주 본다. 열리지 않았다. 조용한 전동음이 위잉 울리고 엘리베이터가 내려갔다. 유리 너머로 요코가 발걸음을 돌리는 게 보였다. 에스컬레이터로 달려 내려갈 심산이다. 지하 4층까지는 거리가 제법 되는 데다가 각 층마다 에스컬레이터 위치가 달라서 시간상으로는 따라잡힐 리 없었다. 하지만 다음에는 열차 안에서 따라잡히게 된다.

가나코는 손목시계를 보았다. 6시 15분이었다. 출발까지 3분 남았다. 이쪽은 충분했지만 요코 일행도 늦지는 않을 시간이다.

"그런데 이상하지 않니?" 나오미가 말했다.

"뭐가?"

"그러니까 세타가야 골목에서 따돌렸다고 생각했는데 슈토 고속도로에서 나타났고, 가스미가세키에서도 따돌린 줄 알았는데 도쿄 역에서 또 보다니. 가나코, 혹시 발신기라도 몸에 부착되어 있는 거 아냐?"

나오미의 의문에 과연, 하고 가나코도 생각했다. 어떻게 이토록 정확하게 소재를 파악하는 걸까. 그러고 보니 아까 조사원 남자가 7인치가량 되는 태블릿 단말기를 들었다. 어쩌면 그것으로 가나코가 있는 위치를 파악한 게 아닐까.

가나코는 스마트폰을 꺼냈다. 그리고 애플리케이션 화면을 보다가 비명을 "꺄악" 질렀다. 처음 보는 GPS 애플리케이션이 어느새 설치되어 있었다. GPS 위치 정보였던가. 어떻게. 요코의 짓이었다. 가나코는 곧바로 떠올렸다. 지난번에 갑자기 스마트폰 기종을 물어봤다. 해킹하려고 그랬던 모양이다.

"나, 스마트폰 GPS 기능으로 추적당하고 있었어."

"어떻게……." 나오미가 할 말을 잃었다.

"모르겠어. 하지만 범인은 틀림없이 요코야."

"그럼 당장 버려야겠다."

"응." 가나코는 고개를 끄덕이며 스마트폰을 꽉 쥐었다. 그때 반짝하고 떠오른 생각이 있었다. "잠깐만. 좋은 생각이 떠올랐어."

엘리베이터가 지하 4층에 도착했다. 문이 열린다. 타는 이용객은 없었다.

"여기서 기다려봐."

"왜?"

"됐으니까 그냥 탄 채 문 열고 기다려. 금방 돌아올게."

"설명해줘!"

"시간 없어!"

가나코는 엘리베이터에서 내려 플랫폼을 달렸다. 18분에 출발하는 나리타 특급은 이미 도착해서 대기하고 있었다. 제일 가까운 승강구를 통해 열차에 올라탔다. 승객은 거의 없어서 빈자리가 많았다.

가나코는 짐을 모아놓는 공간 앞에 멈춰 섰다. 주위를 두리번거리며 자신을 보는 사람이 없다는 걸 확인하고 나서 여행 가방을 살폈다. 나일론으로 만들어진, 바깥에 지퍼식 주머니가 달려 있는 여행 가방을 골라 지퍼를 슬쩍 열었다. 거기에 자신의 스마트폰을 집어넣었다. 미안해요, 하고 마음속으로 가방 주인에게 사과했다. 지퍼를 닫았다.

가나코는 열차에서 내려 엘리베이터로 다시 달려 돌아왔다.

"기다렸지? 이제 위로 가자." B1 버튼을 눌렀다.

"어떻게 된 거야?" 상승하는 엘리베이터 안에서 나오미가 꾸짖듯 물었다.

"내 스마트폰, 모르는 사람의 여행 가방에 넣고 왔어. 그러니까 요코 일행은 그걸 쫓아갔을 거야."

"아……." 나오미는 그 한마디만 하고 입을 멍하니 벌렸다.

"이제 하네다 공항으로 가자. 하네다 공항에도 중국 가는 비행기는 많이 있을 거야."

"응, 그래……. 그럼 우리, 이젠 산 거야?"

"모르겠어. 하지만 요코 일행은 지금 열차에 올라타고 나리타까지 가겠지. 그러니까 적어도 지금 이 시점에서는 살았다고 생각해."

나오미가 벽에 기대며 한숨을 크게 쉬었다. 얼굴빛이 완전히 창백했다.

엘리베이터가 B1으로 돌아왔다. 가나코와 나오미는 신중하게 주변을 살피며 엘리베이터에서 내렸다. 지하 통로를 걸어 야마노테센 승강장으로 향했다. 두 사람 모두 잠시 묵묵히 걸었다. 여행 가방의 바퀴 소리가 벽과 천장에 메아리치고 있었다.

서두르고 싶었지만 이젠 다리가 말을 듣지 않았다. 아까 그렇게 달린 게 거짓말인 것처럼 무릎 아래가 무겁고 뼈마디가 쑤셔온다.

요코의 추적은 충격적이었지만 가나코의 의지가 흔들리는 일은 없었다. 마지막까지 싸울 생각이었다. 그런 태도가 스스로 생각해도 신기했다.

가나코는 주변 풍경이 불꽃 빛깔처럼 보였다. 역구내의 온갖 소리도 흐릿하게 들려온다. 마치 이 세계에 존재하는 것을 거부하듯. 그리고 몸속에서 아기의 태동을 느꼈다. 아직 임신 초기라 그럴 리 없는데도 확실히 느꼈다.

야마노테센으로 하마마쓰초까지 가서, 거기에서 하네다 공항행 모노레일을 탔다. 그동안 열차 안에서 나오미가 스마트폰으로 조사한 결과, 9시 25분에 출발하는 상하이행 비행기의 좌석이 남아 있어서 예약도 다 끝마쳤다. 아까의 GPS도 그렇고 무서운 세상이 되었구나 싶어 가나코는 마치 노인이라도 된 기분이었다. 자신이 사회인이 되었을 무렵에는 여행 대리점에 가서 항공권을 구입했던 것이다.

　모노레일의 승객은 많았는데 공항 이용자들이라 여행 가방이 차량 안 여기저기에서 보였다. 하품을 눌러 참는 출장 중인 회사원이 있었다. 여행에 나서서 즐거워 보이는 젊은이들 무리도 있었다. 소풍을 나온 가족들도 있었다. 그러고 보니 학생과 어린아이들은 여름방학이었다. 어느새 그런 계절이 되었다. 분명 자신들도 어딘가 리조트에라도 가는 회사원 2인조처럼 보일 것이다.

　커다란 창문 너머에는 깨끗한 여름 하늘이 펼쳐져 있었다. 누군가에게 버림받은 듯 작은 구름 두 점이 나란히 떠 있었다. 마치 자신들 같았다. 저 구름은 이제 어디로 가는 걸까.

　지난 일주일 정도, 가나코는 다른 세계에서 사는 듯한 신비한 느낌을 맛봤다. 그것은 도피도 아니었고, 자포자기도 아니었으며, 몸속의 본능이 있는 힘껏 세상을 차단하여 육체의 주인인 가나코를 분리시킨, 혹은 뭔가의 스위치를 파괴하여 감각을 마비시킨 느낌이었다. 어쩌면 시간이 한참 지났는데 자신의 신변에 쏟아진 위기가 무수히 되살아나 그때마다 몸서리친 것인지도 모른다. 하지만 지금은 자신을 지탱해온 본능에 스스로도 깜짝 놀랐던 만큼 가능하다면 이 상태가 영원히 계속되길 바랐다. 이대로 앞만 보고 갔으면 싶었다.

　"무사히 출국할 수 있을까?" 좌석 옆에서 나오미가 작은 목소리로 말했다.

　"가능해, 틀림없이. 아직 체포 영장도 나오지 않았잖아. 아무리 요코가 경찰에 호소해도 증거가 없으면 체포할 수 없을 테고, 그렇다면 출국을 막을 수도 없어."

가나코는 속삭이듯 대답했다.

"하지만 가나코는 경찰에 출두하기로 한 약속을 어기고 도망쳤잖아."

"그것도 임의동행이었어. 긴급 수배를 내릴 수 없어."

"그럼 다행이지만……."

"탑승 수속을 하면 출발할 때까지 시간이 걸리는데. 어쨌든 곧바로 나가자."

"그래. 레스토랑에서 시간을 보내는 건 위험해."

앞좌석의 등받이에서 세 살 정도 되는 여자아이가 얼굴을 내민다. 어머니 무릎에 올라타서 그 어깨 너머로 이쪽을 보고 있다. 나오미가 작게 손을 흔들자 살짝 웃다가 다시 머리를 쏙 집어넣었다.

하늘은 소다색으로 한없이 맑았다. 구름 두 점은 휘핑크림처럼 아직도 나란히 떠 있었다.

하네다 공항의 국제선 여객 터미널에서 가나코와 나오미는 오전 7시 반에 탑승 수속을 마쳤다. 이때는 심장이 마구 두근거렸다. 여권을 본 직원이 어딘가로 전화를 하고 공항 경찰이 오는 광경이 상상되어 온몸이 긴장했다. 그래서 웃으며 "잘 다녀오세요" 하고 보내줬을 때는 어깨가 몇 센티미터는 축 처졌다. 체크인 카운터에서 여행 가방을 맡기자 몸이 가뿐해졌다. 마침내 출국 수속이다.

출발 로비는 그리 혼잡하지 않았다. 한쪽 구석에서는 여행객들이 깃발 아래 모여 가이드의 설명을 듣고 있었다. 귀국하는 중국인들이 카트에 짐을 잔뜩 싣고 걸어갔다. 경찰관의 모습은 없었다. 사복을 입은 형사 같은 사람도 없었다.

둘이서 로비 안쪽으로 갔다. 게이트를 통과해 보안 검사를 받았다. 수하물은 지갑과 여권과 작은 가방뿐이다. 금속탐지기를 손에 든 직원이 밝은 목소리로 "자, 앞으로 나오세요" 하고 안내했다.

마침내 출국 심사였다. 출국 카운터를 보니 이른 아침 시간이라 이용객이 적어서인지 부스를 두 개밖에 열어놓지 않았다. 각각에 열 명 정도가 줄을 서 있다. 나오미가 오른쪽에 서고 가나코는 왼쪽에 섰다. 자연스레 그렇게 갈렸다.

부스 맞은편에는 커다란 창문이 있고, 거기로 파란 하늘이 보였다. 아까 본 구름 두 점은 아직도 함께 있을까.

가나코는 여권을 펼쳐 자신의 사진으로 눈길을 떨어뜨렸다. 그것은 결혼 전에 찍은 사진이라 지금보다 볼에 살집이 두둑했다. 상하이에서 살게 되면 조금쯤은 더 살찌고 싶었다. 아케미가 말했다. 중국에서는 마르면 불행하게 생각한다고.

가나코가 줄을 선 부스의 직원은 동년배인 여자였다. 겉으로 보기에는 착할 것 같았다. 미소와 함께 보내줄 것 같은 기분이 들었다.

옆줄의 나오미를 봤다. 그렇게 생각해서인지 옆얼굴이 창백해 보인다. 괜찮다니까. 무사히 통과할 거야. 마음속으로 그렇게 말해줬다.

벽시계로 시선이 갔다. 지금쯤 요코는 어떻게 하고 있을까 생각했다. 뒤따라 나리타 특급을 탔다면 지금쯤 나리타 공항일 것이다. 그리고 가나코의 모습을 열차 안에서 발견하지 못해 초조해하고 있을 것이다. 혹은 스마트폰만 열차에 태운 계략을 눈치채고 발을 동동 구르고 있을지도 모른다. 열차 안을 샅샅이 수색하는 데 이십 분도 채 걸리지 않는다. 그렇다면 나리타까지 가는 열차 안에서 속았다는 걸 알고, 거기에서 경찰에 전화했을 가능성도 있다. 아니, 분명 전화했을 것이다. 그리고 행선지를 하네다 공항으로 변경했을 것이라고 추측하는 게 타당한 판단이다. 요코의 연락을 받고 형사들이 하네다로 왔을 수도 있다.

그렇게 생각하자 갑자기 등골이 오싹해졌다.

아니, 몇 번이고 자문자답했지만 구속영장이 없으면 출국을 저지하는 건 불가능하다. 가령 지금 여기에 어젯밤의 그 형사가 있다 해도 가나코에게 어떤 강제력도 행사할 수 없다. 그게 법이라는 것이다.

그래도 만일 구속영장이 발부됐다면.

어떤 구속영장이든 가능하다.

경찰은 무엇이든 할 수 있다. 길거리에 침만 뱉어도 경범죄 위반으로 체포할 수 있다고 들은 적이 있다.

이제야 가나코의 심장이 마구 쿵쾅거린다. 괜찮아. 분명 괜찮을 거야. 자신을 타이른다.

나오미의 줄이 더 빨랐다. 비스듬히 뒤에서 보고 있자니 금세 나오미 차례가 되어 가나코가 긴장할 틈도 없이 심사를 끝마쳤다.

나오미는 부스 뒤까지 걸어가 돌아선 후 불안한 눈길로 가나코를 봤다. 당연히 나오미의 걱정이 더 클 것이다. 만약 여기에서 헤어지게 된다면 혼자 남은 나오미는 어떻게 될까. 그럴 경우의 약속은 정하지 않았다. 만약 자신이 체포된다면 나오미만이라도 상하이로 가서 거기에서 살았으면 좋겠다. 자신은 절대 입을 열지 않을 것이고 평생 나오미를 감싸줄 생각이었다. 아차, 그 말을 미리 해줬더라면 좋았을걸. 고맙다는 말도 하고 싶었는데.

마침내 가나코 차례가 왔다. 나오미가 5미터가량 앞에 멈춰 서서 가나코를 지켜보고 있다.

그때 눈앞의 부스에 다른 직원이 나타났다. 중년 남자였다. 문을 열고 여직원과 뭐라고 대화를 나눈다. 가나코는 정지선에 선 채 침을 꿀꺽 삼켰다. 무슨 일이 생긴 건가. 등줄기를 타고 땀이 흘러내렸다.

여자가 의자에서 일어나 부스에서 나온다. 대신 남자가 앉았다.

단순한 교대였다. 그럴 게 뻔했다.

심장이 마구 뛴다. 입안은 사막이었다.

남자 직원이 가나코를 향해 무표정하게 턱짓을 했다. 가나코는 걸음을 옮겼다. 여권과 항공권을 내밀고 정면을 봤다. 직원이 여권을 손에 들고 가나코를 흘낏 쳐다봤다. 여권 페이지를 넘겼다. 무엇을 보고 있는 걸까.

이제 심장은 마구 널뛰고 있었다. 목구멍 안쪽에서 금방이라도 튀어나올 것 같았다.

직원이 스탬프를 손에 쥐었다. 탕, 하고 소리 내어 여권에 도장을 찍었다. 항공권을 사이에 끼운 후 표지를 덮고 말없이 카운터 위로 돌려놓는다.

가나코는 그것을 손에 들고 90도 오른편으로 방향을 바꿔서 떨리는 다리로 부스를 벗어났다. 무릎이 자신의 것이 아닌 듯 자연스레 빠른 걸음이 되었다

앞으로 푹 고꾸라질 것처럼 걸었다.

고개를 들자 약간 앞에서 나오미가 두 팔을 벌린 채 기다리고 있었다.

옮긴이의 말

비장미에 대한 새로운 변주,
오쿠다 히데오

오쿠다 히데오의 『나오미와 가나코』를 옮기면서 내내 생각한 것은 어느 영화였습니다. 아니, 영화들이었습니다. 폴 뉴먼과 로버트 레드포드가 나오는 〈내일을 향해 쏴라〉, 워렌 비티와 페이 더너웨이가 나오는 〈우리에게 내일은 없다〉(이 영화는 〈보니 앤 클라이드〉로 기억하고 있었습니다만 이런 제목이더군요), 수전 서랜던과 지나 데이비스가 나오는 〈델마와 루이스〉가 그 영화들입니다. 특별히 영화 전문가도, 문학 평론가도 아닌 제가 거창하게 이 명작들을 들먹이는 것은 오쿠다 히데오의 이번 소설과 그 영화들을 비교하기 위한 것도, 분석하기 위한 것도 아닙니다. 그냥 관객으로서, 그리고 독자로서 어쩔 수 없이 제 기억의 저 깊은 곳에 있던 것들이 자연스럽게 흘러나왔고, 그 이유는 뭘까 스스로도 궁금했기 때문입니다.

물론 그 영화들의 자세한 줄거리를 기억하지는 못합니다. 그저 세 영화에서 공통적인 마지막 결말 부분, 장렬한 죽음들만이 선연하게 기억날 뿐입니다. 그 영화들의 주인공들은 모두 구체적인 적을 가지고 있지는 않았던 것 같습니다. 막연히 자신의 현재, 그리고 내일이 없는 미래에 저항하는 방법으로 죽음을 선택했다는 생각이 듭니다. 그래서 그들은 모두 장렬하게 죽었지만 진짜 죽었다는 생각은 들지 않았습니다. 육체는 죽었지만 그들이 전하고자 하는 메시지는 살아 있다고나 할까요. 그래서 저는 이들 영화에서 비장미를 느꼈습니다. 문득 '비장미'라는 말의 정확한 뜻을 알고 싶어서 국립국어원을 뒤적였더니 "자연을 인식하는 '나'의 실현 의지가 현실적 여건 때문에 좌절될 때 나타나는 슬픈 느낌을 주는 미의식"이라고 해석해놓았더군요. 딱 제가 표현하고 싶은 말인 것 같아 국립국어원에서 일하시는 분들의 대단함을 새삼 느꼈습니다. 그렇습니다. 이들 영화는 모두 '좌절'과 '슬픔'과 '아름다움'을 지니고 있는 것 같습니다.

서론이 너무 길었습니다. 오쿠다 히데오의 『나오미와 가나코』는 그 발단만 봐도, 그리고 전개 과정과 주인공들만 봐도 위 영화들이 금세 연상됩니다. 하지만 이 소설에서 비장미는 느낄 수 없었습니다. 어디까지나 제 생각입니다만, 분명 소설의 두 여주인공은 델마와 루이스입니다. 남편에게 얻어맞으며 사는 델마, 그리고 델마를 가엾게 여기는 의로운 친구 루이스. 아마 작가도 델마와 루이스를 염두에 두며 이 소설을 썼을 것이라고 생각합니다. 하지만 그 영화처럼 스토리를 전개하고 싶지는 않다, 나는 과감히 다른 결말을 이끌어내겠다는 어떤 결기 같은 것도 간간이 느껴지는 것을 보면 더욱 그렇습니다.

그래서 저는 생각했습니다. 비장미가 없는 '델마와 루이스'라고. 델마와 루이스는 그 결말 부분에서 낭떠러지 너머로 차를 몹니다. 그리고 마치 세상에 온몸을 던지듯 자신들을 던집니다. 그런데 과연 이런 결말밖에 낼 수 없는 것일까. 좋게 말하면 그들은 온몸을 불살라 암울한 현실에 항거했다는 정도일 텐데, 그래서 세상은 달라졌을까, 달라지는 시늉이라도 했을까. 차라리 끝까지 도망치다가 경찰 한두 명쯤 저승길 동무로 삼으며 온몸에 총알 자국을 남긴 채 피투성이가 되어 버티고 또 버티다, 사람들 모두 혀를 내두르며 징한 년들, 하고 남몰래 뇌까릴 때까지 잡초처럼 끈질겼다면. 물론 보는 사람은 거기에서 어떤 아름다움도, 슬픔도 느낄 수 없을지 모릅니다. 대신, 대신 말입니다, 혹시 일말의 통쾌함 정도는 느낄 수 있지 않을까요.

소설 속의 나오미는 사실 친구 일인데 그렇게까지 집착할 필요가 있을까 싶기도 합니다. 단지 친구라는 이유만으로 살인 계획을 세우고, 살인을 하고, 도망을 칠 필요가 말입니다. 가나코는 더합니다. 자신들의 허술한 공모가 낱낱이 밝혀졌는데도 끝까지 잡아뗍니다. 늘 수동적이고 안정적인 생활만을 선택해온 외동딸 같은 분위기의 그녀가 갑자기 돌변하여 어떻게든 버티려고 애를 씁니다. 그리고 두 사람은 도망칩니다. 자신들의 허술함보다 더 허술한 사회적 장치들을 교묘히 파고들면서요. 그래서 이 소설은 슬프지 않고 통쾌합니다. 남편과 아버지의 폭력에 시달리던 여자 둘을 보면서 슬프다기보다 통쾌하다고 생각합니다. 무사히 출국하여 서로 얼싸안는 장면에서는 카타르시스까지 느껴집니다.

이쯤에서 제 생각을 정리해보고자 합니다. 오쿠다 히데오라는 작가는 독자들이 슬픔보다 통쾌함을 더 느끼길 원했습니다. 불섶에 뛰어들기보다는 낱불 하나하나를 들고 길길이 날뛰며 끈질기게 버티는 캐릭터를 선택했습니다. 비록 역사에 남을 수 없을지는 몰라도 과거의 관념적인 항거보다는 낫다고 생각한 듯합니다.

시대가 바뀐 것 같습니다. 그리고 물과 기름처럼 암울한 사회물과 비록 남는 게 없더라도 진한 페이소스가 느껴지는 풍자물로 나누어 줄곧 작품 활동을 해왔던 작가 오쿠다 히데오는 물과 기름이 합쳐졌을 때의 화학작용에 대한 결과물을 자신의 작품 세계 속에서 찾은 것 같습니다. 그의 작품을 보면서 늘 어딘지 아쉬웠던 한 부분이 새롭게 채워졌다고 생각했습니다. 아마『나오미와 가나코』를 읽으시는 모든 분들 역시 후회할 일은 없으리라 여겨집니다.

2015년 5월

김해용

오쿠다 히데오

결말을 어떻게 할지
작가도 마지막까지 망설인 소설입니다.
독자 여러분도 주인공들과 함께
조마조마, 두근두근, 즐겨주세요.

나오미와 가나코

초판 1쇄 인쇄 2015년 5월 20일
초판 24쇄 발행 2025년 11월 25일

지은이 오쿠다 히데오
옮긴이 김해용
펴낸이 최순영

출판1 본부장 한수미
라이프 팀장 곽지희

펴낸곳 ㈜위즈덤하우스 **출판등록** 2000년 5월 23일 제13-1071호
주소 서울특별시 마포구 양화로 19 합정오피스빌딩 17층
전화 02) 2179-5600 **홈페이지** www.wisdomhouse.co.kr

ISBN 978-89-5913-922-4   03830

· 이 책의 전부 또는 일부 내용을 재사용하려면 반드시 사전에 저작권자와 ㈜위즈덤하우스의 동의를 받아야 합니다.
· 인쇄·제작 및 유통상의 파본 도서는 구입하신 서점에서 바꿔드립니다.
· 책값은 뒤표지에 있습니다.